界岸人家 2

一个中国村庄的个体生命史

黄健 编著
村民 口述

江苏人民出版社

图书在版编目(CIP)数据

界岸人家2：一个中国村庄的个体生命史 / 黄健编著. — 南京：江苏人民出版社，2018.9
ISBN 978-7-214-22595-5

Ⅰ.①界… Ⅱ.①黄… Ⅲ.①纪实文学—作品集—中国—当代 Ⅳ.①I25

中国版本图书馆 CIP 数据核字(2018)第 213155 号

书　　　名	界岸人家2：一个中国村庄的个体生命史
口　　　述	村　民
编　　　著	黄　健
责 任 编 辑	王　溪
责 任 校 对	陈　颖
责 任 监 制	王列丹
装 帧 设 计	许文菲
出 版 发 行	江苏人民出版社
出版社地址	南京市湖南路1号A楼，邮编：210009
出版社网址	http://www.jspph.com
照　　　排	江苏凤凰制版有限公司
印　　　刷	江苏凤凰通达印刷有限公司
开　　　本	652 毫米×960 毫米　1/16
印　　　张	26
字　　　数	313 千字
版　　　次	2019 年 9 月第 1 版　2019 年 9 月第 1 次印刷
标 准 书 号	ISBN 978-7-214-22595-5
定　　　价	68.00 元

(江苏人民出版社图书凡印装错误可向承印厂调换)

序

从底层视野看近百年中国乡村变迁

黄健是我的老所长陆学艺教授介绍的老朋友,早年在江苏做乡镇企业调查时,曾得到他的许多帮助。2017年他寄给我一本村民口述史:《界岸人家——一个中国村庄的集体记忆》,才知道他近年来一直在进行田野调查。现在,他的另一本新著付梓,邀我为他作序,感到很荣幸。

这本新著的书名是《界岸人家2——一个中国村庄的个体生命史》,口述记录的另一个文本,以农民的原初自述为主线,还原社会变革中普通人的命运沉浮。这种著作通常都是费力劳神,需要花费很多时间做深入细致的调研。黄健先生长期以来从事政策研究,最初在国务院研究室工作,后来回江苏省担任研究室主任,可以说跟政策研究打了一辈子交道。说实话,当我读了他的《界岸人家》,一开始不太相信黄健先生会写这样的书,因为其采用的分析和观察视角、方法,不像是一个政策研究者所能想到的,一般来说,政策研究者更偏重于自上而下的宏观视角,更加看重解决实际问题的政策和措施研究。黄健道出他的追求:"捕捉家家户户日常琐事,重现底层村民的复杂人生,展示集体记忆的多彩图景,记录社会变迁中普通人的命运沉浮,让沉默的大多数留下历史踪迹,这是我的初衷。"

《界岸人家》是非常特殊的社会学类的著作,它为我们展示了另一种看乡村社会变迁的视角——底层视角,看似平淡无趣,细品则令人震撼。它不像一般学术著作那样,套用很多高深的概念和学术话语,也不像小说那样经过作者充分的艺术加工,它记录的是调查对象的原初自述,是口述者的亲身经历和感受,没有任何雕琢和掩饰,尽管可能存在记忆的偏差和遗漏,尽管会有一些可能的回避。作者实际上是通过乡村日常生活,来反映我们通常以重大历史事件、重要历史人物来反映的历史,类似一种新史学革命。黄健有很强的问题意识,那就是试图从普通村民的经历和感受中寻找宏大历史变迁的足迹和逻辑。

  长期以来,我们太过于用宏观的数据、重大的事件以及典型人物来开展宏大的叙述,往往忽略平头百姓的琐碎而真切的生活经历和感受,因此,我们的许多叙事和观点离普罗大众的生活和感受太遥远。《界岸人家》中村民的每一句话都实实在在,都意味深长,比如许多年长的村民一想起过去苦难的生活和日子,都会流下难过的眼泪,说着"那叫过的什么日子"、"那种日子一天也过不下去"这样一些相似的话,说明过去的中国乡村是多么贫穷和艰难,同时,他们一说到现在的生活,大多会展露出"活得像个人"、"日子总算熬出头了"等等。这些朴素的话语,真切地说明中国乡村的历史就是这样走过来的。在这里,你不会产生个体与结构、微观与宏观的脱节和张力的感觉,对社会和历史不会有虚无漂移的意象。芸芸众生的生活,似乎是逃脱不了的宿命,同时他们又以琐碎的生活塑造时代的特征。可以说,《界岸人家》诉说的虽然仅仅是一个小小村庄中村民们的命运,但也是观察中国乡村上百年命运的一个窗口。它揭示了我们整个国家和民族从苦难走向幸福、从贫穷走向富裕、从落后走向发达的坎坷路程。今年是我国改革开放 40 周年,这本书以一种特殊的形式,用平凡的底层生活记录了波澜壮阔的巨变。

  该书把作者的独特的研究视角和深刻思考都埋藏在平淡的字里行间,不留痕迹,与此同时,处处显示出作者的人文关怀和家国情愫。作者对调查对象的选择,既考虑到村庄内不同的家庭和家族,又考虑到调查对象的不同年龄;在访谈内容上既考虑到访谈对象的自身经历,又涉及与他们生命事件有关的人与事;在访谈过程中,作者既考虑到访谈对象的自由发挥,又会作出适当的引导。有这样的精心考虑和安排,每个访谈的内容都是一个完整的故事,并且与相关的访谈内容又能进行有效的对接,从个体访谈中呈现出家族和村庄的整体性。作者长期从事政策研究,因此在访谈中非常关注国家政策对普通人生活变化的影响,看似是每个村民的个人命运,实则融入宏大的社会变迁。

《界岸人家》以普通人的视角去理解宏大社会变迁,从中寻找时代的历史定位和未来方向——改革开放是正确的历史选择,给我们以深刻的启迪。

仅以此序向黄健的学术追求和社会当担表达敬意,期待看到他有更多的佳作发表。

2018 年 7 月 14 日于北京

前 言

农民的命运与民族的记忆

《界岸人家2》这本书,是《界岸人家》的姊妹篇,讲的是同一个村庄的故事,主体是同样的村民口述,但视角有所不同。《界岸人家》通过一个生产队农民的生活变化,窥视中国农村百年来的社会变迁,《界岸人家2》还原三十多位村民的生命史,展现时代大背景下个体的挣扎与社会的互动。

一、过去是不能忘却的

心理学家一般认为,人们总是愿意回忆幸福和欢愉的事情,对不幸和悲伤往往选择遗忘。界岸村民的回忆恰恰相反,特别是老农民,他们诉说最多的,是曾经的苦难与创伤,这几乎是他们生活的全部。反映农民苦难的文艺作品,就像舞台上演唱的、技巧高超的美声唱法,底层农民的口述简单质朴,则是沙哑的、未加修饰的自然嗓音,原生态的真实有时比艺术化的形象还要感人。

在村民的往事回忆中,饥饿就是人生的必修课。李贵贤小时候一顿只准吃一碗粥,发誓长大后要让全家人吃饱饭,如今得了糖尿病仍不肯用小碗吃饭。赵顺荣东北战场逃回,天津跳海几乎丢掉一条命,几个月里只吃过一顿饱饭。李宝贤结婚,请娘舅喝喜酒,让他自己带米来。吃"跃进"团子,吃豆饼糠饼,啃榆树皮,得"浮肿病",一顿两斤米饭吃不饱,听起来恍如隔世。透过这些细节,也许可以让人们更加理解历史的真实。

什么叫穷?20岁的花季少女陆瑶瑶没有体验,想了想,格格笑:"穷么,就是没有钱。"农民世世代代受过的穷,岂止没有钱能够概括？贫穷是什么？贫穷意味着衣不遮体,食不裹腹,为一碗腌菜放没放油婆媳决绝。贫穷意味着卑微与屈辱,被人讥笑称为"海憨大",借钱不着还要被奚落。贫穷意味着对生命的漠视,小儿出生娘不"收"几乎丧命,生病怕花钱连夜逃回家命丧黄泉。村民述说的这些往事,我们听过见过,如今终成历史陈迹。

讲述者回忆几个村民的意外去世,直让人阵阵心痛。周仁民21岁分家独自生活,只想凭自己的努力过得好些,但现实令他失望、绝望,看不到出头那一天,只能一死了之,时年23岁。钱锦堂是老资格的茶食店负责人,技术好,心气高,临时工转正式工没他,活活气疯了,成为界岸现代版的"祥林嫂",刚过半百而亡。周明亚考上师范不容易,当老师压力大,有心理障碍,不幸夭亡,青春年少,才24岁。写作此书过程中,钱贵贤因直排式热水器煤气中毒,一个生龙活虎的人骤然去世,真让人感叹世事无常。

历史的长河与不同阶段的农民相遇,一代人自有一代人的命运,每代人的命运都随时代起伏颠簸,每个人都有自己的生命轨迹。过去是无法抹去的,只有牢记以往,才能珍惜当下,拥抱未来。

二、活得要像一个人

村民讲述的都是日常生活,怎么过日子的事。过去,"那叫过的什么日子","那种日子一天也过不下去"。慢慢里,"日子稍微好过些","日子一天天好起来"。现在,"日子不得了好过","做梦也没想到过上这种好日子"。

过好日子,意味着"活得像一个人",免受物质匮乏之苦、精神损害之累,有生活的尊严、做人的尊严。在很长一段时期里,界岸农民为维持基本生存而挣扎,受苦成了他们难以逃脱的命。面对苦难,村民的本能是忍,"没有办法啊!不这样又有什么法子?"是熬,"糊一天是一天,糊到哪里是哪里。"是等,"跟着形势走",让时间改变一切。农民的忍受力是持久的、惊人的,不是因为他们特别坚强,而是没有其他选择。农民与大自然融为一体,像荒原上的野草一样自生自灭,饱经风雪严寒,期待三月阳春。

村民们并不总是屈从。为了过上好日子,为了子孙后代,他们像小草一样从石头缝下顽强挤出,总想打开命运之门,走出一条活路,隐忍久远,蓄势待发。一旦时机成熟,这一个个看似微小的个体能量,一瞬间爆发出来,汇成无比强大的动能,既改变着自己的命运,也改变了中国的命运。

这种变化和转折来自改革开放,是改革开放给中国带来了新希望,让农民过上了好日子。界岸村民不是历史学家,不是经济学家,不是政治家。但是,他们对于曾经发生的一切,有着自己的敏感、本能的判断、切身的体验。

周仁惠回忆,1979年允许社员外出,那时候,一个人的心情就算放松了,"这下不愁了,不会苦到什么样子了,前头的路望得见了"。生产队时外出做工收入要交队,分田到户后挣的钱全是自家的,日子一天天好起来。手艺人、个体户是新政策最直接的受惠者,是农村最早富起来的人。界岸村原本没有楼房,1985年,周仁惠、钱贵贤、苏大福率先建造两层小楼,实现了农民的多年梦想。

界岸农民命运的改变,相当程度上依赖于乡镇企业。20世纪60年代、20世纪70年代出生的村民中,一部分当个体户,一部分是企业职工,此后出生的村民,几乎全部做工,不再以种地为生。界岸村民解放出来,第一轮是土地承包到户,解决了体制问题,重新获得了自由处置劳动的权利;第二轮是发展乡镇企业,解决了就业问题,压抑多年的劳动潜力充分释放。改革开放与推进工业化,双管齐下刨穷根,改变了一个中国村庄的农民家庭及其子孙后代的命运。

如果说,"文革"打破正常的社会秩序,是从学校停课、中止高考开始的,那么,结束十年动乱、拨乱反正,又以恢复高考为标志。1977年冬天恢复高考，平地一声雷，唤醒了多少人的大学梦。夏建、夏仲恢复高考后先后得中，从此走上全新的人生道路。1990年以后，村里上大学的人多起来，普遍接受职业教育。界岸人在改善物质生活的同时，丰富了精神文化生活。

村民对生活现状大体是满意的。满意在哪里？就像陆明清说的，"只要年轻，肯吃苦，就能搞到钱"，"小康目标是超过了的"。周仁田说，"如果你真的困难，国家也看得见，会来帮你拉你，不会让你灭亡。老的、傻的、身体不好的，全部低保养着"。年纪轻的有地方挣钱，年纪大的普遍有养老金，社会的弱小存在有尊严地活着，这是一个不断进步的文明的社会。

三、惟民众之力生生不息

听村民口述，与他们一起生命旅行。一个百人小村，家家都有曲折动人的历史，如非当事人讲述，即使虚构也未必如此传神。从某种意义上说，这三十多人的经历合在一起，便是当代农民的生命之歌，中华民族的历史记忆。

20世纪以来，中国各个阶段的社会变革，都与农民休戚相关。因为全国80%以上是农民，人数最多，劳作最苦，生活最穷。农民穷，则民族衰，国家弱。中国经济能不能发展，首先要看农村能不能发展，农民生活是不是好起来。为人民谋幸福，最基本的，也是最困难的，是让农民富起来。

中国农民以吃苦耐劳著称。红军长征两万五千里，拖不垮打不散，战争年代人民军队打胜仗，一个重要原因，就在于这支军队的主体是农民，那些具有初步觉悟、知道为谁打仗的贫苦农民。特别能吃苦，特别能忍耐，特别能战斗，这是农民的特点与品格。

中华人民共和国成立后延续了三十多年计划经济体制，农民以半饥半饱为代价，保障城市居民的基本供给，支持建立国家工业体系。改革开放从农村揭开序幕，上亿年轻人外出打工，用血汗浇铸着出口大国、制造大国。农民以几代人的辛劳与牺牲,改变着自己的命运、家庭的命运,为国家的富强作出了巨大贡献。

邓小平做对了什么?他把理想从天上拉回人间,把国家目标与百姓生活联系起来,达到小康,过好日子,农民听得懂够得着,这是激励亿万民众团结奋斗的强大动员令。他把改变命运的权利还给农民,放手让农民创造,让旺盛的生命力尽情迸发。

中国农村正处于前所未有的社会巨变中,旧式农民即将终结,现代农业方兴未艾,传统乡村渐行渐远。在这样的情势下,如何进一步张扬农民的自主权,增强农民的博弈力,保护农民的积极性,让他们成为自己命运的主宰,也许是解决所谓三农问题的核心。

从人类历史看,世事的兴衰更替如同落花流水,民众的发展创新却是生生不息。在一望无际的绿色原野上,那些披星戴月辛勤劳作的芸芸众生,永远焕发着推动社会前进的勃勃生机,汇成不可阻挡的生命之河。

感谢中国社会科学院副院长李培林先生百忙之中为本书作序。

2018 年 9 月于南京

/目录

一　陆明清　　老农民不再种田了　　　　　　　　/002
　　　　　　　年轻人大多进城了

二　李永根　　想起过去就难过　说什么呢　　　　/014
　　　　　　　说不下去啊

三　徐小英　　人生下来就是干活的　　　　　　　/023
　　　　　　　没有什么大不了的

四　李贵才　　世界上差点没我这个人　　　　　　/036
　　　　　　　辛苦一世也算苦出头

五　李兴兴　　自从大学没考上　有点认命　　　　/055
　　　　　　　各方面想开了

六　李　武　　当初只想带张身份证出门闯　　　　/071
　　　　　　　现在觉得就近上班稳当点好

七　李宝贤　　"文化大革命"我看不惯　　　　　 /084
　　　　　　　这个派那个派我都不参加

八　李贵贤　　一个人活在世上　要有吃苦精神　　/098
　　　　　　　没这个不行

九 周庆先	我教了一辈子书 反正跟着形势走	/112
十 周仁田	集体集体 集体的事谁来操心？ 种这点田 哪养得活这么多人！	/120
十一 周仕先	父亲开酒行买地 儿子们分道扬镳	/133
十二 周仁惠	后半世全靠邓小平 否则老早死在手艺上	/140
十三 周仁健	都是老天派好的 没办法 手头也有几个钱 不发愁	/150
十四 周仁宏	要讲苦 我们这班人最苦 我们算是赶上一个末班车	/166
十五 周仁兴	1996年当热电厂长 2012年打报告辞职	/176
十六 周 成	我们都是平凡的人 好好上班工作为主	/185
十七 钱尔堂	大队会计一直当了几十年 我们这班人 想想最伤心	/193
十八 钱良才	分田后我行当做过不少 没想到过上这种好日脚	/201
十九 郑水凤	想想过去真正苦有的 现在不生病样样称心	/219

| 二　十 | 钱贵贤 | 我们真正吃到苦头的
下一代人根本不理解 | /230 |

| 二十一 | 钱磊磊 | 现在跟以前不一样
将来要花多少钱啊 | /246 |

| 二十二 | 陆明生 | 如果不离婚　生活要好得多
做个体户几十年没余多少钱 | /254 |

| 二十三 | 陆达华 | 父母离婚都只怪当时的形势
否则我不一定现在这个样子 | /263 |

| 二十四 | 陆明兴 | 儿子与几个人一起创业
我们老两口就是自顾自 | /273 |

| 二十五 | 赵秀玉
陆达忠
陆瑶瑶 | 母亲一门心思望拆迁
儿子没有很好挣到钱 | /282 |

| 二十六 | 赵顺荣
刘小妹 | 九死一生锦州逃回家
借钱无门到死不忘记 | /296 |

| 二十七 | 赵春华 | 从小知道要靠自己的本领吃饭
我的追求是想把医院搞得更好 | /306 |

| 二十八 | 赵长兴 | 要说那时真有点不讲理
上共大找对象一言难尽 | /320 |

| 二十九 | 陶官宝 | 自己五十年代参军当上公安兵
老婆八十年代当大仙为人治病 | /331 |

| 三　十 | 苏大福
徐雪英 | 当年我们没有说话的权利
现在能弄到这样心满意足 | /343 |

三十一	夏任林	做道士参加地下党 当教师差点成右派	/354
三十二	刘　琴	一步一步积累经验 踏踏实实把事做好	/362
三十三	夏　建	"文革"打破了我的大学梦 恢复高考重新燃起希望之火	/374
三十四	夏　仲	从小电工到首席科学家 也算是实现了自我价值	/387

现在的后生家懂什么？采扁豆拣瘪的，摘豇豆挑细的，真是气不动笑笑，没啥说头！以后的田啊，他们不想种，不会种……

——陆明清

一　陆明清

老农民不再种田了
年轻人大多进城了

买户口　　三上缴　　拆墙脚　　个体户
商品房　　承包地　　流转费　　社保
低保　　　拆迁

口述：陆明清
时间：2014年9月23日下午
地点：传达室

陆明清，男，1950年生，农民，个体运输户，乡政府门卫。

秋日。江南小镇。传达室。下着雨，不紧，不慢，不停。门口不时有人经过，汽车不客气地鸣着喇叭。

陆明清是第一个口述对象。他个子不高，长得结实，背有些驼，挑过重担的农民大多这样。听父亲说，明清在乡政府当门卫，过去一看，正在值班！

好几年没见，他略感意外，却并不生分。两人打过招呼，点根烟，倒上茶，坐下来，手机录音。每隔十几分钟，就有来人打断我们的交谈，明清在叙述与办事之间干练地切换，稍显夸张的语言,风趣幽默的风格,跟年轻时没有两样。

第一次访谈就这样开始了……

关于现在队里人家的情况,从东往西,我给你一家一家说。几十年来,我一直没有离开过生产队,大概情况还是清楚的。

先说最东面苏家。苏友发得癌症,早死了。他死后老婆改嫁,嫁到城里,有结婚证,户口在队里,不过很少回来,快80岁了。大福还做木匠,娘子(妻子,作者注,下同)退休,市区打零工。小福也是木匠,娘子在纱厂做,快退休了。大福在县城买房住,小福在镇上买房住。队里老房子出租,最近收回来,顶上漏了,要修。

两家都有自留田,平时不回来,不知给谁种的。他们的户口在队里。二十多年前,公社里可以买城镇户口,一个户口5000块。我呢,只是听说,没有钱,买不起,连想都不想。

为什么买户口?

明清嗓音明显高了起来,"买了户口可以不交田亩税,为的是逃避'三上缴'(公积金、公益金和管理费)"。

队里十几个人买户口,大福家就他没买,留个落脚点。那个时候哪想到现在这样的形势?你想想,种田不但不要交税,反过来政府倒贴钱给你!一些头脑尖锐的人,一看有好处,就想再把户口迁回来。在队里种田的人有意见,为了这事闹矛盾,吵起来。

队长说,原来要"三上缴"时你们迁走,现在看见有补贴了,再回来分田,要想回来,先把迁出去几年别人交的"三上缴"补回来。再后来,说是上头有文件,只要参加过第一轮农田承包,有绿本本的,都可以参与二次分田。到底怎样,我们老百姓也搞不清楚。

接下来是陶官宝家。他抗美援朝时候当志愿军,没到前线去,当了3年公安兵。现在80多岁,政府有生活补贴,估计每月超过1500元。他自己从来不说发多少钱的,别人问他,光说没多少没多少。四个女儿都出嫁了。

儿子今年40多岁,原来厂里上班,后来生病在家,糖尿病,好像蛮严重的。企业帮助交社保,自己吃低保,陶官宝女婿当过大队书记,帮他搞的。儿子离过婚,孙女20岁,上职业中学。

生产队的时候,陶官宝家子女多,困难户。分田后老婆搞迷信,当"大仙",忙得很,场上车停满,看仙的人排长队,像开社员大会一样。他家的楼房就是那时造的,后来生意冷清了。那年小年夜,晚上她出来不知做什么,"啪"的一跤,摔死了,可能是高血压。

过来是钱良才家,老农民。分田后良才买拖拉机买汽车,搞个体运输,60岁后不做了,到环卫所运垃圾,当队长、片队长,镇上买了房子,苦是真苦,也能吃苦。

他儿子是大学生,开始在刀具厂,后来跟老板到外地做,平时不大见得到。一个孙女,县城上小学;一个孙子,还小,二胎。条件好,有出息啊。良才弟弟原来昆明做裁衣,生意冷清不做了,回来跟妹婿做木匠。弟媳在企业做饭,一个女儿嫁苏州,没在外面买房子。

接下来,是我哥哥家。他原来玻璃厂当花工,年纪大了,退休在家,千把块钱一个月,身体不大好。嫂嫂买了社保,1500元一个月,吃用不愁,还要做,看不穿。两个侄儿,小的招出去(结婚男到女家)。大的做木匠,侄媳退休了。侄孙在锅炉厂上班,镇上买了房子,人住镇上,户口在村里。

"镇上买了房子,又住在那里,为什么户口不迁到镇上?"我插话。

现在户口不户口无所谓了。为什么？城镇户口又不安排工作，不如在村里留块田，不完税，还有补贴。

往西，钱尔堂家，大队会计，社办厂退休，80岁。他是老党员，每月收入不到1000元，勉强自顾自。大儿子原来做木匠，现在锅炉厂上班，镇上买了房子，小孩县城读书，工学院。小儿子原来做裁缝，现在做冷作，孩子也上大学了，准备买房，还没买。

"现在啊，只要肯吃苦，就能挣到钱。"明清突然话题一转。

过去大集体时期，大队干部子女才能进社办厂，老社员没门路，进不去，想挣钱也挣不到。不像现在，只要年纪轻，身体好，连日连夜做，活都干不完。去年年底，十几块牌子竖这里，要招工，没有外地人，本地企业就不能活。

再过来，钱良造家。他原来做瓦匠，做不动了，有糖尿病，吃了药降不下去，自留地里摸摸，娘子在大包户那儿干农活，两人都有养老保险。他儿子35岁，算残疾人，安排在淀粉厂，每月1500元。听说厂里接收一个残疾人，一年免税3万元。

良造弟弟还住老地方，一个女儿已经出嫁，生了两个外孙女。他家没起楼屋，平房翻新，夫妻俩都有养老保险。老实说，现在农村里95%的老人都买了社保，不用向子女伸手要养老钱了。

陆明生兄弟。陆明生78岁，不大做了。大儿子外面做生意，搞得蛮好。小儿子城里上班，买了房子，住城里。陆明兴68岁，估计没什么钱。不当老板光打工，哪来多少钱？他儿子与别人办个小企业，镇上买房子，完全自力更生。

我家的情况你知道的。我今年65岁（虚岁，下同），小时候连念几个三年级，就是念不进去。当过一年队长，后来分田到户。按过去说，那就是"拆社会主义墙脚"哇（大笑），社屋拆了，拖拉机卖了,水车折价。我把手扶拖拉机买下来,给社员耕耕田、打打水、抵抵债。

1985年我买一个拖屉车,搞运输,后来到环卫所上班,一直做到退休。现在看门,24小时一班,做一天歇一天,每月1200元。我买社保花了1万8千元,娘子花了5万多,现在每个月拿2300多元。这几年每年加10%,不满1000元的再加60元,今年也是这样。

儿子开始农机厂上班,不断换厂,现在当个体户,给人家修车床。儿媳镇上超市上班,好像钱拿得不多。一个孙女,今年20岁,念书毕业了,要找工作。房子在队里,与儿子住在一起,分家吃饭。

再往西,周仁惠家。他住在城里,不大回来,炒炒股,养养老。老家楼房原先租给别人住,最近不租了,说是漏雨要修。他在城里买房,买得比较早,钞票全是做裁衣做出来的。仁惠父亲14岁当圩长,富农么(笑笑)。弟弟接父亲班,学校当会计,户口迁出去了。

仁惠家3个人分到承包地,每年来分红。队里的田不是都转出去了么?原来转包费800元一亩,大家嫌少,年年吵,今年加到1080元,加上政府补贴,每亩1360元。

过来是周仁健弟兄。仁健退休了,住队里,楼房。仁宏原来钢厂的,分到一笔股金,几十万元,镇上买房子,退休后当保安。儿子大学毕业,做得不错。仁兴印染厂当小头头,镇上有别墅,自己住,县城有房子,儿子住,好几套房子。

紧挨着,周仁田、惠田兄弟。仁田食品厂上班,开小车去。惠田小学教书,儿子大学毕业,考上公务员,派出所上班。周庆先90多岁了,请个男保姆,每月退休工资5000多块,用不了。

"你现在多少钱一个月?"明清顺势问我。

从公务员收入谈到制止公款吃喝,明清感慨不已:"去年过年,机关什么也没发,我连一块锅贴也没吃到!习近平不简单,了不起的,敢下这个手!"

聊了会儿家常,继续谈村里的事。

赵长兴夫妻俩都退休了,还住原来的老房子,稍微修了修。前几年两个人还打工,今年企业一律不准用70岁以上的人,只好回家,田里摸摸。赵长兴没买社保,村干部退休,800多元一个月。如果买社保,村干部的福利就没了,不能两头占,政府就有这么狠。

我丈人丈母,年纪大了,没买社保,生活自理。舅子卫校毕业,当医院副院长,镇上买房住,经常回家看望,女儿南京上大学。前几年丈母脖子上长个瘤,先说恶性,后来说良性,请上海医生动手术。费用姐妹6个分摊,每人2000元,总共花了12000元。

张平平,北京做裁缝,结了婚,生了儿子,离婚回家。当过贫困户,村里帮助翻造新房。现在好了,在外地上班,几千元一个月。北京儿子来过一次,不知底细。

钱贵贤夫妻俩做生意,镇上买房子,儿子结婚住。他自己在街上租房子,卖散装水泥,平时住老家。二军原来做裁衣,悦丰买房子住。三军在新疆,可能在卖服装,基本不回来。小军招出去的,前一阵看见他,在开厂车。

李贵贤家。他当兵回来不久,就到邮电局上班,已经退休多年。大儿子也当裁缝,现在钢厂开车,媳妇打工,镇上买了房子。小儿子县城有房子,贵贤买的。两个儿子都没在家住,大儿子当爷爷了。

李宝贤夫妻俩都开过刀。他那年生病,家里人去看"大仙",说"大圣老爷不接受",意思说没救了,急得半死,手术后活到现在,不是蛮好嘛。大儿子在外地做裁衣,最近回来了,县城有房子。小儿子在路灯公司,县城也有房子。

李永根 80 多岁了,除了耳朵有点背,身体其他方面还好。儿子做漆匠,天天外面做。娘子是独生女儿,娘家拆迁补到几套房,用不着买房,真要买也买得起。孙女大专毕业,镇上企业上班。

徐小英原来多强旺!说句笑话,她在界岸上走,脚步"蹬蹬蹬蹬"响,河里的水都跟着一晃一晃。后来被车撞了,腰直不起来,现在有个残疾车自己开。

李贵才仍在老的楼房里住。他当年大队里弹石棉,一起三个人,已经死了俩,肺里吸进石棉,最后憋死的。女儿招在家,女婿有出息,会挣钱,买一条 500 吨铁船,出长江,搞运输,运黄沙,挣了不少钱。行船危险性大,后来把船卖了,战友介绍进单位,也有 50 多岁了。

李兴兴兄弟原来北京做裁缝,少有的团结。回来后先在化工厂做,现在冶金工业园打工。兄弟俩在镇上买门面房,一到三层,开饭店,后来出租。兴兴镇上有住房,儿子住,自己住乡下。他当时家里困难,高考缺分不多,如果复读一年,也能上大学。

"回过来说,大家上大学,谁当农民啊?没出息的人才当农民。"陆明清自言自语,"不过现在农民也当出头了,有钱可以买养老保险,没钱的借钱也有抵挡来还。"

陆明清把队里人家的情况介绍一遍,我再请教一些问题。
"哪些人还住在队里?"

队里人能出去的都出去了,留下来的都是年纪大的,或者不用在外面买房子的,经济差买不起房子的。40 岁以下还住在队里的,没有几家,一个残疾人,一个生病人(停顿),再就是我家……经济差一些……不过也不要紧,买社保借的钱都已还清,去年存了一万元。

村里老房子的门开着,老人住,外面房子照买,年轻人住,条件都蛮好。老人出去带孙子孙女,过几年再回村里养老。农民喝的是自来水,条件好的喝罐装纯净水。市里十几天来一次,到公社水厂取样,看看是否合格。

"队里的地呢? 都是谁在种? 种什么?"

自留地还在,承包田集体流转,合同15年,快到期了。我们队里的田,转包给华老板,种枇杷、梨、葡萄。赚到赚不到钱? 不知道,成本是高的,特别是头几年,只有投入没有产出。为什么种得下去? 可能政府有点补贴。

好好的田种树,社员心痛,有人想不通,想不通也得通。我们年纪要不要大的? 将来谁来种田? 连我都怕种田,他们后生家不怕? 趁早转出去拉倒。

我不在家,让儿子挑水,一担水就把扁担挑断,粪勺一天就用坏了,我集体时用了几十年都好好的。将来田里靠他们? 想都要想! 现在的后生家懂什么? 采扁豆拣瘪的,摘豇豆挑细的,真是气不动笑笑,没啥说头。以后的田啊,他们不想种,不会种。

过去种双季稻,苦得要死,双季稻就是"讨饭稻"。现在良种买来,小麦亩产超过1000斤,水稻1200斤,比集体时候翻一番。化肥以前用碳酸氨,现在复合肥,连自留田都不施农家肥。

过去春天下雾,麦田里曲蟮(蚯蚓)爬出来,又肥又粗,笤帚扫,粪桶挑,喂鸭子,现在少多了,个头也小了。生产队时候,夏天阵雨后,癞宝(蟾蜍)蹲满场,多得不得了,现在见不着。田是板结的,产量倒不低。

"第一次土地承包时,你家分到多少田? 种了十几年再转出去,舍得不舍得? 或者说,你对田有没有感情?"

最早承包一亩田一个人,二次承包只分口粮田,四分田一个人,其余的包给大户。承包田转出去,啥叫感情不感情?种得臭要死,粮食不值钱,没有多大收入。生产队不做没工分,"开早工,打夜工,中间不放松",嘿嘿,吃不饱,活又重,你说种田恨不恨?

开始老人种地,现在老人更老,地种不下去了,只能转包,每年拿租金,比自己种田好。子女都在打工,老人拿点流转费,没什么不好?吃粮街上买,蔬菜自己种,买些荤菜,都还过得去。

"不少地方在拆迁,你是不是望拆迁?"

钱家埭去年拆掉一半。保留村庄好,还是拆迁好?各人有各人的想法。现在吃蔬菜有限,花不了几个钱,拆迁后不种菜园田,人可以偷懒。如果不拆迁,有一点田,不能看着它长草,年轻人不问讯,还得老骨头苦。

我丈人丈母有田,夫妻两个有田,儿子媳妇有田,加起来一亩多。老的种不动,小的不会种,地荒着看不过去,种点油菜、黄豆、玉米,就这样瞎搞搞。关键是养老保险,共产党有这个优惠。个人出点钱,不够的,实际上用了后代的钱。

我问最后一个问题,"现在不少人住镇上,以后会不会回村里住?"

比如苏大福,现在住城里,村里有房子。如果孙子结婚,城里不买房子,一家几代住不下,只好回老家,房子现成的,稍微装修就能住。一般情况下不会回来,城里住惯了,真正住不下了才回来。我从镇上骑电瓶车回家,水泥路一直通到家门口,脚上沾不到一点泥,农村条件其实也不差。

界岸村是个小村落,人民公社时期是个生产队,我在那里生活了近20年。从工作岗位退任后,我回到离开40多年的家乡,走访叔伯邻居、少年伙伴,做一个江南村庄的村民口述史。

生产队是中国特定阶段的农村基层单位,从合作化到人民公社,存续三十多年。1983年农村管理体制改革,政社分设,生产队改成村民组。又是三十多年过去,农民依然称"队里"、"队长",生产队的文化影响仍在延续。

找陆明清,主要了解村里各家各户的基本情况,为入户访谈作准备。两人谈了整整一下午,没有客话套话,轻松地聊天,问什么答什么,想什么说什么,总体情况基本清楚了。

陆明清的口述,语气轻松自然,语言随意率真。他从一个农民的角度,谈村里的人家庭的事,评社会新现象新变化,涉及经济、政治、文化,有自己的见解、底层的视野。

提起当年"买城镇户口",虽然过去了几十年,陆明清仍然激动,既因为自己没钱买不起,更是对投机取巧不满意。后来谈到户口,他又说,"现在户口不户口无所谓了。为什么?城镇户口又不安排工作,不如在村里留块田,不完税,还有补贴。"存在决定意识,心态完全变了。

在谈到制止公款吃喝时,陆明清感慨不已:"去年过年,机关什么也没发,我连一块锅贴也没吃到!习近平不简单,了不起的,敢下这个手!"听起来发牢骚,实际上称赞党风转变,民心所向。

从祖父到儿孙,陆明清一家人不爱读书。他自解自嘲,"大家上大学,谁当农民啊?没出息的人才当农民"。想了想又说:"不过现在农民也当出头了,有钱可以买养老保险,没钱的借钱也有抵挡来还"。

陆明清既惋惜丰产方用来种果树,又埋怨种粮收益太低,既感慨子女不会种地,又力不从心种不动地,既感叹队里人能出去的都出去了,又觉得农村条件也不差,从一个侧面反映了社会变迁中农民的复杂心态。

根据陆明清介绍的情况,经过三十多年的发展,曾经的生产队发生了深刻变化,概括起来三条:农民不再种地,生活普遍改善,年轻人到城镇居住。

从世代农民到不再种地,人们通过什么路径走过来的?

从不得温饱到普遍小康,农民怎样改变了自己的命运?

在巨大的社会变迁中,界岸人的婚姻、家庭、情感发生了什么变化?

农民的命运大体相似,各人的体验互不相同。

这一连串问题,需要在接下来的访谈中探寻究竟。

那时我已经 24 岁，说对象的人好几个，不敢答应。说句俗话，捉只猪也得先把圈搞好，娶个人回来住哪里……

——李永根

二　李永根

想起过去就难过
说什么呢　说不下去啊

断粮　　土改　　互助组　　防空军
队长　　医院　　"文革"　　老党员
布票　　炊事班长

口述：李永根
时间：2014年12月20日上午，21日上午
地点：李家院子
李永根，1933年生，1956年参军，1961年退伍，1966年公社医院做饭，1993年退休。

李家亲族关系：
李永根，李永清，李贵才，亲兄弟；
李兴兴，李永清之子；
李武，李兴兴之子；
李宝贤，李贵贤，同父异母兄弟。

冬月。晴日。微冷。李家后院。阳光照下来，身上暖洋

洋的。

李永根是我进村入户访问的第一人。李家与我家一向亲近,当年村里办第一个互助组,两家就在一起的。父母搬到镇上后,一直往来不断,互相看望,跟亲戚一样。

李永根80多岁,腰板挺直,依稀可见老军人之风采,耳朵稍背,不影响交流。嫂子特别热情,三人一起聊,走进静静消逝的岁月,打开尘封多年的记忆……

从哪儿说起呢?(迟疑,想了想)就从父亲死开始吧,再以前的事也讲不清。

那年我10岁,永清7岁,贵才还在肚子里。父亲死了,娘一天到晚哭,一只眼睛哭瞎。大哥早已抽嗣给套圩埭大伯,家里我最大(哭泣)……啊呀,想起过去就难过,说什么呢?说不下去啊……我们弟兄三个,与娘过日子。大哥走了,我就是老大,既要带弟弟,还要种地,那个日子……(抽泣)

"别着急,慢慢说,就像过去你给我讲那样。"嫂子劝他。 好一会儿,永根清清嗓子,断断续续往下说。

自家只有两亩田,收入不高,没法生活,只好租人家的田种。租两亩田,在陆家附近,趸两亩田,在秦家后头。租田趸田不一样,租田稍微好些。租的田都很远,田租一亩一石米,180斤,直接给粮食,几乎给掉一半产量,荒年也要八斗。

永清长得瘦小,干不动活,贵才更小。家里劳动力少,又没有肥料,田种得不熟。收下的粮食,不舍得吃,放点萝卜、青菜、地瓜,混着吃,一年到头吃粥。春节一过,家中断粮,春天断顿,想起来就难过。

学校就在我家隔壁,老师到家里来,动员我去念书(又哭)。家里跑不出,也没心思念,一放学就跑回来,赶紧打猪草。勉强读了两年,也就一年级水平,读不成了(啜泣)。这个眼泪,熬不住啊……(擦泪)好几年后,大约三年吧,继父来了。他是个手工裁衣,我跟着他做,比较笨,不上行,做了两年也不行。

回忆往事,李永根十分伤心,讲话缓慢,不断哭泣,经常停顿。

解放后土地改革,我家六个人,原来耋的两亩田给我家,还分到两块田,总共分到四五亩,具体记不太清了。那时我16岁,懂事了,永清13岁,也能搭把手。土改不久,响应上级号召,我们第一个搞互助组,六七户人家,都是平时要好的,原来贫困的,家里劳动力少的。

那时田亩分散,东一块西一块,种田不方便,农忙时几家伴工,互相帮忙。我当组长,很积极的。过了不到三年,1954年,搞初级社,几个互助组合并,我们先提出来,叫周奉先来领导。

1955年寒天,我去当兵,自己报名的。为啥原因?家里实在穷,没出路。我家的房子不知你还记得不记得?正屋朝南,两间一舍,朝东一个披。那时我已经24岁,农村这个年龄的人早结婚了,说对象的人好几个,不敢答应。说句俗话,捉只猪也得先把圈搞好,娶个人回来住哪里?

想起来了,三岁时父母给我攀过娃娃亲。那个女孩家里也困难,到我家当童养媳,生活了一个冬天,麦熟时回去的,有十几岁了。解放后,说是封建婚姻,解除了婚约。

"哎呀,我讲得没头没脑",李永根自嘲了一句。
"当兵的事情要讲吗?"他盯着我,征求我的意见。
"要讲,要讲,当然要讲! 你想讲什么就讲什么,想怎么讲就怎么讲!"我鼓励他放开讲。

出去当兵,先到黄桥,在那儿坐船,到无锡,再转火车,一夜到杭州。离开黄桥时,每个新兵发五个馒头,两个弟弟来送我(又哭)。讲讲眼泪又要出来,我倒白馒头吃吃,他俩饿着肚子回家,讲到苦的地方就难过……

在部队蛮好,第一年当战士,第二年去教导队,学习一年,培养当干部。我们是防空军,中央直属团,负责守卫钱塘江大桥,装备72高炮,14.5高机,专门打飞机的。有一年上海打靶回来,在笕桥机场守护。说是台湾有飞机来,我们炮弹搬在手里,几秒钟就可以上膛。只见空中一个火球,敌机被空军打下来,当时心里也怕得很。

我当兵前就是预备党员,1955年入党,徐玉宝介绍的。指导员不知这事,耽误了几个月,后来支部大会讨论,决定按时转正。从教导队集训回连,没有位置,指导员让我当炊事班长。我不大愿意,他说都是革命工作,要服从分配。

我把炊事班搞得不错,有一次班务会上讲话,上级一个干事在我们连蹲点,他觉得我讲得好,整理后发表在《人民前线》(南京军区机关报)。连队里大家都看到了,连长拍拍我的肩膀,我觉得也没什么。

"我觉得也没什么",李永根笑笑。

我总共当了六年兵,1961年10月退伍。退伍前到医院看眼睛,听说转业费增加了,原来只有60多元,国庆后退伍增加到300元。连队仍按老规矩办,我找连长指导员要说法。他们说,你是党员,要考虑军队建设,现在经费紧张。

当时部队经费确实困难,他们已经挨了批评,说这批兵为什么到现在不退伍,说好四年义务兵,结果当了六年。我们想想只好算了,钱虽然没有多拿到,临走时换了一套新军装,部队生活就算结束。

部队期间我探亲两次,母亲去了两次,加起来四次。领导对我好,一般人最多去一次或来一次,不少人根本没有探亲机会。我是战士支委、组织委员,介绍过两人入党。"大鸣大放"时,部队里也有人骂,说骗他们来当兵。完全说昏话,我摇摇头,不同意,我是自觉来的。

我当兵时,没有想过提干的事,主要是文化低。出去时基本上文盲,在部队里学识字。买一本字典,照着字典学,一个字几种解释,几种用法,有空就看,字认得的,不会写,你说奇怪不奇怪?开始不想退伍,后来年龄一年年大了,只好回来。

五八年农村"大跃进",搞"深翻",六〇年饿肚子,正好我不在家,部队里不宣传,与家里通信也少。退伍回来一看,自家的田已经归集体,变成生产队了,大家都这样,也不觉得什么。

1961年10月17日,我退伍到家。生产队稻谷已经分过,剩下一些秕稻,轧出来全是碎米,根本不够吃,半饥半饱,直到第二年麦子熟了才接到顿。到家不久,罚我当队长。肚子吃不饱,活干不动,哪当得像队长?

勉强当了两年,苦得要死,躲到丈人家将近一个月,不管不问,几乎是逃掉的,最后才算脱身。队长不当后,到公社收花站收棉花、当保卫、季节工。1966年3月,算是到公社医院烧饭,不久就是"文化大革命"。

"罚"我当队长?

访谈一个小时了,担心李永根太累,请他歇息,请徐小英口述。 第二天上午,永根接着说。

我在公社医院烧饭二十八年。去的时候不叫医院,叫联合诊所,28个职工,买菜、做饭、消毒,都是我一个人。三十张病床,病号饭也是我做。每天早上摸黑起床,先做饭,烧热水,然后上街买菜,不到七点开饭。早饭后拣菜、做中饭,平时三四十人吃饭,多的时候五十多人。

每天挑两缸水,十五担,从河里挑上来,早晚各一趟,浑水,打明矾。我服务做得蛮好的,医生尊重我,病人说我好。一天忙到晚,一点空也没有,没有星期六星期天,也没有加班费,有时实在家中有事,临时请人代替。

那时正是"文革",煤的质量差,我一走他们就头大了,煤烧不着,火烧不旺,饭吃不上。我当过炊事班长,烧煤懂的,就这样一个人忙了十几年。刚去的时候,30元钱一个月,虽然交队,总比种田好。后来医院规模扩大,实在忙不过来了,增加一个土地工,两人一起忙,好了许多。

"文革"中医院里两派组织对我还好。有些事我看不过去,对造反派说,你们太过分,这样做不好。他们笑笑,不与我啰唆。我是党员,文化不高,说几句就说几句,没人为难我,没人来搞我。医院里两派都拉我,红袖章发来,都收下,派性活动不参加。说服工作做一点,说了也没用,他们不听。

有一次,十几个中学生,背着背包,在医院对面港坎上跑。造反派追上去,夺过背包,甩在河里,动手动脚。我说这种做法不对的,余医生跟我争,他算小头头。我坚持说,学生还小,这种做法不对。我说我的话,他也没办法。

造反派天天开会。有个副院长,看病水平高,说他是地主,吊起来,我是保他的。院长是个女的,造谣,说她有男女关系,剃个阴阳头,早晨站在街上。一到晚上,造反派就出门,天亮才回来,也不知道他们出去干什么。

造反派出门,给我和那个副院长交待,病人来了,他看病,我负责看家。天天老一套,开会,斗争,造反,后来从医院里搞到社会上去了。反正不关我什么事,我总归做饭,两派群众来都有饭吃。

群众斗争太激烈,想想这种做法不对,开会又不好不参加。造反派是革命派呀,也不反对它。两派来发袖章,我全收下……

"两面派！两面派！"徐小英插话，三个人忍不住大笑起来。

"现在农村里的老党员，有没有补贴？开展哪些活动？"李永根夫妇都是党员，访谈结束前我问了一个问题。

没有补贴，党费交的。大队里每年开两三次会，书记讲讲村里情况，不招待吃饭，"七一"发些纪念品。会上交党费，至少50元，我少也不交。今年每人交100元，发100元，交的发的差不多(笑起来)。前几年发被单，有人提意见，年年发这个，用得了多少？还不如发点米，发点油。

去年不发被单了，发购物券，每人150元，镇上超市买东西。70岁以上的老人，今年每人发10斤米，大队里自己种的，叫无毒米，市场上4元钱一斤。去年过年，给老人发一桶油，10斤。以前发过电水壶、电饭锅，党员企业家赞助的。

现在不像以前那么困难了。又要讲到，我们结婚那年，每人发7寸布票，做双布鞋都不够，鞋面布要8寸。结婚有优待，每人发8尺布票。店里什么都没有，脸盆买不着，热水瓶买不着，碗买不着，哪能跟现在比？

小时候，夏天热，晚上外面乘凉。听大人讲老话，发财人穷人，李家就是界岸的穷人。

李永根回忆小时候的苦日子，老泪纵横，伤心不已，几次讲不下去。之所以穷苦，一是10岁丧父，李永根撑不起这个家；二是家里地太少，两亩田养不活四口人；三是没有壮劳力，租来的田种不熟。

李永根家缺地少地的情况，有相当的普遍性。土改前，沙洲北部12个乡6万多人口中，贫农、雇农人口占49.65%，人均耕地0.53亩。1949年前,麦子亩产30—40公斤,水稻亩产200公斤左右。人均半亩多地,这么低的产量,只能是忍饥挨饿、绝对贫困。

改善人民生活,提高农业生产率,需要一个过程。尽快把贫苦农民从死亡边缘上救出来,获得人民群众的广泛支持和拥护,最简捷的办法,莫过于均贫富,土地改革正是基于这样的政治经济逻辑。

李永根土改中分到四五亩地,是典型的翻身农民。他在村里第一个组织互助组,带头参加初级社,较早加入共产党,积极应征入伍。在部队里,有人说当兵骗来的,他摇摇头不同意,"完全说昏话","我是自觉来的"。

复员回到家乡,自家的田归了集体,变成生产队,"大家都这样","不觉得什么"。"文革"中,李永根不赞成造反派的做法,即便这样,开会还要参加,因为"造反派就是革命派"。李永根这一代翻身农民,对新政权始终怀有质朴的感情,毫无保留地拥护,近乎盲目地跟着走。

少年时代的贫苦生活,青年时代的部队磨炼,造就了李永根的吃苦耐劳。在医院工作,长达十几年,三四十人吃饭,就他一人忙碌。没有节假日,没有加班费,工资要交队,没有抱怨,"总比种田好"。

退休后,本来可以享受生活,妻子生病,儿子生病。要花钱,要种地,要卖菜,要照顾妻子,陪儿子看病。李永根不抱怨,不自弃,一步步往前走,终于战胜厄运,迎来幸福晚年。

2017年,李永根85岁。国庆节一大早,他骑辆小三轮,从乡下到镇上,给哥嫂送来一箱柿子。我们回访,再三道谢,好心劝他,年纪大了,耳朵又背,不要骑车了。

李永根点点头,摇摇头,依然那样憨厚地笑……

找对象最关键的是找人,找到能够看得中、互相合得来的人,家里穷富不是最重要。 娘死得早,我从小苦惯的,不怕苦,不嫌穷……

——徐小英

三 徐小英

人生下来就是干活的
没有什么大不了的

挑望虞河　自由恋爱　分家　　住院　　望产妇
当队长　　入党　　　车祸　　吃救济粮

口述：徐小英
时间：2014 年 12 月 20 日上午，21 日上午
地点：李家前院

徐小英，李永根妻子，1941 年生，担任过生产队、大队干部，1986 年遭遇车祸，现在驾残疾车出行。

那年我还小。盛夏清早，知了一个劲叫。有陌生姑娘骑车，从我家门前路过，下坡急拐弯，一下子撞倒篱笆。爷爷刚要数落，娘连连摇手，"别说别说！是永根娘子！"

那时李永根还在部队。这姑娘远道而来，一路打听，寻到界岸，自称是永根对象，前来拜见婆母，天上掉下来的媳妇，一时轰动乡里。李永根 10 月退伍，年底结婚，大家去闹洞房，新娘端坐床沿，戴副墨镜，很是洋派。

这个新娘就是徐小英。当年英姿焕发，如今年过七旬。李

永根先谈一个小时,接下来听她述说……

我老家住在山前镇,五八年寒天东迁,哥哥先去,第二年全家一起去,队长家也去的。那个地方最初只有十户人家,就叫十家村,后来去的人多了,才划到公社里去。

五八年挑望虞河,我18岁,长得细小,但是能做。父亲60岁,队里开会,布置上河工,要去很多人。他回来就对我说:"你平时嘴狠,不服气,要是真有本事,就去挑望虞河。如果你不去,那么只好我去。"

我想他年纪大了,做不动了,我去就我去,也没什么好怕的。队里有三个姑娘一起去,她们20岁,比我年龄大,个子也高。我们走到四号桥,再坐车到工地,衣服、被子、粮食随身带着。

到了工地,书记看看我,皱着眉头讲,这个丫头这么小,跑这儿来干什么?队里人说,别看她人小,干活好几年了,不信干几天试试。于是就跟大家一起去挑河,河底的泥很硬,钉耙垒下去,一垒一个印子,挑着泥从河底往上走,坡特别陡。挑了一阵也没什么,跟大家差不多。

回来过春节,第二年又去,不挑河了,叫我洗衣服,30多个人的,算是照顾我,麦子黄的时候回家。开始去的时候,敞开肚皮吃,白米饭,尽吃。哪有多少粮食吃?没多久,粮食不够了,烧萝卜饭吃。

后勤人员可以吃饱,挑的人不一定。我洗衣服,算后勤,与炊事员一起吃,每人每顿一碗饭。干后勤的自己盛,装得尖尖满满,活也轻些,我一大碗吃不掉,分给哥哥吃。挑河的人也是一碗,干活重,吃不饱,经常闹矛盾。

晚上睡觉,工地上搭草棚,一排一排的,地上铺点稻草,挤在一起睡,这头是妇女,那头是男人,大通铺。晚上几个男工躺在棚子里喊号子,装作开夜工,其他人休息,挑得太辛苦,吃不消。

镇志载，1958年10月拓浚望虞河，全乡3500多民工参加，民工数超过总人口的十分之一。挑望虞河苦，老农民谈之色变。徐小英18岁去挑望虞河，颇有花木兰替父从军之风。

望虞河工地回来，当了几天妇女队长，大队繁殖场要人，又去种饲料田，当饲养员。种棉花的时候去的，过年前回来，领到80元钱。我们那里是新围垦的荒滩，迁居的人越来越多，我家房子前后建了三次。每次房子建好刚要住下，又说重新规划、集中建点，起了又拆，拆了又起。

不过当初造房比较简单，芦苇、麦草、土坯，房子自己建，政府哪来补贴？那些新围垦的田，原来是公社干部种的，野地里黄豆垛、高粱垛都有，想吃自己去搞点就是，没有人管。后来六零年闹饥荒，我们总算没有饿肚子。

"麦子黄的时候才回家"，"种棉花的时候去的"，"过年前回来"，农民对时间的记忆往往与农时有关。

"1962年我们结婚"，徐小英继续往下说。

我回过神来，打断她，"姐姐，你先说说怎么认识永根哥哥的？"

啊哈，说起来话长。我们队里有个妇女，小官人（丈夫）在杭州当兵，挑望虞河一结束，她直接就到男人那里去。部队回来后，她几次给我做介绍，说的是一起当兵的老乡。1961年她又去探亲，硬拉我一起去看对象。

说实话，我开始去看的不是永根，而是另外一个人。到部队几天接触下来，觉得跟那人没有什么感觉。永根是他们一个连的，我们同一个县，也算老乡。双方觉得不错，于是自作主张，当时就定了下来，完全是自由恋爱。

在婚姻问题上，我一直有自己的想法。我一个姐姐嫁在张桥,一个姐姐嫁在陈桥。大姐夫是个麻子,我娘生前定的亲。为啥呢?男方家里蛮发财的,住独家村,又是独子,娘舅做的介绍。如果娘不死,姐姐不愿嫁的。娘死后,男方置了五六担东西,船运过来,过"六七",吊孝。姐夫从小是个惯宝宝,什么活都不干,连插秧都不会,好喝酒,姐姐就跟他这样过过。

二姐夫细条条,瘦长个,家里是富裕中农,有老牛,好几间房。我一直觉得,找对象最关键的是找人,找到能够看得中、互相合得来的人,家里穷富不是最重要。娘死得早,我从小苦惯的,不怕苦,不嫌穷,人生下来就是干活的,没有什么大不了的。

"1960年饿肚子,我没受多少罪,反倒是1962年结婚后,吃足了苦头。"徐小英语气低沉下来。

我记得,腊月十八结婚,家里也就20来斤米,两个大人,要吃到来年麦子上场,好几个月,这日子怎么过?那时有救济粮,周支书好的,帮我们申请到一些。后来永根当队长,书记女儿到队里干活,年纪小,记工分要打折。书记娘子不高兴,站在界岸上骂,"没人弄来救济粮,你家哪来得吃?"走来走去,边走边骂,我没什么说的。

好容易熬到新麦上场,队里分麦子,我家没东西装,向周家借两只箩子,把麦子挑回家,倒掉了,再还箩子。永根当兵六年在外,结婚后真正一无所有,家里连最普通的坛子、缸都没有,只有一个草窠(稻草编织的筒形器具),粮食就放在里面。

后来分家,分到一间半房,有堵墙上多个窗户,折8元钱,好还给人家(噙泪)有时讲着讲着,眼泪熬不住就要出来。分到一只缸、一只坛子,两只碗,一人一只。婆婆说,一只缸可以给你,你拿双鞋出来,给贵才穿,你不拿鞋出来,缸就不给你。

部队里军装军鞋都是定量的,到了年头以旧换新。永根复员回来,也就两双鞋,没有多余的。刚刚结婚,生活又困难,他有点舍不得。我劝永根,算了,就算不分这只缸,你给弟弟一双鞋,也是应该的。

分家后,连做饭的灶头都砌不起,自己动手,盘一个行饷(独眼灶)。做饭没有草烧,永根到我娘家去,推一车柴草回来。娘家路又远,一来一回,恨不得要两天时间,七八十公里路啊。

1963年,大女儿出生。亲戚要来望产妇,吃饭的人多,碗不够。永根借了辆自行车,骑到东,骑到西,想买几只碗,那里都买不着。望产妇要吃团子,没有米粉,就用玉米粉。磨好的玉米粉没处放,放在"二二三"(剧毒农药)瓶里,瓶是河里捡的。当时不懂,以为瓶子洗过就没事了,吃的时候一股农药味,幸亏没中毒。现在想想多可怕,要人命啊!

不知不觉已过11点,各人都有事,上午结束。第二天上午,按约再来,李永根陪着,徐小英继续述说。

我接下去说。那天永根去买碗,到下午三四点钟也没买到,那时什么东西都没得买。路过瞎子舅母家,肚子饿透了,多谢表哥招待,吃了两碗萝卜饭回家。当时正是春二三月,我生孩子才五六天,起不来床。永根问我吃了没有。哪来吃的?从早上到下午,一滴热汤没喝到,永根寒酸着眼泪烧给我吃。

没几天我生病,先是害奶疮,肿得老大,乳房消肿后大腿又肿,医生开刀又没有脓。我生病还没好,不知怎么搞的,永根又生病,无精打采,一点力气也没有。望产妇那天,娘家人刚走,我用汤匙喂女儿,好像是开水泡的脆饼,不知怎么搞的,突然听到她嘴里"嘎吱嘎吱"响。

仔细一看,月子里的小孩,嘴里居然长了两颗牙,吓得我骨头都酥了。队里人就讲,这个小孩命太硬,克性重,难怪刚生下来父母就生病。听他们说得害怕,想想两个人身体都不好,跟永根商量,让他用一只篮子拎着,送到山前镇那张桥上,让人家抱走拉倒（咯咯笑起来）。

两个人商量来商量去，到底不舍得。女儿今年53岁了，什么事也没有。我生她的时候，家里实在困难，什么营养品也没有。月子里总共吃到两斤红糖，还是永根用自家养的兔子，到街上生产资料部换来的。

"永根哥没买到碗，望产妇那天哪来的碗？"我问一个小问题。

大概是借的，不借哪里来？啊呀，那时不像现在，望产妇也没有多少人，娘家一桌人，加上自家人，不超过两桌。也没什么吃的，蔬菜作主，白菜炒肉丝就算好透了。娘家人来望产妇，拿点脆饼、馓子，没有券，糖都买不到，大家困难啊。

1966年，我生第二个女儿，造三间朝东屋，瓦檐草脊，土墼墙头。一根榆条，一个门框，一扇门，复员军人发的券，算是照顾的，花掉六七十元。瓦是老屋上拆来的，墙头底下几层砖，也是老屋上拆来的。那时永根已经到医院烧饭，每月30元，虽然要交队，总比种田好。又向哥哥、父亲借了几十块钱，总共花了不到600元。

来年7月生儿子，永根在医院，晚上不回来，我一个人在家。队里种双季稻，忙得要命，早上三点多起来，摸黑去拔秧。白天还在干活，早五更肚子疼，大女儿5岁，让她去喊邻居。

永根接到电话回家，带来一个医生，小孩已经生下来了，刚刚包扎好。他请了五天假，下午我就起来了，洗尿布什么都是自己动手，过了三天，他就上班去了。过去的事情实在多，就是苦，就是忙，就是穷，其他的也没什么。

"你还记不记得入党的事？先当队长后入党，还是先入党后当队长？"徐小英是生产队里唯一的女党员，我请她谈这方面的事。

记得,当然记得。当妇女队长早,那时还没生儿子,在小学里开社员大会,选妇女队长,两个候选人,大家选我。当妇女队长没什么报酬,一年也就补贴六七元钱。

当生产队长是后来的事。先是永清当队长,冬天挑河捉鱼,大小搭配,分给社员。陶家挑挑拣拣,嫌分得不公,大骂不已。有理说不清,永清气得自己打自己耳光,再也不愿当这个队长。前前后后十几个队长,男工基本都轮过了,没人愿意当这个队长,在我之前,陆明清当队长,他当了一年,不干了,开会、吹哨子、喊上工,派工派活,都是我代替。于是工作队要我来当队长,我做了两年,也不高兴干了,一退到底,索性妇女队长也不当。妇女队长、生产队长加起来,前前后后干了十几年。

1976年夏天,公社工作队住在小学里,周奉先、钱尔堂介绍,我和一个男队长两人同时入党。当时"文革"还没结束,农村发展党员不多,女党员更少,入党还是比较光荣的。他们找我谈话,我愿意入党。队长不当后,在大队里三年,当副妇女主任,搞计划生育。

我没有文化,写写弄弄不行。当时杜绝二胎,难度太大,没日没夜工作,只要发现计划外怀孕,几个人坐在她家里,苦口婆心,软硬兼施。好不容易说通了,马上送医院,打好胎,再陪回来。一不留神孕妇不见了,到娘家找,到亲戚家找,甚至追到北京。

当大队干部还是拿工分,干一天算一天,早上晚上无报酬。分田到户后,全家五亩多田要种,永根又不在家,三个孩子还小,想来想去,后来大队里就不去了。

徐小英个子不高,很结实,干活麻利,走起路来一阵风。1986年,徐小英45岁,一场突如其来的车祸,影响并改变了她的后半生。

快 30 年了。那年夏天,我骑车到扬镇去,路上遇到彩彩,我们还打了招呼。刚好急拐弯,对面一个男人骑车过来,两人都没看见,骑得又快,"砰"的一下就撞上了。我一个倒翻跟斗摜下来,当时爬也爬不起来。

我喊:"彩彩,彩彩,我被车撞了!"她还说,"抓住他,抓住他,别让他逃了。"那个男人没走,停下来,喊我"起来,起来"。当时背脊骨就撞伤了,说句难听的话,小便都在裤子里,哪里还爬得起来?左邻右舍来了,把我抬到公社医院,救护车送到县医院,先拍片。

那时哪像现在?医生也没看懂,只说是骨折,配了点药,回公社医院住着,永根在那里做饭,总要方便些。一个人躺在床上,起不来,大便不通,又是针灸又是理疗,前前后后住了 20 来天。

看看田里棉花开了,觉得稍好些,勉强出院。回到家,撑着膝盖,承包田里拾棉花,还是行走不便。到了傍晚,永根从医院回来,人与棉花一起,自行车驮回家。就这样,家里田里,一直做,好好坏坏,过了六年。

那天我抱着外孙女,到你家串门,跟你妈讲,"婶娘,我的脚要瘫了。"她不太相信。两条腿从膝盖一直痛到脚,脚趾头像鸭脚一样,弯也不能弯。早饭不能吃,不知哪里难过,难过得不得了。

儿媳厂里上夜班回来,一看粥在台上放着,晓得不对,用自行车驮我去镇上医院,我坐不住,她扶着我,推着走。医院里王院长看看,说是坐骨神经痛,没啥事的,配点药吃吃,过几天就好了。

永根自行车带我回家,第二天早晨还是那样,他一早去上班。他刚走,我就起床,从楼上走到楼下,痛得实在厉害,一点不能动弹,下肢完全失去知觉,只好躺下来。邻居们来探望,说好好的怎么这样了,是不是碰到什么了?我觉得没什么。

又过了一天,实在熬不下去了,叫个救护车,到县中医院看。先拍片,说下午开刀,没啥关系的,手术后半个月就好。女婿不放心,打电话给我弟妹,让他们一起到医院来商量商量。

吃过中饭,又拍片,医生觉得问题比较大,没把握做这个手术。他们建议,或者去上海华山医院,或者请上海医生来动手术。我们都是农村里人,上海没有什么认识的人,即使出了钱,也不一定进得去医院。家里人商量来商量去,想不出什么好办法。

第二天下午3点多钟,我弟弟来了,他当副镇长,社会上走走,有几个认识的人。他说干脆到南京,有个副院长认识。第二天一早4点多钟,救护车直开南京,七点钟到。当天没开刀,住了一宿,一张片子拍掉980元。1992年开的刀,当时51岁,总共花了3000多元钱。

在南京医院住了半个多月,女儿、儿子轮流陪我。出院后转乡里医院,还是不能动。我的病没看好,儿子又生黄疸肝炎。那几年肝炎流行,被传染的人很多。我躺在医院里,眼泪都要哭干(哽塞),儿子生病,孙女又小,自己起不来,田里活谁干?我一个人,直挺挺躺在病房里,墙上滑溜溜,想找个抓手坐起来都不行,一躺就是几个月。

娘家侄儿要结婚,姐姐来喊吃喜酒,看我躺在医院里没好转,人长得很胖,小腿肚子一点点粗,现在说起来叫肌肉萎缩。当时不懂什么康复锻炼,也实在没有人来搭手。儿子生黄疸肝炎,不能劳动,儿媳要照顾小孩,地里活没人干啊。

永根在医院里,中饭后洗刷完毕,立即回家下地干活,做到三点多钟,急急匆匆地赶回医院,做晚饭。永根实在忙不过来,我也不好叫他来拉我起来。这样一晃睡了六个多月,从夏天到冬天,躺的时间太长,我就想出院回家。自己还没出院,儿子的病变重,也住到医院里来了。

　　一家两个病人,眼泪哪得干?他们不许我出院,我哭个不停。你想,马上过年了,大家走亲戚,家里关门闭户像什么?我哪怕坐在门外,总有人来的。我犟着回到家里,两根拐杖撑在胳肢窝里,一挪一挪学走路,两只眼睛不敢望前面,就怕跌跟斗,还是摔了好几次。

　　就这样一直撑着,两条腿慢慢移动,膝盖以上好的,膝盖以下没力气。卖掉一头猪,换一副液化气灶具,放在前头屋里,给儿子煎中药。他一直到来年2月才出院。1993年,永根从医院退休,每月退休费360元。儿子虽然出院,还没好透,每个月永根自行车拖他去看中医……

　　"肝炎好像会传染的,儿子生病期间,家里有没有采取预防措施?"我无端紧张起来,忍不住插话。

　　要传染的,那几年好多人得肝炎。陈家圩一个人家,儿子生肝炎,父亲陪床,传染上,妹妹还是姐姐去陪床,又传染上,结果都没治好。我家儿子的肝炎从急性转为慢性,可能传染性差些。主要是吃中药,10天一趟,10贴中药,100元,每月300元。我还要看病,永根每月的退休费全部花光。

　　家里日常开支哪里来?靠永根田里种菜,上街去卖。儿子中药吃了将近一年,病不仅没变好,反而严重了,一吃饭就呕吐,真是急煞人。姐夫带他到无锡看,又是一大堆中药,吃了还是没效果。想再到公社医院住,儿子不愿意,说要住就到县医院。

　　腊月里,儿子住县中医院,一直住到第二年麦子黄才回来,又是半年多。这次总算看好了,哩哩啦啦病了两三年。年底永根拿到1000元补贴,全部到医院付账,还向大女儿借了2000元。幸亏那时看病不像现在这么贵,住院半年多,花了4000多元钱。

儿子出院后，我让他住楼下，跟儿媳分床睡。别人讲夫妻同房会发病，过了半年多，他才上楼住。身体稍微好一些，表妹介绍他当机修工，做了三年多。后来出来做漆匠，现在身体还好，附近这么多人生肝炎病，就他恢复得好些。他身体恢复后，我与他商量，分开灶头吃饭，田也分开来种。现在他一个月做25天左右，早上出门，晚上回来，家庭关系一直好的。

"你家经济什么时候才算好起来？"快到12点，我抓紧提问。

经济上宽松起来，是儿子身体好了，出去上班，不看病了，减少支出，上班了，增加收入。如果我们两人不生病，经济上会早点好转。儿子结婚后，聚点钱，本来准备造楼房，两人一生病，钱花光不算，还借了钱。

大女儿原来做漆匠，现在做脚手架生意，一年挣5万多。县城买了房，前几年拆迁，补到4套房子。外孙29岁，职高毕业，先在外地打工，现在办个小厂，女婿出的本钱。小女儿条件比姐姐差些，在县城买了房子，乡下房子拆迁了，房子还没拿到。外孙职高毕业，也结婚了。

儿子做油漆工，每天200元，不管饭。媳妇出去打工，每月不到2000元。亲家母家拆迁，好几套拆迁房，儿媳是独生女，他们用不着买房。如果我们家拆迁，可以换3套房。孙女今年24岁，还没对象，胖的嫌胖，瘦的嫌瘦，搭细得很。

我买养老保险买得早，连医保一起买的，现在每月能拿1600多元。本来不想买，姐姐劝我，就买了。永根每月退休工资4520元，两人加起来6000多元一个月。去年买了残疾车，自己开着，附近转转，很方便，现在的日子真的好过了。

请李永根夫妇口述,用了两个上午,原始录音5个小时。两家一向亲近,敞开谈,没顾忌,保持了内容的真实性、原生态。回味徐小英的述说,从心底里为之赞叹。

徐小英是凡人中的不凡者,不甘向命运低头,不断与磨难较力。她从小失去母亲,父亲依她顺她,哥哥宠她护她,养成了刚强的个性。徐小英的习惯用语是"没什么",是把困难看作常态,抑或是对它的藐视?

1958年挑望虞河,乡里上河工的劳力超过总人口的十分之一。忆起当年挑河的苦,多少男人为之胆寒。徐小英刚刚18虚岁,"我去就我去,也没什么好怕的","挑了一阵也没什么",轻描淡写,一带而过。

21岁,徐小英到部队看对象,自作主张,私订终身。"不嫌穷,不怕苦,人生下来就是干活的,没有什么大不了的",一份半个多世纪前的爱情宣言。她打破世俗,落落大方,主动上门,拜见婆母,何等勇敢,何等磊落!

徐小英嫁到李家,空空如洗,20多斤粮食,要吃两三个月,分家分到两只碗,每人一只,连灶头都砌不起。永根当队长得罪人,别人在界岸上骂,"我没什么说的",忍气吞声,熬着。

1986年,苦日子眼看就要到头,徐小英突遭车祸。那么要强的人,长期困卧在床,动弹不得,个中苦楚不难想象。她挣扎着出院,不低头,不屈服,坚持康复训练,顽强地站立起来。

徐小英终于苦尽甜来。老两口经济宽裕,身体康健,恩爱如初,携手共老。第二代不再受穷,超过小康。第三代跳出农门,全在上班。农村拆迁,儿子女儿每家都有好几套商品房,积累起不薄的家庭财富。

访谈永根后没几天,我与老父亲一道,到他家做客。按农村待客旧俗,他家摆了满满一桌菜,吃馄饨,吃团子。

想想那时候，人家喊我"海戆大、海戆大"。"戆大"啊！就这样被他们喊，一直这样喊，喊顺了……

——李贵才

四　李贵才

世界上差点没我这个人
辛苦一世也算苦出头

死里逃生	海鳖大	闹深翻	吃食堂
腌菜风波	结婚	生肝炎	做小工
车祸	招女婿	烧羹饭	

口述：李贵才
时间：2015 年 9 月 15 日
地点：公司传达室

李贵才，1942 年生，1969 年大队弹石棉、行船，1978 年后苏州建筑工地做工，退休后看门。

秋日，小到中雨。镇区，偏僻小巷。医疗器件厂，民营企业。车间里工人不多，"吭吭"冲床响。

李贵才在企业看门，一人值守，24 小时上班，吃住在那里。如有事离开，需人顶替，平时走不开。

与贵才电话联系，听出来他有些犹豫，"过去的事都过去了，有啥好说的？"他知道我已经访了几家，又向女婿打听，讲点什么，怎么讲。女婿告诉他，随便聊，想说什么就说什么，想怎么讲就怎么讲。

第 2 天一早,他女婿送去两条鱼,我到厂里,鱼已烧好,贵才在摘菜。我告诉他来意,挨家挨户访谈,为的是把界岸人家的事记下来,让子孙后代不忘祖辈的苦难与奋斗。他听了高兴,不一会儿,话匣子就打开了。

中午,本想去饭店吃饭,不忍拂他好意,两人在传达室里,鲜鱼啤酒,紫菜鸡蛋汤,电饭煲焖米饭,吃吃谈谈,直到下午三点……

你今天要来,昨天晚上我在床上回想,要讲的内容,大体上分三段:小时候到 16 岁,算一段;16 岁到 26 岁结婚,算一段;从结婚到现在,又算一段。

先说小时候。我还没有出生,父亲就不在了。我是腊月廿二,早上八点半生的,丢在马桶里,娘不打算收我了。刚好外公经过,看见女儿躺在床上,说是生过小孩了。

外公问小孩在哪里?打开马桶一看,是个男孩。外公家没男孩,喜欢男孩,把我拉起来,洗洗干净,衣服包包,放在娘身边。这是外公后来告诉我的。(沉默)如果不是外公,世界上就没有我这个人。

生下来刚三个月,娘想将我把出去,说好送给翟家埭丁家。结果晚去了一天,丁家已经抱了一个,只好再把我抱回来,于是就在自己家长大。这是娘后来告诉我的。

不知过了多长时间,娘招来一个继父,又生个妹妹。继父是手工裁衣,没有缝纫机的,手艺也不怎么样。永根跟他学,动不动顺手一尺,打得永根不愿做,娘硬逼他去。那时的生活怎么过?河里摸螺蛳,捉螃蟹,野菜煮煮,就这样填填肚子……

"这里暂时搁一搁",李贵才想了会儿,"还是先说小时候上学的事"……

我1942年生的,9岁才报名读书,和李贵贤一起去的。一个女老师,丁正华,问我叫什么,我说叫"小卵"。她笑笑,"这个不算名字。我给你起一个,他叫贵贤,你就叫贵才吧!"我回去给娘一讲,好的。直到上学第一天,我才正式有了自己的名字。

上小学时,我笨得不得了,没有别人聪明。为什么?家里穷,养羊养猪,一放学就割草,没心思做作业。念书念到15岁,小学毕业,就到队里劳动。队里人看不起我来,给我起个野名,叫"海戆大",不知你是不是还记得?

李贵才停止述说,抬头看着我。面对那副哀怨的目光,我不知说什么才好。

我想"戆"就"戆"吧,随你们怎样叫,就这样一直喊了几十年。

有一次队里劳动,我想去挑河泥,周支书说你还小,挑不动的,搭河泥吧。我跟他顶嘴,因为搭河泥每天4分工,挑河泥每天8分工。晚上回去给娘一讲,她发脾气,"你跪下来,人家这是为你好,怕你挑伤了。"我一听也对,不好意思,专门到周家赔不是。

1958年公社化,队与队合并,吃食堂,老郭带我做饭。号召搞深翻,劳动力对调,我们到严家圩去深翻,他们到我们这里深翻,瞎搞呗!原来条子麦每亩播12斤,散麦播15斤,要求每亩播50斤,哪来收成?荒就荒在这上面的。

我们做好饭,装在饭桶里,挑到严家圩工地,挑挑歇歇,一天送两趟。娘在托儿所带小孩。不到两年,队里没什么吃的了,吃糠饼,麦糁粥。食堂里分饭,陈玉林娘心疼儿子,米糠做的饼,她偷偷多拿一份。我在边上看见的,也不响,饿得吃不消,大家都一样。

深翻刚结束,大冷天,去挑望虞河。隔壁队里张桂风,17岁,与我同岁,比我高大,上河工去的。我也想去见识见识,被永清骂了一通,"你不得死啊,前世没做过啊!去的人做得半死啊。"张桂风去了,挑不动,那个哭啊。我在家里,跟着队长,敲敲锣,四处转,喊上工,食堂里帮帮忙。

"说到食堂,我再讲讲外公的事。"外公救活了他,贵才第二次提到外公。

吃食堂前,要求家家户户献粮食,大家不放心,留一点后手。外公悄悄留下上百斤麦片,放在一只缸里,家里挖的地洞,藏在地洞里。队长检举,说我家有粮食,吃剩的饭装烧箕里,挂在屋檐下。我跟他争辩,不肯承认。食堂打点薄汤,根本吃不饱,晚上家里偷偷做点稀饭,充充饥。

永清做整劳力,稠的捞给他吃,薄的我喝,他干力气活,我毕竟做轻工。实在没吃的,外公摘两只茄子,清水煮煮,不巧被队长碰见,连锅子一起端走。我一直记着这事儿,外公年纪那么大了,煮两只茄子,都是一个队里人,睁一眼闭一眼算了,何必这样!这个人不好。

1962年,我20岁,作为整劳力在队里干活。年纪轻,要求进步,也想入团,文化低,人家看不上。当过生产队农技员,和几个年轻人一起种试验田,两亩田。"文化大革命"中,半夜里起来游行,学习"红宝书",被评为学"毛选"积极分子,名字贴在大街上。

我们队里还排过一个戏,我演主角,一个老贫农,地主家做长工,穿一件破棉袄,借你爷爷的。剧本原来是我编的,没编像,你哥哥重新编,队里人排练,演过好几场,看的人、演的人都出眼泪的,剧本还被公社宣传队拿去用过。

"一晃到了 26 岁",李贵才开始述说四件与结婚有关的往事。

第一件:妻子的身世。

兰妹你知道的,说起来话头就长了。他父亲刘玉郎,钱家埭人。老人说过,解放前,刘玉郎与街上赵官泉是一伙。这个赵官泉不是什么好人,地方恶霸,解放后被政府镇压掉的。刘玉郎跟他一起,干不出什么好事来。据说他擦枪走火,当场打死一个小孩。打死人就是血案,解放后逮起来枪毙,具体情况知道得不多。

兰妹3岁的时候,刘玉郎有了小老婆,与兰妹娘离婚。那时快解放了,我8岁,记得她娘离婚时,看见不少人,抬着家具从我们这里经过。兰妹是刘家人,不让带走,自己又不养,送给一个叫黄毛的人收养。他家没小孩,兰妹老拉肚子,拉在身上、床上,人家不要了,回到公公家。

这个公公是刘玉郎的阿叔,没有子孙,收养过一个女儿,出嫁后不生小孩。兰妹先到她家,农村里叫"压头"。后来生了弟弟妹妹,人口多了,养不活了,再回公公家,在公公家长大。

第二件:攀亲。

公公是个风水先生,有几个活钱,把这个孙女当宝贝,从小养到大,生活苦些,还过得去,一晃到了嫁人光景。公公常到钱家埭走动,向钱金堂打听,问有没有小伙子。我刚好挑着粪桶经过,问长问短。说句实话,当时瞒掉两岁年纪,26岁说成24岁。公公第二天又来,跟钱金堂说,这事定下来了。我和兰妹一点也不知道。

你知道的,我家原来有三间正房一间侧厢,两个哥哥婚后分家,每家一间半,侧厢屋里娘和妹妹住,边上搭个披,我住。女方来一看,啥也没有,生母继父不同意,养母养父不同意。公公说,"你们一个也不要做主,就是我做主!嫁人就是看人,难道嫁个醉酒的、抽烟的?"

第三件：结婚。

这门亲事就这样定了，还没有来得及押贴，转眼过年，就办喜酒。家里有头猪，65斤，皮包骨头，瘦得要命，杀了办酒，勉勉强强。我这边买一顶蹩脚橱，65元钱，先拿到丈母家去，结婚时再抬过来。

兰妹想要家里一个箱子，继父不情愿，她靠在门边哭。我正好过去，就劝兰妹，"我们将来有了钱，可以自己买。只要肯吃苦，不愁没饭吃！"后来她告诉我，原来心里一直不踏实，荡在那里不好过，听了这句话，定心了。

我26岁结婚，当时就算大龄青年了。我常跟兰妹讲，如果不是你公公做主，我也许讨不到娘子，就做一世光身汉了。兰妹也是蛮苦的，我长期在外打工，她一个人在家，把三个小孩养大，还要种承包地，不容易啊。

第四件：腌菜风波。

婚后一开始，婆媳关系好的。公公关照兰妹，过门后对婆婆要好。后来闹矛盾，分家，就为一碗腌菜。也怪我不好，家里拌腌菜，油壶里没有多少油，倒来倒去倒不出。我想人家条件好，嫁到我家委屈了，两碗腌菜，一碗勉强放点油，一碗没放油。妹妹吃出两碗腌菜味道不一样，告诉娘后就吵相骂。想想我自己也不好，油不够，拌一碗腌菜就没事。

当年此事传开后，队里人指贵才不孝，"娶了新娘，忘了老娘。"贵才有口难辩，无比窘迫。

婆媳有了矛盾，女儿出生后娘不愿带。小孩一个人在家，睡在摇篮里，门半开半掩，醒来后又哭又踢，被子把头闷住了。我们两个人都在队里上工，一点不知道。刚巧陈玉林娘路过，听到哭声，进门一看，小孩浑身大汗，脸色发青，赶紧抱起来。

如果不是她经过，这个女儿也许闷死了！我与娘就翻腔，吵起来,"人家不嫌穷,到你家来,如果小孩出事了,你对得起谁?"兰妹嘴也躁,一直到现在都这样,但是她也有理由。

婆媳之间一直不和,我有什么办法?娘不能惹,年纪大了。娘子生小孩不久,劝她又不听。有一次她们又吵,永清向着娘,过来问我,"你娘子又在吵什么?"我正急得没有办法,被他一问,一股火吊上来,上去就给娘子一记耳光。永清急了,问我,"你算打在我的面孔上?"

我说,"她不听话,难道要打?"兰妹被子捆捆,挑了就要回家。被子被邻居拦下来,人拦不住,空身走了。小孩扔在家里,两三天没娘管,只有两三个月大,作孽啊。从结婚到现在,我就打过她这一次,后来再也没有动过手。

家里一张条台,原来说好分给我的,吵架后娘不给我了。这张台子现在还在,中间一条大裂缝。妹妹出嫁时,我种的十棵楝树,刚刚手臂粗,全部倒掉做嫁妆。永清家的树更粗更大,反而不去倒。我心里不爽,把永清的树根部四周锯一圈(边说边笑),他来夺锯子,弟兄俩又闹。唉,后来那几棵树居然没有死,还活了下来,长粗了做什么用的,不记得了。

贵才对婚姻的述说,涉及已经去世的公公、母亲与哥哥,尽量还原当时情景,为曾经发生的不睦作出合乎情理的解释。

我学过几个月瓦匠,工钱归师傅,生产队没工分,家务活顾不上,一分钱也没有。李宝贤看我实在困难,介绍我到大队里弹石棉,每天4角钱补贴,装卸棉料棉纱,补贴归自己。我们弹石棉,一共三个人,弹了几年,苦得要命,钱弄不到多少。

听说行船补贴多,每天5角,就跟老朱去行船,当时还是扯篷船。早起5点钟开船,一天到苏州,有风时扯篷,没风时撑篙,退潮水小拉纤。船上湿气重,河边没好路,拉纤拉得膝盖痛,几乎跪着走,行了一年船。有一次,徐师傅在街上收的竹子,放在船上,托我带给苏州一个朋友。正好胡进宝看到,马上问我:"你这竹头做啥?想做生意赚钱?"我解释,他不听,脸一落,"你不要行船了,马上给我回去!"

我想平白无故吃你冤枉,哪能这样败在你手里?即使回去,也要等到自己不想干了才行。一股气上来,一口把手指头咬破,出血为记,发誓这不是自己的竹子。他看我手指头咬出血来,连声说,"算了算了,继续开吧。"

兰妹前两胎生女儿,第三胎又生女儿。永清当队长,我超生三胎,一来担心他开会说不响,二来超生要扣工分,不舍得。考虑再三,就送兰妹去结扎。那时我大队的船不开了,开不动了。兰妹医院手术回来,肚子饿了,要吃饭。我呼呼大睡,糊里糊涂,叫也叫不醒。

永根从医院回来,说你老是睡不醒,肯定不对头。第二天到医院一查,黄疸肝炎,指标高得吓人。3个小孩,大的五六岁,小的几个月,娘子刚结扎,我又得肝炎,这可怎么办?

我在医院里住了两个月,吃饭住宿都是永根解决的,不会忘记他。我父亲当年黄肿病死的,队里人就说我的病是遗传,看不好的,兰妹在家急得要命。我对她说,我真要死了,你赶紧嫁人,找个好点的人家,小孩不要管。她坐在我身边,哭得抬不起头来。

这个病前前后后看了两年多,中药西药,各种秘方,吃掉不知多少,才算稍微好些。那年冬天,男人上河工,我去烧饭。明生说,你肝炎病还烧饭?(笑笑)不做工分怎么办?小孩多,队里年年透支。后来队里当农技员,有次公社里开会,听说安排我们大队15个人,到苏州做小工。回来赶紧找周支书,永清支持,兰妹同意,就去做小工。

那年我37岁,1978年。人在工地干活,思想上有个包袱,老想着自己有肝炎病,整天打不起精神来。做了半年,有次站长看见我,他说,"你面孔不好看,身体不好啊?快到医院去看看"。

我心里一急,不要再发病,让我回去,又要拉倒,一个晚上觉也没睡着。第二天到医院,身边没有一分钱,还是站长给的钱。

过了一天去拿验血单,一看所有指标全部正常,啊呀,一颗心从头落到脚。看病的是个女医生,她问我走来的还是坐车的,如果走来的,指标稍高一点没关系。我哪有钱乘车?当然走去的。心里踏实了,回来时走路快,步子大,浑身轻松,这下就算解放。

婚后贫困,引起家庭矛盾;大队里开船,累垮了身体;贫困加疾病,山一般沉重。李贵才的27岁到37岁,生命年轮中最重要的阶段,就是这样度过的……

建筑站一做三年,每天1元2角,交队记工。夜里有加班费,平时有生活补贴,加在一起每个月有15元钱,自己基本不用,家里开销就靠这个。我在站里是多面手,扎脚手架,修竹筐,砌墙,做饭,修个小车什么的,样样会。队长说要砌个灶,既能烧煤,又能烧锯屑,我自己设计,自己砌灶,一次成功。

后来当炊事员,每月39元,比原来多3元,也是好的。我当炊事员,烧饭买菜一肩挑,吃饭不要钱,也能省点开销。说穿了不值钱,买菜时再稍微余一点,当然不能太过分。又过了两年,分田到户了,不给生产队交钱,工资直接汇到家里,挣的钱全是自家的,日子一天天好起来。

1982年,界岸实行家庭联产承包责任制,生产队不再作为经济核算单位,取消交钱记工制度。这一年,李贵才41岁。

分田到户后,我在苏州回不来,家里的田老婆与女儿两个人种,苦得不得了。我母亲先去世,两年后大哥去世,再两年永清哥哥过世。队里人说,永清去世,我哭掉的眼泪,比母亲死的时候还多,啊呀,不去说他了。

我在苏州工作,逐年加工资,每月100元、150元,钱慢慢地聚起来。大女儿结婚,办酒的食材都是我从苏州买回来的。那时我家平房起了才5年,兰妹对女婿讲,现在大家都起楼屋,我们也要起啊,越晚起越吃亏。办完喜酒,开始筹备材料,准备造楼房。我手里有些积蓄,说多也不多,跟女婿商量,他去借钱,欠账他还,家里开支我来,一起造现在住的楼房。

家里楼房刚起好,兰妹突然得肝炎病,可能是流行传染,也与造房太辛苦有关。开始吃西药,每个月花500多元,她急得不得了。后来吃中药,一蛇皮袋草药,50元钱,煎服。她病得厉害,一个人不声不响,偷偷把寿衣都做好了,那年也就45岁。

那时我每月工资加到1000元,不算低了,别人问银行里存了多少钱,我说存了不少,存在医院里。回来当笑话告诉她,她一听火冒三丈,把药罐子摔到门外面。这个病生了3年,总算看好了,一直到现在,各项指标都是正常的。

快到11点,李贵才起身,想做几个菜。我连忙劝阻,吃饭随便,聊天要紧。他用电饭煲淘米做饭,坐下来,继续谈……

60岁那年,回到本地造闸,负责买材料,每月工资1500元左右。62岁,跟女婿到上海,工地上烧饭,35元一天,大半年挣了6000多元。工地回来看门,500元钱一个月,看了一年半,就这样过过,也蛮好。

那年夏天,最热的天,兰妹胆结石,要开刀。我单位里工作交待好,骑车回家,经过一个三岔路口,心里想着这个事那个事。对面来个拖拉机,你让我,我让你,结果对撞,出了车祸。

我跌倒在地,让他拉我起来,他硬是开着拖拉机继续走,后轮从我背上擦过。总神经擦瘪了,肋骨上连皮带肉撕掉一大块,脚都痛麻木了。打电话给女婿,转县医院,神经坏了,缝针戳在脚上不觉得痛。开刀花的钱,女婿垫的。出院后在家躺了半个多月,后来撑着两根拐杖,一步一挪,自己锻炼,慢慢里总算恢复。

警察来看事故现场,拖拉机在,人逃了。后来查到,那家弟兄几个,都是单身汉,穷人,赔也赔不起,一部拖拉机,卖到3000元,我说那就算了吧。医院手术花掉16500元,我出1万元,女婿拿出来3500元。一年后,脚一直麻木,再开刀,把钢板取出来,花掉9000多,报销4000多。

拿掉钢板后,脚不麻木了,到黄老板那里干农活,一年挣到9000多元。地里活干结束,到厂里看门,开始600元一个月,第二年1100元,第三第四年每月1500元。在门口传达室,顺便修修自行车、电瓶车,每月也能挣个300元。前后干了四年,挣了65000元,我都有账的。

后来那个厂转产,再到汽车站看门,看了5个月,80元一天。女婿不让我出来,我觉得钱总是越花越少,看门不苦,工资低就低点,能挣几个是几个。那一年在汽车站5个月,加上其他收入,一年挣了2万多,全部存起来的。然后到现在这个厂看门,两万元钱一年。

我们夫妻俩都买了社保,一次性拿出去11万,都是我搬出来的。现在每人每月1300元,到今年9月,老本就全部拿回来了。女婿那里还有4万元,我借给他的,不打算要他还,只要大家好,也就算了。

12点,我们在传达室吃中饭,喝啤酒,聊天。李贵才又讲到他自己。

"那个时候,(停顿几秒钟)人家看不起我来。我想,弄到现在这样子,也不错了。"

就说烧饭。我当炊事员,公司里经常有人来,还办学习班,大家都说我菜做得好,吃的菜几天不重样。刚开始,领导不晓得我会做菜,一个太仓人烧菜,我负责买菜。有一次局里来人,我跟领导讲,让我做几个菜试试。我买菜、配菜、烧菜一肩挑,5桌人吃饭,每桌20几个菜。吃完饭,领导站起来,拍拍我的肩膀,"啊呀,这桌菜不错,花式配得好"。

我预先准备,隔夜放料,每个菜有菜名,全是书上看来的。比如,肉酱放在盆子中间,边上放24只虾,每人2只,蒸好,端上桌,人人叫好,说值100分。粉丝切寸把长,油里炸过,肉丝炒好,做菱粉糊,肉丝打底,放上粉丝,上桌,菱粉糊浇上去,噼里啪啦爆起来,又香又响。

"你家孩子情况怎样?"

女儿生女儿,女儿又生女儿。大女儿招在家里,今年49岁,生个女儿。她女儿出嫁后,又生两个女儿,重孙女,我当太公了。一世人生,就算到头快了!

"你现在身体还好吧?"

就是脚不太好啊,一天24小时都是麻木的,走路不利索,上下班骑电瓶车,还能动动。如果那个时候爬不起来,早就到那条路上去了!气也气死啊,不能动怎么办?

"你娘在的时候你们怎么负担的?"

当时说好,每人5元钱一个月,我也拿不出来。等到我能够拿得出来,她就跑掉了。临终前大哥问她,有没有谁欠你的钱,她说小儿子还多给了15元。娘没有这个命啊!她硬是等我到家,不到1小时,就断气了,活到82岁。唉,我想想,明年也不高兴干了,也要回家了。离80岁还有几年?三五年啊,还在这里干什么?又不是没得吃没得穿!

"你出来看门,是不是娘子的主张?"我问。几天前与李贵才女婿吃饭,他说让丈人不要看门,总是劝不醒。

我出来的目的,一是在家歇不惯,二是减少子女的负担。女婿上次纠会,收到会费12万,给外孙女10万,说反正将来都是他们的。外孙女当会计,外孙女婿跑采购,搞密封件。

"你女婿是谁介绍的?"

陆秀娣你记得不记得?她做的介绍。女婿家弟兄多,三间房,墙穿壁倒,上面三个哥哥。我对介绍人讲,女婿也在场,我说成功就成功,不过女婿一定要胜过我。一代要胜一代,我现在弄成这个样子,你进了门还不如我,那真没戏唱!介绍人说,当然比你强,我说强最好。

我对介绍人说,人家招女婿,都是女方挑礼到男家,我要反过来,你先挑礼到我家,我再还礼。为啥这样?因为我在队里听到一句话,"李贵才有什么的,生两个丫头,将来挑礼全要往外挑的!"

我把女儿留在家,女儿就是儿子,要先让别人挑过来。听了我,他们挑过来的,两坛酒,一只猪腿,8条鱼,还有香烟、糖,我办了几桌酒。第二天回礼,半只猪,两坛酒,还的礼比挑来的礼重,就要争口气,钱总是看得见的。

一顿饭吃了个把小时。饭后,贵才述说继父的事儿。

继父对我们好的,我叫他爹爹。他给我说过,前面河边蛮好的,我们搭两间小屋,一起去住。过了一两年,他死了,娘想把他葬到乱坟场里去。我说爹爹讲过,前面河边好,就埋那儿吧。再后来,我与哥哥去拾骨,葬到大队绿化地里。娘迁坟时,年数太多了,继父葬骨的地方找不到了,原来骨头是装在坛子里的。

李贵才继父叫李大郎。《沙上水系》徐德润文章回忆,解放前川港民众开展挖坝斗争,打击恶霸地主,取得胜利,其中就有李大郎。

我现在每年烧羹饭,有继父的碗,也有丈人的碗。饭菜做好,端在桌子上,人站在门口,拿扫把招招,喊祖宗来吃羹饭,直接喊爹爹、姆妈什么的。我家烧11只碗,包括我的父母、继父、丈人、爷爷奶奶、外公外婆等,一年三次,清明、鬼节、大年三十。

为什么给丈人烧?大女儿3岁时,很会走路了。有次走亲戚,经过十字圩野岸上,吹来一阵风,一觉醒来,两脚就像瘫痪一样,站不起来,不会走路了。回来请医生针灸,没用,就到港西瞎子那里去算命。

她排排日子,说几时几日,你们朝西南方向走,刮来一阵旋转的风,就是祖宗向你要钱用,或者要饭吃。我们想想这会是谁呢?她说这个人不是刀杀的,就是枪杀的。日子一排,一算,正是丈人,解放后被枪毙的。

回来与娘一讲,按照瞎子的办法,先在路口放一刀纸试试,如果小孩可以走几步,就把纸化掉,否则不化给他。娘边化纸边说,你有孙女,欢喜事,怎么能够这样?你要回来看看,要钱,都可以,不要这样搞,赶紧让小孩走路。

第二天一早,小孩满地跑,这才相信是老丈人要钱。从那年开始,烧羹饭就有他的碗。每个人的名字写好,生怕有人吃到有人吃不到,反正都是近地方人,大家认识的,坐在一起吃吧。大女儿的腿脚到现在一直好好的。

李贵才讲得活灵活现。

不容易的,这么困难,一直过到现在。永根出去当兵,他一走,娘就滚在地上哭。他走了,家里的田谁种?我只有14岁,永清也不大。大队干部横劝竖劝,说家中困难,好照顾的。

其实我的发展,是在58岁以后,才有钱聚起来。在此之前,老婆生病,钱都送到医院里去了。58岁,都当爷爷了。小女儿嫁出去的,外孙女在南京念计算机,梦想留在南京。我说,计算机有什么意思?不如学个会计,好找工作。她说学计算机毕业后去银行,挣钱多。

李贵才讲起当年生产队里批良才的事。

"文化大革命"中,大队革委会布置队里人斗良才,说他喊反动口号,安排我发言。批斗会上我说:"良才,我不是自己充老要发言。你年纪小,今后不能再犯这样的错误。我们作为一个队里的人,因为你是小孩,不懂事,可以谅解。今后你一定要注意,不能乱说,你家成分高,影响不好。"我只讲这几句话,不伤害人,良才听见,队里人也听见。

工地上挑河,我当炊事员,良才的饭我打满点。他年纪轻,长身体,正是吃饭的时候,活又那么重,饭吃好后,锅巴也留给良才吃。一直到现在,他看到我就喊小叔小叔,非常热心。(清清嗓子)一个人犯了错,不能一棍子打到底,总要让他有个活路,说的话要让人佩服,不能作对。所以,"文革"中我什么派也不参加。

李贵才突然又想起队里人给他起野名的事,

唉,想想那时候,人家喊我"海戆大、海戆大"。"戆大"啊!就这样被他们喊,一直这样喊,喊顺了。"戆大"就"戆大","戆"到我配顺了,日子比你们好过就行。

现在每个月拿养老金,一直可以拿到死,不愁的呀,所以说共产党好。年纪大的人都是吃过苦的,想不到有现在!当年负担我娘,每个月5元钱,我都拿不出,到苏州工地了才给点她。我们这班人,快了,最后一岗了,出来挣点钱,减轻点子女的负担,他们高兴,我也开心。

我也没想到,生产队时到建筑公司做小工,一直发展到现在。如果当时没有这个机会,去不了建筑公司,等到八十年代分田到户,出去打工年纪太大,自己当老板没有本领,种田挣不到钱,还不知道怎么个结果。辛苦一世,弄到现在这样,也算苦出头。

访问结束,两人依依不舍,握手道别,互告珍重,相约回村再聚。

李贵才是我访谈的第30个人,也是口述时间最长的人,原始录音近5个小时。他是接受访谈前唯一有点犹豫的人,也是有所准备、述说广泛、条理清晰的人。

李贵才与李永根是同胞兄弟,两人的经历既有相同点,也有不同点。比较起来,贵才受的苦更多,伤得更重。

幼年丧父,永根的痛苦,是身为长子无力支撑家庭。贵才是遗腹子,"如果不是外公,世界上就没有我这个人",原发性伤害。

永根24岁没有对象,贵才26岁结婚,都是"困难户"。结婚后永根媳妇当队长,入党,当大队干部。贵才媳妇尽管对父亲没有一丝印象,有时会受队里人哂笑,"神气什么?老子枪毙鬼!"

两人都是较早出去做工,永根在本地医院做饭,可以照顾母亲,照顾家里。李贵才长期在苏州,平时回不来,家里帮不上忙,无法及时化解婆媳、妯娌、姑嫂之间的矛盾。

徐小英车祸瘫痪,儿子生肝炎病,李永根身体好的,顶梁柱还在。李贵才30多岁正值壮年,自己得肝炎,妻子动手术,三个孩子小,压力之大可想而知。

李永根有六年部队生活,进过教导队,当过炊事班长,名字见过报,积累了相当的自信。李贵才没有这样的生活阅历,遗腹子及早年贫困带来的自卑心理,始终如影附身,无法摆脱。

一开始回忆上小学的情形,他就说自己"笨得不得了,没别人聪明",其实他小学里没有留过级。陆明清读书几乎年年留级,"连念几个三年级,就是念不进去",语气轻松,不承认自己笨。

李贵才多次提到人家看不起他,喊他"海戆大"。这本是农村青年的调侃与玩笑,说不定大家早已忘却,想不到对他的伤害如此之深。"戆就戆吧,随你们怎样叫",一副无可奈何的神情。

讲述快结束时,李贵才往事又上心头,"想想那时候,人家喊我'海戆大、海戆大','戆大'啊!"几乎是喊起来。"戆大就戆大,戆到我配顺了,日子比你们好过就行",如泣如诉。

长期压抑的自卑心理,一有机会就爆发,以不常见的方式,捍卫自己的尊严。在大队里开船,书记认为贵才以公济私,"一股气上来,一口把手指头咬破,出血为记"。

李家兄弟家中有3人得过肝炎病,从他们的讲述中注意到两个问题。

一是传染问题。患者住院的时间少,在家养的时间多,家人共同生活,没听说采取过什么隔离措施。李贵才病没好,挑不动河,就去工地上给大家做饭。县志载,1989—1998年,在主要传染病中,病毒性肝炎发病率位居第一。

二是治疗问题。查相关医学资料,病毒性肝炎疗程大体2—4个月,一般半年左右就能痊愈。队里人得肝炎,全都拖了两三年。究竟是当时医疗水平问题,还是体质、营养与休息问题,或是其他什么原因?

贵才的情感世界丰富。他几次提到外公,不忘救命之恩。多次提到公公,"不是公公做主,我也许讨不到娘子,就做光身汉了"。十几次提到母亲,回忆母亲的教育,因家事与她翻脸,5块赡养费拿不出。反复述说永清往事,苦命哥哥去世,"我哭掉的眼泪,比母亲死的时候还多"。

李贵才最后讲述:"辛苦一世,弄到现在这样,也算苦出头。"随口一个"也"字,包含着丰富的心理内涵,道尽了人生的无限感慨。

他感到万分庆幸,"想不到有现在,每个月拿养老金,一直可以拿到死,不愁的呀!"终于苦出头,老有所养。他未能超越旧我,"日子比你们好过就行",依然以别人为标杆,不能活个轻松自在。

谈到去世的母亲,贵才心有所动,"想想明年也不高兴干了,也要回家了。离 80 岁还有几年?三五年啊,还在这里干什么?又不是没得吃没得穿!"

2018 年,李贵才 77 岁,仍在看门。

我经常梦见父母。也许是父亲没有死在家里的缘故，梦中他总是在外面，在镇上，没回家，还活着。不像娘，梦见她时总在家里，不是做饭就是做家务……

——李兴兴

五 李兴兴

自从大学没考上
有点认命　各方面想开了

高考　　进厂　　北京　　裁缝　　批发
做工　　儿子　　父亲　　母亲　　队里人

口述：李兴兴
时间：2015 年 5 月 17 日下午
地点：李兴兴家

李兴兴，李永根侄子，1961 年生，1980 年进社办企业，1984 年北京做裁缝，2001 年返乡，打工。

初夏。梨花盛开。油菜挂荚。麦穗摇曳。田野处处生机勃发。

李兴兴家小院，收拾得干净。院里一棵柿树，一棵枣树，长得精神。

30 多年前，兴兴兄弟俩初到北京做裁缝，人生地不熟，我去看过几次。后来因为忙，时间一长，也就失去了联系。

李兴兴上夜班，从晚上 8 点一直做到早上 8 点，整整一通宵。他家三层小楼，院子围墙圈起来。厢屋是厨房，屋里既有烧柴草的土灶,也有用罐装气的煤气灶。

兴兴个子不高,还算结实,不苟言笑,文弱书生模样。上午稍事休息,午饭后接受访谈。他的述说从娘的身体不好开始……

我从记事起,就知道娘的身体不好。我是1961年生的,上小学正值"文革",不太懂事,学习不认真,没读到多少书。读初中的时候,有点懂了,想念点书,主要是爱面子,好比一个题目,别人会做,你不会做?当时也没想到读书能派多大用场。

再后来,上高中,那时不用考,推荐的。1977年读高二,正好恢复高考,才知道读书可以考大学,跟着考了几次。1978年第一次参加高考,应届生,那时初中高中都只读两年。同班同学中算我考得好的,还是分数不够,离录取线差4分。

老师说有希望,第二年补习,再考,结果差十几分。连续两年没考取,心里非常郁闷。到生产队里劳动,没几天,腿上生一个恶疮,不能动弹,你弟弟自行车推着我,到镇上医院去开刀。不久,新学期开学了(停顿,喝水)。

学校里陈老师、杨老师医院里寻到我,说学校还招补习生,留一个名额给我,动员我再去补习,问我什么时候能去。当时家庭条件不好,腿上生疮一个多月,有点倒霉。就到南面瞎子那里信迷信,算命。他算了半天直呃嘴,说你要考好几年,才能考得取。

说句良心话,当时父亲手里实在没有钱。我念高中时交学费,全靠自家腌点咸菜,早晨提到街上去卖,一点一点聚起来。父亲当生产队长,一年挣不了几个钱,娘身体不好,医院出来后吃药不断。父亲在的时候,每天监督着,娘吃药不会停。父亲走后,说句良心话,我们弟兄俩不在家,药买回来,不发病的时候她知道吃,发起病来药都摔掉了。

回忆是筛选与重构历史的一种手段。从两次高考没考上，到娘发病吃药不吃药，兴兴的叙事呈现明显的跳跃性。

再讲当时我大学没考取，家里又穷，唉，算了！不上学了，学个手艺吧。学什么呢？父亲说学篾匠，成本轻，只要一把斫刀，学木匠个子小，吃不消。后来又说学裁衣，还没上工，大队里开服装厂，父亲硬着头皮借钱，托人从上海把缝纫机买回来。

在大队里做了三个月，公社里招工，大队妇女主任知道我高中毕业，帮我填了表格，参加考试，结果考到前两名，那就进厂吧。本来是进印染厂化纤车间，隔壁队里荣才在公社里，他说你个子小，还是到元件厂吧，轻松点。于是去元件厂，在那儿做了两三年。

进厂是1980年，19岁，开始每月15元，后来18元、20元，这点钱哪够开销的！到厂里上班，开始还想考大学，把书带到厂里，空余时间复习，慢慢也就停止了。不是学过几天裁衣吗？就买服装书，空的时候看看。后来厂里不景气，要关门，把我们放回家。

怎么办？我跟堂兄跑到新疆，跟别人学裁衣。做了一冬天，觉得这个师傅没什么技术，学不到什么本事，过年回来后不去了。刚好元件厂恢复，又上一年班。一晃就到1984年，厂里收入低，没什么前景，弟弟学裁衣刚出师，我干脆离厂，到北京与弟弟一起做裁衣。

李兴兴思维再次跳跃，直接述说在北京做批发的事。

1994年，我带过一个东北徒弟，他在老家找个对象，带到北京来。东北女孩不情愿做服装，喜欢卖服装。徒弟刚出师，手艺又不精，怕女孩不稳靠，跟人跑掉，就来同我商量。我说既然你老婆帮别人卖服装，你家北京亲戚多，有门路，不如一起凑点钱，索性自己做自己卖。

他北京有两个姐姐一个姑姑,回家一商量,决定卖服装,要我帮他。他买布回来,我帮他打样、加工,他们夫妻俩在外面卖。这样做到过年,徒弟有良心,对我说,师傅,你不合算加工服装了,也像我一样,专门卖服装吧,我们一起到动物园那边去租门面。

1991年我回家造房子,花了7万多元,手头有点紧,向别人借了点,开始做批发。原来摆摊,接顾客的零散活,一件件,一条条。现在批量做,市场什么好卖,就加工什么。一年下来,一对夫妻能挣七八万,不久弟弟就在老家镇上买了房子。兄弟俩一起搞了4年多,自己做裁衣肯定挣不到这么多钱。

"你们两家一起做,怎么算账?"

一起吃住,一起干活,除去日常开销,剩下的年底对半分,没有闹过矛盾。父亲走了,就弟兄两个,再合不好么……父亲走了,说句良心话,大家……到那时……2001年,娘身体不好。

那一年啊,反正……娘娘经常打电话来,说娘身体不好,发病住院,不行了。我回来看过几次,然后再上去。(咂嘴)2001年寒天,娘的病严重了,我……我们4个人一起回来,决定生意回掉。先送娘住镇上医院,过了一个多月,稍微好点,出院后不敢走了。来年4月,娘走了。

娘走了以后,弟兄两个还想再回北京,两个小孩在老家读初中,跑不出去了,只好安顿下来。两人没买养老保险,又没有工作,凑点钱,在镇上买个房子,自己开饭店,连装修花40多万,搞了一年,勉强赚到几万块钱。

两对夫妻四个人,全部扑在饭店上,天天起早买菜,白天忙个不停,晚上还要磨夜。想想赚这点钱不值得,把房子租出去,四个人上班,收入不比开饭店差。再一个,两个小孩正读书,在这种环境里长大，不好。于是歇手，房子租出去，每年租金5万。

2002年，我买一辆超长车，跑了一年运输，路上不安全，想想不对劲，还是要进厂。2005年到县化肥厂，上了5年班。弟弟比我进厂早，他连襟在电厂，待遇好，做了几年，年纪大了，转不了正式工。

2011年，兄弟俩一起进现在这个厂，我们个子小，两人一起，有个伴，互相可以……每个月拿四五千元钱，"三金"厂里交。听起来钱挣得不少，其实待遇不算好，每班做12个小时，每周上6天班，每周工作72个小时，还要加班，一个月上四十几个班，跟5天工作制、8小时工作制比，工时翻番。私人老板，没什么8小时工作制，基本上是小时工、计件工，没有什么节假日，不给你讲什么加班不加班。

李兴兴儿子下班回家。在北京见他时不到桌子高，现在已经是一个壮小伙了。他打过招呼，给我倒水，上楼休息。

兴兴接下来就谈儿子。

儿子1985年北京出生，当时做服装的老师多，看到小孩长大了，就让他去上学，学杂费好像不多，一年几百元。读到五年级，回家乡上学。开始时他跟我说，这里人怎么跟外国人一样，讲的话听不懂。老师讲课听不懂，学习跟不上，成绩慢慢拉下来。

他小时候在北京，不好好吃饭，又小又瘦。房东家条件好，一个女儿跟我儿子差不多大，看了心疼，把我儿子接过去养，中饭晚饭都在他家吃，把他当儿子看。别人看他们一起出门，还以为是一儿一女呢。

儿子养不家，他跟别人说，"我才不是他家儿子呢？我是裁缝的儿子！"房东又好气又好笑。儿子叫李武，与宣武区有关。在北京做裁缝，大家搞熟了，他们说儿子在北京出生的，就叫京生吧。我们觉得这个名字太大,他在宣武区出生,就叫李武吧。

李武念机电维修专业,苏州读的,职高,学数控机床,"三好学生"。学了一年就去参加竞赛,得到全省第17名,市劳动局立即发数控机床操作证书,学校里给奖学金,这些对找工作很有好处。

李武毕业后在一个厂里做了8年,后来这个厂并购,要到无锡上班,他不愿去。重新找工作,就到隔壁镇上宏宝集团上班,算是搞车间管理。他给我说月薪5000元,扣掉保险什么的,还有4000多块。

他有他的主张,回来商量,算是征求意见,不参与也不好。宏宝原来的经理请他去的,现在经理反倒走了。厂里对他蛮信任,只是活不多,生意不太好。有个刀具工程师,喊他到上海上班,今年那个公司到县里开分公司,又来请他。别看他本领不大,外面请的人倒是挺多的。

儿媳在地砖厂上班,每月4000多元。他们结婚时住镇上,我买的房子,连装修30几万,上面120平方,下面36平方,车库,没结婚就买了。那时饭店关了,手头有几个钱,想想就这么一个小孩,刚好镇上有人卖拆迁房,图个方便,就买了一套,2005年买的,当时一平方米1600元。

儿子2008年结婚,住了两年,儿子买个汽车,23万,长安福特,现在住回来了。两代人一起吃饭,生活费我们来,他们挣的钱他们的,我们挣的钱我们的。我老婆做过一年多销售,儿子结婚后,不上班了,在家做做家务。

"你父亲当初为何走到这条路上?你是不是清楚?"

兴兴父亲叫李永清,当过多年生产队长,因家事服毒身亡,队里人伤痛不已。

我父亲是1990年冬天去世的,当时家里生活已经开始好起来。他在公社医院当保洁工,拿工资。我们兄弟俩在北京,弟弟挣的钱给丈母保管,我挣的钱过年回来交给父亲,一部分存银行,一部分买建筑材料。如果他不走的话,准备春节后开工起房子,他已经把挑土用的粪箕做好了。

我们在北京那几年,每到春节,弟兄俩不能同时回来,只能轮流回家探望。你知道的,家里只有三间屋,一间父母亲住,一间厨房间,还有一间我们住。只有两张床,如果我与弟弟两家人同时回来,连睡觉的床都不够,放床的地方也没有,父母亲只好住猪棚,打地铺。

父亲的事,我后来打听到一些,具体细节到现在都没有完全搞清。当时已经分田,父亲起早摸黑,与娘两个人,种七个人的田。他白天要上班,晚上月亮底下拾棉花,应当说相当辛苦。事情的起因,据说小舅舅夫妻吵相骂,小舅妈到我家,要父亲去做和事佬,劝劝圆。

我父亲送小舅妈回家,送到三岔路口,自己上班去了。谁知小舅妈没有回家,小舅舅找来,向我父亲要人,一直吵,吵得很凶。与你叔叔……说实话,当时,娘脑筋不灵清,如果我们在家,如果……有人……帮一把……我父亲……也不会……走这条路。

我们在北京。他让邻居打电话,想告诉两个儿子,过了几天,电话没打。找我姑姑,想让表妹把他送到北京来,躲几天。刚好表妹厂里搞技术竞赛,耽搁下来。那天晚上,父亲跑到我岳母家,向亲家母叹苦经,估计也是打个招呼,见最后一面。

我丈母看他心思太重,劝他劝不醒,觉得不对头。第二天一上班,就让妻妹给我们拍电报,说父亲病重,要我们赶紧回来。我们接到这个电报,正准备买票,第二份电报又来了,是堂弟拍的,说人已经没了。

我家与小舅舅的关系,以前走得比较近的,平时借个钱啊,农忙时帮个忙啊,没想到,父亲要走到这条路上。(停顿)那天一大早,父亲跑到小舅舅家,向他再次申明,小舅妈不在我们家,我没有把她藏起来。小舅舅不开门,不相信,父亲见说了没用,走投无路,就发急,喝农药,随身带的。

我们坐火车连夜回来,第二天晚上到无锡,出租车打不着,第三天头班汽车到县城,队里早已有人等着,自行车接到家。父亲躺在门板上,派出所同志在,吵也吵不起来。我父亲喝农药是在小舅舅家,死也死在他家,下午三点多抬回来。具体细节阿姨、阿姨夫可能清楚,他们不肯说。大队老书记也问过那边的书记,没问着。

父亲去世时55岁,如果活到今年,刚好80岁,80岁也不算年纪大啊。那年我30岁,弟弟28岁。派出所大事化小,小事化了,没作什么处理,让对方拿出2000多元钱,出点丧葬费。退后一步说,毕竟是自己娘舅,父亲死了,娘还在,还能怎么说?

"娘脑子不清楚,我从小就知道。"兴兴跳开父亲去世时的场景,又讲娘得病的事儿。

最早是两个舅舅闹矛盾,小舅舅在大舅舅家墙边挖两锹深的沟,地基不稳,刮风下雨房屋会倒。外公找我父亲,让女婿去说和。他们都怕小舅舅发横,谁也不敢动。我父亲去把沟满掉,那时小舅舅对我父亲还算尊重。

满沟以后没多少时间,大舅舅上海回来过年。好婆是老人,眼红别人戴一种剪绒帽子。大舅舅在上海做工,也不富裕,过年回来带点吃的,他一个男子汉,哪想到老太太想买什么?要什么你索性明说,别人有那种帽子,我也想要,下次回家给我买一顶,相信大舅舅一定会买。好婆不明说,光在那里埋怨,骂大娘舅不孝,大家不开心。

大娘舅高高兴兴回来过年,一个星期就要走的。我父亲去劝,好婆劝不醒。到了正月十五,娘喊好婆来过正月半,以前年年来的,那年她生气了,不肯来。娘在家摇石棉,一个人东想西想,气气闷闷,结果得了病,脑子糊里糊涂。

我父亲到好婆家,说要陪我娘到苏州看病,两个小孩太小,商量能否把弟弟送去,帮着带几天,好婆不情愿。那时我8岁,有点懂事了,对好婆印象就不好。娘因为你们家的事得了病,弟弟那么小,想到你那里过几天,你都不答应啊?

父亲带母亲去苏州,连来带去半个月,我和弟弟两个小孩在家,记不起来怎么过的。我们弟兄俩从小对好婆家印象就不好,不过出于礼节,每年春节还是跟着父母去拜个年。

应该说,我娘没得病时,我们家里穷是穷点,但当时大家都穷,与舅舅、阿姨家比,属于同一个层次。父亲当队长,给人家盖屋,中午不休息,摸螃蟹到街上卖,家里条件不算特别差。差就差在娘住院,花掉一笔钱,做不到工分,队里要透支。再说我们慢慢大起来,读书多少也要花些钱。在正常情况下,父亲肯干,又节俭,生活还过得去。

"父亲去世后,我们与小舅舅关系断绝了",李兴兴继续述说父亲去世后的情景。

那天刚到家,队里人就告诉我,二舅舅昨天守夜,今天一早回去,带舅母一起来。二舅舅一见我就打招呼,儿媳生小孩在家,等舅母做好午饭,两人一起来的。他忙前忙后,帮助料理,一起陪夜,对于我们来说,是一种亲情,蛮负责任的。问两个阿姨,一个都没来。

出事之前,父亲对娘可能有所交代,我拿回来的钱都是父亲去银行里存的。他把存折交给娘。娘当时不特别糊涂,也有所察觉。父亲骑车去小舅舅家,娘在后面追,走路哪追得过自行车?一直追到好婆家,已经出事了。大队赤脚医生给她打了定心针,两个表妹送回来的。队里人听说我父亲死了,十几个男工跑到小舅舅家吵,小舅舅早已躲起来了,两个表妹被队里妇女关起来,不让走。

我回来后,觉得大人的事与表妹无关,她们没有过失,让她们回去。又过了一天,两个阿姨才来吊丧。我火了,三四天了,我从北京赶到家,你们才来?就算你们不顾我父亲,作为同胞姐妹,你们也该来照顾照顾我娘。我一个都不让他们上场,长辈也劝过我,我不答应。父亲死了不说,照顾娘他们没有尽到责任。

父亲去世后,好婆家作为伤心之地,我们弟兄俩再也没有去过。好婆去世,他们也没来送讯,我娘不知道。当时我们不在家,也可能担心娘在丧礼上发病,那时她已经相当糊涂了。现在这条线基本上是断了,与大舅舅、二舅舅家稍微有些联系。

与几个阿姨家没有来住。父亲走的时候,我没让她们上门吊丧,迷信上讲对他们不好。也许他们认为我与小舅舅一样,太横,不讲理。我呢,想想也恨,阿姨夫那里问不到父亲什么事,阿姨又没来照顾娘,彻底断了,弟兄俩与他们街上碰到,基本不说话。

"你娘后来是个什么情况?"

娘去世是心脏衰竭。父亲走时,家里多少有些积蓄,几千块钱,留给了娘。开始还种点田,卖了棉花帮我们缴了两年"三上缴"。后来病情变重,一个人独自生活,无人照料,2002年去世。

过年时我们从北京回来,与她住在一起,吃年夜饭时,我给她500元钱,弟弟也给500元。她不开心,骂人,嫌少。那时我们发现她已经不对了,用钱搞不清,我们给的只是零花钱,全年生活费要多少,会商量着给。

邻居告诉我们,马路上有小贩,娘看见什么买什么,正月十五上节场,一天1000元钱就没有了。弟兄俩商量,以后每月寄200元,日常开销,电费水费我们回来交,吃粮到队里人家称,我们来算钱。

寄钱之前，先打电话给伯父，叫娘不要出门，在家等汇款单，去邮局取钱。娘一时清楚一时糊涂，这样过了好几年。她走之后，弟兄俩收拾家里东西，说句良心话，没有发现多余的钱，可能都消费光了。

接下来，李兴兴回叙初到北京做裁缝的事儿。

1984年10月去，先与弟弟一起做，过了正月自己摆摊做。住在丰台，摆摊在天桥，做了一年，再到酒仙桥。大雪天出去摆摊，站在外面风口里，手冻得捏都捏不拢。说实话，家里条件差，在外面干，特别是头一年，苦是苦点，有点收入，还是有一种满足感。

不久，弟弟跟女徒弟好上了，怀了孕，女孩母亲寻上门来，一定要带她回去。当时大家都困难，临走前凑了200元钱给她，还是借来的。当时说好，如果小孩生下来，两人就结婚，如果把胎打掉，那就拉倒。老太太坚持打胎，理由是哥哥还没生孩子，妹妹不能生在先，不能早稻不割割晚稻。我做哥哥的没关系，谁先生谁后生不搭界。

她哥哥攀了亲，两人都在北京做。老太太原想让女儿与哥嫂一起做，哥哥手艺不精，带不起来，一家三口都跟弟弟做。从本质上讲，老太太不想一家三口都为我们挣钱，说到底还是利益问题，女孩蛮忠厚的。我们买了不少东西，把母女俩送到北京站，回来一看，她哥哥收拾东西走了，不告而辞，就算结束。

弟弟现在的老婆，原来在公社里一个企业上班。父亲单位一个同事，介绍她跟我家攀亲，小姑娘立即从厂里出来，一起到北京做裁缝。当年在天桥摆摊，弟弟生意很好的。他年纪小，直爽，什么都给别人讲，今天收到多少活，昨天收到多少活，同道妒忌了，鼓动派出所民警来扒摊，把弟弟赶走，你想外面没人多吃亏!

弟弟夫妻俩搬着缝纫机拷边机,到我身边来。我刚收了两个徒弟,一下子哪儿收得到这么多活?弟弟说,一起做做吧,工钱随便给,没有也就算。怎么办呢?老婆出去做生意,弟兄俩做裁衣。她到东风市场租个柜台,一年租金6000元,卖服装,几个月下来有了经验,一年挣了几万元。

在北京做了几年,周围人大多熟悉了,手艺慢慢精了,房东说,小李是"窗口头吹喇叭——有点名气"。后来做裁缝的越来越多,市场越来越小,于是改做批发,也就是做了批发,才开始赚到钱,有钱买房子。我们买布、裁剪、出样,批给别人加工,服装出来,批发出去,别人零售。每天流水几千元,好的时候1万多。

我们相当于中间商,样子、面料自己选,别人看了样衣,拿去试销,销路好了来订货。每天晚上,根据货源情况,补号、补差、备货。第二天一早,弟兄俩送衣服到动物园,妯娌俩在那搞批发,请了两个服务员。动物园市场缺什么货,就到商场进什么布。上午进布,下午弟兄两个裁,用电刀,一叠布、一叠布批量裁。

到5点钟,其他裁缝来取料。他们连夜做,第二天早上6点之前把成衣送来,我们再去送货。每天批发的衣服一扫光,忙的时候早上一开门,小贩们一哄而上,像抢的一样,每天都是一面包车成衣批出去,搞到不少钱。因为娘生病,我们只好中途回来,如果一直在那儿做下去,规模越做越大,也会发财的。

"如果一直在那儿做下去,规模越做越大,也会发财的",兴兴意犹未尽。

我在北京十几年,生活观念有了改变,不像老辈人那么狭窄。很早我就劝伯父伯母,家里要买空调,买冰箱,买洗衣机,改善生活,刚开始他们怎么也不舍得。比如说,我起房子,按地基面积可造三上三下,我只起两间,西边留一块转角,造个卫生间。

伯母不明白,造个卫生间有什么用。因为在起屋之前,农村人家用痰盂,用马桶,要么放在门边上,要么放在楼梯踏步上,不卫生,不雅观。如果有一个卫生间,这些东西就看不见了。我就想,宁愿少起一间正屋,也要有个卫生间,这样干净、整洁。

1991年,我回家起房子,父亲已经去世,分田好几年,队里好多人都在上班。我们兄弟俩一直在北京做裁缝,队里人家起屋造房,一天忙也没帮上,就把瓦工、木工包括小工活全部包掉了。那天下午刚开夯沟,队里人看到了,晚上就找上门来,说白天要出去打工,晚上大家来帮忙,工匠来做就省事点。

好几个队里人,晚上一起来挖沟帮忙,弄得我不好意思,措手不及。没想到他们来干活,连买菜都来不及,赶到街上买了点羊肉,自己不会烧,请他们烧,都没舍得全部烧掉,还给我们留下一块,这些事给我的印象太深了。后来上楼板,良才开拖拉机,专门歇在家里,帮忙运楼板,队里人真是相当帮忙的。

李兴兴父亲当生产队长时间最长,要说给队里人帮忙,他帮的忙最多。老队长虽然走了,大家依旧记着他。

我有时想想也恨,碰到小舅舅不说话。父亲一辈子没享到一点福,母亲后来不下地了,虽然精神上有病,但经济上不用操心,我们每个月都寄钱回来。我经常梦见父母,也许是父亲没有死在家里的缘故,梦中他总是在外面,在镇上,没回家,还活着。不像娘,梦见她时总在家里,不是做饭就是做家务。

和你叔叔实话说,各人有各人的生活观念。我父亲这么苦,我现在的生活状况,跟特别好的不能比,也不算特别差,有一种自我满足感,毕竟追求更高生活条件不现实。自从考大学两年没考上,自己有点认命,各方面想开了。

李兴兴与他父亲一样,个子小,就像没长开。他的述说是平静的,感情是内敛的。叙事是跳跃式的,有条理,有细节,有情感。

他出生于1961年,与村里其他六〇后一样,成长于人民公社时期,上学于"文化大革命"时期,就业于乡镇企业萌发期,成长于改革开放初始期。李兴兴的个人史,重点讲述三方面的事,参加高考,北京做裁缝,关于父母亲。

李兴兴的讲述,开始于高考,"连续两年没考取,心里非常郁闷";结束于高考,"自从考大学两年没考上,自己有点认命,各方面想开了",对高考的记忆刻骨铭心。

20世纪60年代出生的农家子弟,受十年"文革"的影响,小学中学没有好好读,恢复高考那几年,绝大多数人考不上。往前追溯,20世纪50年代出生的人,家庭普遍困难,交不起学费,女孩辍学,少数人上中学,更少人上高中,"文革"中止高考,断了书包翻身的梦。

可以说,20世纪五十年代、六十年代出生的农村人口中,能够接受高等教育的微乎其微、凤毛麟角。这种教育背景,在相当程度上决定了这批人的前途命运和家庭生活,影响着农村经济转型与社会变迁的路径选择。

李兴兴大学没考上,就去学手艺,"荒年饿不死手艺人",这是农民的传统观念。他进过厂,但企业初创时大多是"开关厂",一会开厂一会关厂,收入极其低微,做了几年还是从厂里出来,到北京做裁缝。

八十年代初期,特别是实行家庭联产承包责任制以后,界岸村的年轻人,以六〇后为主体,连同五十年代后期出生的人口,几乎全部外出做手工业。他们年纪轻,无拖累,有闯劲,以血缘、亲缘、业缘关系为纽带,离土又离乡,填补当时城市服务业滞后的空缺。

手艺人是最早突破传统体制束缚的人,生产队外出打工最先富起来的人,农村里最早建造楼房的人。从界岸村情况看,从传统农民到职业工人,中间有个过渡:手工业者。手工业者亦农亦匠,小商品经济,有悠久传统,是农民职业分化与阶层流动的桥梁。

李兴兴北京做裁缝,凭着一双勤劳的手,抓住服装批发的机会,迅速改变了经济状况,七年后就回老家盖起了楼房。与此同时,兄弟俩背井离乡,打工在外,遇到了与农民工同样的困难,遭受了与农民工同样的感情伤害。

他父亲因亲戚矛盾无力无助,服毒身亡,母亲患脑科疾病,无人照顾。如果弟兄俩在家,互相照应支撑,双亲不会如此早逝。李兴兴回忆往事不时噙嘴,经常梦见父母,"也许是父亲没有死在家里的缘故,梦中他总是在外面,在镇上,没回家,还活着",心中留下永远的隐痛。

令人宽慰的是,界岸村上世纪 80 年代外出做手工业的匠人,都已陆续返回家乡,有的退休养老,有的企业上班,有的干老本行,候鸟式的打工方式已经结束。

李兴兴今年 56 岁,还在打工,还在辛苦,经济宽裕,生活稳定,三代同堂。他的内心是平静的,与父辈相比,"有一种自我满足感"。

作为界岸村原来最穷的李家,到李兴兴这一代彻底摆脱贫困,小康绰绰有余。那么,李家的第三代呢,他们在干什么?想什么?我想从李兴兴儿子李武那里得到答案。

我好像没有故乡。北京不能算故乡,正式故乡肯定在这边,这边又不熟悉,特别是人不熟……

——李武

六　李武

当初只想带张身份证出门闯
现在觉得就近上班稳当点好

北京胡同　　挨打　　外地人　　玩耍
土地　　　　上班　　拆迁　　　故乡

口述：李武
时间：2015年5月25日中午
地点：饭店客房

李武，李兴兴之子，1986年出生于北京，2001年回家乡，读初中、高中、大专，2010年参加工作，已婚。

李武比他父亲个子高不少，长得壮实。他与妈妈、妻子有事去省城，我们一起吃饭。饭后，征询李武意见，在饭店客房里，听他谈个人的经历与体验。

李武稍显腼腆，与他父亲一样，内敛，不张扬，笑眯眯，边讲边想，慢慢道来。他母亲在一旁补充……

我1986年出生，好像是父母亲去北京的第三年，说是在酒仙桥职工医院生的。我对酒仙桥没什么印象，小时候我家旁边有个宣武医院,在东方饭店边上,认识的。还有一个儿童医院,也有点印象。小时候对北京印象最深的,是从家里到阡儿小学这条路,四合院出来,(想一会儿)经过蜡竹胡同,然后朝前走到学校。那段路不算远,上学时一个人走的。

在我的印象中,北京的四合院太污秽,泔水、屎尿都倒在窨井盖上。五六个四合院,合用一个公共厕所,上厕所要走七八分钟路,不得了麻烦。我家开始租住一间屋,只有五六平方米,后来我大了点,租住两间小屋,外面搭个披,做饭用。

小时候,爸爸到外面出摊,妈妈在家做衣服。稍微大了点,我常常跟着爸爸出摊,记得还被打了一顿。那时刚刚记事,可能三四岁吧,到商场里玩,上台阶要手脚并用爬上去。爸爸在永安商场门前摆摊,我在商场玩,营业员都认得。

那天服务员来找我玩,爸爸说在商场里。他们到处找,就是找不到,生怕被人家抱走了,商场里进进出出的人多啊。开始他们也没想着到家里寻,这么小的孩子,近一公里路,怎能想到我会自己回家呢?

妈妈正在家里干活,我糊里糊涂,一摇一摆,一挪一挪回来了。妈妈还问,儿子你怎么回来了?我说自己回来的。妈妈一想爸爸找不到肯定着急,正想出门通知,爸爸找回来了,拿着裁衣尺,往我腿上就抽,腿都打青了,他差不多魂都吓掉啊!

商场里的服务员都出来找,生怕我被别人抱走,想不到我会自己回来,一路拐几个弯,东走西转,万一走不到家怎么办?那次挨打有印象,刚刚进家,被爸爸打的。

记得小时候,家里有个大桌子,上面裁衣服,中间隔空的,底下有层薄板。我就蹲在桌子底下玩,睡觉也在下面,站起来撞头,不能立,只能爬。后来好些了,两个房间,有张床。床好像是旧沙发拼的,蛮旧的,中间有条缝,我经常陷在缝里。

"污秽的四合院","手脚并用上台阶","一个人回家挨打"，"桌子底下的世界"，"旧沙发拼的床"，这是李武的幼年记忆。

1993年上学，在北京读到五年级。上学到隔壁邻居家吃饭，不给饭钱，爸爸妈妈经常买点排骨、鱼送去。他家有个女儿，大我两岁，一起去上学。上学要交赞助费，开始每学期4000元，后来2000元，听妈妈讲的。

低年级不懂什么，到高年级了，逐渐感到外地人受歧视。我们班还有一个男同学姓李，北方人，又高又黑，父亲做下水道的。班里分队踢足球，好的分甲队，不好的分乙队，我和李同学总是分在乙队。小孩吵架，他们就说，你是外地人！（不断喷嘴）怎么说呢？老师还好，同学之间看法不一样。

那时还不像现在，同学之间不会比房子比钱，但觉得外地人好欺，还是蛮普遍的。学校小店里卖棒冰，在那里排队，他到你前头加塞，吵起来，就说你是外地人。怎么说呢？低年级感觉不到，三四年级这种感觉慢慢明显起来，出去玩总感到受压制，不像回到老家，到哪里都是自家的地段，自由自在的。

怎么说呢？就说读书写字吧。我们这边的"倪"字，单人旁加个"儿"，我爸这样写，我也这样写。语文老师说，你怎么连这个字都不会写？他又不给你讲应该怎么写，写一次不对，再写一次还不对。回来问爸爸，翻了字典，才知道规范的写法。怎么说呢？尽管出了赞助费，外地人总归是外地人。

"怎么说呢？"李武边回忆边思考，努力寻找合适的词汇，来表达童年时代的感受。

我的童年是在北京度过的，要说大城市童年生活对我的影响，怎么说呢？比如说，我在乡下上幼儿园，到北京读小学，又回老家上初中，换了几个地方，现在到一个陌生的新环境，与人相处比一般人快,适应性要强一些。

也许是小时候经历了乡下、城市的不同感觉,我到新的地方上班、出差,或者碰到别人有不同性格、不同看法,不会像其他人那样受不了,心理承受能力强一些。虽然我不太会说话,但对人比较客气,人与人之间的关系处理得比较好,心理承受能力强一些,毕竟见到的经过的,我比别人多一些。

小孩子爱玩,城里乡下的玩法不一样。乡下小孩打水枪、吃桑果、挖蟋蟀,这些我就没玩过。在北京玩什么?玩电脑,玩手枪,踢足球。刚开始从北京回来,与同学们有距离感。比如说下课后,他们摘桑果去了。我到现在还记得,第一次爬桑树,不懂,掉在河里,回去被好婆打了一顿。

别的小孩一直在家乡生活,我十几岁从北京回来,换了一个环境,不一样的环境,不太适应,又是一个过程。怎么说呢?总觉着从北京到乡下,中间脱掉一节。

又是"一个怎么说呢"!
"回来不适应,是否怀念北京的学校生活?"我问。

不怀念!一点也不怀念!为什么?回家适意,大家平台一样,说不定我的平台还比别人高一些,所以更加不怀念……也许小孩不像大人那样有情感。我在北京读完五年级,回到家乡继续上学,住在好婆家,读到初三,父母才北京回来。

我记得刚回来头一年,很不习惯,话听不懂,三个月之后,基本上听懂了。有个数学老师姓丁,只会讲土话,他说把书翻到第几页第几页,我听不懂,看同桌翻,他翻到哪一页我也翻到哪一页,讲公式更是不懂,这样一来数学成绩就下降了。

北京回来后,我发现北京的规矩比我们这儿大。我记得清清楚楚,在北京,进老师的办公室,必须先敲门,喊报告,老师允许了,才能进去。回到乡下,我敲了门,喊了报告,没人理我。别人一推门就进去了,直接找到老师。

北京的办公室是分科的,语文老师、数学老师各有各的办公室。乡下老师不一样,楼上一部分,楼下一部分。我敲门喊"报告",老师不知我找哪一个,谁也不吱声。在门外站了五六分钟,喊了三四遍"报告"。别的老师经过,问我找谁,我说找语文老师,他说你进去吧,然后才进去。

还有一个不同,北京学生放学后都在学校里玩,乡下孩子放学后,一帮人一哄就走了,到学校外面玩。河边有一条蛇,蛮粗的,钻在蛇洞里,一半在洞里,一半在洞外,同学揪住尾巴,五六个同学拉,拉不出来。一个小孩不知怎么想出个花样,用棕树叶梗当小锹挖,最后这条蛇硬是被拉断了。

乡下小孩比城里小孩玩得开心,不到天黑不回家,一直在外边玩。一有空,三五个人到河边,挖螃蜞,用小锹挖,翻石头,干脆用手到洞里抓。回来上小学,比在北京玩得开心。因为大家是平等的,不像在北京,大家玩得正开心,他来一句"你外地人",让他先玩,那怕人小,心里总是不适意的,回来后没有这种感觉了,有这点好。

注意到李武前面说过,"我不太会说话",交谈下来,觉得他表达没有问题,性格稍微有些内向。

"你说自己不大会说话,是不是不爱说话的意思? 这与小时候的上学环境有没有关系?"我问。

"他小时候很会说的呀,邻居带着他,到四处玩,小时候嘴很会讲的呀。"他妈说。

小时候不懂,三四年级懂了,多少有点。怎么说呢?一个北京,毕竟玩得来的人少,哪怕再小,也要有一两个朋友,经常在一起玩。北京那边比较少,不是没有,有,但是很少,怎么说呢,经常一起说话的人少。

回到乡下,有一段时间,我说话别人听不懂,别人说话我听不懂,相当于一个语言真空期,我想说话也说不出去。大概到六年级,上初中以后才基本适应。

这一段时间,正是从童年到少年的转换期,重要的语言发展期、心理发育期。

在乡下读到初三,父母才回来,中间有三年时间,一直住在外婆家,想念父母亲,想得不厉害,毕竟大了,有点懂事了。农村里像我这种类型的人逐渐多起来,从五年级开始,陆陆续续有同学从外地转学回来,我班就有五六个,两个同学从上海转学回来。

"为什么不在北京继续读下去?"我问李武妈妈。

他妈妈解释:

一个是赞助费贵,另一个是不扎根。我家房东特别好,他要李武在北京念下去,他们有车,顺便一起接送。兴兴说我们是农村里人,他们是国家干部,怎么能麻烦他们?我们毕竟是农村里人,没有城市户口,不会长久的。房东劝我们,不要回老家起屋,就在北京买房子,今后不存在户口不户口的问题。

当时我们想,农村里人总要回农村,房子买在北京怎么办?啊呀,这是多少年前的事了,那时我们哪想到现在这样大的变化,只知道农村是农村,城市是城市。北京几个邻居都是好的,嫌我们平时不照管孩子,还说小孩一起上学,一起接送,一起吃饭,不要饭钱,儿子养到18岁还给我们。

"住在房东家,与大家搞熟了,不像在学校,有点受压制。"李武继续述说。

我分到田的,也看过大人在田里干活,自己没做过。记得小时候,大人在地里插秧,小孩赤着脚走田埂,扔稻秧,好玩,正经活没干过。家里农活再忙,父母也不让我们做。我的田在哪里?田里种什么?有多少出产?不知道。

我对田没感觉。爸爸妈妈年轻时在北京做裁缝,我在那里出生,在那里上学,没有种过田,对田能有多少感觉?只知道我家门前,有一块菜园田,种点蔬菜,蛮好的,自己吃吃。我对承包田一点印象都没有。田在哪里?什么时候转出去的?流转费多少?谁拿着?不知道,也不关心。

我家在镇上有房子,父母亲2005年买的,2008年办的房产证。我们结婚后,镇上住了两年多,后来回到乡下,与父母一起住。主要是图方便,两口子住镇上,两人都上班,五点钟下班,买买菜,六点钟到家,做好饭、吃完饭,洗洗刷刷,八点钟了。

住镇上有一个不方便,比如我加班,就她一个人在家,不放心,那时我经常加班加通宵。干脆搬回去住,可以互相照应。再说,住在镇上买米买油都是钱,住乡下两家并一家,节省很多。

再有一个情况,镇上停车难。晚上五点钟下班,还能占到车位。五点半买菜后回来,好车位就没有了。如果六点钟到,只能停到小区外面去。早上急着上班,车堵着出不来,你说急不急?

从镇上到乡下,六公里路,开车用不了十分钟,算算还是回乡下住好。住在乡下,晚上时间多了,我玩电脑,她看电视(笑笑)。天好的时候,叫上几个朋友,骑自行车到县城健身,玩玩,半个多小时路程,玩到八九点钟,回来。

汽车是2012年买的,我们出钱,爸爸妈妈贴些,21万多。啊呀(边笑边说),开始只想买15万左右的,不懂,被卖车人忽悠了。我们在家吃饭,不给生活费,有时买点荤菜,买得蛮勤的。

一般早晨六点四十起来,七点零五分出门,一起去上班。我们两人的收入还算满意,都是5000多块一个月。钱聚了干什么？还想换房子,到县城买房子,那里小孩读书方便,教育质量比镇上高多了。

"许多地方在拆迁,你希望拆迁吗？"

前几年,我还指望乡下的房子拆迁,现在不想了。你看现在房子这么多,一个人家拆迁换来三四套,自己住一两套,剩余两套只好卖掉。这么几年下来,房子足足有余,有的人手头三四套房子,多的人家七八套,要这么多房子干啥？房子一定越来越便宜,乡下的房子不会再涨价了。

我们厂里有一个人,夫妻两个都是独生子女,自家拆迁四套房子,岳父家拆迁又是四套,三个人家各住一套,留给小孩一套,还剩四套房子。怎么办？要么租要么卖。租金低,六七千块钱一年。卖房可以兑现,一套房子四五十万,往口袋里一放。几十万块钱,现在能买一部好汽车,十几年后只能买部摩托车。

我不指望房子拆迁,就这样住着蛮好的,宽敞,蔬菜有得吃,比镇上好。镇上七月份必须开空调,否则热得受不了。乡下窗户一开,小风透过来,恨不得盖被子。我只希望门前的路修修好,宽一些,交车方便点。房子再拆下去没啥意思,就算换到三四套房子,两三年后才能拿到手,不合算,就这样住住蛮适意。

李武爱人一直听着我们交谈,笑眯眯的脸,不时盯着李武看。

"你俩怎么认识的,别人介绍还是自己看中的？"

人家介绍的,谈谈觉得好,就订婚,结婚。两人初中同学,同届不同班,两个班紧挨着,原来不认识。(爱人笑着插话:认识他们班好多人,就是不认识他)那时玩心重,一天到晚玩电脑,打游戏,看动漫,看电影。

我在北京,很小就玩电脑。回到乡下,直到初一镇上才有网吧,玩的人很少很少,上网速度很慢很慢。怎么说呢?常常缺课,特别是下午的副课。街上的网吧在三楼四楼,一个房间十几台电脑,去玩游戏,从"传奇"开始,不断升级。

玩网吧的钱是省下来的。比如说,家里给 5 元钱吃中饭与饮料,饮料省掉,中饭不吃 4 块的,吃 3 块的,他们又不知道。甚至中饭都不吃,买包方便面啃啃,省下钱来上电脑。一块钱或一块半钱一小时,五块钱就玩得很过瘾了,一个通宵八元钱,两三天节省十元钱,上半天网吧,就是这样。

"你对爷爷奶奶知道多少?"

我对爷爷的印象很少,因为小时候在北京,不太在家,接触少,有点生疏。说实话,他的样子我现在记不起来。奶奶去世时我上初二,记得了。爷爷当年如何穷,怎么过日子,知道得不多。有时爸爸与别人聊天,我在边上听到一些,他们不太告诉我们。父母在北京做裁衣,回来打工,这些我都知道。

父亲现在上班太苦,我让他当保安,轻松些,他不愿意。父亲说过,当时家里穷,没钱读书,爷爷小时候更穷,穷出名。当年父亲本来有能力在镇上买房子,爷爷去世后,为了争口气,执意在乡下造楼房,而且造三层楼。因为队里有人笑我家穷,造不起新房。父亲经常讲,公公苦,死得早,一点也没享到福。

从初中到高中,家里条件慢慢好起来,生活环境比较平等,还好。我小学在北京,初中好婆家,大专住学校,结婚后住镇上,2010 年住到乡下来。这几年住下来,慢慢地对村里情况有点熟悉。

我在外婆家上学时,有时过来看看奶奶。印象中,怎么说呢?这边好像很偏僻,村里人很陌生,几乎一个人也不认识。因为爸爸妈妈不在家,公公去世早,奶奶有病不出门,我对这个村子没什么感觉。后来结婚,村里人来帮忙,才与大家有接触。

我好像没有故乡。北京不能算我故乡,正式故乡肯定在这边,这边又不熟悉,特别是人不熟。我小时候不在这里生活,五年级才回来,刚开始,同学打水枪,我有手枪,打塑料子弹,别人都没有,大家玩不到一起。于是买支圆珠笔,芯子拔掉,笔杆头锯掉,中间一段当枪杆,筷子削削,就当水枪用。

后来与大家一样,用竹子做水枪。家里有根旧竹子,扁的,旧的,筷子一捅就裂开,玩不成了,别人用水枪一个劲地打我。回来再接着做,一根竹子都用完,还是不行。有个同学教我,要用圆竹头,青竹子做。

从有记忆开始,二年级到五年级,乡下玩得最开心。在北京,大人带着小孩玩,是看着玩。到乡下,小孩与小孩玩,是尽兴玩。

这句话对我研究儿童心理很有启发。

"你对现在的生活是否满意?"我问最后一个问题。

还好吧。像我们这个年龄,比如说学校刚出来的时候,20来岁的时候,很讨厌在家门口上班,总想跑远点,到上海、苏州去上班。这几年,慢慢地不想朝远处跑,只想在附近上班。当初,只想带张身份证出门闯。现在慢慢里比较现实,只想靠家近点,上上班,每月拿个四五千,算了,还是稳当点好。

李武口述时,刚好三十岁。他述说的内容,主要是北京的童年生活,回乡后的少年时光,现在的工作与生活。他的述说是顺畅的,心态是平衡的,情绪是乐观的,给人以成熟、稳重、平和、可靠的感觉。

就打工者子女来说,李武是幸运的,幼时与父母没有分离,回乡有外婆呵护,中学时与父母共同生活,长大后在家乡结婚成家,工作生活相对满意。

李武是最小的"北漂"。他生在北京,长在北京,童年的北京生活,给他的心理成长带来潜移默化的影响。

邻居把他当儿子看,李武养不家,"我才不是他家儿子呢,我是裁缝的儿子!"上学时同学动不动就说,"你是外地人",感到受压制,玩得来的人少,一起说话的人少。刚回乡下,离开父母,语言不通,"想说话也说不出去"。

但李武对北京不怀念,一点也不怀念。为什么?回到老家,"到哪里都是自家的地段,自由自在的,大家平台一样,说不定我的平台还比别人高一些,所以更加不怀念"。童年时遭遇的城乡歧视,给李武带来了一定的心理阴影。

与此同时,李武也认为,小时候经历了乡下、城市的不同感觉,心理承受能力要强一些,人与人的交际、相互关系处理得比较好,毕竟见到的经过的,要比别人多一些。

李武是新一代游子。"我好像没有故乡,北京不能算我故乡,正式故乡肯定在这边,这边又不熟悉,特别是人不熟",这些表述反映了李武的内心困惑。

所谓故乡,大多是童年的记忆,就像鲁迅"从百草园到三味书屋"一样。李武小时候不在家乡生活,五年级才回来,村里人很陌生,一个人也不认识,对村子没有什么感觉。

不像他父亲那样,虽然出门多年,回乡造房时大家来帮忙,仍然感受到浓浓的乡情人情亲情。李武有天然的故乡归属感,现在常居村里,与乡人接触增多,有没有必要、能不能弥补故乡情感的缺失?

我先后访问了李家三代人,李永根、李贵才是第一代,李兴兴是第二代,李武是第三代。李家三代人的不同遭遇,反映了农村变迁的历史轨迹。

李永根李贵才代表老一代贫苦农民,解放后政治上翻了身,较早进入非农化行列,经济依然窘迫,晚年衣食无忧,经济宽裕,颐养天年。

李兴兴是第二代农民,生在红旗下,长在生产队,亦农亦匠亦工。改革开放后,摆脱种田人世代务农的命运,从农民转为职工,摆脱多少年来的长期贫困,从温饱走向小康。

李武是20世纪80年代出生的新一代,他见证过父辈的艰辛,听说过祖辈的贫困,没有种过地,接受过职业教育,告别了传统农业,成为工业化城市化背景下的企业职工,过上了祖祖辈辈难以想像的生活。

2017年,李武喜得贵子,三代同堂,父慈子孝,家庭和美,其乐融融。

我4岁没有娘,娘长得什么样,叫啥名字,现在一点儿不知道。那时没向长辈打听,现在他们都已去世,打听不到了……

——李宝贤

七　李宝贤

"文化大革命"我看不惯
这个派那个派我都不参加

|奶奶|父亲|当兵|对象|救人|
|做工|女儿|儿子|卖菜|党员|

口述：李宝贤
时间：2015年5月13日下午
地点：李宝贤家

李宝贤，1935年生，1956年参军，1961年退伍，1965年大队信用社工作，1971年到公社建筑站工作，1992年提前退休。

李宝贤年逾八十，有点消瘦，但很精神。他每天早上三点多钟起床，骑电瓶车到镇上卖菜，中饭前回来。午饭后休息一会，就与老伴一起，收拾第二天要卖的青菜、蚕豆、莴笋等菜类，忙碌异常。

那天中午，一点多去他家，楼下无人。转到后院，鸡鸭成群，泥个灰堆，场上干干净净，院子井井有条，厢房里木柴堆放整齐，好一个勤快的传统农家。李宝贤还在休息，不忍心打扰。

几天后，李宝贤打电话约访，专门抽出时间，与我谈谈过去的事、现在的事。他儿子长期在北京做裁缝,刚好回来,我们聊了会家常。

李宝贤边拾掇菜,边口述……

小时候我家蛮苦的。(停顿)我4岁没有娘,娘长得什么样,叫什么名字,现在一点儿不知道。这也说明我自己不负责,那时没有向长辈打听,现在他们都已去世,打听不到了。奶奶把我养大,与瞎子阿姐过活。

阿姐比我大3岁,听奶奶讲,她出生的时候眼睛是好的,没有几个月,突然看不见,以后一直失明。我娘死得早,我与阿姐……是奶奶把我们拖大的(哭泣)。我父亲做木匠(抽泣),要再攀娘子,奶奶不同意。

为啥不同意?旧社会对面小学演戏,奶奶看到后娘虐待前妻生的孩子,担心我们受罪,始终不同意父亲再婚。我父亲的木匠手艺当地有点名气,当时30多岁,刚好堂哥去世,堂嫂寡居。于是"叔接嫂",两头跑,生下贵贤,刚满月就抱过来,我奶奶带大。

听老人讲过,这种婚姻方式叫"搭伙"夫妻,鳏男寡女公开跑动,不重新组成家庭,社会认可的。

当时我家6个人,姐弟仨,父亲,奶奶,还有一个舅公公,没儿没女,在我家养老,全家总共3亩多田。听奶奶讲,我家一直相当苦的,她生了我父亲,锅里煮的粥,她喝上面的汤,锅底的米粒捞给孩子吃。

奶奶说过,家里穷得没办法,她像男人一样,出去贩私盐。为了躲避"黑兵队"搜查,私盐装在一个细长的口袋里,像腰带一样系在腰里。从我记事起,奶奶一直病不断头,一天到晚躺在床上,经常昏迷过去,我到街上喊医生,针灸后醒过来。

我9岁读书,听到打上课铃去上学,一放学就跑回来,做家务。奶奶告诉我,做饭放多少米多少水,水烧开后勺子焯一下,不能搅拌,否则饭烧不熟。她躺在床上,我常常课间一个小跑回家,看看她要不要喝水。瞎子阿姐大了点,就去学算命,学费四石米。父亲说,滚钉板也要给她学,这是将来吃饭的根本,一定要给她学。

父亲做木匠,天天早出晚归,田里活夜里干,两亩田河泥,一个晚上挑好。莳秧也是晚上莳,父亲是莳秧能手,旧社会叫"鸟叫六棵",意思是说鸟叫一声的时间,六棵秧就莳好了。1952年,父亲得盲肠炎去世。那时农村里没什么医院,只知道肚子痛,没什么办法,几乎是痛死的。

那几年,几乎每年死人。1951年,舅公公死,1952年,父亲死,1953年,奶奶死。姐姐已经出门,家里只剩我和弟弟两人(又哭)。

"你念书念到几年级?"我转移话题。

念到五年级,刚好解放那一年,解放以后就不念了。为什么不念?我家东面岸上有一块田,父亲在外面做木匠,我要在家干农活。我家土改分到两亩三分田,分农具时我当组长,分到一只大盘篮、一条矮乌折。分田后一家一家订界桩,这些我都记得。

土改以后,我家有三四块田,六亩多地,父亲去世的时候,我18岁,弟弟12岁,田种得七荒八熟。后来搞互助组,与周林珍、李永根几个人家,还有你家。再后来,办初级社,周奉先当社长,钱尔堂当会计,我当保管员。办公地点在尤家,一张大账台,专门放账本用的。

"1956年2月16日,年初五,去当兵。"李宝贤开始讲述他的军旅生涯。

我走之前，衣服、被子、鞋子、粮食什么的，只要弟弟需要，全部给他，锁门就走。记得与永根一起，乘轮船到县城，先集中训练一个多月，然后乘轮船到苏州，夜里换火车，也不知道到哪里去，随便。好像火车原来是运马的，车厢里一股马粪味。我们穿着新军装，被子铺在稻草上睡觉。车停下来是晚上，出来一看是杭州，两人真高兴。

新兵中队在钱塘江大桥北桥头堡边的红洋瓦房子里，六和塔下面，在那儿训练了一个月。我们这个部队属于防空军，战士穿黄军装、蓝裤子，下连后与永根分开。我在苋桥机场守卫，三营七连，配37高炮，守机场。他在二营五连，重炮，保卫大桥。

（想了想）过了一个多月，派我去教导队学习，8个月后回来当班长。班长就是炮长，一个班一门炮，7个炮手，一炮手负责方向，二炮手负责高低，三炮手负责航向，四炮手负责速度，五炮手压弹，一梭子五发，六、七炮手运输炮弹，自动瞄准。

我训练中打靶成绩好，立过两次三等功。班长当了一年，第三年当副排长，入党，预备军官啊！副排长一当4年，直到退伍回来。服役期间我回来探亲一次，家里什么都没了，农具什么的全入社了，折价三十几元钱，周支书交给我。当时部队准备让我提干，照片都送上去了。他们来家乡调查，知道这事后，说我私心杂念重，怎么好拿这三十几元钱。

农具什么全入社，拿了三十几元折价款，本该属于自己的，结果"私心杂念重"，因此部队没提干……

当兵第6年，教导员找我谈话，征求去留意见。我决定回乡，当兵不能一辈子，迟早要走，不如早走。1961年国庆过后回来，旧棉袄换了新棉袄。从列兵、上等兵到上士，三个星我戴了好几年，最后一个月津贴36元，复员费80多元。团里三卡车退伍兵，一起运到县城。其他人走了，我与永根不走，因为团政治部给我们写了一张证明，希望地方照顾，安排工作。

兵役局一个同志是独臂，问我们为什么不走，我们说没有家。他说，"怎么没有家？人民公社就是你们的家。"看了部队那张条子以后，他说，"那好，你们到农场去。"我俩商量，到农场还是种田，我们忠厚，容易被人欺，不能去，不如回家。实际上当时应该去农场，农场拿工资不拿工分，我们去不一定下田种地，最起码管管仓库，失策的。

"我在部队回家探亲时，大队支书介绍一个对象，原来认识，两人见了一面，双方觉得不错。"李宝贤接着述说恋爱结婚的事儿。

我们部队机动在苏北，她与姑姑一起来探亲，路费自理，吃饭免费，回程可能是我买的票，记不清了。当时只说我会提干的，不知道会退伍。刚回家那阵，她有点情绪，不太理我。我说没有关系，有什么直说，不勉强你。她又说不出口，大队书记做的介绍，不好意思推却，后来元旦结婚。

当时真的困难，我通知娘舅来喝喜酒，还叫他带半斤米来，家里没有粮食啊。当兵时，我家房子作为学校教室用，退伍后我暂时住在周家。两间朝南屋，两间侧厢屋，因为当兵，1958年没被拆掉，东倒西歪，墙头快要倒了。

我想起来了，小学一年级在他家上课，民办班。夏天刮大风，屋子有点晃，女老师叫我们赶紧往外跑。

我从部队回来，先当大队团支部书记，到县里去集训一个月，后来当大队民兵营长。1965年，大队书记问我大队信用社去不去，算是亦工亦农人员。我想打算盘还是会的，就去信用社，民兵营长兼着。

"'文化大革命'开始，造反派搞珍麻子，不知你有没有印象？"李宝贤问我。 我有点记得，详细情况不了解。

当时造反派拆"四类分子"的屋，拆来的建材堆在大队里，珍麻子把瓦偷偷搬回家。造反派发现后，捆两大叠瓦，吊在珍麻子脖子上，低头认罪也不行，又把他吊在篮球架子上。我在信用社上班，忘记是谁来叫我，赶紧把门关好，一个小跑过去，现场挤了很多人，大家看热闹。

珍麻子五十多岁，个子大，长得胖，手快吊断了，满头大汗，直喊，"哎唷，哎唷，吃不消啊！"我跑到那里，大喝一声："放下来！珍麻子，你老实交代！把瓦挑回去，写检查，交给我，听候处理。"他连声应承，实际上救了他。后来他专门谢我，说幸亏有我，否则手吊断了。

"造反派能听你吗？"

他们不敢跟我叫板。我是共产党员，复员军人，虽然在信用社，还当民兵营长，有权。造反派破"四旧"抄家，搜来手镯、金戒指、银圆等，桂玉是保管员，我是负责人，东西都有登记，有账的。后来落实政策查账，所有抄来的东西，多少金器，在银行卖到多少钱，本子上记得清清楚楚。

王宝庭家搜来的金戒指是假的，银行里一个姓金的人验收的，有他的签字，否则说不清的。他们抄家破"四旧"，还叫我跟着跑。造反派第二次抄家，抄到我们队里钱家，我到那里一句话，"他家没什么东西的，走吧！"大家就走了，钱家就没有再抄。

"文化大革命"刚开始，我也看不惯，这个派，那个派，这边斗，那边斗。我不参加什么组织，他们也不敢来抢信用社，我有保险箱,钞票每天按规定押解,只剩少量零票。在信用社工作,工资转到生产队,交钱记工,工分相当于大队干部,只是不晒太阳,不干体力活。

停顿一会儿,李宝贤讲述离开信用社、去建筑站的经过。

1970年,为了80元钱,我离开信用社。说来话长,大队在信用社有个账户,花一笔扣一笔,流水账,不天天轧账的。后来轧账时,有一项支出80元,经手人不承认。大队干部跑来找我,恨不得说我做假账、贪污。我说你要过细工作,不能下这个结论,这80元钱我绝对不会拿的。其他大队干部也说,李宝贤不做假账的,让我好好回忆。

为了这事,我两三天没吃好饭,没睡好觉,80元钱赔得起,声誉损失不起。小时候奶奶说过,再困难不能偷人家东西。到第7天,他们告诉我,80元钱寻出来了,是大队会计付的,给民办教师发工资。当时急急慌慌拿,没有说清楚。我只知道支出80元,上了账,做什么用不知道。

这桩事情一过去,我想信用社不能做了,找个人接班,自己走。我有个亲戚,在公社建筑站当小头头,他让我去那里当会计,我不想再做会计,宁愿做木匠。小时候跟父亲出去,拉过几天锯,后来奶奶不许,因为我长得瘦弱,奶奶不舍得。刚好供销社起房子,杂树,天天刨刨子,手上的泡好几个,不管怎样,总算坚持下来。

"我记得你是队里最早做节育手术的人,好像还在'文革'之前",我请李宝贤先谈这方面的事儿。

1965年,提倡计划生育,"一个不少,两个正好",号召大队干部带头。我已有一儿一女,就与其他两个大队干部一起去结扎。大队长有两个女儿,假结扎,后来又生一个女儿一个儿子。黄申南已有一儿一女,结扎后儿子掉在河里淹死了,剩下一个女儿。

我女儿生下来身体好的,后来发高烧,天天按摩,不退烧,可能烧伤了,有点像小儿麻痹症。开始我们没在意,女儿在社场上玩,有人看到后说,"哎呀,这小孩的肩膀怎么一高一低的?"到南通检查,说是骨结核,又到上海复查,还是骨结核。农村里叫骨痨,骨头里生病,没有药吃。

小小年纪,背驼了,问医生可不可以动手术,医生说动也没用,睡石膏床试试。睡了一年多,不能起身,吃得好苦,还是老样子,没矫正过来。长大后越来越严重,成了残疾人,出门别人嘲笑她。

我们替她读书,一直读到高中。没有办法,女儿是1962年生的,为了这个女儿,吃得好苦头,老婆不知哭掉多少眼泪。没有办法,人家的小孩都是好的,就我家女儿残疾。

后来女儿结了婚,抱养个女儿,最后心脏病去世,不到40岁。她养女大学已经毕业,对象是江北人,我们不同意,劝阻她。她反感,对我们有意见,没有办法,现在来往不多,她家小孩五六岁了。我在建筑站上班时,把女婿带去打工,后来他在小学食堂做辅助工,前几年在看门,来往不多。

因为女儿残疾,李宝贤再动手术,1976年生小儿子,弟兄俩整整相差12岁。

1972年,公社建筑站并到县建筑公司,63个人并过去,又叫我当会计,我还是不做,管仓库,收发货,轻松点。公社建筑站交钱记工,自己稍微留几个。县建筑公司是大集体,户口迁走,每月工资33元,不再交队,经济上就宽松了。

1974年到上海工地,1976年回转,在供销科跑外勤。公司当时有四条轮船,专门到山西运煤。我们两人常驻山西,那个人会拍马屁,买大红枣送领导,我不会。年终发补贴,我10元,他50元,不公平,不干了。

1979年建筑公司办预制构件厂,我就到构件厂上班,当办公室主任,厂里一百多职工,我分管人保、工会。办公室里4张桌子,厂长、书记、副厂长、我,每人一张,一直干到退休。说实话,后面十几年的工作是轻松的。

1992年,我提前两年退休。当时听别人说,如果以后退休的话,子女就不能顶替接班了。小儿子初中刚毕业,于是搞张假证明,加两岁年纪,让他接班。实际上我不该走的,后来他们年年加工资,一年加两三次。我退休时每月工资210元,不算太少,现在每月3180元。

从小儿子接班,李宝贤谈起大儿子。

大儿子1964年出生,小学刚毕业,初中课本已买好,他不要读书。大概是1976年,我在上海通过朋友搞的票,买了一部缝纫机,陈云南介绍他学裁衣,学徒工,每月十几元,做了三年。我连襟在牡丹江税务局工作,介绍他去那里的服装厂上班。去了以后,自说自话找个对象,我们不开心,因为家里已经有了对象。不久小孩也有了,只要他们小夫妻好,也就算了。后来丈人丈母欺负他,不断问他要钱,要不到就拿板凳砸他。儿子写信诉苦,我让他立即回来,先到昆明做,后来北京摆摊,一直做到现在。从头至尾就是夫妻两个做,没带徒弟,一直做了40年。他们在县城买一套房子,120多平方,花了80多万,又给儿子买一辆汽车,15万多。大儿子买房子,我们贴了10万。

大孙子在乡下长大,考取天津科技大学。毕业后在天津就业,卖衣服,做生意,老亏本,人过于忠厚老实。儿子还想在北京给他买房子,我下个结论,赶紧回来,江苏发展快,机会多。结果回来第二天就找到工作,搞广告设计。

孙子回来了五六年,小孩3岁了。孙子媳妇原来销售汽车,现在城管所上班。孙子一年挣十几万,孙子媳妇收入一般。儿子回家后,帮着带带小孩,两边住住。他住在乡下多,帮我们干点活,种菜到街上卖,忙个不停。

说完大儿子大孙子,再说小儿子小孙子。听得出来,李宝贤对儿孙的状况是满意的。

小儿子今年40虚岁。接班后学电工,分配到南京工地,做做嫌苦,不高兴。建委有一个朋友,我退休后在他那儿整理档案,干了一阵,混熟了,就把小儿子介绍到建委下属路灯管理所上班,那时进人比较随便,后来企业转事业,性质变了,工资待遇也变了。去年,路灯管理所并入城管所,儿子当个小头头。

小儿子结婚时,我替他买的安居房。90多平方,其中70平方是白市,1050元/平方,其他面积议价,1200元/平方,总共花了12万多,十几年前买的。城里花园浜我也有房子,68平方,买得更早,那时才花2万多元,现在出租。准备给大儿子,乡下造楼房时,他拿钱出来的。

小儿媳技校毕业,港区化工厂上班,她姐夫在那里当头头,介绍去的。他们也生个儿子,今年14岁。小儿子又在城里买个房子,花了70多万,我再贴10万,算是贴给孙子的。总起来说,我们给两个儿子各买一套房子,两个孙子的房子各贴10万,算是对儿子、孙子都有交待。

"你们老两口经济情况怎样?"

我老婆买的社保,每月1600多元,加上我的退休工资,每个月近5000元。卖菜的钱平时花花够了,工资基本不用,经济情况还是可以的。儿子买房贴掉一些,自己看病用掉一些,没有什么大钱,我们赚不到黑钱啊!

1985年我胃病开刀,一个星期后出院,回来养养,一直蛮好。老婆前年开刀,也是胃病,化疗的,年纪大了,复原慢,前前后后花了七八万,她有慢性气管炎,体质差,仍在吃药。

开始分田到户时,我家3个人分到田。1998年二次分田时,剩两个人的田,后来都转包出去了。现在菜园田加住基,还有亩把田。我1992年退休,20多年了,一直在地里忙。一般来说,早晨3点多钟起床,收拾收拾,最晚4点一刻,赶紧走。骑电瓶车,到镇上农贸市场卖菜,菜卖掉就回来,卖不掉托别人代卖,中饭前回来。

几乎每天都去,好的时候,一天卖100多元钱,一般情况三五十元。前一阵种青菜、蚕豆、莴笋,都卖掉了,小青菜不再种了,天热,长不起来。马上种玉米,我想种江北玉米,做饲料用,种吃的玉米两人吃不掉,又要去卖,卖卖也怨了,没有太大意思。

"现在党员还开不开会,交不交党费?"

村里的党员,现在两个多月开一次会,形成一个制度,干部讲讲情况,一般不留吃饭。以前还发点东西,现在打过招呼,东西不能发了。我们骑车去开会,不去也没啥,但基本上都去的,大家碰碰头。我1958年入党,党龄57年,村里比我老的党员不多,年纪大的走掉了。

"总体上看,现在与原来比,好还是不好?"

肯定比原来好!现在好!(斩钉截铁)承包田这点流转费,买粮食吃还是够的,家里还有亩把地,种点蔬菜油菜。大儿子讲了,不许我们再种地了,他们兄弟两个来,各种一半。大儿子会种，小儿子不一定，连挑水都不会。

老两口平时就是忙点菜，早晨3点钟起来卖菜。午饭后睡一觉，3点多起来收拾菜，忙惯了，不觉得苦。老婆就是苦命，哪怕一边呻吟，也要到地里拔草的。她说闲下来就要生病，别人搓麻将，她不会，也不习惯。

李宝贤与李永根、李贵才是同房弟兄，同样出身贫寒。他4岁没了娘，18岁父亲去世，与12岁的弟弟艰难度日。当兵后接受部队教育，退伍后成家立业，改革开放后好起来，没有大富大贵，却也富足有余。

住房是衡量家庭经济条件、生活水平的重要标志。李宝贤家住房的变化，反映出这个家庭从贫困到富足的变化。

1961年，李宝贤部队回来，几间旧屋东倒西歪，墙头都快倒了，后来修过几次，还是土墙草顶。1980年，建造四间新屋，砖墙瓦顶，楼房底子，准备有钱后升二楼。

1990年瓦房推倒重来，造四上四下两层小楼。此后，在城里给两个儿子各买一套房子，两个儿子又在城里买了房，李宝贤各补贴10万元。

李宝贤述说"文革"中的经历令人深思。

他看不惯这个派那个派，这边斗那边斗，不参加什么组织。有人因过错被吊时，他一个小跑过去，巧妙制止，设法解救。破"四旧"抄来的东西件件入账，造反派到队里抄家，他出来说句话，避免了钱家二次遭劫。

联系到李贵才批斗钱良才，"我们作为一个队里的人，因为你是小孩，不懂事，可以谅解。今后你一定要注意，不能乱说，你家成分高，影响不好"，与其说是批斗，不如说是抚慰、劝解。

联系到李永根对造反派的态度，"医院里两派都拉我，红袖章发来，都收下，派性活动不参加。有时说服工作做一点，说了也没用,他们不会听"。

按照当时的政治逻辑,李氏兄弟都是根正苗红的贫下中农,是响当当的革命派。他们恪守善良本性,不随波逐流。在时代洪流面前,普通民众微不足道,无法左右局势,尽管如此,他们仍然守住道德底线,透射出人性的微弱之光。

个体的命运极具偶然性。

李宝贤当兵第三年当副排长,立过两次三等功,预备军官。农村走合作化道路,他拿了本来属于自己的三十几元折价款,因此提不成干部,听起来简直天方夜谭。假设当年提干,摆在李宝贤面前的,将是另外一种人生,一种完全不同的道路。

李兴兴在北京做服装批发,挣过大钱,因为母亲生病回乡,中断了红火的生意。假设不是这样,再做几年,也许从家庭作坊发展为服装公司,有机会更加发达。

然而,人生没有假设。

当命运不眷顾的时候,他们依靠自己的勤奋与不懈,在荆棘中走出了一条脱贫致富的成功之路,李宝贤是这样,李兴兴是这样,好多农民都是这样。

从这样的角度看,个体的命运又确实是掌握在自己手中的。

我常给孩子们这样讲,咱们家里没靠山,一定要踏踏实实干,一步一个脚印,不要一不小心饭碗泼掉了……

——李贵贤

八　李贵贤

一个人活在世上
要有吃苦精神　没这个不行

搭伙夫妻　　钵碗　　　三扦架　　旧军装
劳动　　　　找对象　　支局长

口述：李贵贤
时间：2015 年 4 月 20 日下午
地点：李家院子

李贵贤，李宝贤同父异母弟弟，1941 年生，1963 年入伍，1969 年退伍，1970 年县邮政局工作，2001 年退休。

三月阳春。天气晴朗。桃花初开。鸟儿活跃。

访问李贵贤，他很高兴，兴致勃勃领我参观。房前院后，摆满盆景花卉，约有 200 来盆，无商业用途，属个人爱好。

忆起 1969 年，李贵贤刚退伍。听说我哥哥要去新疆阿勒泰谋生，婉言相劝，作七律一首，最后两句：莫道西域薪酬高，沙洲胜过云母矿。

坐在李贵贤家院子里，面对门前绿色梨园一片。太阳底下，李贵贤夫妻，我，三个人嗑瓜子，喝水，聊天……

和你老弟讲,说起过去的事,实在伤心,可以说,我是全大队最苦的一个。

我的家庭比较特殊。母亲前夫去世,父亲前妻去世,母亲前夫与父亲是堂兄弟,父亲与母亲结合,叫"叔接嫂"。他们公开走动,各管各家,没有组建新的家庭,旧社会叫"搭伙"夫妻。

父亲在外面做木匠,主要是奶奶管我,奶奶把我带大。娘生下我,刚会走路,一早就打发我到奶奶家去。从母亲家到奶奶家,不到500米,当时勉强会走路,觉得实在是远,走啊走啊,路上歇几次,老是走不到。

在奶奶家吃完晚饭,每天回母亲家。走时跟奶奶说,"奶奶,我回家了。"奶奶大发雷霆:"回家?回谁的家?"我吓哭了。回家告诉母亲,母亲教我,要说"我回去了",不能说"我回家了"。

回去了? 回家了?

我吃饭用的碗叫钵碗,上下一般粗,说不出什么颜色。几乎顿顿吃粥,薄薄的,每顿只能吃一碗。有一次实在饿,吃完了想再盛,奶奶把碗夺走了。当时我就想,将来成了家,一定要用大碗盛饭,一定要让全家人把肚子吃饱(边哭边说)。

你看我家,一直到现在,吃饭还用大碗。乡下人包括儿子媳妇家都用小碗了,我不换。我有糖尿病,老婆要我用小碗,少吃点饭。我不同意,就是要大碗,一碗不够再盛,不能饿肚子。

学校就在隔壁,10岁才去读书,一下课跑回家,背上花笼(竹篾器具)去割草。小孩子贪玩,与陆明高扔"三扦架",谁用小锹把三扦架扔倒,猪草就归谁。他比我大一岁,往往他赢。本来割草不多,结果大多输掉。

他教我办法:花笼里搭一个小三扦架,上面盖上草,看起来满的,实际上空的。回去一个小跑往羊圈走,奶奶跟上来检查,露了馅,结果连骂带打,小腿被树枝抽得横一道竖一道,跳都来不及。

有一年春天,年旺街办庙场,十分热闹。我在帐台上盒子里翻到一角钱,到庙场上玩了半天,买了十根棒棒糖,不舍得一下子吃完,一口一口含着吃,回到家被奶奶发现。她问我哪里来的糖,我告诉她盒子里拿钱买的。又问我哪只手拿的,拿出一把菜刀,把我的手搁在案板上,说是哪只手拿的就剁掉哪只手。她当然不会来真的,但小孩哪懂这些,真正吓破了胆。

父亲不在家,见面少,母亲无能为力,没人保护我。母亲悄悄告诉我,有一个饭团,用纸包着,藏在草垛里,外面有记号,让我去取。家里穷,过年才烧肉,为了待客不舍得吃,肉炖到发红,鱼放到发霉。过年父亲回来,一起吃饭,我想挟肉吃,奶奶就在桌子底下踢脚,过后还要掐脸,脸掐得像鱼鳞,一块一块的。

过年家里蒸玉米面糕、高粱面糕,一点点米糕。伯伯来作客,他碗里是米糕,我碗里是高粱糕。他挟一块米糕给我吃,奶奶马上说,他不吃的,他不吃的,我又不好说想吃。小孩跑得快,奶奶追不着我,假意让我给她装黄烟,长长的烟杆,像钓鱼一样,逐步收上去,一把耳朵抓住,就是一顿打(叹气)。

小时奶奶对我苛刻,我也总结过,主要是当时家境不好,旧社会封建思想根深蒂固。那时受的罪,说也说不完,但也给我留下了终生财富,不怕吃苦,不怕受罪,顽强地活着。

李贵贤述说童年生活,主要忆及奶奶。

父亲1952年去世,家里穷,读书晚,能够读到高中毕业,沾了哥哥的光。他1956年当兵,1961年10月退伍,这六年我正好上中学。因为是军属,学杂费全免,还有助学金。没有哥哥当兵,没有军属的优待,我是读不起中学的。高中毕业后,没什么出路,在生产队当记工员、会计,参加农业劳动,半年以后去参军，算是63年兵。

接兵的连长叫范开华，我现在记得清清楚楚的。坐的什么车？火车，拉牲口的，每节车厢一个小窗口，挂一盏桅灯。经过徐州时，出了逃兵，因为1962年蒋介石"反攻大陆"，当兵要打仗的。冬天穿滑头棉袄，没有罩衫的，衬衣外面就是棉袄，这套衣服我还留着，作纪念。

李贵贤站起身，走到屋里。过一会儿，拿出一叠旧衣服，一件黄色棉袄、一条蓝色军裤、一件卫生衫，打过补丁，洗得干干净净，叠得平平整整。

"你看，收拾得好好的！老婆要卖，我不准。不卖的，给我一千块钱也不卖！"李贵贤很是激动。

当时从县城乘船，中途下船，下午两三点钟样子，新兵坐在地上吃饭，风一吹满处沙土。我问范连长，到部队肚子能不能吃饱？他说："尽你吃，尽吃。"听到这话，大家欢喜得不得了。部队吃的什么呢？二类灶。开始吃的小米饭，盛得尖尖满满，真的尽吃。

晚上到达部队驻地，遍地灯火，还以为到了城里。第二天起早一看，原来到了山东胜利油田，在海滩上。油田在铁道北边，部队在铁道南边。我们是济南军区，炮兵八师二团七营指挥连。

我们这个团是喀秋莎团，也就是火箭炮团。我先当电话兵，后来看我有文化，学无线电，拍电报，嘀达……嘀达……嘀嘀达。看我个子高，力气大，勤快老实，让我协助司务长工作，当上士（给养员）。

"当上士提干的可能性很大，你又是高中生，连队里就算文化高的，为什么没提干？"

我不知道啊！也许我说话……不太注意,脾气急。我与司务长吵过两架,司务长是山东牟平人。上士一早起来买菜,晚上不站岗,早上不出操。有一个宁波人,是军需助理,因病回乡,我以兵代干,干了一年半。

我1969年复员回来,当时已经28岁,提干年龄卡死了。团政治处主任姓王,河北昌黎人,找我谈话,说走还是留,征求我的意见。我想二十八九岁的人了,没有对象,没有家,还是退伍吧……啊呀,别讲了,再讲讲又要哭的。

稍停片刻,李贵贤述说退伍回家后的事儿。

部队复员回来,在家8个月,生产队劳动。我小时候农活没怎么做过,好多活不会。比如说莳秧,哎依哇！他们一行莳到头,坐在田头休息,我动作慢、腰里痛,还在田里莳。他们上岸吃小点心,我还在田里,锅贴绑在腰里,边莳秧边吃,把时间拉过来。

刚回来的时候,生活很不好,连住的地方也没有,向学校里借间教室。睡到半夜里,口干得厉害,没有开水,到河里捧水喝,水栈上一滑,一下子窜到河心里。那时花边布算是高档的,我想剪布,做一件短袖,要二尺半布票,还是你妈给的,到现在一直记得。

当小队会计,与你哥一起到公社开会,12点钟散会,饿着肚子往家赶。记得是你哥哥买的圈圈饼,中间空的,边上像向日葵一样的锯齿状,就像现在的马蹄酥,还没这么高档。他非要给我吃,说,"你吃吧,垫垫饥,我爸爸教书,有工资的"。这句话一直到现在我还记得清清楚楚。

我在队里干活半年多,正在叫苦不迭,公社里人找来了。当时男工在东面田里莳双季稻秧,他跑到田头,喊我上来,告诉一个好消息,说政府帮我安排工作了。我简直不敢相信,高兴得恨不得跳起来。家里没啥好招待，借了6个鸡蛋，烧的荷包蛋，招待他吃。他让我第二天到县里报到，户口带过去，我那个高兴啊！

"文革"期间，邮政、电信分设，都是军管单位。安置办告诉我，三个地方可以选择：电信局、邮政局、武装部。我一想，当兵回来没几天，还去武装部吗？实在搞错的，如果到了武装部，这一次就逮住了！当时我沉默了一下，后来分在电信局……

"等一下，你从农村户口转成国家职工，究竟是什么原因？国家有政策？ 部队有关照？ 有人打招呼？ 还是其他？"

没有，都没有。为什么能出去？我想他们看档案的，因为我在部队表现好。还有没有其他原因，我不知道，一直也没问过。

"记得你退伍回来找的对象，是去电信局之前，还是之后？"

去电信局之前。十七大队有个章桂兴，与我一年当兵，一年回来，分在苏州钢厂。他给我介绍对象，姑娘是他家邻居。我拿着扁担到镇上挑豆饼，绕点路，到那一看，这个姑娘颧骨比较高。小时候大人说过，颧骨高的人不好，当时没有回断，只说回去想想。

现在这个娘子也是别人介绍的。介绍人说我刚从部队退伍，家里正在造房子，还说账台、橱柜等家具都有，寄放在别人家里，其实一样也没有，说谎。我三月份部队回来，她父亲五月份来看，房子正在动工，墙头砌到这么高（指着膝盖示意）。他一看没错，是在造房。因为有匠人在做，家里有点荤菜，我请他吃午饭，挟几块肉给他吃，也许留下了好印象，情愿把女儿嫁给我。

"姐姐，为什么不是你来看，而是你爸爸来看？"我问李贵贤爱人。

我先来看的，爸爸后来看。先来总是看人啊，房子是在起。介绍人说，他家在起屋，橱什么的寄放在人家，后来一样都没有，我只当真是寄放在人家的。（边笑边说）看看人是没有问题，还好啊。脾气那时不知道，要知道他这么急的脾气……（嘻嘻）

"也是逼出来的，这脾气……实在是……脾气啊，也是条件逼出来的，否则没有这么急的。"李贵贤解释，接着述说在邮电局工作的经历。

我到邮电局工作，先是分拣信件，一天分一二百公斤信，那时没有家庭电话，异地联系全靠写信。平均每分钟分拣198封，眼尖手快，不能出错。有些信件寄到行政边缘地带，哪个邮局近就分在哪儿。一些自然村名字要记得清楚，什么翻耙巷、扁担埭、牛角梢。

一批进去15个男的，10个女的，大多是干部配偶或子女，有些是学校刚出来的小姑娘，每月工资29元。人事科长64年兵，当兵比我晚。6个月后，小姑娘定级31元，我们没变，每月差两块钱，一条的确良裤子。我当这么长时间兵，反不如他们？

我去找科长。你想我脾气差到什么程度？一把把科长拉到局长室，说事情不能这么办的，她们学校里刚出来，反而先转正，我们这么多年兵白当啦？无非她们是干部子女。后来怎么解决的，忘了。

全县29个公社加城关镇，30个行政单位，科长来检查工作，我与他边讲话边分信。他顺手拿出一把信件，看看有没有分错的。我心里多少有点急，担心差错，但也有几分把握，结果无一差错。

后来又管包裹，当时包裹特别多，150袋邮件包裹，火车停站几分钟，必须全都装上车，动作要快，力气要大。反正哪一行缺人，就派我到哪里去，领导知道我干什么都是来事的。

李贵贤声音越说越响，非常兴奋。

1988年，领导让我到乡镇支局当副局长。我跟局长说，我在县里干了18年，在你们鼻子底下，经过多少次考验，副局长没有权，有什么干头？要干就正局长。第三天，正式下文，同意我当正局长，于是到乡镇，一直到退休。

我现在的退休待遇，比社队企业高，比中央企业低些。每月4000元缺70元。如果公务员退休，可能5000～6000元。如果大集体职工退休，大概2800元左右。我不说假话，小时候吃到苦头的，花笼里搭"三扦架"，被奶奶发现，挨过打的，一定不能说谎。

我1970年结婚，婚后那个穷啊！两个壮劳力，没有小孩，年底分红，分到6角5分。1972年、1974年先后生两个儿子。当然就想，两个儿子，将来要给他们造房子，想必要苦。苦要有原则，就是艰苦奋斗，勤俭节约，不抢不偷，不摸不骗，不走邪路。

我到县城上班，没有自行车，也没闹钟，早上去，晚上回，来去步行，单程11公里，快走100分钟。早晨掌握不了时间，常常到了单位还没开门。天没亮，跑得也累，旁边有个小店，往门上一靠，半睡半醒。听得铁门"咣"的一响，门卫起来开门。他惊奇地问："你怎么这么早就来了？"我都睡了一小觉了，从不迟到早退。

那些干部子女，掐着钟点上班，像火车时刻表一样准，提前一分钟到。我替他们桌子揩好，地扫好，开水打好。夏天下班6点30分，到家8点多钟，家里总在等我，一起吃晚饭。星期天在家，中午娘子烧点干饭，两个小孩就说："爸爸，平时你不回来，我们只好吃粥。"

"你什么时候买自行车的？步行几年？"

一直步行了三年多。办公室隔壁有公用自行车,邮递员送信用的。有个副局长,渡江老干部,对我相当好,我俩脾气一个样,好的话摸摸蛋子没事,不好的话就开揍。回家过春节,通过他借个自行车,走亲戚的时候用,上班再还。

那时农村有自行车的人家不多,我们一家四口出门,前面三角架上坐大儿子,娘子抱小儿子坐后座,我骑得那个高兴啊。你猜她(爱人)对我怎么说？"又不是自家的！"哎呀,给我"啪"地一记。"又不是自家的！"她说。我说,不要急,会有的。过了两年,买了一辆永久牌自行车,154元。

"你每月拿30多元,天天这么走,怎么也得先买个车啊！"我忍不住说。

啊依喂,老弟啊,要还债呀！1969年第一次造房子,借900多元,工资30多元,不吃不喝要还三年。1988年第二次造房,两层楼,借9800元。纠了两个会(民间借贷),队里一个,单位一个,每个会10个人。我是头会,先收钱起屋,以后月月要还钱。

1971年生大儿子,初中毕业,照理要读下去,穷得没有钱,16岁辍学,到北京学裁缝。老师专门到家里来动员,没去,春华去的,他后来考上卫校,现在当院长。如果大儿子不停学,也许现在也吃国家粮。

他第一年学裁缝,春节回来,向师傅借3000元钱,家里造房。为了防小偷,坐火车时把钱缝在裤腰里。借的这些钱,出师后继续帮师傅做,做工抵掉的。要不是家里穷,大儿子也许读书读上去了。

没有办法的,我是队里最穷的一个,全大队都没有的。我常给孩子们这样讲,咱们家里没靠山,一定要踏踏实实干,一步一个脚印,不要一不小心饭碗泼掉了,千万不能油腔滑调,工作不负责任。

我今年75岁,总结起来,一个人活在世上,从小到大,要艰苦奋斗,要有吃苦精神,没这个不行。

大儿子初中毕业后,没能继续读书,李贵贤心中不是滋味,谈起来无限感慨。

大儿子开始做裁衣,后来不做了,从北京回来,到招商城加工服装,卖给别人,结果蚀掉5万。我也没怪他,帮他学个驾驶员,花掉1万多。现在钢厂上班,当车队副队长,年年评先进,评过劳模,还到南京疗养过。他晓得家里穷,在外事事小心。媳妇原来上班,后来工厂拆迁,下岗回家,拿多少补助金,她不讲,我们也不问。

他们的房子在镇上买的,二手房。房主太太赌钱,还赌债,要卖房,136.7平方米,总价9万多元,买了快20年了。我当邮局支局长,房主天天来转,要卖房。儿子拿5万元,我凑2万,媳妇娘家出2万,一次性付清。

孙子今年24岁,机电一体化专业,有等级证书,去过几个单位,现在市网络公司上班。孙子媳妇在大学城边上的移动公司工作,临时工。三四年前,他们在原来住房的基础上升了一层,花12万,跃层,儿子孙子一家一层,够住。

小儿子中国矿大毕业,先到建行工作,说不是城市户口不能转正。我天天卖菜聚钱,花1万5千元,给他买了城市户口,收据上写的是城镇建设费。买了以后还是没有转正,刚好他领导从建行跳出,去浦发银行,小儿子跟他走,去了4年,当信贷科客户经理。

银行收入可能蛮高的,行长讲一年三四十万有的。有一次我问他,你是我儿子,我是你老子,你一个月拿多少钱?能不能告诉我听听。儿子说,"你问这个干啥?没钱用,找我拿。""我不要,退休金够生活,"我这样回答他。

小儿媳今年42岁,宾馆糕点师,16岁就去的,2000多元一个月,现在跳槽了。宾馆生意不好,领导逼他们晚上出去摆摊,卖饺子,卖馄饨,做到晚上9点半,轮着去。干部来吃饭,屁股一拍就走,算不到营业额,都吃掉了。早上准备早餐,嫌好道丑,司机倚官仗势,领导倒不怎么说。

小儿子在城里买过两次房。第一次买二手房,57平米,花掉4万5千元,他们自己花的钱,当时我没钱贴。我有两个儿子,家长就像拿秤的,要公平。第二次买经济适用房,128平方,我贴2万,他也没找我要,算大人的心意。他们买汽车,我又贴2万,就算买一个车轮。他们创业办大事,我意思一下。

"你俩一个老高中,一个初识,能谈谈你们的婚姻吗?"

过得蛮好。有时我脾气躁,说的话不好,她受不了(笑起来)。所以我也反省,不应该,也改……不容易。一世人生,要做人,做像像样样的人,做一个正直的人、真正的人,时时刻刻要当心。我已经心满意足了,论我这个家境,当时她愿意嫁给我,我心满意足。

她现在看电视,有些地方看不懂,我解释给她听,告诉她什么意思。中央台新闻联播,还有焦点访谈,我一次不落,一定要看的。我给她买了养老保险,万一我死在前面,她可以有保障。

家和万事兴,我家父子之间、婆媳之间、弟兄之间、妯娌之间,关系和谐。两房媳妇回来,吃过晚饭,我开家庭会,告诉他们,要给妈买养老保险,说穿了就是帮你们减轻负担。小媳妇回去告诉她爸,一个星期后回来,说父亲讲的,不知阿公钱够不够,不够的话我们贴一点。阿哇！听了这话，虽然没要她的钱，心里是暖的，这就是家教好。

原来我种一亩半田棉花，现在只有一分自留地，其余的田都转出去了。全家有 4 亩流转田，每年每亩租金 1000 多元，谁的田钱就给谁，我不贪污。大孙子结婚，彩礼 8 万多，女方陪嫁一辆汽车，丰田牌，孙子开。我不懂汽车牌子，只看几根管子。大孙子的汽车一根排气管，小儿子的汽车两根排气管，管子多、轮胎宽的车子好。

李贵贤的身世比较特殊。

口述一开始，他就讲，自己是"全大队最苦的一个"，后来又说，"没有办法的，队里最穷的一个，全大队没有的。"童年的阴影给李贵贤一生的创伤。一米八几的老人，刚烈如火的性格，述说间失声痛哭，让我措手不及。

他的父母是"搭伙"夫妻，为什么采取这种形式？经济是主因。俗话说，"人多好做作，人少好吃粥"，是说人多劳动效率高，人少容易糊口。他母亲有两儿两女，父亲有一儿一女，加上李贵贤，两个大人，7 个小孩，还有老人，人多地少，十几口人拢家吃饭，矛盾重重，难上加难。

李贵贤几乎没有提到父亲，没有与父母共同生活的家庭回忆。搭伙夫妻这种特殊的婚姻关系，这种非常规居家方式，加上封建礼教与经济贫困，构成他黑色童年的全部。

李贵贤又是幸运的。

他 1950 年 10 岁时上学，1962 年 22 岁时中学毕业，是四九年后界岸第一个高中生。他的中学时期，正是"大跃进"与三年饥饿时期，如果不是哥哥当兵，读书免费且有助学金，李贵贤不可能读完高中。

20 世纪六十年代，农村教育落后，高中生凤毛麟角。李贵贤面前的道路是平坦的,高中生一般不会种地,可能当老师,而且是中学老师;也可能是积极分子,培养当团干部、大队干部。

然而,命运并未眷顾。

1961年,调整人民公社体制,"三级所有,队为基础",农村刚从"大跃进"的狂热中回过神来,尚未从大饥饿的惊恐中苏醒来。高中毕业的李贵贤,没有找到出路,只能在生产队劳动。

1963年,李贵贤去当兵,在部队7年多时间,当过给养员,代理过军需助理。回忆青春芳华,他兴奋不已。谈到提干问题,则语焉不详,"也许我说话……不太注意,脾气急"。年近三十,李贵贤无奈退伍回家。

退伍后悲苦多多,突然间喜从天降,安排到电信局工作。从一介农民变成国家职工,不仅在界岸村,就是在全大队全公社,这种几率也是微乎其微。"简直不敢相信,高兴得跳起来",李贵贤终于时来运转。

当兵,是生产队时期农村青年的主要出路之一。一方面,走出家门去当兵,闯天下,见世面,符合年轻人的热血情怀。另一方面,退伍后有当干部、找工作的优先机会,李永根、李宝贤、李贵贤就是这样的例子。

听得出来,李贵贤对家庭,对子女,对生活现状是满足的。村里的老人,大多70岁后还在劳作,他退休后热心于种花养草,时令花卉应有尽有,骑摩托车到苏北选购,不卖不送,热爱生活,老有所乐。

李贵贤总结人生经历,"家里没靠山,一定要踏踏实实干,一步一个脚印,不要一不小心饭碗泼掉了","一个人活在世上,从小到大,要艰苦奋斗,要有吃苦精神,没这个不行"。

他的肺腑之言,不知对后人有无启发?

说句心里话,过"左"过"右"都不好。当年毛主席走了一些弯路,现在有人反对他,也是不对的……

——周庆先

九　周庆先

我教了一辈子书
反正跟着形势走

小土地出租　　万岁　　"左"与"右"　　堂兄
农村　　参考消息　　杀猪风波　　缩短学制

口述：周庆先
时间：2015 年 5 月 18 日上午
地点：周家前屋

周庆先，1921 年生，土改时评小土地出租，小学老师，一生谨慎。2016 年 11 月去世。

周家亲族关系：
周仁田，周庆先之子；
周仕先，周奉先，亲兄弟，周庆先堂兄弟；
周仁惠，周仕先之子；
周仁健，周仁宏，周仁兴，亲兄弟，周奉先之子；
周成，周仁兴之子。

周家门前原来有条路，东西走向。这条路多少年前是条圩岸，路北属清屏沙,路南属常兴沙,是为界岸。界岸河上,有小木桥,往里走,住周氏三家。住宅基地相连,约一两亩地光景,周家祖传。

几十年过去,界岸逐渐崩塌,消失在无声的河心。村路改道,直接从周家门前通过,水泥路面,通行汽车。路旁西边第一家,就是周庆先家,两层小楼,一间厢房,独幢院子,与小儿子一起居住。

走进屋里,有男子年近七十,护工模样。过一会儿,周庆先从里屋出来。他早晨冒雨出门散步,身上湿了,正在换衣服。室内杂物不少,摆放零乱,看得出不常收拾。桌子上放几根香蕉,皮都黑了。

周老96岁,思维清晰,述说无大碍,语速稍慢,耳朵有些背,大声讲能听到,两人能互动。读小学时,他当过我的任课老师,教数学,极好。

周老倚靠在扶手竹椅上,我坐在一旁,访谈断断续续进行……

我今年96岁,1921年生的,读书读到小学毕业。抗日战争开始,一些事情已经记得,一路上逃难的人很多。日本人的炮舰停在长江里,经常打炮。开始时没什么交火,后来有了武装,国民党,共产党,游击队,与日本人主要是伪军打。日本人平日驻在城里,成群结队下乡的不多。

四九年时我29岁,已经结婚,分家单过。父亲有十几亩地,弟弟妹妹在家,土改时评中农。我家也有十几亩地,是这样的情况……既租种人家的田,也把自家的田租给别人种,租种离家近点的田,出租离家远的田。

出租三四亩田,实际上是租给套圩埭姐夫种。他不做人家(不节俭),租钱很低,经常收不到,基本上是送给他种的。土改时,因为我家出租土地,评的成分是小土地出租,不过那时也不懂什么成分不成分。

小时候听队里人说,当年土改,周庆先评中农,他父亲周小康评小土地出租。周小康认为,小土地出租比中农好,听起来富些,将来孙子找对象容易,于是两家成分对换过来。

问周老,他顿了顿,笑了笑,否认此说。

我从小攀的娃娃亲,三四岁时,大人做主,老婆是天福人。结婚之前(笑),她来过几次,我们见过面,从来不说话。她一来,我就走了,不好意思,怕难为情。23岁结婚,生大女儿,已经跑了,心脏病,不到七十岁。

那时经常拉伕拉壮丁,为了躲避,跑到外地当学徒,学的是会计。姑父的儿子是个小资本家,开个小银行,那时叫钱庄。我到外地去,家里没人,你爸爸再躲到我家来,藏在兔窝里。那个时候,乱七八糟!

四九年后回家,正好小学缺教师。那时不像现在,做教师没什么收入,没有谁高兴教书。到小学里代课,一起教书的,还有承重无、徐德润等。那时没什么固定工资,十几元钱一个月(笑笑),没有谁愿意教书的。

代课代课,就不让我走了,那时候缺人啊,不像现在。共产党来了,说不希望你跑,不许跑就不跑。就这样一直教下去,先后换过好几所学校,一直在教书,教一辈子书,直到退休。

"四九年你已经成年,当老师,有文化,对共产党有多少了解?"

记得那时候,刚解放,大家喊"×××万岁","×××万岁",当时很新奇。哎哟,我就想,过去皇帝喊万岁万万岁,怎么解放了又要喊万岁?(边笑边说)哪来这么多万岁?说起来这就叫思想不好,心里这么想,嘴上不能讲。那时确实对新社会、对政治没什么感觉,很迟钝的。

"土改时分地主家的田，当时你怎么看？"

那时分田，反正有政策的，大家跟着走。我家属于中农，不去多关心，也没有什么担心，有政策的。后来"镇压反革命"，枪毙人，也不害怕，懂政策的，我们又没有做什么坏事。

开始"镇反"时，工作队同志问我，据他们了解，有些坏人该抓没抓，老百姓不情愿细讲，到底什么原因？我说，他们势力大，怕啊，担心讲了捉不起来，以后被报复。他们说，噢。后来慢慢地抓，抓了好几个。

"从土改、互助组到人民公社，那时你怎么想？"

那时啊，也不去问这个讯的。我们属于中农，田不进不出，自顾自……

人民公社时，我当小学教师，不特别关心这些事，反正跟着形势走，听党的话，把党的事做好。不像有些人，吹吹牛，喝喝酒，照样入党啊！这样的事我哪做得出来？你是知道我的脾气的。

后来搞"四清"，工作队同志住学校。我请他抽根烟，他连连摆手，不肯接。不就一根烟吗？你拿我当坏人啊！从此与他不多来往。实事求是说，我看不惯。后来丁友才管理学校，叫我入党，我也不积极（笑笑）。

"你当小学教导主任，'文革'中有没有受到冲击？"

我比较消极。互相贴大字报，大家黑吃黑（边笑边说）。东面李老师爱占小便宜，嘴又狠，不饶人，运动来了评右派，吃了点苦头，后来放出来。那时"左"啊，过"左"！我跟你讲，他平时也爱占点小便宜。

我从小就爱看报,现在还订《参考消息》。几十年了,中央台新闻(联播)要看的。说句心里话,过"左"过右都不好。当年毛主席走了一些弯路,现在有人反对他,也是不对的。我喜欢讲实话(笑笑)。

要说现在,我又要乱说。现在农村里样样好的,就是太重金钱。你看,这么好的田,荒掉多少?种种果树。过去种田人靠田,现在吃的粮食也要买来。

再一个,农村里吃闲饭的人太多,抓牌过日脚,到处抓牌,风气不好,看不惯。要养成劳动习惯,劳动最珍贵,说是这么说,空话,喊喊而已。

周德先是周老堂兄,老革命,参加地下党出生入死,四九年后脱党,乡间传说纷纷。我请周老谈谈周德先的事儿。

我与周德先是堂兄,从小一起长大。他家经济不算最差,为啥参加地下党?这个人啊,个性独特,我们一起逃过难,一起躲壮丁。后来,他到外地教书,由于个人原因,可能闯了点祸,被地方恶势力扣了起来。我和他哥哥去过几趟,他可能吃到苦头的。

周德先逃了出来,就去参加武工队,别人再也不敢碰他。他带武工队打游击,陶官泉(伪乡长)放出话来,如果周某人敢碰他,就灭他一家。他经常晚上来,藏在自家住基上,打死过敌人,也牺牲过武工队员。

解放后,他与新来的领导不和,内部不团结,互相不服气,揭老底,搞摩擦,甚至动枪,受到组织处理。周德先最大的缺点,我的感觉,就是他的独孤性,后来内部闹分裂,与这很有关系。可惜,前功尽弃,可惜!

我退休以后,小儿子接班。他高考缺4分,让他补习再考,不愿意。他先当民办教师,后来接我班,现在教小学,天天早出晚归。

孙子学校毕业后,考公安,整整考了一年,才算录取,在派出所上班。他个性比较懦弱,不会吹牛,干这个工作还可以。

整个一生工作,我没有请过一天假,不是三天两天,而是一生……

周老讲起"文革"中贫下中农管理学校时他与之争执的事儿。

有一次,他在电话里指名道姓,"喊姓周的听电话!"我不明白他哪来这么多火。叫我过去,几个领导坐在那儿,指着鼻子说我,"你倒好啊,偷着杀猪!"我说,"杀了不赖,没杀就是没杀!"他说,"你还敢狠啊?"我说,"不狠"。当场顶了起来。

实际上,学校养几只猪,只要一杀猪,大队干部就来吃,老师反而吃不到。我解释说,"猪还没杀。杀是想杀的,没敢杀,猪还在圈里。"确实有老师提过杀猪的事,不知怎么传到大队干部耳朵里,他们就来兴师问罪。

"文革"中知识分子是臭老九,老师成为被管理对象,不得不忍气吞声。

他们把我调到中兴小学,当副校长,校长姓蔡,人好的。那天把我们几个叫到一起,说商量个办法,小学提前考试,提前毕业,征求我们的意见。我听了一惊,哪能这样做啊?

他们说,中学不就是这样做的?我说,中学是中学,小学是小学,中学生歇回家,可以干点活,小学生歇回家,让他干什么?(停顿)他们来上学,要出学费的,这点学费,要上满一个学期的。你早早叫他回家,不是不负责任吗?

他们说不服我,又说六年级两个班,放掉一个,我觉得说不过去。他说,如果将来出了问题……最后还是被我们犟了下来。蔡校长好的,"就这样,听你,我负责"。这个人不简单,不陪吃,不拍马,大家说他好的。

周庆先是村里年纪最大的老寿星,也是口述者中的最长者。由于年龄原因,述说时口音有些模糊,不能完全分辨,有些事情回忆不一定那么清晰。即使如此,作为年近百岁的历史老人,他的口述还是有特殊价值的。

周庆先与周仕先、周奉先是堂兄弟,住宅基地紧挨着,政治身份不同。周仕先富农分子,周奉先大队书记,周庆先小土地出租。有村人鄙视,"咦,小土地!"小土地出租,成为控制周庆先行为的一道无形的符咒。

在频繁的政治运动面前,周氏兄弟的心境与际遇是不同的。周仕先是挨整的,运动一来就倒霉,不得不低头。周奉先是矛盾的,有些事情不理解,不理解也要照办。周庆先是无奈的,"也不去多操心","反正跟着形势走"。

周庆先不是没头脑,也不是生性苟且。他对"万岁"的疑惑,表明了他的民主意识。"文革"中与革委会人员争执,则是他敢于直言的注释。然而,在政治运动面前,小土地出租的身份,使他不得不谨慎再谨慎。

周庆先与革委会人员的冲突,留下了崇文重教传统断裂中的细节。农村教师属小知识分子,有一定社会声望,列乡绅贤达人士。"文革"打破了这种序列,教师斯文扫地,受屈受辱,其形象与地位从此一去不返。

抗日战争时期,是周庆先从少年到青年的成长期,也是记忆力最好的时期。日军驻扎当地,无恶不作,但他对日本人的讲述极其简略。20世纪50年代,周庆先正值盛年,问起合作化、人民公社的情景,他几乎没有回答。

难道这就是专家所说的那样,老年人特有的"选择性失忆"吗?

社会不是这样的,将来会变的。 老百姓过这种日脚,这个社会能存在吗? 现在种这个田,集体集体,总要分到私人手里的……

——承重无

十　周仁田

集体集体　集体的事谁来操心？
种这点田　哪养得活这么多人！

破四旧　　惊人预言　　战上海　　翻船
食品站　　单位转制　　生猪检疫
女儿　　　良心　　　　生产队

口述：周仁田
时间：2015年9月14日上午
地点：周仁田家

周仁田，1949年生，初中文化，生产队种地，大队开拖拉机，行船，公社食品站工作，退休。

周仁田比我大4岁，一起在生产队劳动过。他退休后返聘，晚上9点多上班，一通宵，早晨回来，上午休息。星期天他没上班，约好星期一上午访谈。

他爱人在家，为人热情，几次邀我做客。盛情难却，答应中午在她家吃饭。她很高兴，摘菜洗菜，忙个不停。

与周仁田多年没见，聊聊当年生产队的趣事，问问他弟弟妹妹的情况，又说说访谈他爸爸的事儿。

然后,周仁田开始述说……

那个时候,我家成分高,参加社会活动少,人家不要我。"文化大革命"中,搞唯成分论,不少人吃到苦头。我还算好,一直在队里劳动。那年征兵,我报了名,要去体检了,被乡里削下来,成分高啊(笑笑),连续两年没去成。

1967年农村破"四旧",一开始造反派叫我去,让我写写弄弄,记记账什么的。后来他们想整大队干部叶炳炳,让我写材料。人家又没有什么,怎能瞎写呢?弄了几夜几黄昏,写不下去。瞎说,害人,不好做的,他们就不要我了(连说带笑)。

那个时候的事,说不像的。他们"破四旧",抄来的东西我登记,我只知道登记就行了,过几天去看,好多东西没有了。破"四旧"抄家,哪样东西没有啊?谁拿走的?怎么拿的?乱哄哄,没人知道,没人管。

你还记得承重无啊?

承重无我认识,听说在小学教过书,又说绝顶聪明会修枪,"文革"中不知怎么成了坏分子。

造反派从承重无家搜来一套工具,烊银圆用的。大队拖拉机坏了要修,我去借工具,一开始他们不给。我说,"'四类分子'的东西,放在这里干什么?大家都能用。我又不是自家用,给集体修拖拉机,焊油管。"

用完后,我把这套工具直接还到承重无手里。他感谢我,看到我就打招呼,我需要修什么,他立即放下手中的活,先把我的活干完。他儿子跟我同岁,平时不大响的,很聪明,专门修缝纫机。前一阵晚上出来散步,被电瓶车撞死了,死了不到一个月。

现在的社会,全部被承重无讲到的。他对我说,你不要看顾某某黄某某这么凶这么狠,草包!总有一天有人来收拾。他还说,社会不是这样的,将来会变的。这种社会,能弄到几年呀？老百姓过这种日脚,这个社会能存在吗？

他说黄某某,这样的人,哪能在社会上做事体？水平太低,人品太差。他说顾某某,丧天丧地,不会有好下场。他见我从田里拔草上来,让我歇歇,说,现在种这个田,集体集体,总要分到私人手里的。这些事情现在全部被他说中！

啊,高手在民间！ 我听得目瞪口呆。

"文革"开始不久,打公社、大队、小队三级证明,我到江西学瓦匠,做了两年。工钱每天1元2角,交给生产队1元,记工分,自己留2角。人家的工钱欠着,队里的钱照扣,恨不得倒贴。想想没意思,干脆不做了,到生产队里劳动。

大队里新买3部手扶拖拉机,良才舅舅在拖拉机厂,开后门买的。堂叔当大队书记,他介绍我到大队开拖拉机。当时种"三熟"制,抢季节耕田,几百亩田,歇人不歇机,日里夜里干。开拖拉机拿不到钱的,大队里记工分,转到生产队分红。

到后来,生产队普遍买了拖拉机,大队里让我去行船。跟朱斗润一起,一条5吨重的水泥船,挂个柴油机,把石棉棉纱解到吴县,再把石棉料运回来,发给家家户户纺。晚上行船,朱斗润经常给我讲"山海经"。

朱斗润,隔壁队里人,我认识。 老家苏北的,因为家里穷,很小出来,据说当过"忠义救国军"。 生产队时,他家6个孩子,负担重,依然穷,长年在外行船。

你还认得余祖堂？你要好好记下来。说是战上海,用机关枪扫,一仗打下来,人死了不少,成卡车往外装。余祖堂看了怕,想回家。朱斗润跟他一个连的,排长。大家都怕,逃兵越来越多。

连长开会,说,"你们哪个想走的,站到前面来,我付给他路费,回家去。"余祖堂一听正好,"我要回家的",站到前面去,连长脸一落。朱斗润多少识相,老油条啊,一看连长脸色不对头,一个箭步上去,"恍恍恍"就给余祖堂几个耳光。

"连长对你这么好,你还想回家?这里有饭吃,有觉睡,这么好的日子你要过?打仗么,总是要死人的,跟我下去,不要回家,打仗!"朱斗润边打边说,将余祖堂一把拉下来。当天夜里,两人一起逃出来。

朱斗润说,后来余祖堂看到我,恨不得叫我老子啊!当时三个兵一起站出来,都想回家,余祖堂被朱斗润拉住,那两人被连长当场枪毙。多亏老朱搭救,余祖堂死里逃生,捡回一条命。

身边的传奇故事,惊心动魄。

"朱斗润当国民党排长,怎么没评成反革命分子什么的?"这在当时确实是个例外。

朱斗润人缘好,家里光搭光。他说过,孙雪荣到人家收租,特别卖力,搬起坛子就倒米。他站在门外面,不去动手的。他教我,仁田啊,咱们一起行船,同船合命,出来做事体,不要做恶人,要七正八当,得过去就过去。

他经常给我讲这些事。解放后孙雪荣吃官司,他一起收租的,人家不碰他,"文革"搞成这个样子,也没人搞他。他长年不在家,一直在外面行船,"嘎吱嘎吱"摇橹,为大队里做事,割滩草,行海船,碰到风险总是他出面。

"大队里行船那年,我刚好 26 岁。"谈过朱斗润,仁田再说他行船的经历。

大队副业组做豆腐,到上海奉贤装盐卤,5吨小船,又破又旧。经过黄浦江,浪头比较大。去的时候空船,这还不要紧,回来时装4吨盐卤,船吃水深,到外白渡桥的时候,一连几个浪头,就把船打翻了。

好在是白天。我一看船不对,正在往下沉,翻下去一把将行驶证抢到手,人浮上来,船沉下去。港监清楚的,马上就喊,"安徽几号,江苏几号,有船出事,赶紧救!"船刚沉下去,四五只船围过来,绳子甩下来,把我俩拉到船舱里。

那次浪头实在太大,如果没人救,根本游不上岸,很危险的。我们在船上把衣服烤干,住到旅馆里。港监把船捞起来,拖轮拖到县里,出掉50元钱,我们再慢慢撑回来。后来买条大船,12吨的,到底不一样,有浪就不怕了。

行船的时候,大队记工分,回生产队分红,有伙食补贴,5角钱一天。出门时我带点米,不喜欢捞手捞脚,老朱家里人多,从来不带米。船开到半路,夜里上岸,青菜萝卜,地瓜玉米,有啥弄啥,船上煮煮,就当饭吃,有时也买点。

苏州一个来回,快的时候两三天,有时一个星期,自己装货卸货,5元钱补贴。一船石棉纱五六吨,一麻袋150多斤,近百袋石棉,从码头扛上岸,先过秤,再码齐,小半天,累个臭要死。队里人还眼红,因为有补贴,恨不得跟我抢。

"那时我人老实,不转歪念头的,大队里相信我,别人抢也抢不到的。"回忆往事,周仁田自豪自信。

就这样,行船行了五六年。大概是1980年前后,公社食品站装自来水管,让大队里的船帮他运。我们打了一趟交道,他们觉得我稳重。食品站有条船,没人开,就想让我去。食品站是全民单位,多好啊!

大队书记不放,说为了让你安心工作,特地把你老婆安排到大队薄膜厂，现在你要走，老婆就回家。啊呀，她回家又干不动活，我不去就不去吧！食品站的船停在河里，空在那里，因为开船要资质，有执照的人不多。

过了一年，食品站直接找大队里讲，大队书记不好意思再拒绝，于是放我去食品站。站里一个月开几次船，运送收购来的猪，运到县城，当天来回。食品站有孵房，先是火孵，再是电孵，孵鸡孵鸭，我当电工，开柴油机发电。

食品站是全民企业，45元一个月。那时你哥哥在大队做模具，一个月6元。按规定还要交队，站里把工资直接发给我，我拖着不交队，生活也就可以了。做了七八年，孵房关掉了，猪肉放开，食品站统管，我再去杀猪卖肉。

在食品站工作，必须多面手，看猪、收猪、杀猪、卖肉、算账、收钱，样样都要会。比如收猪，你说这只猪几等几级，什么价格，多少钱。如果农民不同意，杀出来过秤，当场检验，误差率不能超过2%。

猪头脖子部位截到哪里？太上太下都不行，标准是猪头竖着，放在案板上，两边肉不鼓出来，这相当于行规，书上没有的。有一次收猪，碰到熟人，我估92斤肉，毛重扣4斤，三等。他嫌扣得多，当场屠宰过秤，91.5斤，差半斤，他没话说，服帖。

看猪全靠经验。杀猪前先看先估，杀了后再称，看看相差多少，为什么会差，下次再校正，就这样慢慢积累。看猪时先摸肋骨，背脊上的皮拎一拎，看膘有多厚。不过说实话，收猪时，如果碰到那种犟头，也会稍微放松点，尽量不要吵，养猪不容易。

"卖肉现钱进现钱出，有没有人'三只手'？"

一分钱也不敢！天天与钱打交道，随便拿还得了！一旦被发现，饭碗没了，人丢不起。就像收购站收棉花，你敢把棉花偷着往家拿？国家一类物资啊！凡是公家的东西，一根针都不能拿,那时管得蛮紧的。

过了几年,食品站扩大规模,搬出去新建,让我负责基建。起房子时,我用好心的,对着图纸,地上、地下,建材、土工,一笔笔账记好。竣工后算账,建筑公司说,总造价32.5万元,我说用不了这么多。

他们问有什么根据,我把账摊开来,一笔一笔算,只算到18.5万,最后就按这个数字结算。新的食品站占地3亩3分,土地是租的,四边打围墙,二十来间房子。搬过去没几年,就说要转制。

那时乡里困难,电话费都付不出。书记把我叫去,对我说,"老周啊,你么吃点亏,我现在一分钱当两分花。前届政府钞票用光,人情做光,资产卖光,现在人家来要钱,你按原价把食品站盘下来,今后我们心中有数的。"

书记镇长谈话,有什么办法?答应下来。如果算算折旧,十万元钱都不到。后来两个镇合并,只保留一个食品站,这边的就空置下来。现在出租办厂,一租10年,每年租金3.5万,房子维修改造我不管,土地费他们出,有六七年了。

乡镇合并后,我就到新食品站上班。算是老职工,不杀猪了,不卖肉了,收收猪,搞管理,主要是检疫,猪屁股上盖章。

"是不是真检查?管得严不严?"

啊哟!真检查,不敢马虎!如果是死猪病猪,你要向我买,我也不敢卖给你。即使卖给你,你也不敢要,要了不敢卖,想卖卖不掉。人多嘴多,不可能拿出来卖,捉住要判刑的。

"我们这里早已不养猪了,生猪从哪儿来?"

外地送来的,如皋、如东,河南,安徽。什么时候,要多少猪,什么规格，什么价格，电话里谈好，他们送来，猪多得不得了。最近的生猪来源，主要在河南，一大批客户，不少是老客户。

食品站收到猪，集中宰杀，然后批发下去，没有地域范围，谁要都行。可以说，在我们全县范围内，死猪病猪不出境，一律就地处理。外地运来的猪死了，进得来，出不去，食品站有焚尸池，一夏天二三十头死猪。

我们这个食品站，每天杀猪120多头，春节时300多头，一年5万多头。每头猪250斤左右，原来说一个人扛头猪，那时的猪小啊，100来斤，养猪为了挣饲料粮，好补贴口粮。现在的猪大，二三百斤，扛不动了。

我60岁退休，工龄30年零2个月。当时退休工资1700元，现在2500元。退休后不让我走，返聘，100元一天。一般晚上9点多过去，杂七杂八的事情处理处理，床上眯一会，到点就醒，成了习惯。

老板三四点钟到，七八个人，开始杀猪。还是人工屠宰，把猪赶到圈里，铁钩子往猪下巴一扎，拉过来，一刀捅下去。过去要猪血，现在不要了。我劝你，街上买的猪血千万不能吃，包括鸡血、鸭血，都不行，屠宰时太脏太脏了。

这个食品站也已转制了，承包给老板，一年承包费30万元。我现在算是给私人打工。这几年卖猪肉，赚不到多少钱，猪肉价格太低，养猪户恨不得哭，再不涨价没人养猪，就会吃不到肉。

"你女儿情况怎么样？"

女儿今年40岁，南京理工大学毕业。开始在苏州一家外资企业工作，当办公室主任。后来企业搬到广州，路太远，女儿不想去，到上海找工作，面试后马上录用，就在上海安家。女婿原来是部队的……哎呀……各人的婚姻！

他们两口子回来探亲，走到李贵贤家门口，贵贤递支烟让女婿抽,他就接了。回来女儿怪他,难得回家,不发烟给别人,还接别人的烟,身上没带烟,就说不会抽,嫌他不懂道理,丢家里人的脸。

吵到后来,女儿就说,"你给我滚!"深更半夜,又在乡下,你让他去哪儿?两人一直吵,回到上海,女婿不回家了,叫他回也不回。你不回家,就离婚。两人有个男孩,跟着女儿,女婿净身出户。你想,就为一支烟的事儿!

前几年女儿再婚,女婿是交通大学毕业的,两人不准备再生小孩。上海有房子,我买的,买得早,花70多万元,98平方,在虹口区,快15年了。当时房子紧张,想买买不着,女儿送给房产公司1万元钱。

那人说,要不你买2套吧,刚好门对门。女儿想买,首付40万,两套80万,一下子拿不出这么多钱,结果只买了一套。手续办好,刚过一周,就有人找来,愿意出148万,买她的房子,一周翻了一番多。

女儿有点心动,打电话回来。我说你说昏话,卖掉了你今后住哪儿?(笑)亏得没卖,要卖了就麻烦了。如果当初买了2套呢,一转手不就赚一套?现在交通方便,女儿经常回来的,顺便从家里带点鸡蛋、蔬菜去。

"嫂子现在身体怎样?"

她前几年开刀,上海瑞金医院开的,换个心跳板,现在稳定了,要不是开这个刀,人不知道到哪去了。她得风湿性心脏病,吃药不起作用,后来不排尿了,开刀花了11万。如果没钱开刀,人早就拉倒了,所以说还是要挣钱啊!

老婆没买社保,钱都拿出来了,她不许我买,说反正活不长的,买它干啥?那时只要花3万元钱。当然现在也没什么可懊恼的,我有劳保工资,也有积蓄,没什么问题。一个人,不好比的，我比上不足比下有余，日子过得可以的。

"我经常讲，队里有的人，一世人生，吃共产党的，用共产党的。他还说共产党不好，没有良心，太没良心啊！"

周仁田说着说着，激动起来，发些感慨。

你说，以前困难时期，做工分时期，家里小孩多，队里帮着，过年要照顾款。现在领抚恤金，儿子吃低保，自己不吃苦，只想要共产党的。还不如地主，地主是苦出来的，真正剥削到多少啊？没有良心啊！

现在只要身体好，吃能吃掉多少？只愁吃不完、吃不下，实事求是说。现在的日子，实事求是说，以前没法比的，真正没法比啊。（停顿）你真正没有办法，国家也看得见你，会帮你、拉你，不会让你灭亡。附近点得出来的，老的、傻的、身体不好的，不少呢，全部低保养着。

"生产队做得这么苦，大家还是吃不饱。回过头来想想，到底为什么？"

集体啊，集体！队里公养猪养得太多。田里收点粮食，先把饲料粮、河工用粮留下来，好几囤。多的时候，几十头公养猪。冬天上河工一个多月，男工女工，几十个人吃。稻草麦秸做糠猪吃，草都不够烧。

再一个，产量没有现在高。"金南丰"（水稻）收多少斤？高产，800斤。现在小麦亩产800斤，原来一半都不到，300来斤。生产队收的粮食，社员不够吃，春二三月还买返销粮。

还有，集体的事谁来操心？什么大寨式记工，说起来就像笑话，队里干活哪像自家这么用心？又不许出去打工，做手艺要交队，外出要三级证明。几十个劳动力，就种这点田，这点产量，这点收入,哪养得活这么多人!

那时劳动力多,吃得也多。以前一顿吃几碗,现在呢?三个人一天的口粮,生产队时一个人吃一顿都不够。如果还有哪个说共产党不好……

周仁田的口述,从"我家成分高"、"人家不要我"、征兵体检身体"两年没去成"开始。他对往事的记忆,起自小土地出租的家庭成分。

《镇志》载,土地改革中,境内小土地出租238户,占总户数的3.2%,比例超过地主,也超过富农。农民拥有少量土地,因从事其他职业或缺乏劳动力、出租少量土地的,不以地主论,属小土地出租,当时的政策界限是清楚的。

到了后来,小土地出租慢慢成了问题。土地出租要收租,收租就是剥削,不劳而获,不如中农。如果户主人缘不好,有人报复,就说你是漏划富农,阶级敌人。村民调侃,有时嘴一撇,"咦,小土地!"

"文革"开始,先是写大字报,打乱仗;接着揪当权派,"保皇派"、"造反派"。再后来"文攻武卫",搞武斗,乱作一团。周仁田两派都不沾,"吓得怕",逍遥派。

经"文革"初期闹哄哄后,大部分社员包括青年人在内,很快成了逍遥派。逍遥派是务实派,社员要做工分,不劳动没饭吃,地里不会自己长庄稼。年轻人要找出路,造反不是正道,周仁田自觉不自觉地走了出来。

对于曾经的生产队,周仁田的看法是直感的。"集体的事谁来操心","又不许出去打工","哪养得活这么多人"。大锅饭体制,城乡流动堵塞,人多地少,这三条切中弊端,点到要害。

"坏分子"承重无身居僻壤,世人皆醉他独醒。台上的人品不好,老百姓过得不好,生产队搞得不好,他从"三不好"作出大胆预言,简捷精当,先见之明,堪比理论界顾准。可惜承重无已经过世,无从详尽讨教。

水无常形,世无常态。周仁田哪能想到,当年去食品站做临时工何等不易,十几年后转制成为食品站业主。他不曾想到,造食品站为集体精打细算,转制时少花十几万元,当年的食品站成为家庭的经营性资产。

人生无常又有常。周仁田的好运不是天上掉下来的,是实实在在干出来的。他从大队开拖拉机、行船起,到食品站当电工,看猪、杀猪、卖肉,从负责基建到生猪检疫,勤勤恳恳,几十年如一日,天道酬勤。

家庭文化有很强的影响与传承性。周仕先富农成分,周仁惠从小感到社会歧视,心理伤痛至今无法消除,心中的创口长久没有弥合。周奉先小土地出租,周仁田因此受到些许冷落,但没有严重冲击,如今几乎不留痕迹。

周仁田女儿1975年生,定居上海多年,与农村渐行渐远。周仁田的外孙,周奉先的第四代,城里生,城里长,对家庭成分、对传统"三农"、对祖辈的经历,已经完全陌生。在他们眼里,过去的一切,一切的一切,也许就是一个个离奇的故事吧!

祖父手里有 10 亩地,经济状况一般,两个儿子分别叫大康、小康……

　　　　　　　　　　　　　　——周仕先

十一　周仕先

父亲开酒行买地
儿子们分道扬镳

周大康　　酒行　　读书　　圩长
武工队　　脱党

口述：周仕先
时间：1995 年 9 月 13 日上午
地点：周家

周仕先，1916 年生，1933 年苏州私立职业学校文书科毕业，土改时评富农成分，小学教师，2006 年去世。

10 年前访问周仕先，仲秋时节，天气凉爽，晚稻抽穗。

那次访问，主要向他了解村里几个家族的情况，为研究家族变迁史搜集资料。当时没有录音，周仕先的口述是根据记录整理的。

周仕先"文革"中受冲击，回到生产队，我们一起劳动过。1978 年落实政策，补发工资，办理退休，小儿子接班。

周仕先闲居在家，我去看望请教，他很高兴。是年八旬，耳聪目明，记忆清晰，讲述了许多界岸往事……

我的祖父叫周一品,大约出生于 1860 年,死于 1922 年。周一品是个未入科举的农村旧知识分子,通读"四书五经",教了大半辈子私塾,在当地有些声望。晚年开茶馆讲理,解决民事纠纷,有点类似于现在的民事调解或仲裁。祖父手里有 10 亩地,经济状况一般,两个儿子分别叫大康、小康,名字上寄托了他希望儿子过上富足生活的期盼。

我的父亲是周大康,1880 年出生。祖父是个小知识分子,照理说父亲怎么也得读一些书,事实不然,仅仅初识而已。为什么?时代变了,清末科举取消后,读书考不了秀才,通过读书来改变身份的道路堵死了,"四书五经"对于农民来说没什么实用价值。传统的教育方式陈旧落后,死背书,枯燥无味,背不出就打手心,学生吃不消。隔壁人家大人让小孩读书,他往河里跳,死也不愿意。

父亲从小下地干活,是家里的主要劳动力。后来到别人店里做伙计,积累了一些商业知识与经验。30 岁左右分家单过,分到 5 亩地,做点小生意,糊口而已。父亲 38 岁那年,也就是 1918 年,他借了一些钱,与我的叔叔合伙,在海岸镇开酒行。租几间草房,请一个酒坊师傅,体力活自己干,酿酒卖,既批发也零售,每天卖水酒 2000 多斤,挣了一些钱。

我父亲的节俭和吃苦远近出名。他个子不高,力气不大,脾气急躁,一辈子不舍得买肉吃,母亲买点鱼改善生活,要挨他的骂。冬天宁愿吃冷饭冷粥,不舍得到锅里热一下,为的是节省柴火,简直不可思议。可他一辈子就是这么过来的,开酒行挣了几个钱,立即去买地。

抗战前夕,酒行关店歇业。那时他快 60 岁了,体力、精力越来越跟不上,几个儿子都嫌酒行太苦,不愿意接这个摊子。再有就是兵荒马乱,时局不稳,生意越来越难做。父亲酒行开了近 20 年,陆陆续续买了 40 多亩地,这是一笔不小的家业,自己种不过来，也租给别人种。当时那种社会，农村里像我父亲这样从小商业发家的农户实在不多。

我家的经济地位上升了，但社会地位没有变。父亲文化低，脾气急，为人倔，经常受欺负，下决心送儿子上学。我8岁上私塾，后来先后在几所新式小学读书，14岁上初中，17岁考到苏州私立职业学校，文书科，读了一年，学校关闭，就算毕业。1933年我从学校出来，先在县土地局上班，后来到地政局当书记，再到乡镇办事处工作。1936年初，为同事打抱不平被停职，在家歇了将近一年。

1937年初，经考试到扬中县工作。半年后发生"七七事变"，县长、局长都逃走了，我守不下去，大年三十逃回家。春节后到一家商行当会计，地方政府来人联系，让我到国民党领导的地方游击队当政训员。去了四十多天，回家探亲，还没等得及返回，这支部队一哄而散。

我多少有些文化，一些地方武装，什么性质的都有，不时来找我，让去抄抄写写。那种地方不敢去，也不能去，有时不得不去，大多待不长。这样到了1942年，我与人合伙开"同乐丰"南北货商店，经营干果生意，卖点迷信物品，开了3年多，也没挣到多少钱。

日本投降后，我当过三年圩长，主要负责土地丈量和登记，相当于地籍管理。后来，到区政府当会计，不久辞职回家。为什么不干下去？几个原因，一是弟弟当地下党，受他影响，知道反动政府不会长久；二是土匪头子放出话来，说我掩护弟弟当共产党，要收拾我；第三就是工资低。

正好有个棉花行缺人，我去当会计，三十石米一个月。干了三个半月，收入比在政府干一年还多，当时可以买到10亩地。土改时，我爸爸70岁，大部分土地已经分给儿子，自己只留几亩地，评中农。我呢，分家时不到5亩地，经过十多年积累，有近20亩田，出租5亩，评富农，不过那时我们对成分不太懂，也不太在意。

弟弟周德先，比我小两岁，生于1918年。小学毕业后，帮助父亲开酒行，家里有十多亩地。他个性比较倔强，对社会黑暗不满，曾经被伪政府短期关押。弟弟什么时候入的党，什么时候参加地下工作，作为亲兄弟的我也不知道。那几年他很少回家，有枪，有队伍，说是武工队，有时深夜回来，歇个脚就走。

据说弟弟担任过共产党的区长、特派员，发展过一批党员，带过队伍打过仗，在配合解放军渡江作战时出了不少力。解放军胜利渡江后，上级要他两天内组织500个民工，配合大军南下。弟弟认为短时间内完成这个任务难度太大，与组织讨价还价，被认为工作消极，受到严厉批评。

也许在这件事情上失去了上级的信任，军管会任命新的区长时，预先没有通知他。刚解放几天比较混乱，两个区长都布置工作，发生误会和冲突，都说对方是假的，掏枪就干，差点火并。结果以新区长为准，弟弟职务被免，武器收缴。组织上要他随工作队南下，离开家乡到南方工作。弟弟有情绪，不想去，组织上一次又一次动员，他就是不听，闷在家里一年多，也不参加地方党的工作。

1952年，弟弟受到严厉的组织处分，按自动退党处理。他心灰意冷，自谋职业，在村里当小学教师。"文革"中，弟弟的战友、部下大多是"当权派"，被斗得七死八活，他相对安全，也算是祸福相倚。1978年以后，弟弟从教师岗位退休，落实政策，承认他地下工作经历，享受离休干部待遇。

周仕先一生经历风风雨雨，他述说了三个人的经历：父亲，自己，弟弟。

周仕先父亲叫周大康。大即泰，大康也作太康，寓意安丰泰乐。确实如他所愿，周大康38岁开酒行，劳累了20年，挣了一些辛苦钱,不仅供周仕先上了中专,还买了40多亩地,留下一笔不薄的家产。

周仕先回忆:"祖父是个小知识分子,照理说父亲怎么也得读一些书,事实不然,仅仅初识而已。"清末取消旧式科举,新式教育迟迟起步,直到1935年前后,界岸儿童依然私塾启蒙,农村教育出现30多年的断档,一两代人不再读书,文化水平比父辈还倒退了一步。

周仕先当过圩长,是个厉害角色。他长期当小学老师,文质彬彬而失之尖刻。村里刘小妹向他借钱,钱没有借到,他反而这样问,"你倒要借钱,什么时候有得还?从哪里来钱还?"刘小妹一直记着这句话,到死不忘记。

周仕先"文革"受辱,子女受牵累,万般无奈,怨气甚重。他女儿远嫁兰州,农村户口进不了城,队里有人挤兑,说出嫁了不该赖在生产队。周仕先给外孙女取名"燕萍",解释说,燕萍燕萍,似燕子无可栖依,如浮萍飘无定所。

周仕先自己给子女理发剪发。集体劳动时聊天,他说各人的头型不一样,有的头好剃,有的头不好剃。比如说,毛主席的脸中间鼓起来,这样的头最难剃。乡下俗语,形容一个人难缠、难对付、难伺候,就说这个人的头难剃。他在说巧话,泄私愤。

周仕先有个弟弟周德先,是个传奇人物。

镇志载,周德先1946年春参加革命活动,解放战争时期曾任东沙区特派员,组织武工队,扛过枪,打过仗,渡江作战出过力,是革命的有功之臣。解放初因故免职,当小学教师,从此成为方外之人。

"文革"期间,周德先免受冲击,他的子女陆续长大,都在生产队劳动。故人部下掌权者甚多,他从不找人开后门安排。村里人都说周德先亏大了,他总是淡然一笑。改革开放后落实政策,周德先享受离休干部待遇。

周仕先没有提到他另一个弟弟周奉先,大队党支部书记。

周奉先比周仕先小 10 岁,想来幼时得到大哥照拂。周仕先是富农分子,周奉先是大队书记,政治身份不同,虽是同胞兄弟,两家紧挨着,平时无往来,子女不走动,这也许是特殊年代的特殊产物吧。

周仕先晚年县城定居,2009 年去世,享年 94 岁。

周德先依旧宁静淡泊,2013 年去世,享年 91 岁。

周奉先乡下居住,2002 年癌症去世,享年 77 岁。

同胞三兄弟,人生异路,殊途同归……

你还记得啊？ 非让我到大队做义务工，地富子女又没有得到祖上什么好处，这不是出鬼了吗……

——周仁惠

十二　周仁惠

后半世全靠邓小平

否则老早死在手艺上

| 五八年 | 学手艺 | 上无锡 | 超生罚款 |
| 七九年 | 造楼房 | 算账 | 炒股 |

口述：周仁惠
时间：2015 年 9 月 17 日晚
地点：县城小区周家

周仁惠，周仕先大儿子，1949 年生，1967 年到外地做裁缝，2003 年回乡，县城居住。

周仁惠很早外地做工，平时回家不多，几十年未见。2008年我母亲去世，他来吊唁，我一时怎么也想不起来是谁。记忆中的 18 岁小伙，转眼 60 初老，当年满头乌发，如今稀疏几根。

前几天在村里访谈，与周仁惠接上联系，相约上门访问。他家在三楼，妻子开门，仁惠从里屋走出。室内灯光微弱，勉强看见对面的脸。寒暄几句，泡一杯茶，我与他并排坐在长沙发上，仁惠妻子也在，我们聊起来。

沙发对面，是老式电视机，一直开着，声音没调低，没调过台,也不在看。室内有吸顶灯,没有打开,看不清室内摆设,一切的一切,朦朦胧胧……

那个时候,苦啊,真正苦啊!我们那时候,跟任何人家还不一样。五八年开始我记事起,周奉先叫我干农活,晚上,毛家后面抬棉花秸。钱金堂煮的蚕豆,去的人一勺,不去的没有。

我那时脾气也不大……那个,叫去干活,我不高兴。他说,"你不去没得吃,饿死你!"我说,"饿死我就饿死我!"亲叔叔啊!我老是记好这句话。我家成分高,没有说话余地啊!

后来我父亲一看不对,说,快点吧,还是去学个手艺吧。自己反正也不爱学习,这样就算学了个烂手艺。那年16岁,学了一阵,说给你听,队里说我家成分高,还不让学,只好停下来。过了一年,总算再去学。

我这个人,学习不爱学习,做其他事情不得了聪明。学了两年多时间,师傅没什么好教的了,就算出师。我师傅你认识的,他的脾气远近闻名的暴烈,我一点苦头没吃到,他把我当儿子看,有时遇到难题,反过来求教于我。

我学的是中式服装,后来中式翻西装。那时讲究派克大衣,长到这里(用手示意,盖住小腿),三尺六七,全是脱壳的。一天做一件派克大衣,还加两条裤子,你想多大工作量?做到最后,别人都走了,就我一个人做。

"你最早就是在无锡做的吗?"

无锡。早班轮船过去,到那十一点半,走廊里歇着,一个人也不认识。那时也就十八九岁,要吃饭啊,实在苦不过去了。"文革"后期,爸爸清除出教师队伍,我去接他回来,身上的衣服破了补,补了破,补丁套补丁,看不出布的本色。

没有办法,托上海娘舅买台缝纫机,一个人上无锡。碰到一个老哥,叫夏德新,好心让我住在他家,从此像条窜家狗,开始吃百家饭,一直做到七几年。那边工钱每天两块,我们这里一块两,平时交队里一块,农忙时交五块,就算赚到几角钱。

我家三间房,被造反派拆掉一间,剩下两间,7个人,没法住。从那时起,我就开始聚钱,准备起房子。拆了房子还不算,队里做风车,我家住基上三棵树,一棵楝树,一颗油树,一颗榉树,全部白白砍走,连树枝都没留一根……

周仁惠越说越激动。停顿片刻。

现在我想想……我按照老郭的道理,一天到晚在床上开会……从前想到后……是不是?我说现在的人,就没有一个讲公平话的……

1979年,大队里办服装厂,非让我回来,当检验员。做的服装不合格,经常退货,退货就返工,苦么苦得要死,搞不到几个钱。老婆生二胎,大队里要罚款。当时的政策是间隔四年生一个,第一次不满自动流掉,第二个满了日子,大队里还要罚款,要罚300块。

镇志载:1979年秋,全社实行计划生育新政策,一对夫妇生育一个孩子。

1978年邓小平上台,1979年允许社员外出。你要罚我款,我就朝外跑。儿子6月份生,我10月份走,到兰州去,有亲戚在百货部。临走前大队干部关照我,出去想办法订点货,帮助厂里推销服装。

到了兰州,你要罚我的款?我也算计算计你。一封电报拍回家,"速寄样品",大队里很快寄来一批样品。既然寄来了,也就由不得你了,老子卖卖,钱拿到手再说。三年以后回家,他们也不响，我也不响。

从那时起，我就一直在外地干活，两三年回来一次。1985年，我在队里第一家造楼房。房子刚起好，走到桥对面，周庆先一把抓住我领子，"你倒好啊，有钱起屋了，你钱哪来的？"我说，"偷来的！"

起屋之前，父亲给他打过招呼，暂时切断电线，你用多少煤油，过后我来贴。邻居们都来劝解，他揪住我衣服不放。我造个房子还要受你的气？想来想去，想来想去，实在想不通，不像个自家人，他死我都不待见他。

我从甘肃、新疆回来，当时周奉先还很那个，他放野话，"挣了钱，不好一个人用的！"我又不犯什么法，挣了钱凭什么不能自己用？凭什么要给你用？作为一个党员，一个干部，说话要在正道上，要负点责任。时代不同了，对不对？

开始时，我白天摆摊收衣服，晚上做衣服。后来不出摊了，自己进点布，人家来定做。也加工服装到市场上卖过，到底不如浙江人精明，不稳当。前前后后40年，我一个人做，没带徒弟，没有帮手，全靠十个手指头做出来。

周仁惠妻子有事，起身离开。

想想那时，真正苦的，做到夜里三点多，全是我一个人啊！她又不会做的，真正……想起来真正……（放低声音）我要像明生一样，换一个人……我经常想的……我师傅那时干预过的，跟明生也讲过的……（沉默）

"女儿是你父母带大的吗？"

女儿上初中一年级，我们回来，她嫌上学苦，要烧饭给弟弟吃。我车票已经买好了，她非要跟着去做裁缝。没有办法，上车补了票,带到兰州。做了一个月还是两个月说要回家啊!被我抽出皮带来,噼里啪啦打一顿。你开什么玩笑?回去学校还要么?荒在家里怎么办?就这样一直做,1999年结婚,女婿也是裁缝。

我做到2003年回来,虚岁55,眼睛不行了,穿针看不见。1985年队里第一家造楼房,无锡聚起来的钱,花了两万多。1997年队里第一家在县城买房子,花了27万多,不容易的!

"当年在无锡干活,买一块手表,上海牌的",周仁惠又一次愤怒起来。

手表回来不敢戴的,到这儿就脱下来,放在家里。第二年买辆自行车,永久牌,不敢骑回家,只说是借的。什么时候条件开始好呢?七九年之前就没有过好日子!七九年之后,挣的钱不再交队,开始好起来。

1979年,我与进生在一起。我对他说:"进生,现在我们挣的钱,可以回家起房子了。"那时帮公司加工服装,成捆成捆的布,做一件算一件,只要你有力气做,日日夜夜做。我们说,这下不愁了,不会苦到什么样子了,钱能够自主分配了。

从那时起,心情……一个人的心情……就算……就是前头的路望得见了。第二年第三年,我就想,到50岁、55岁我就不做了。有啥意思啊!就是那时定的目标,所以在55岁之前,时间抓得不得了的紧,就靠这样抓出来。

我在县城买这个房子,为的是两个老人。父母年纪大了,背驼了,让他们不要干活,非要下地,不舍得用自来水,还要用河水,摔了跤怎么办?他住在县城,我不回来,不到过年,他从来不去看望老人。我气得没办法,把父母接过来,一个人为他们养老送终。

周仁惠有个弟弟,比他小十几岁,接父亲班,住县城。周仁惠述说中没有"弟弟"两字,用"他"代替。

你听我讲,他接父亲班,刚去一星期,就回来要自行车。父亲退休工资低,哪来什么钱?我拿150元钱给他。后来他谈了对象,说好春节结婚,我刚巧回来,问有没有什么事儿,他说没什么,过年回来喝喜酒就是。哪晓得没到过年,电报来了,"接电速回"。

我当出了啥事体,立马回来,他哭哭啼啼,说要结婚家里菜都没买。我给他找宾馆,办酒,请客。全忘记了,现在!父亲去世后,再也没有来往,这叫家丑不可外扬,也就是今天和你讲讲,我一般不在外面讲的。他现在路上碰到我,就像没看见,不跟我说话,还有什么好说的?

1979年到新疆做裁缝,当时父亲每月四十多块退休金,不够用的呀,我每次回来,几千几千给他。到后来,父亲说已经存了10万,不要给了。他房子拆迁,朝父亲要钱,搞装修,父亲给他6万块。这个钱实际上是我的呀!现在提都不提。

父亲住院,零零碎碎花一万多,买几次助听器,又是一万多。着床不起,我打电话告诉他,他总说有事体,从来没来服侍过一天。父亲躺在床上几个月,尿屎都在身上。两条被子一剪四,变成八条,天天换洗晒,全是我一个人。

等到父亲去世,我说兄弟姊妹开个会。弟媳妇一听跳起来,"我不是人啊?"什么什么的。我说,"你不是周家的人,周家兄弟姐妹开会。"他要我把发票拿出来,算算账。我一口回报他,"发票没有的!要算账,上法院,我跟你去。"

"一个人,干什么事儿,心都要放正了!"等了会儿,想了想,周仁惠补了一句。

女儿现在不做裁缝了,在厂里。儿子帽厂上班,儿媳独生女,孙女12岁,他们住在丈母家。丈母家拆迁,换到三套房,街上买一套,还有门面房。儿媳也姓周,儿子出去了,不用我们操心,对不对?

对于子女的情况,他似乎不愿多谈。

说穿了,我们这班人,后半世全靠邓小平。靠了他,我们才自由了,要不还不死在手艺上?如果没有好的政策出台,我们老早死掉了。我们还要受政治上的压迫,你还记得啊?非让我到大队做义务工,地富子女又没有得到祖上什么好处,这不是出鬼了吗?

"乡下人说乡下话,到现在,你也没有比我好多少!"周惠仁好像出了一口气。

过了好一会儿,周仁惠述说姐妹们的情况。

五八年大姐去挑望虞河,挑得吃不消,到江西读"共大",后来找对象,甘肃铁路局司机。"文革"中,大姐介绍,二姐也在那儿找对象,永昌电厂的,河西堡附近,离兰州好多路。我就在那边做裁缝,做了七八年。

大姐70多岁了,跟着儿子一起,在山东居住。二姐还在永昌,快70岁了,做过一段临时工,跟我一样,拿社保工资。她女儿儿子上技校,都在电厂工作。大妹妹不到30岁的时候,淋巴癌,从发现到去世,没有几个月。

小妹婿原来做篾匠,后来夫妻俩跟我一起出去做裁缝,前几年刚回来。外甥开个小厂,日子过得不错。我父母去世后,外地两个姐姐路太远,回来不多了。二姐在队里的房子还在,东倒西歪,托别人看着,说是等拆迁。

我现在就是炒炒股,除了星期六星期天,平时天天去,像上下班一样。一帮朋友吹吹牛,聊聊天,比任何地方讲得来。说穿了,现在我们不像过去,吃了上顿想下顿,不用想了,多少也能拿点出来。

一个半小时的诉谈,周仁惠对曾经的生产队,对左邻右舍,对家人亲人,对过去的那些人那些事,不加掩饰的怨恨。童年、少年、青年时代的痛苦记忆,纠缠了他一生,事事在心,如影随形,挥之不去。

周仁惠从五八年刚记事说起。那年他 9 岁,叔叔当大队干部,劳动力全去挑望虞河,田里活没人干,让妇弱老幼晚上到地里抬棉花秸。队里人回忆,小学生都去的,仁惠犟,不肯去。叔叔吓唬他,"你不去,就饿死你"。五十多年过去了,周仁惠"老是记好这句话"。

忆及当年生二胎罚款,周仁惠火冒三丈。他出走新疆,让大队寄样品服装,卖来的钱归己,"你要罚我的款?我也算计算计你。"其实,周仁惠记忆有误,1979 年实行独生子女政策,他家二孩生于 1980 年 6 月,当时确属超生。

周仁惠内心最大的创伤,是对妻子不满意。当年成分高,成家难,父亲作主,勉强成亲。妻子文化低,家境差,太老实,周家人看不起她。妻子刚离开,仁惠就埋怨,后悔没离婚。因为妻子的缘故,他对子女也冷淡,基本不管不顾。

周仁惠就一个弟弟,父母不在,长兄如父,而他俩积怨甚深,不相往来,经济矛盾超过血缘关系。二姐因为户口问题,婚后长期在家,与仁惠相依相怜。她村里的房子还在,交给邻居代管,仁惠颇有微词,不想细谈。

周仁惠几乎对所有人不满意,与村里的关系可想而知。他平时不常回来,即使回来与大家也不多交谈。那年他父亲去世,需要守灵,有人操持。周仁惠找队长说情,雇人帮忙,100元钱一天,农村里少有此例。

  访谈周仁惠几个月后,突然接到他的电话,说在老家修房子,打围墙,联防队来干预,要我帮忙疏通。我问了一下情况,叫他不要硬顶,请村支书周旋,因为支书父亲也是裁缝,与他同道。放下电话忽然想起,那人原是周仁惠的师兄。

  周仁惠现在的主要生活是炒股,"天天去,像上下班一样,一帮朋友吹吹牛,聊聊天,比任何地方讲得来"。心中的门紧闭着,与队里人无往来,与兄弟姐妹少来往,炒股房里成一统,刻意与以往隔离。

  然而,沉重的过去,果真割得断吗?

他觉得苦不出头,凭自己的力气,凭自己的努力,再也苦不出来,没有出头的日子,喝农药死的……

——周仁健

十三　周仁健

都是老天派好的　没办法
手头也有几个钱　不发愁

父亲　　哥哥　　上班　　失独

口述：周仁健
时间：2015 年 5 月 27 日上午，7 月 27 日上午
地点：周仁健家

周仁健，1954 年生，1971 年公社农机厂工作，1993 年进合资企业，2014 年退休，失独家庭。

　　周仁健是童年伙伴，我们一起割草，放鸭，玩耍，劳动。
　　5 月 27 日上午，仁健把镇上工作的弟弟仁兴约来。仁兴小我 9 岁，1979 年一起参加高考，未中。
　　仁健家的房子是 20 世纪 80 年代造的，三上三下，两层小楼，宽敞得很。室内还是原来模样，没有重新装修。
　　哥仁坐下来，倒杯茶，点根烟。
　　仁健先从他爸爸孙奉先，当年的大队党支部书记说起……

　　我父亲 1926 年出生，解放后一直当干部。二伯父是地下

党,经常开会,父亲伏在窗户上听,受到影响,思想进步。乡里季文介绍他出来工作,他积极得不得了,一天到晚不归家,家里什么东西都情愿献出来。

人家说,你家后边河沿上有棵树,公家要用。他马上就让人来砍,不讲价钱,送出去的,娘说他是"无产阶级"思想。后来办初级社,当社长,成立人民公社,当大队书记。常出去开会,顾不了家,我们还小,娘就啰唆,抱怨。

那时候大家都是苦的。我们慢慢长大了,家里搞副业,养猪积肥,弄点肥料钱,工分钱没多少,一年一年度过来。生产队时农民种田,农药缺少,化肥缺少,就靠挑河泥、沤草塘泥、养猪。

家里日常开销靠养鸡下蛋,"鸡蛋换盐,两不贴钱",两个鸡蛋一斤盐。过年炒炒米,一锅炒米一个鸡蛋。夏天养鸭子,拖到县上买。食品站师傅鸭子脖子一拎,肫脯一捏,往边上一扔,"二级","一级",不用称的。

"文革"开始,我刚刚懂事,搞家庭副业,与娘一起摇黄纱,纺石棉,挣点加工费。那时只能蹲在家里,不能出去,做生意属于投机倒把,搞资本主义。"文革"中,父亲算当权派,受到冲击……

仁健的讲述激起我的记忆:小学操场上开社员大会,几百人参加,场面很大,周支书站在台上作检查。

"听父亲讲过一件典型事情",仁兴接着说。

"大跃进"时期,十四队办繁殖场,有人检举,说爸爸把繁殖场一麻袋黄豆捐回自己家。批斗会上,爸爸反驳,"这样,灌一麻袋黄豆,你来掮,从那里掮到家,看看是不是掮得动?"一麻袋黄豆200来斤,好几里路,根本掮不动么(大笑)。

周仁健又讲当年生产队的事。

那时大家都没吃的,陆某偷生产队仓库里的米。公社里派人来查,一家一家访,让大家检举谁偷的。后来米在他家找出来,在社场上,开社员大会批判,陆某还被乡干部打了两记耳光。

为什么那时没得吃,口粮这么紧?小孩生得多,吃饭的人多。化肥少,农药少,"稻飞虱"来一扫光。过去插秧要密植,拉线定点,现在种懒稻,直接水田播种,稀稀朗朗,收得好稻,"稻飞虱"也绝种了。

"'文革'中批判你父亲,你怕不怕?"我问仁健。

当时形势就是这样,当权派都受冲击。父亲上台作检查,没有什么,理直气壮的。他穿件旧大衣,蓝颜色的,还是结婚时买的,洗得都发白了。后来他年纪大了,我把我结婚时的新大衣给他穿,去世后拿回来保管,算是一个纪念。

批斗时,父亲接受群众提问,上过一次台,队里人是保他的。那时我还小,不懂事,街上余永才说,要批斗你爸爸,我说批斗就批斗。父亲在家讲过,没什么事的,随便群众怎样,我清清爽爽记得他说这个话,所以也不那么急。

不久父亲降下来,造反派当领导,后来大队干部"窝里斗",他主持工作一段时间,基本上不作什么主了。大概是55岁那年,调到公社合作医疗办公室,当支部书记,干到退休,每月退休费130元。2002年,77岁时逝世。

"文革"中父亲从大队书记位置上拉下来,因为我外公是富农,大伯父是富农,受到牵连。爸爸检查出胃癌,转移到肝脏,从发现到去世,只有几个月时间。临终前他写了个简历,交给村里书记,准备写悼词用的,这份材料现在不知哪去了。

"能不能说说你家仁民的事儿?"

他们的大哥仁民,1975年不幸离世,正值盛年。那时我在当兵,所知不详。

仁民比我大3岁,虽然父亲当干部,家里还是蛮苦的。现在说起来,他就是想搞得好点,生活富裕些。他从小在队里劳动,每年挑河都去。那年在港区开大河,时间很长,他挑着被头铺盖回来。

我在路上遇到他,好长时间没看见,高兴得不得了,就喊,"哥哥,哥哥,你回来啦!"跟着他一起回家。当时看他相当悲伤,话不愿多讲。他学过瓦匠,又到大队里弹石棉,平脚底,踩不顺,苦闷得不得了。

之前他跟家里吵,要分家,想一个人过……

邻居陆明生过来串门,打过招呼,端张凳子坐下。周仁健继续讲。

父亲给他造三间屋,分开来生活。我知道的,他觉得苦不出头,凭自己的力气,凭自己的努力,再也苦不出来,没有出头的日子,喝农药死的,23岁。

死之前,他在墙上写几行字,说,弹石棉还有多少钱没算,死后房子给仁兴,他死了当狗死,不要见怪别人。我正在上班,张友林来送讯,说你哥哥不行了。我急得不得了,连忙追到医院,就这样帘子转着,人没用了。

"是我第一个发现的",仁兴补充。

那天上午,他没起来,大门关着。我推开门,跑到里屋,看见他横躺在床上,两只脚挂在床沿上。喊喊他不响,摇摇他不动,闻到农药味,又看到墙上写的字。晓得不对,赶紧喊人,先往大队卫生所抬，又送公社医院，人早就没用了。

他鼻孔里塞着棉絮，估计是农药味太重，吃不进，塞好鼻孔再吃的。他隔天向邻居要农药，问什么用，说是菜园里打虫。他的骨灰后来弄到坟场里，搞了个石碑。

"他死的原因，是实在苦不下去了"，仁健继续讲。

春二三月没得吃，家里没有粮食。本来分得就不多，又养鸭子又养鸡，自留田里种辣椒，准备卖的。结果，人没吃的，鸡鸭没吃的，实在苦不去了。事情过去几十年了，都是老天派好的，没办法。

坐在一旁的陆明生插话。

我记得的，在小垾后头，我们一起割芦苇。他说实在过不下去了，饭也吃不饱，什么什么的。我说，慢慢里过，过一天是一天，吃不饱么熬熬，过过就会好的。他说不想活了，我劝他不要这样。

他苦得想找一个娘子，有姑娘来看过，不知怎么没成功。他气得不得了，说不想活了。我说，活啊，有什么关系啊。只当他说说的，谁知没几天，真的走了。他分家单独生活，也就两三年时间。

沉默好一会儿，大家不说话。

"你什么时候进厂的，一直在企业做吗？"我岔开话题，问仁健。

我先到大队钻头厂，没有几个月，1971年国庆后进社办厂，先去轧花站，后来分到农机厂，学车工。当时厂里只有几台老爷车床,为农业服务,修轧稻机。开始每月14元,第二年16元,第三年18元,第四年28元。

农村上去的要交队记工,每月留5元钱,其余交掉。分田到户时,每月拿32元,不再交队了。后来农机厂收到县里,叫标准件厂,老厂留14个人,正式搞产品,造手摇袜机、提花袜机、自动袜机、印花台板,越做越大。

到1990年,企业不行了。1993年引进外资,瑞典一个老板。乡里让老徐带我们4个人,一间房,瑞典出产品,算是中外合资。日日夜夜上班,做油封件,轮船上用的,每月工资拿到100多元,职工发展到十几个人。

1995年,形势转化了,社办厂全部转给私人。老徐觉得这个产品有钱可赚,想自己转下来,发动员工投资入股。瑞典老板知道后不同意,反而把老徐赶走,自己独资,经理中国人做,前后换了好几个人。

瑞典人独资18年,发展到后来,也就40多个职工。我干上手活、划线、钻孔,还用普通机床。瑞典老板对我好的,让老婆到企业烧7年饭,也拿一份工资。后来换了一个经理,他让丈人来做饭,我老婆回家。

到2012年,形势又不行了。瑞典老板把企业卖给无锡一家企业,我到那儿做了一年,退休,回家。退休时算工龄,我去合资企业之前,农机厂干了22年,当时企业给乡政府交管理费,没给职工交社保。

农机厂1994年关门,在厂职工一次性拿到补偿金。我已经从企业出来,到合资企业上班,当时没有拿到补偿金。退休时我去要工龄,政府说早已算清了,结果没要到,相当于赖掉我22年工龄。

企业领导还算好,把我当管理人员退休,每年年金500元,一共算到9000多元,工会一次性补助2000多元。我回来补交9年医保,交掉1万8千多,自己出9000多元。企业还想留用,我觉得自己脑子不行了，主动要求退下来。

"你退休工资有多少？"

退休前每月工资3600元，没有年终奖，平时有加班，一年收入5万元左右。如果算上农机厂22年工龄，退休工资能拿2500元，现在1718元。我一直在追这件事，追得厉害，信访办打电话来，去年年底拿到500元补贴。

农村里像我这类人员很多，九〇年之前，乡镇企业给政府缴管理费，不给职工交"三金"，有些人工龄比我还要长，都没算上。说实话，如果真要给大家补的话，政府也实在补不过来。

我老婆没买社保，她在厂里烧7年饭，不满10年工龄，算提前退养，现在每月220元补贴。因为是失独家庭，女儿去世，教育局发抚恤金，加起来每个月千把块钱。如果她参加社保，退养费、抚恤金就没了。

现在，志愿者每个月来我家一次，打扫卫生，洗头理发，两个多小时，算是对失独家庭的照应，国家还是负责任的。生活没有问题，两人3000多元收入。还有三四分菜园田，种点油菜、玉米、山芋、黄豆，种油菜、玉米有补贴，只要田不荒着。

我小学读到3年级，车工铣工都干过，后来做横臂钻床，整天划线钻孔，算技术骨干。退休时厂里送锦旗，别人没有的。无锡汽车开过来，专门把我老婆接去，一起吃顿退休饭。

我很想问问周仁健女儿的情况，当时人多，担心他忌讳，犹豫再三，没开口。

后来回村访问，仁健来串门。看他情绪好，试探性地征求意见，是否介意谈谈女儿，他满口答应。

于是，距第一次访问两个月后，再次来到周仁健家，听他缓缓地述说失独之痛……

我女儿的事没有什么,愿意讲的。她1978年出生,2001年去世,十几年了。

女儿小学读书成绩好,班里前8名。初中毕业考上师范,国家户口,村里不多。小时候她虽然讲话不多,但相当活泼。实事求是说,分配工作,上了岗,压力大,慢慢地不大与人交流。原来同学来往多,都到我家来过几次,在这里吃饭。

可能在学校时,已经有点……在吴江上师范,经常说头昏。读了一年,她回来讲过,"我这个书,念出来没用的。"她想念高中,考大学,不想当老师。我说,你回过头来再读高中,凭我的本事,寻谁去?你毕业出来,工作包分配,户口上去了,有什么不好?

问起女儿何时上师范,何时毕业,周仁健说怕动脑子,记不清了,只记得女儿已经去世14年。

她放假在家,总带有紧张性。回来的时候晕车,休息半天,也就正常了,蛮好的。从学校回来,一般先到县城,外婆在那儿开面店,我们再去接回来。听岳母讲,看上去她经常有点不开心,只当是晕车晕的不舒服。

毕业回来,分到我们这里的中学,教初一,数学,她数学好的。教了半个学期,学生成绩上不去。她把考卷带回来,夜里批,边批边给我讲,"爸爸,学生的成绩太差,及格的人不到一半。"到补课阶段,人相当紧张,看着她直瘦下去,耳朵上青筋毕露。

我们没有怀疑她有什么,现在想起来好像有点……只是觉得她不得了吃重。她自己讲,晚上睡不好觉,隔壁明生加班,冲床"吭吭"响,我还去打过招呼。她有时回来跟我说:"爸爸爸爸,我今天午睡睡得好,一觉醒来,刚好上课时间到,舒服啊。"

有时候她也非常开心,给我们说,"哎呀,我今天的课上得流流利利"。有时候不行,说,"不知怎么搞的,我的方法已经全部用出来了,就是灌不进他们的脑子"。

"有什么她能跟你们讲,不是还可以吗?"

是啊,看不出什么啊。有时她有哭的现象,我们跟为田讲讲,他说新教师都这样的,刚上岗压力大,都会遇到这种情况,有一个过程,以后就好了。她想调工作,我们打电话寻过陈校长。陈校长说我们学校一百零八将,一个萝卜一个坑,一个都不好动,教师位置紧缺,排死的。

女儿回来讲,工作调不成的,上师范时老师就说,读了师范,任何人不能调动工作。我弟弟说,教教书,蛮好的,头昏么,初中里谁谁有精神病,也在教书啊。后来她吃药水,抢救过一次,我们又打报告,还是说不能调,没有办法,继续上岗。

"你们没带她到医院看过吗?"我忍不住问。

开始没想到这一点,那时我们也不懂,只晓得她压力重。后来去看过,到县康乐医院。为什么去?暑假里,她夜里要出来跑,又不敢跑,我们不许她跑。后来她自己说,要到上海医院去看,我上班紧张,就让老婆陪到上海。

我们不知道找什么医院,是她自己找的。找到一家精神病医院,她说就到这家医院看。噢,是先到一家医院看门诊,医生问她话,也许回答得不对劲,就叫到精神病医院看,还告诉她们怎么走怎么走。

她自己要住院的。可能是过分紧张,当场发病,不能走了,躺在马路边,自己不能控制自己。好不容易扶到精神病院,收下来。老婆没有出过门,连夜回来,高速公路上拦车,乘到县里立交桥,打电话来,我接回家。

老婆一讲这个情况,我晓得出毛病了。交通不方便,住了没多久,我们去把她接回来。医生说,那段时间,医院关着,女儿不服气,就发怒。她推门敲门,想要回家。我不大会打电话,都是仁田帮我打的。

那时真是危机!作为我们来讲,很危机的,没有什么办法,又不好多讲。我与弟弟商量,他去看望,身上像刀削的,反正那几天,绑在那儿,绑在凳上,绑得结结足足,一点不让她动,人完全浑掉了。我们要求弄回来,一回来又蛮好。

停顿好一会儿。
"回来后没有再到医院去吗?"

一回来,吃吃饭,休息休息,几天恢复过来。到县医院看门诊,配点药。医生教她,假如头昏起来,立即要吃药,怕她不好意思,教她到厕所去,把口袋里的药片拿出来吃。到现在我也不知道,她头昏起来是个什么样子。

暑假里去医院多些,新学期开始再教书,期末压力最重。她最后……也是期末,毕业考试,第二次……就这样吃的……药水。第二次,也不知她有没有吃药水,在县城阿姨家出的事。弄到医院里,检查出来没吃药水,说是心脏,头一次是吃的药水。

毕业考试前,她身体不好,请一个星期假。我们俩都上班,就她一个人在家,她要到阿姨家去,也好。还有天把时间假满,又要上班,就出事了。我正在加班,电话打过来,赶过去,中医院医生讲,人已经不行了。

那天下午,阿姨家里人出去的,3点多钟回来,发现她在床上。送到医院,怀疑服用安定,还有就是心脏,两个结论。后来打死亡证明,主治医师说是心脏什么的,我也不会说,有档案的。

教管办说她吃药水的,不是死在学校里,与他们无关。我跟他们说,吃药水,不错的,曾经吃过药水,已经过去一年多了。教管办又说,吃药水,影响到心脏。现在派出所的死亡证明,是心脏什么堵塞。

她回到家里,嘴边有一点泡沫,我亲眼看见的。叫村里医生来查,没有呼吸了,也没有闻到农药味。她去阿姨家,带安定走的,装在一个瓶里,为了休息好,可能吃得多些,到底吃了多少,没人知道。

周明亚,女,1978年生,1996年初中毕业,1999年中师毕业,初中任课,2001年去世,24岁,花样年华。

女儿第一次喝农药,到医院里打证明,休了一个月病假,又去上岗。我托几个老师疏通,想调出来,调不动。为什么不在上海看下去?啊呀,当时想要面子啊。在上海住了个把星期,急匆匆弄回来,学校里还等着期末考试。

同学来陪她,宿在我家里。女儿哭着跟同学讲,"我的脑子坏掉了,我的脑子坏掉了",她自己清楚的。我也听到她这样讲,当时根本不懂,自己没有过这个感觉,不知道什么叫脑子坏掉了。

"我现在的情况,到康乐医院做脑袋(CT),也说我有点,但说听我讲话又没有。"忆起当年女儿的情景,周仁健讲到自己。

我想配点药吃吃,医生不给,又问为什么没人陪着一起来,我说没有子女,老婆在上班。那次检查后,两年了,没有再去。有时觉得脑子不行,觉是睡得着的,就是经常醒,醒来一看还早,再睡,能睡着,睡得不舒服。

那时我女儿发病,父亲肺癌住院,几个危机加在一起,心里一着急,脑子里"剥"的一声,我知道的,后来迟钝起来。以前是灵活的,现在有时呆的,打牌搞不清张数,呆的(笑),我也知道自己有问题。

退休前,为了工龄问题,纠缠不休,有时讲不清,呆在那里,人家当场指出来。我感觉也是这样,突然之间脑子空白,转不过来,过一会儿就好。康乐医院医生说,到了这个年龄,大部分人都有这种情况。

我有时眼睛模糊,看不清,摩托车是不敢骑了。晚上睡觉,如果睡到五个小时,白天人就旺盛,玩也玩得舒服。平时只能踱踱步,好像体力不行。像我们这种类型,将来绝对到养老院去的。

我们不发愁,反正现在没有田,手头也有几个钱。对于失独家庭,国家也负责任的。我们有一项优惠政策,如果生病住院,住院费、护工费可以报销,夫妻俩都享受,凭医院证明就行。

女儿去世后,我们领养过一个贵州姑娘,年龄大点,户口迁不进,念书跟不上,半年多让她回去了。后来认个寄亲,舅子家的女儿女婿,血缘关系近些,改个口。他们已经成家立业,来去还算亲密,认个亲,将来挡挡头。

"我家明亚最大的问题,是想转行调工作,教管办不同意",仁健再次提起女儿的事儿。

她从衣柜里把新被单拿出来,给我们床上换好,叫我们不要用旧被单,说今后她不需要我们的被单。看来她当时已经想过自杀的事,我们呢,也没有特别在意。

我们说,工作了,有好的老师,就谈谈对象。她说,你看上别人有什么用?要别人看上你才行。问她有没有看中什么人,她说看中有什么用,别人不要你。我到学校办公室去过,老师们说,开头女儿相当活跃,爱跟别人讲话,后来慢慢地没话讲,一个人坐在那里，没有声音。

女儿发病时，晚上想出去走走，她说害怕、心慌。白天出门，看到对面有人来，就不愿出去，怕与人搭话。发病时喜欢睡觉，日里夜里睡，是不是一直睡着的？也可能没睡着，睡睡醒醒。人特别瘦，吃过药，有副作用，损害血液，皮肤变黑。

她到阿姨家去之前，没什么异常，看不出要寻短见。她说过几次，自己有精神病，我们不太懂。她原来单独睡一个房间，说晚上害怕，我们也担心她一个人走出去，就让她与我们一起睡，跟她妈妈睡，我睡沙发。

她去世后，人家来看，房间里贴满各种各样的猫，有的眼睛瞪着，可能晚上醒来，看见了受刺激。她喜欢搜寻各种武打游戏的画片、广告，武将拿着大刀、斧头，也许是借图片安慰自己，保护自己。

周仁健小时候得肺结核，爸爸背着他到处看病。16岁进企业，直到退休。40多年职业生涯，一个普通的生产员工，亲历了所有制形式的蜕变，参与并见证了农村工业的创建与勃兴。

1971年，仁健到公社农机厂上班。农机厂是大集体企业，招工很少很少，如果爸爸不是大队书记，仁健根本进不去。20世纪80年代乡镇企业大发展，农机厂升级为标准件厂，自己搞产品，一时间好不兴旺。

1990年，"形势突然转化，企业办不下去了"。从全国看，经过80年代的放开搞活，商品短缺状况初步改变，社队企业制造的低档产品不再畅销。与此同时，个体私营经济悄然兴起，各类市场主体的竞争渐趋激烈。

1993年，仁健到合资企业上班。大背景是，1992年党的十四大召开，确立了发展社会主义市场经济的目标，向全世界释放了改革开放不动摇的强烈信号。跨国资本加快向中国转移，中国工业从此走上快车道。

1995年,"社办厂全部转制给私人",仁健所在的合资企业改为外商独资。镇志载,1996年9月,境内镇村工业企业开始转制,当年转制15家;1997年,全镇33家工业企业全部转为股份合作制企业或私营企业。

2012年,外商独资企业转让给民营企业,一年后,仁健退休。40多年间,仁健经历了大集体、中外合资、外商独资、民营企业多种经济形式,从一个侧面见证了社会主义市场经济建立、调整、完善的不凡过程。

仁健讲述哥哥仁民、女儿明亚的往事,令人伤痛,令人深思。

古往今来,无论什么人,一生中总会遇到精神危机。强者扼住命运的咽喉,不甘屈服。智者跟命运打个招呼,泰然相处。仁者置命运于不顾,径自前行。弱者向命运低头,默默承受。烈者与命运决绝,自我毁灭。

周仁民是我小学同学,没有考上初中,很早参加劳动。他有点口吃,却爱争论。年轻人逗趣,说世界上没有真理,只有"争"理,谁嗓门大,谁就有理。仁民不能接受,又驳不倒,越急越口吃,有理说不出,脸憋得通红。

仁民没结婚就分家,在农村属于另类。他没有别的念想,就是想加倍辛劳,多挣点钱,好成个家,日子过得好些。然而,现实令他失望、绝望,他觉得凭自己的努力,没有出头的日子,没法活人,没法做人,只能一死了之。

难以猜想仁民当时的心境,彷徨还是诀绝?鼻孔里塞上棉絮,喝药前难道有过反复?墙上留言,弹石棉还有工钱未算,房子留给小弟,临行前仍然惦记经济。村里人说,仁民只要再熬一两年,就能勤劳致富,可惜可惜!

我没有见过明亚。周仁健夫妇文化不高,女儿考上师范,不容易,听说是个文静乖巧的姑娘。按照仁健的述说,女儿从教压力大,有心理障碍,但她愿意跟父母交流,知道自己脑子有病,主动到上海去看,病情似乎并不严重。

真为这个花季女孩惋惜。如果及早发现及早治疗,如果调动工作换个环境,如果首次自杀后加强干预,如果大家多一点心理常识……然而,生活中已经没有如果,很多情况下没有如果。愿明亚天堂快乐!

周仁健逐步接受现实,尊重女儿的选择。夫妻俩年过六旬,身体尚可,生活无忧。20年后怎么办?农村失独家庭比例不大,绝对数不少,有些优惠政策,还不够系统完善。

失独家庭如何养老,值得全社会关心、关注、关爱……

当年我们一批招工进厂的，共 45 人，一直做到退休、拿到退休工资的，不超过 5 个人。工伤事故死掉 4 个，终身残废 3 人，还有就是做不下去，中途主动退厂的……

——周仁宏

十四　周仁宏

要讲苦　我们这班人最苦
我们算是赶上一个末班车

| 打铁 | 当兵 | 地震 | 钢厂 | 工伤 |
| 股金 | 儿子 | 哥哥 | 父亲 | 保安 |

口述：周仁宏
时间：2015 年 9 月 18 日下午
地点：仁宏家

周仁宏，周仁健大弟，1956 年生，1977 年入伍，1980 年退伍，钢厂工作，退休，小区看门。

　　八月中秋，早晚渐凉。太阳晴好，天高气爽，界岸人按例晾晒衣物。
　　周仁宏一家住镇上，乡下来得不多，去村里几次一直没有碰上。
　　9 月 18 日上午，我路过他家，特意一看，大门开着。走进门，吼两声，仁宏里屋出来。他看见是我，有些意外，愣了一下，回过神来。
　　十几年没见，仁宏样子没大变，红里透黑，依旧结实。两人双手紧握,分外高兴。

下午2点,周仁宏如约在家,我们一起叙谈往事……

说穿了,要讲苦,我们这班人最苦。

小时候,我特别顽皮,贪玩。到了夏天,一天到晚泡在界岸河里,娘没有办法,拿一根青竹头,到河边来赶。念书不用心思,一放学就捧个篮球,顾不上做作业。上初中的时候也不讲成绩不成绩,到学校去就是了。

后来上高中,不行了,要考试,没考上,回来干农活,跟着妇女一起做。我身体好,结实,有力气,挑过粪。过了几年,到大队铁匠铺,跟师傅学打铁,天天扇榔头。又过了两年,赶上征兵,就去当兵。我是七六年底出去的,到部队过的年,算七七年兵。

我们出去当兵,经过唐山,啊呀,一片废墟,那个惨啊!半年多了,还是地震时的样子,没有恢复,到处是花圈,余震五到六级,经常有。第一年(喷嘴),在军垦农场插秧,一阵地震来,我们全部趴在稻田里,身上搞得一塌糊涂,晃得厉害,人站不住啊!

那时苦的,当三年兵苦三年。头一年种稻,平均每人10亩田,插秧硬任务,手工插的,一人一天插一亩,比在家里还苦。第二年到承德,开山打石头,榔头钢纤,人工打眼,一个眼打三天,也是苦的。

七九年底退伍,回家过元旦。大队里买一台车床,让我学车工,帮别人做零件,做点简单加工。农忙时,大队里开拖拉机,日里夜里耕田,拖拉机经常陷在泥里,自己下去推,边耕田边打瞌睡。

当年10月,钢厂招工。我信息蛮灵通的,就去找大队干部,想进厂,东混西混不是事。因为是退伍军人,优先安排,没人跟我抢,那一批我们大队去了3个人……

"我插一句,你在部队有没有入党?"

没有，说起来话头长。当兵头一年，我相当红的，年底评奖，连队里就我一个人得到营嘉奖，喜报送到家里。那时候确实文化低，我写写弄弄不及别人，要讲吃苦实干，拿得住的，第二年就当班长。

我们连有三个老乡，一个公社的。部队住在老百姓家里，一个老乡谈个对象，姑娘常来找他，一到节假日他就到女方家里去，你来我往，姑娘怀孕了。上级派人调查，确准此事，牵连到三个老乡，结果一起退伍回家。

我自己也感到，文化跟不上他们，第一年领导诚心培养我的，第二年老乡出了事影响不好，怕领导看不起，开始走下坡路。那时一心想到新疆去支边，再去闯一闯，部队答应的。写信回来与大人商量，他们不同意，那就回转吧。

接下来，仁宏述说钢厂的事儿。

去钢厂之前就知道，这个厂苦，苦到留不住人，不少人去了吃不消，自动退厂，相当于逃出来的。我还是要去，大队里东混西混，长期下去不是事，说实话，连攀娘子都困难。没有一个稳定的工作，谁肯嫁给你？

当年我们一批招工进厂的，共45人，一直做到退休、拿到退休工资的，不超过5个人，工伤事故死掉4个，终身残废3人，还有就是做不下去，中途主动退厂的，多啊！太苦啦！

我算顽强的，实在苦啊！那时叫轧钢厂，天天上十二三个钟头班，两班倒，一点没得歇。一直到最近10年，机械化程度提高，劳动强度才减轻了。开头全是手工操作，进料，切料，进炉，炼钢，堆放，全是人工，烂泥路，啊哟！

进厂的时候，还是交钱记工。32元一个月，没有加班费，没有奖金，80%交队，交了3年，分田到户，不交了。我进厂做了一

年,钢材卖不掉,关掉3个车间,工人下放,留下几个到玻璃厂做小工。我们大队3个人全部回来,

在家……3个月,每个月发5元钱。后来通知上班,那两人没去,就我去的。那个时候,分田到户,白天上班,晚上种田,比生产队还要苦。厂里要做12个小时,回来不是棉花田就是稻田,农忙厂里也不放假。

我老婆在纱厂当会计。家里3亩承包田,大人不照顾,一点不照顾。孩子小,放在外婆家,他们养大的。我们两个人,进的都是苦厂。就这样一年一年下来,回过头来自己想想,确实不简单,31年啊!

"你哪一年退休的?"

2012年退休,退了3年。退休前每月工资4000多元,退休工资2140元。在轧钢车间当过两年班长,班长就像生产队长,要带头做。后来出了工伤,手残疾的,夜里骑摩托车上班,出了车祸,右手两只手指撞断了。

在家歇了一个半月,上班后手不活络,用不上劲,轧钢车间不行了,调到水厂,在那儿干了10年。到水厂就享福了,8小时工作。水的种类多,有自来水,工业用水,还有净化水,除盐水,有的专门用于炼钢,有的用于精密仪器。

水厂工作到底轻松,看看仪表,抄抄表,喝喝茶,查查表,就算享到10年福。调到水厂不简单,一般人去不了。我送掉两条中华牌香烟,刚好8大队有个老乡在劳资科,专门到他家,请他帮忙。在厂里也没入党什么的。

钢厂原来是集体企业,苦的名声在外,招不到人,留不住人。我们刚去时,说好职工可以入股,年终奖不发钱,折算股金,给你股票,几百元钱,每年加点,年终股票不分红,转成股金,慢慢滚起来。

记得那年有家上海企业来谈判,想参股控股,他们占60%,钢厂占40%。谈判好了,协议签了,职工股全部退清,只剩管理层的。最后具体核算,资金量太大,上海人吓一跳,吃不住,毁约。

职工股已经兑现了,我一次性拿到40万,退休前一年拿的。实际上从头至尾,我扣掉的钱不超过2000元。1995年我家起房子,缺钱,打申请拿走1万多,如果不提前兑取,滚到最后就是80万,当时实在没办法,其他地方借不到。

这几年退休工资也在加,今年加到3100元。老婆原来在纱厂,身体不好,中间歇下来的。现在每月补助200元,买过社保,每月1300多元,加起1500多一个月。

"你孩子多大了,在干什么?"

儿子今年34岁,小时候太顽皮,考高中分数没达到,找了关系,念两年技校,到汽车集团实习一年,蛮好。厂里培养他,想送他去当兵,电视台还放过。我们不舍得,想办法,体检时做了点手脚,没验取。

后来调到我们镇上的企业,现在混出来了。他读书不好,外交搞得好,英语好,跟老板出国谈判,马来西亚、新加坡、印尼、(中国)台湾、韩国都去过。差就差在个性上,犟,有些小事情,讲他几句不服气。算是项目经理,固定工资每月一万,还有年终奖金。

这个企业专门修船,儿子经常带人出去修船。儿子有客户,有技术,有帮手,为了点小事,最近个把月没去上班。他想从厂里出来,自己做,比在厂里收入高。上次出去修条船,不到一星期,挣了一万六千元。他出手大方,工作十几年,没什么积蓄,挣的钱全花了。

那年厂里股金分红,就在镇上买个房子,60万,118平方。我们吃住在一起,小夫妻挣的钱自己的,家庭支出都是我来。老婆退休后带小孩,做家务。儿媳也在上班,2000多元一个月。孙子今年10岁,读小学,我与老婆接送。

老婆还在小区里搞卫生,1000元钱一个月,可以了。我在小区当保安,2300元钱一个月,时间长点,不苦,可以照应家里。我今年虚岁60,身体还好,记得咱们小时候一起玩的,一转眼都成小老头啦!

"那时你家仁民出事,你还记得?"

记得的。我正在打铁,听说后赶到大队诊所,医生一看,说人没用了,出事后先抬到大队诊所。仁民经常跟娘拌嘴,拌拌嘴就说分开来,家里人多,本来住不下,就起了三间房,让他一个人住。

他这个人,话不多,口才不好,有点口吃。人家气笑他,他闷在肚里,表达不出来。他心里明白,弄不过人家,心里不开心。弹石棉苦,队里人合不来,跟娘又拌嘴,几个疙瘩一凑,生成怨气。

生产队打药水,没有保管好,放在田头上,给他拿到。他睡睡觉,想不开,喝药水。好像……还在墙上写了字,写的什么,不记得了,就这样……结束。苦是吃到苦的,那时确实是苦。

我替他总结,在队里劳动,人家欺他取笑他;回到家里,娘叽叽咕咕啄他;大队里弹石棉,我估计也不顺;谈对象不投路,也有关系。积成了怨气,越积越深,压力越来越大,最后想不开,走这条路。(沉默)过去就过去了,不好再提他了,没有办法,一个人(老天)派好的。

"你父亲生病时,有没有给你们讲过什么?"

他身体好的时候,对我讲,"我老了要你们养,甭你们负担",

也拌过几句嘴。他说,"我只靠一个,其他人不靠。"真正生了病,一个推不掉,照常服侍,我对他也不推板。最后他说,养了子孙,就是要靠靠你们的。

他快不行的时候,我喂他喝牛奶,点烟给他抽。他说,我是没有办法了,经常来望望我。我下班了去看他,有时调休照顾他。我造房子,全靠自己,父母没贴一分钱,没帮一天忙。家务事,没什么讲头,农村里就这个样子。

我自己给自己总结,苦归苦,运道还算蛮好的。像我这个年纪的人,农村里拿退休工资的不多,要么打零工,要么做手艺,自己买社保。我还有股金分红,没出掉多少钱,一次性四十万,也算"不义之财"(大笑)。

刚去的时候,钢厂就三个车间,一个炼钢,一个轧钢,一个机修,上百个人。晚上睡觉时想想,能够熬到退休,确实不简单,那时逃厂的人多少啊?

一个人,一定要有技术,没有技术吃不开,很难混下去,有了本事就能闯天下。有些年轻人,怕苦,不学技术,当保安,图舒服,这样下去能行的?

我在小区做保安,再做两年,不想做了就不做。保安大多是外地人,苏北、安徽、陕西,哪里的都有。小区住户大多在钢厂上班,招来的大学生,上班近,团购房,便宜些。

"你总结总结,当兵对你有什么影响?"

没什么影响。如果不当兵,可能钢厂不得去。去不成钢厂,可能学个手艺,或者大队里混混。我这个人能吃苦,到哪儿都能混下去,不能吃苦就混不下去。自己对自己的评价,就是肯吃苦,肯做。

我一生虽然苦些,还算比较顺利,出点工伤事故没啥,避免不了。与同龄人比,与一起当兵的比,有人比我好,有人不如我。

部队里没上去也是应该的,文化低,只会做,不会写,如果是高中生,可能也就提拔了。

我现在一个月拿三千多元,不用向孩子要,还可以贴点他们,心满意足,应该说心满意足。老家养3只老母鸡,每天回来喂一次,收鸡蛋,自家吃。还有三四分菜园田,种点菜,不用买,老婆种得多,我来得少,也懒了。

访谈即将结束,周仁宏大发感慨……

我们算是赶上一个末班车。四十年代包括部分五十年代出生的人,改革开放以后,打工年龄大了,创业没有本领,像我这样拿退休工资的不多。现在发财的,要么是社队企业转制的,要么是搞个体户发家的。退伍兵当老板的不多,部队耽误几年,回来一半人做手工业,一半人企业打工,创业成功的少。

我总结来总结去,一个人,要有机遇,要有运气。那年余家儿子高考,平时成绩那么差,没一个老师说他考得上,就是靠运气,结果考上了,改变了命运。朱家儿子考上西安交大,不好好读书,上了两年退学回来,再也考不回去,跟着姐夫做木匠。昨天碰到他,跟我一样,也在当保安。

周仁宏比周仁健小两岁,同胞兄弟,企业职工,做到退休,两人的人生略有不同。

仁健从小身体不好,性格较弱,讲话语速慢,不时停顿,经常皱眉,高兴时嘴角一拉,笑不出声,自述脑子有病。仁宏身体壮,打过铁,当过兵,说话快,干脆,乐观,不时大笑,即使自嘲,也会笑出声来,精神状态好。

仁健做工,先后经历多种所有制形式,不管谁当老板,他反正做工。退休时有后遗症,农机厂22年工龄算不上。他实际工龄比仁宏多 13 年,退休工资反而少一大块,不到仁宏的三分之二。

仁宏做工,经历了草根企业初创时期的艰辛,听起来触目惊心。其实,乡镇企业,民营企业,外资企业,哪一个企业的发展,不是职工的血汗泪浇灌而成?数千万农民,为推进工业化作出了巨大牺牲,在改变个体前途与命运的同时,改变着国家的前途与命运。

仁宏很自豪,"确实不简单,31 年啊","就是肯吃苦,肯做"。仁宏很知足,"我一生虽然苦些,还算比较顺利","心满意足,应该说心满意足"。仁宏很幸运,"像我这个年纪的人,农村里拿退休工资的不多","我还有股金分红,一次性四十万,也算'不义之财'"!

仁健仁宏述说往事,都说"派好的",既感叹人生的无常,更多是对世事的达观。仁宏三代同堂,退而不休,忙碌着,快乐着。仁健没有子女,夫妻互携,清净度日。

生活,仍在继续……

我们出门在外，决不做违法乱纪的事，从小就被父亲训死的，做做小生意可以，集体的东西千万碰不得……

——周仁兴

十五　周仁兴

1996 年当热电厂长
2012 年打报告辞职

| 肝炎 | 司炉 | 厂长 | 劳模 | 转制 |
| 兼并 | 转让 | 分红 | 儿子 | 头昏 |

口述：周仁兴
时间：2015 年 5 月 27 日上午
地点：仁健家

周仁兴，仁健二弟，1962 年生，1980 年进镇办企业，热电厂厂长，企业集团董事。

1972 年我去当兵，仁兴上小学。1979 年我退伍回家，他读高中，应届毕业，连我在内，生产队里 4 人同时参加高考。考前大家忙着复习，几乎没有见面。

高考结束后，我们松了一口气。那天在界岸河边碰头，交流考试情况。问试题难度如何，他们说"一般"，又问考得如何，回答还是"一般"。

这倒使我迷惑起来。我觉得试题难度很大，别人问考得如何，我说考得一般，不敢夸口。他们也说考得一般，是我考得不好,还是他们判断有误?

一个月后公布成绩,分数差距较大。这才悟到,他们说的"一般",或是心中无数,或是保护自尊。我说的"一般",是留有余地的表达。

两人再次重逢,36年过去,我年过花甲,他也过半百。在仁健家中,仁兴述说过去的故事、青春的记忆……

我1962年3月6日出生。1979年参加高考,没有考取,生产队干了半年农活,年底去学手艺。跟街上黄南郎学漆匠,到苗桥去做,快要过年了,大冷天,骑自行车去的。当时个子高,人很瘦,只有90斤,风又大,路又远,哪里骑得动?哪里骑得动啊,跟在师傅后面,硬骑到那里。

春节过后再去,人小不懂,只是觉得吃力,一点也做不动。勉强做了20天,实在做不下去,一个人骑车回来。哪里骑得动?早晨8点开始骑,下午5点才到家。实在骑不动,骑一段歇一段,记得骑到十三大队港边头,坐在田埂上歇了老半天。

第2天到医院一检查,急性黄疸肝炎,那时得这种病的人很多。在家养了个把月,3月份公社农机厂、元件厂、印染厂招工,队里好几个人去考,我和兴兴考上了。兴兴分在元件厂,我分在印染厂,7月份报到上班。

一进厂就搞基建,夯地基。黄疸肝炎刚好,一起抬石头,还是觉得累,人瘦得很。父亲建议我学个技术,金工什么的,厂里没这个工种。分到锅炉间,司炉,烧锅炉的,整天拉煤,一人拉,两人推。天晴还好,下雨天车轮陷在烂泥里,哪还推得向前?

1980年进厂,到1985年,当司炉组长,还是烧锅炉,记记账。1986年,1500个机组发电,派我出去培训,一个半月,回来当带班长,带一个班,不烧锅炉了。1988年负责管理,两台10吨锅炉,算是进步了。

1990年当热力车间主任,29岁,年纪轻的。1992年担任车间主任兼热电厂副厂长。1996年底,当热电厂厂长。35岁,精力足,火气旺,到底不一样的。

我上任前,用户欠电厂不少电费,熟人熟面孔,就是要不回来。我当厂长,刚好家里承包田里收了稻,拖一袋新米,送给用电所所长,送给其他用户,他们高兴得不得了,反而不好意思,结果电费全部收回来(连说带笑)。

1997年7月,公司纺织厂处于瘫痪状态,并给热电厂。书记找我谈话,全部由我管理。我哪懂纺纱织布?过去一看,纺织设备不行,工人到不齐,干脆停产整顿,大修一个半月,开工后就搞上去了。当年评为市劳动模范,拿到奖章的!

1999年国家压锭,我们趁机扩张,从6000只扩到12000只,翻了一番。旧纱锭买回来很便宜,相当于废铁价格。就这样干了3年,到2000年初,企业转制,与政府脱钩,核算下来1500万元净资产,职工全部参股。我算条线负责人,公司董事。

你知道的,杨老师原来是公司总经理,转制时没有实体。因为电厂好管点,不用跑市场,没有应收款,就把电厂划出来,由他管。我专门负责纺织,每年交给公司160万元利润。当时市场形势已经不好,靠做生意弥补生产亏损,压力很大。

2002年到苏北F县考察,原来给我们做加工的一个企业,厂址在县城。回来汇报,内部先统一,领导决定到F县去办厂。那时我三天两头跑苏北,晚上陪他们喝酒打牌,深夜一个人把车开回来,往返一趟600多公里,我的身体就是这样搞垮的。

这个企业原来有500台织机,53亩地,一万平米厂房,亏损严重,实在办不下去,想要转让,我们正好去兼并。我谈了几轮,最后敲定,织机、土地、厂房一起,430万元。这个价钱是我喊的,他们想卖1000多万,不可能的,最后400多万买下来。

我们三四个人住在那里,负责管理与经营,开头几年蛮好,后来不行了。设备陈旧,太老了,噪音大,干活累,招工越来越难,不能开足生产。总共在那儿9年,后面几年一直亏损。身体不好,睡不着觉,一点睡不着,我提出来不干,书记不同意。

"我1992年入党,2002年评为市优秀共产党党员。"仁兴补了一句。

停顿片刻,继续谈……

到2011年,我们这里环保越来越紧,不准增加设备,不准扩大规模,几个不准,实际上限制发展。又到外地考察,准备走出去,初步确定到S县发展。F县的企业办不下去,这边没人愿意去,那边在搞房地产,最后决定把企业转出去,土地卖给房地产老板。

谁知这个老板的资金来源是"水钱"(高利贷),楼房封顶了,资金链断了,搞不下去了,法人代表也换了,土地转让金预付550万,其余的要不回来,你说急不急?这件事书记对我是有看法的,当初说好2600万元转让费,弄到后来没着落。

我们专门成立一个班子,应对此事,最后拿到1900万,加上设备出卖200多万,总共2100多万,还有550万没到手。当年430万买回来,10年时间不到,拿回2100万,哪会亏本?钱总是越多越好,人心不满足!

房地产老板破产了,最后政府回购,拿到1900万,已经很不错了。善后事宜一年多,到后来厂里进不去,设备运不出,当地人围着,地痞流氓作乱,差一点打起来。一直找到副县长,派了警察,才算把主要设备抢出来,前道设备没有运出来,老百姓把墙壁推倒,设备埋在里面,废了。

2013年10月,F县事情暂告一个段落,对方还欠550万元。因为有法律纠纷,当地政府不想给了。我们盘算过,如果硬要把这550万要回来,他罚你补交原来优惠的税收,800多万,不如两清。老板不同意,还要打官司(笑笑),过几天再去。

"为了处理这个事情,我吃足苦头,吃足苦头的,他一点也不理解,对我有看法。我身体不好,坚决不干了,主要是身体不好。"仁兴有些激动、伤感。

我的股金是蛮高的,130万元。我是董事,原始股30万,副董事长40万,董事长60万,职工大家都有的,我们多一点,十几年滚下来,滚到130万,每年分利息。去年分到13万,原始股按17%计息,新股按8%算息,平均下来10%,可以了。

再说建布厂的事儿。老板妹妹的纱厂垮掉了,让我帮她搬到S县,织光边布,出口到中东、非洲。当时每台织机15000元,50台设备刚上好……现在600台了,织机价格一落千丈,每台跌掉6000多元,现在只要4000多元就能买到。

老板认为我受贿了,他不直接讲,没有证据,只问有没有回扣。我说有的,两条香烟,两瓶酒,加一条青鱼干,我们三四个人一起,在浙江订货,厂商送的。50台布机,每台贵6000元,合起来30多万,他觉得贵了,有想法。

就在前几天,F县负责接待我们的人被抓起来了。他受房地产老板的贿,40多万元,判12年,牵不到我什么。今天早晨我到老板那里,告诉他这件事。我们出门在外,决不做违法乱纪的事,从小就被父亲训死的,做做小生意可以,集体的东西千万碰不得。

"你娘子在哪里上班?"

娘子医院里上班,开始是临时工。我脑子蛮灵活的,县卫生局找到人,送掉两条烟,最后一批转成合同制职工。现在按事业单位算,最近一次加工资,每月拿5200多,提前两年退休,在家带小孩。她工资比我还高,养活全家6口人,包括儿子孙子!

儿子在我们公司,国际贸易部,做外贸。他大学本二毕业,先在县外贸集团做,后来同事把他叫过来,到我们这个企业做,做得蛮好,手里单子多,一个月总有三四只柜。儿媳在钢厂,负责采购的,双休日法定假期全部休息,6000多元一个月。儿子每月超一万,年底奖金拿9万,一年十几万有的。

他们生了两个儿子,一个4岁,一个刚满月。我住在镇上,独立别墅,65万,买了11年,现在200万也买不到了。在小区买一套连体别墅,360万,我出280万,其余他们管,交付了,没装修。县里买套房,花90多万,儿子结婚的新房,平时儿孙一家跟我们住,吃用全部免单。

周仁兴越讲越高兴,满足之意溢于言表。
反正是聊天,仁兴谈起他的身体。

大概有七八年了,我一直睡眠不好,耳朵经常叫,人很疲劳,早上起不来,眼睛睁不开,有抑郁症状,又查不出什么问题。2012年打报告辞职,2013年坚决不干,歇了差不多两年。医院里查过几次,怀疑是颈椎病,又说是高血压,吃了药,加上休息,恢复不过来。

到去年年底,连续几晚睡不好觉,一进入深睡眠,人就惊醒过来,根本睡不好,打呼自己听见。那天去门诊,嘴张开一看,医生就说我打呼,一晚上起身五六次,血压是上压高下压低,一早起来就疲劳。几个事情全部被他说准,完全符合。

他说,你怎么到今天才来看,为什么拖这么长时间?开始谁知道啊。立即到睡眠中心,带上仪器,测指标,一夜过来检查数据,吓一大跳。呼吸停顿最长12秒,每小时平均停顿49次,供氧量只有正常人的三分之二,都持续七八年了,想想真可怕。

回忆起来,以前有过好几次,突然头昏起来,分不出东南西北,顿时失去知觉,脑子是清楚的,人做不到主。这次病情确准后,花1万5千元钱,买个助理呼吸机,晚上带着睡觉。一个星期下来,很见效果,晚上只有起身一到两次,原来要五六次。

原来一个半小时就醒,睡不踏实,现在好了,九点半睡,两点多钟醒一次,再接着睡。医生说,幸亏你年纪轻,很危险的,一觉睡下去,也许就醒不过来了。农村里人哪知这些?我老婆吓得要命,再也不许我一个人睡,晚上经常摸摸我的鼻孔,看看有没有问题,真是好气又好笑!

周仁兴出生于1962年。"大跃进"、大饥荒刚过,人口恢复性增长,新生人口多,一个队里十几个,是四九年后第二次生育高峰。第一次生育高峰是五十年代初,刚从兵荒马乱中走出,农村相对安定,人口增长较快。

1960年代出生的人口,是教育严重缺失的群体。他们的小学中学时期,正值"十年内乱",学校失序,学制混乱,老师没法上课,学生无心读书。不少人从小学手艺,日后四出闯荡,以手工业为生。

周仁兴十八岁招工进厂,一直干到现在,队里同龄人中的唯一。他当市级劳动模范,评优秀共产党员,公司独立董事,政治上有荣誉,经济上宽裕。妻子事业单位退休,儿子儿媳收入丰厚,两个孙子欢笑绕膝,家庭生活圆满,队里的上乘人家。

仁兴三兄弟都在企业做工,各有各的经历,各有各的特点。仁兴毕竟年纪轻,眼界宽,脑子活,肯吃苦,也有机遇。他的讲述,既提供了1998年国家压缩纱锭、企业逆向操作的案例,也反映了异地办厂、企业重组的艰难过程,还展现了企业改制后内部关系的复杂变化。

1979年生产队三人高考落榜,际遇不一。

李兴兴到北京做裁缝,18年后返回家乡,每周六天班,每班12个小时……

周仁兴退居公司二线,做棉纱坯布生意,每年有股金分红,玩玩股票……

钱二军新疆做裁缝,夫妻失和,不断打官司,到北京告状,上访不息……

　　各人有各人的条件,各人有各人的个性,各人有各人的际遇。不同的人都在追求独特的生活,不同的活法都有其独特的意义。

　　芸芸众生,大千世界。命乎? 运乎?

周仁兴:1996年当热电厂长 2012年打报告辞职

一个人只要能吃苦，发财不敢说，养家糊口、吃饱穿暖没问题，不少人家有汽车，小康目标是超过了的……

——周成

十六　周成

我们都是平凡的人
好好上班工作为主

乡下　　农业　　农村　　外贸
二胎　　新市民　　汇率　　技改

口述：周成
时间：2016年2月28日下午
地点：镇上小区周家

周成，1986年生，大专毕业，在企业从事外贸业务，已婚，生育两个儿子。

周成是周仁兴的儿子，我与他从来没见过。通过周仁兴预约，周末下午去他家，听周成讲自己的故事。

周家住在镇上一个别墅区，九十年代建造，独栋小楼，房价30万元。当时买得起的人不多，如今涨到几百万。

周成楼上下来，身材高大，有点胖。室内家具上档次，狗笼里养条哈巴狗，城市派架，殷实人家。

周成知来访事，倒杯水，坐下来，说话慢条斯理，不讲方言，基本普通话。

先从他的爷爷说起……

读高中时,爷爷去世。我从小在镇上长大,对爷爷知道得不多。听说八十年代农村搞承包,开始他不理解,转不过弯来,觉得当年辛辛苦苦搞集体化,现在又要退回去。后来也想通了,因为分田以后,大家的日子确实比原来过得好。

听老人讲过,人民公社那种环境,跟现在完全不一样。那时农村人没出路,吃不饱,几乎家家透支。不像现在,一个人只要能吃苦,发财不敢说,养家糊口、吃饱穿暖没问题。回乡下看看,不少人家有汽车,小康目标是超过了的。

讲到生产队的事,我的印象并不特别深。我是1986年出生的,五六岁之前的事情,应该说是很浅很浅的。我出生时,爸爸妈妈已经在镇上上班,有一间职工宿舍,我从小在镇上长大,在镇上读书。跟父母一起回过乡下,那时年纪还小,许多事情比较模糊。

记得上小学时,家里还有承包田,种稻时往水田里抛秧,对种田也就这点印象。育棉花苗见过,用的那个工具叫什么名字?不知道,好像叫打钵子。还有收麦、轧稻什么的,工具已经跟传统的不一样了。乡下我家房子、田都有的,但我在乡下的时间是非常少的。

周成使用的叙述词是"乡下",不是"队里"或"老家"。"乡下"与"镇上"相对应,曾经的生产队,传统的农业农村对他影响甚微。

我知道父亲一些经历。他18岁时,先跟别人学漆匠,后来进印染厂,出来是比较早的。实际上,当时我们这里的农村,已经开始很大的转变。我妈妈开始在毛纺厂上班,结婚后在医院上班。我的印象,父母亲这一代基本上不算农民,承包田有的,业余时间种，主要职业是务工。

爷爷奶奶是农民，他们一辈子在地里，标标准准的农民，传统农民。我对爷爷最深的印象，是小时候他带着我散步，村里人对他很尊敬，开口闭口老书记老书记，那时农村的变化已经很大了。我住在镇上，对传统农业见识不多，有时回去看看，原来的田转包了，种了果树，有点菜园地。

应该说，我们这一代是相当幸福的，没有经历以前那种困难、那种苦日子。现在我与农村的联系，最多就是还有几个亲戚在乡下。我回去看过几次，村里的年轻一代，基本上没有人种地了，一些老人在忙忙菜园田。应该说，我们这边的发展是非常快的，非常快的。

"你的户口还在乡下吗？"

原来在乡下，什么时候迁过来的，不记得了。父母结婚结在乡下老房子里，住了不到一年，怀着我就到镇上住了，外婆把我从小带大的。乡下左邻右舍、亲戚们认识的，其他人大多不认识。

说实话，我们……怎么说呢？大部分人都是平凡的人，最基本的，首先不是赚多少钱，而是一家人在一起，两点一线，家里到厂里，基本上就是这样的情况。我们就是平凡的人，父母不用我们担心，有两个小孩，自己努力些，好好上班，工作为主，我认为大部分人处在这种状态。

我工学院毕业后，自己找工作。先在县外贸公司上班，干了一年，到我们镇上一家企业集团做，父亲所在的企业。我主要做外贸，内销也做，有啥做啥，发不了大财，可以养家糊口。

我们的分配模式比较独特，业务员没底薪，个人收入直接与业务挂钩，拿销售额的千分之五，做到 1000 万，就拿 5 万，自己负担个人所得税，如果年终结算利润好，还能再拿些奖金。

前几年我当销售科长,后来身体不太好,不当科长了,专做销售。公司的主打产品是布料,做了好多年,利润不高,但销量非常大。窄幅的布,主要出口非洲、沙特。宽幅的布,主要出口非洲、美洲。还有一种高档的服装面料,做美国、英国市场。关键是找到客户,留住客户。

我做的这款布料,是最低档的。为什么卖得好?它比一般棉布薄、软、透气,手感好。非洲天气热,产品价格低,他们买得起,市场需求量大。适者生存,找准了市场定位,就能生存下去。我也做棉布,相对高档的绒布,用来做睡衣、衬衣、床单,冬天暖和,需求量也蛮大的。

父亲在县城买了房子,十几年前买的,一来考虑我结婚要新房,再有就是考虑小孩读书。我有两个小孩,大儿子在县城幼儿园读书。前几年政策松动了,先是小夫妻两个都是独生子女的,可以生二胎,后来夫妻双方只要一个是独生子女的,就可以生二胎。

我想想,自己是独生子女,一个人,不在乡下住,小时候没有玩的朋友。住商品房与乡下不一样,乡下大家互相串串门,很正常的,住商品房没事不串门。一个小孩很孤独,两个小孩有个伴。考虑到这些,政策上允许,经济上不要紧,就生了二胎,让他们少些孤独,比我幸福点。

现在大的孩子4岁,上幼儿园,小的不到一岁,母亲带着。幼儿园放双休,老婆也是双休,婆媳俩带带,其他人凑凑,不要紧,过得去。现在社会上发展很快,各种服务行业都有,包括月嫂。如果实在忙不过来,请个临时工,带几个月,也是可以的,社会化程度高了。

"你们的家居模式是怎样的?"

我家全部住在这里,与父母一起生活。每天早上我送大孩子去幼儿园,晚上接回来。妈妈在家带小的孩子,不到一周岁,很累。最近打算请个月嫂,帮助带小的孩子,好让妈妈轻松点。

我老婆在合资企业上班,搞采购,比我这个企业正规,管理上更加人性化。比如说,她在一年哺乳期内,每天可以提前一小时下班。尽管有两个小孩,几个人带带,基本上不要紧,转得过来。经济上稳定的,工作稳定的。

老婆是别人介绍的,应该说是本县新市民。她父母是苏北人,一结婚就到这里来,先在企业做,后来在长途车站,一儿一女在这里出生、长大,在县城买了两套房子,户口也迁过来了,真不容易。

丈人在车站开车,当时改革搞承包,他包了一条客运线,市里到嘉兴,现在小车单程要两个多小时。他天天跑,每天两个来回,起早带晚。前几年已经退休,单位留用,开开班车,接送职工,工作轻松点了。

我看过一部电影,讲索马里海盗的。我一看,电影里海盗身上穿的衣服,头上系的头巾,不全是我们的产品吗(大笑)!还有一个情况,就是这只品牌逐步打响,有品牌效应,质量比别人好,价格比别人高。去年进口原料成本下降,出口产品价格不跌,利润略有上升。

对我们这只产品的影响,很重要的是战乱。比如也门,原来是我们的传统市场,很大的市场。局势一紧张,贸易全部停了,港口封了,到港的集装箱出不了货,只好转到埃及或者阿曼。近几年局势趋缓,贸易逐步恢复。

人民币升值对我们的影响非常大。产品利润薄,风险比较大,亏损的生意不能做。产品价格已经低得不能再低,去年汇率6.2元时,我们一个月涨三次价,不涨要亏本。那一阵子很紧张,一不留神就失去客户。汇率变化最频繁的时候,双方锁定汇率,否则没法接单。

我们的产品占当地市场份额60%以上,我们对批发商提价,批发商挤零售商的利润空间。前一阵,巴西货币贬值,几个月跌20～30％,客商毁约,宁愿定金不要,也不接单,亏损吃不消。货币稳定了,大家生意都好做。

近几年企业生产技术上有了跨越。原来手工印花,招工困难,现在改成机器印,速度快,用工少,质量上稍微有点差异。手工印小批量,多品种,质量好,效率低,机器印扩大产量,提高效率,企业才能生存下去。现在大家都不用手工印了,客户也就慢慢接受了。

三十岁的周成,平静述说,性格温和,成熟稳重,言谈中没有一般年轻人的冲动或偏激,也没有老一代农民的焦虑或烦躁。

他对农村发展有一定的视野与判断。爷爷奶奶是农民,"他们一辈子在地里,标标准准的农民"。八十年代农村"已经开始很大的转变",父母亲这一代"基本上不算农民"。自己从小在镇上长大,与农村的联系,"最多就是还有几个亲戚在乡下"。

周成对生活知足而务实。"我们这一代是相当幸福的","一个人只要能吃苦,发财不敢说,养家糊口、吃饱穿暖没问题","不少人家有汽车,小康目标是超过了的"。他把自己定位为"平凡的人","好好上班,工作为主"。

周成育有两个儿子。这是1990年钱贵贤违规生育二胎后,时隔25年,界岸人家生育的第一个二孩。周成认为一个小孩很孤独,两个小孩有个伴。伯父周仁健独生女不幸夭折,或许也是一个重要原因吧。

周成是周家口述的第三代。第一代是他的两位伯祖父,周仕先、周庆先;第二代是他的父亲周仁兴,两位亲伯父,周仁健、周仁宏,两位堂伯父,周仁田、周仁惠。从代际关系看周家的传递轨迹,别有一番滋味。

周成的曾祖父周大康兄弟,开酒店挣钱买地,当年的小康人家。儿辈发生分化。周德先早年参加地下党,周奉先当过大队支部书记,周仕先曾经是专政对象,周庆先一生小心翼翼做人。

周家下一代,周仁惠受父亲牵累,做手艺。周仁田较早从生产队走出,从事非农产业。周仁健、周仁宏、周仁兴在企业上班。改革开放后,周仁惠经济上先好起来,仁田、仁健、仁宏拿退休工资,仁兴是公司董事,生活丰裕。

到周成这一代,他的堂兄弟堂姐妹,他的同龄人,大多受过职业教育或高等教育,全在企业上班,都住在城镇。他们从小读书,见过种地,没种过地,与传统农业、农民、农村关系淡薄,成为工业化条件下的新市民。

在界岸同代人中,周成发展得比较顺利。周仁兴是公司高层管理人员,对儿子的工作与成长,或多或少起着作用。而周仁兴的成长,也不能说与他的父亲完全无关。农村熟人社会这只看不见的手,将在较长时期内发挥作用。

周成与李武同年,都是1986年出生。李武北京生北京长,周成从小镇上生活,他们的童年没在乡下度过。周成家乡观念不那么强,也许他的家乡就是镇上。李武家乡归属感强些,也许与他曾经遭受的"外地人"歧视有关。

城镇化浪潮中长大的周成李武们,乡音,乡亲,乡情,乡愁,古老的乡村渐行渐远,他们还能听到故乡召唤的声音吗?

第二天斗我,要我承认是破产地主。让我签字,我就写"相信党相信人民"。他们说你写这个算啥?我说要签字就这些……

——钱尔堂

十七　钱尔堂

大队会计一直当了几十年
我们这班人　想想最伤心

土改　　办社　　会计　　拆房
进厂　　退休　　武秀才　破家

口述：钱尔堂
时间：2015年4月21日上午
地点：钱尔堂家

钱尔堂，1936年生，大队会计，"文革"初期受冲击，1983年调公社五金厂，1996年退休。

钱家亲族关系：
钱尔堂，钱家长孙；
钱良才，钱尔堂堂侄；
钱贵贤，钱氏同族；
钱磊磊，钱贵贤之子；
郑水凤，钱贵贤之母。

人民公社时期，我们队里出了两个大队干部，一个是大队书记周奉先,一个是大队会计钱尔堂,任职时间都很长。

钱尔堂家有个传奇。"文革"初期,造反派拆他家的屋,墙壁里面有一张麻将牌。"牌""败"方言相近,按照老人的说法,放牌是咒主家败家。社员私下议论,难怪钱家过去破产,现在又被拆房,全是这张麻将牌在作祟。

我对钱尔堂的印象,是他家小孩多。他连生四个女孩,不肯罢休,非生男孩不可,又生两个男孩。生产队时期收入很低,6个小孩,还有老人,夫妻俩劳动,队里年年透支,家中十分困难。

钱尔堂妻子已经去世,他独自生活。前几年得脑中风,留下后遗症,说话有些含糊,思维还算清晰……

我出生于 1936 年 3 月 3 日,刚开始记事,就到小学念书,那时叫洋学堂。我是这所小学第二届毕业生,第一届只有十几个毕业生,开始念的是复式班。学校是我曾祖父领头捐办的,起初只有四个年级,后来办到六年级。我小学毕业那年刚好解放,没上初中,没钱读书。

镇志载,宣统元年(1909 年),界岸钱氏牵头募资,创办新式小学。抗战初期停办,1941 年恢复,初级小学,3 个班级。1948 年扩展成完全小学,6 个班,200 多学生。

1951 年土改,我一开始就参加,一家一家丈量田亩,用竹片订界桩。晚上教"民校",大概是 52 年、53 年,很热闹的。苏家是富农,送一间屋子出来,村里开会、办民校用。那时村子的范围,相当于后来的一队到五队。

1953 年组织互助组,六七户人家,有周家、李家、你家,你帮我,我帮你,互相伴工,周支书与我一起组织的。1955 年秋季,几个互助组并起来,办一个小社,叫初级社,周奉先当社长,我当会计。到县里培训半个月,回来就办社,19 户人家。

1956年，哟，变化了，三个小社并成大社，初级社改成高级社，我还当会计。1958年"大跃进"，两个高级社合并，成立人民公社。家家户户不开伙，全部吃食堂，我家搬到周家住，自己家里办食堂。

1960年，两个高级社重新分开，改称生产大队，周奉先当大队书记，我当主办会计，还有一个大队长，就这三个人。大队干部也要做工分，按照规定，每年要做300个工，其余大队补贴。

"'文革'中的情况你是否记得？"

1966年，"文化大革命"开始，造反派当道啊，我与周奉先挨斗。第一天斗周奉先，第二天斗我。陈某华通知我，你家是漏划地主，要接受批斗。我没有吭气，那时能讲什么？我公公早就死了，我父亲早就死了，他死的时候是工人，土改时我家分到田的，算什么漏划地主？

批斗的时候，让我签字，承认是破产地主。我就写"相信党，相信人民"。他们说你写这个算啥？我说要签字就这些。我从台上下来，当时他们也没说什么。

后来，我到县里去开会，半个月，大队会计集训。造反派要造新的大队部，集体没有钱，到处拆房子。公社里人关照过，不拆我家的。他们不听，趁我不在家，拆掉两间侧厢屋。我请假回来，陈某华说还有一间没拆，折价多少，让我拿钱出来，否则继续拆。我说要钱没有，要拆就拆，就这样僵在那里。

当时我大队党支部委员没免，大队会计当着，他们也不能怎么着。"文革"后期落实政策，我家拆掉两间屋，房梁、望板、椽子、砖瓦、铁钉，还有人工钱，一项一项算，大差不差，退赔的钱加上剩下的一间，起了三间新屋。

那一年公社工作队到我们大队，住在小学里，查经济问题。他们把大队里1962年以后的账本全部搬去，两个人查，查了两年,没有查出什么问题。工作队长找我谈话,算是对我放心。后来大队干部作了调整,我没有变,还当主办会计。

"你什么时候调到乡里去的?"

1982年冬天,我当大队会计几十年了,如果从初级社算起,接近30年。新一届大队党支部就要改选,我与公社里讲,支委候选人不要把我放里面,大队干部我不做了。公社书记答应我再当一年,一定调到社队企业。

不到一年,来年正月初六,周奉先拉我到公社里去转转,那时他已经调到合作医疗办公室。我们刚进门,党委秘书对我说,你来了正好,单位分配好了,厂子不大,利润蛮好的。把我调到公社五金厂,还是当会计,这个厂的书记原来是我们大队的书记,他把我要去的,两人再一次搭档。

过了5年,五金厂并入福利厂,因为福利厂免税的。后来改为化工机械厂,我一直当支部委员、会计,做到60岁,1996年4月退休。退休后先到台湾人办的厂里,当了一年半会计,又到侄女儿企业里做了5年会计,2002年脑梗,回来治疗,就算结束,67岁。

"你现在每月退休工资多少?"

刚退休时每月工资150元,现在加到690元。我们这班人,想想最伤心。开始买农村社保,会计跟我说,如果你买社保,当大队干部的补贴就拿不到,算算好像不值得。当时手头也紧,买社保要交一大笔钱,实事求是说,也拿不出。后来一次性买断工龄,钱花得更多,而且年龄也超过了。

我1960年入党,当了将近30年大队干部。现在补贴是有些的,一年隔一年,年底慰问2000元,平时没有。这几年加工资,去年每个月加49元,前年加44元,比社保差远了。我们这批老大队干部,大部分这样,又没有哪里申冤的!

听说这次教师加工资,一加就是千把元,退休工资每月六七千,我们呢,六七百,哪能比?我今年80岁,有农民养老金,开始拿110元,130元,150元,170元,今年拿到200元,加起来每个月不到900元。

我看病有农保,相当于合作医疗。我得的脑梗,属于农保三大病种之一,每年额定2500元,指标内自费20%,报销80%。正常情况下每月自费30多元,指标刚好用完,身体恢复得还好。老婆去世好几年了,我自己烧烧吃吃。儿子媳妇一早出去,很晚回来,与他们一起生活不便当。

"你们钱家与钱家埭的钱家,是不是一个祖宗?"

钱家是当地大姓,曾经的望族,我向钱尔堂打听陈年往事。

钱家埭的钱与界岸这个钱,同一个祖宗,外地迁来的,什么时候来的,原籍是哪里的,什么身份来的,不知道。只听说,我曾祖父最早来到这里,弟兄四五个,子孙繁衍,越来越多,聚居在一起,就成了钱家埭。

我公公叫钱世佐,叔公叫钱世佑,他们年轻时领头修建新街。港东港西两条街,河上有张桥。这张桥叫钱家桥,钱家捐资修建的。20世纪50年代,东街商店大多搬走,只有一家卖膏药的,西街剩个小店。"文化大革命"期间,钱家桥年久失修,倒掉了。

我公公大概出生于1870年前后,是个武秀才,家里养马的,从小骑马射箭。据说钱家埭前面有一条马道,公公不种地,每天跑马,练武功。他与常熟翁状元、张状元有来往,外出时向他们借灯笼,摆排场。

公公手里可能有七八十亩地。叔公死得早,土改时他家不满40亩地,因为供大儿子读上海复旦大学,卖掉10亩田。他家有油车,雇个长工,叫大长生,既下地种田,又当掌作,一年到头在他家。

大长生虽然是长工,但是主家与他处得好,就跟家里人一样的,他在我家也做过。到了年底,除了发工钱,年糕、馒头蒸好,一起带回家。他晓得我家不是恶霸,处处为穷人着想的。

"你知道我奶奶为啥要'破家'? 我讲给你听。"
钱尔堂讲起四九年前他家破产的事儿。

我祖母不生育,父亲是抱养的。他出生只有三天,家里就送出来,预先说好,早晨送到水车墩上。祖母一早去等,到天亮也没见到。不对啊,说好送来的,怎么没人呢? 原来油车伙计一旁听到此事,早把小孩藏起来了,就想搞点钱。

祖父娶个后妻,后妻有个弟弟,被土匪绑票。家里人寻到姐姐,借了印子钱,"九头吊",把人赎出来。人放出来了,"九头吊"越盘越多,最后家产盘光了。我家三四十亩地,破家时全部抵债不够,家具全部搬光,连房顶上的瓦都匀薄揭走。破产后家中一无所有,父亲到上海做工,母亲在家租6亩地种。

土改时,我家没有评成破产地主,为什么? 工作队也怀疑过,上级来复查,对照政策,我家是1946年破产的,距土改超过3年。如果1947年破产,不到3年,就评破产地主。大队里陈兴郎就是破产地主,穷地主,吃白药吃掉的。土改时我家5口人,分到两块田,一共5亩6分。

不同的个体生命,往往有着看似偶然的人生,钱尔堂就是这样,真所谓塞翁失马、安知祸福。

他出生于望族之家,不料家道中落,陷入绝境。土改评为贫农,免遭政治打击,分了田,入了党,当干部。"文革"中翻旧账,挨批斗,憋气好几年。拨乱反正后,落实政策,调企业工作,可以拿工资。谁知道企业转制,退休后收入又低人一头。

从参加土改,办互助组,初级社高级社,人民公社,到乡镇企业,钱尔堂基层工作40多年,正直本分,勤勤恳恳,一生与钱财打交道,一辈子清白做人。

钱尔堂1960年入党,是基层干部的一员。他们长期任职,任劳任怨,是党在农村工作中的骨干力量。八十年代照顾安排,进入乡镇集体企业,大部分人在企业退休。

九十年代乡镇企业转制,他们的退休费成了问题。买社保经济搭不够,也不舍得。现在每月收入不足千元,不仅低于退休职工,也低于买社保的村民,属于村里的低收入人群,这样的老干部农村还有不少。

钱尔堂两个儿子都在做工,两个孙子考上大学。他虽有抱怨,倒也心态平和,自得其乐,安度晚年。

小时候报名上学,有点懂又不太懂。老师问,你家什么成分?回答"地主",自己觉得脸上一红。只想等到15岁,可以种田吃饭,上学反正是轮不到我们的……

——钱良才

十八　钱良才

分田后我行当做过不少
没想到过上这种好日脚

收集垃圾	村民组长	生产队长
年终分红	小反革命	学篾匠
"文革"抄家	办学造桥	个体运输
奶奶诉说	父亲母亲	儿子儿媳

口述：钱良才
时间：2015年9月12日下午，晚上
地点：村鱼池边，保洁车上，良才家中

钱良才，1954年生，做过篾匠，当过生产队长，个体运输户，现任村民组长。

钱良才与我年纪相仿，小时候一起割草，钓鱼，玩耍，大了一起劳动，都做篾匠。两人红过脸，打过架，小孩忘性大，一两天就好了。

钱家是旧社会界岸村的发财人。钱良才奶奶是地主，父母是地主，外公是富农，"文革"中都带白袖套。几个舅舅大学生，一直在外地工作。

记得他家水栈上有个大磨盘,祖上磨面用的。钱家住基大,好几间屋,房子不算好。独门独院,四边皆河,叫转河。留一条道出入,晚上锁着,防盗防贼,相对安全。

钱良才父亲不爱读书,从小下地,种田好手。生产队时耕田耙田,播谷撒种,绞绳结绳,架桥支车,脱坯砌墙,无不娴熟,社员公认他种田经验足。

钱良才伯父不爱下地,从小读书,读到复旦大学,家里卖掉10亩地。大学毕业回乡,种田不内行,小学教书不适应,土改评学生成分,后来到外地中学教书。

钱良才一天忙到晚。为了不耽误干活,访谈分三处进行:先到村里鱼池,听他介绍生产基地的事;再随保洁车收集垃圾,边干活边聊;晚饭后在他家里,坐下来慢慢说。

良才带我参观,如数家珍,兴致勃勃介绍……

我是农村里人,从小干活干惯的,不会在家白吃饭。大队里收集垃圾,脏乱臭,找不到人,我说我来干。村里给我们两人一年10万元钱,我责任重些,拿五万五,老张拿四万五。钱是城投公司给我们村的扶贫款,每年26万,其中10万元用来支付我们的报酬。

我们两个人,每天清理全村60多个点、十几个企业的垃圾,大部分送到县垃圾厂,有些自己直接处理,还负责种地养鱼,一天到晚不得歇。你看,两个鱼池养鱼,年底几千斤鱼,分成100多份,送到城投公司。

这边鸡棚鸭窝,养几十只鸡几十只鸭,鸡蛋鸭蛋每星期送一次,200个左右,专门捎过去,城投公司打收条。他们公司80多个人吃饭,这些蛋用在职工食堂。还种蔬菜,不打农药、不施化肥的时鲜蔬菜,那边是蔬菜大棚,鱼池边坡地上也种。

你看,前年种的香椿树,这么高了。春天剥香椿芽,城里人喜欢吃。村里对公司没有任务,有多少拿多少,有什么拿什么,没有也不要。村干部不揩一点油,上面不许的。有时鱼多了,我们自己卖,钱交给他们。

我讲给你听,开始养鱼没经验,请水产公司的人指导,鹅蛋送给他,饭吃掉不少,化验好几次,结果鱼照死不误,浮起来白白一片,每天捞,心疼啊。李国国你认识的,今年包给他,2000元钱。他有经验,没费什么劲,到现在死掉的鱼不超过50条。

这几年,咱们这里香瓜长不出来,土质不好,瓜结得小,瓜秧淹死不少。这边种的茄子、西红柿、豇豆、玉米,都是第二茬,收到多少算多少。我不懂政治,不管经济,干的良心活,你看得起我来,让我干,我就把活干好。

从鱼池转到蔬菜地,路过一处狗窝,十几条狗汪汪叫,顿时热闹起来。

这些都是流浪狗,四处捡来的,留在野外不安全。狗窝自己搭的,拣来的材料废物利用,狗食是厂里的泔水,每天有。夏天太热,天天给它们冲凉,你看只只狗身上光光滑滑,关在里面好好的,不挨饿。国庆节时要处理几只,给村干部做做人情。

这只火鸡鼻子拖得多长,18斤重!上面十几只鸽子,养着玩玩。这片空地原来长草,给鱼吃的,秋天到了,种小青菜,送给城投公司。这几只缸,是我捡来的,冬天腌菜,给城投公司。这坛榨菜,自己种自己腌,还没开坛呢。这台磅秤是旧货摊上淘来的……

这台磅秤看着眼熟,与当年生产队的一模一样。

你知道队里那台磅秤哪来的?我家的钱买的,年底分红,生产队扣"义务工"。还有周仕先家,每家60元,120元,买台磅秤。苏家是富农,也要扣,他家透支的,扣不起来。当时队里确实也是穷，没有什么钱，总共不满1000元。

鱼池里的鱼每天喂，一次60～80斤料。看天气，天阴少喂或不喂，鱼不吃食，越是天热，越要喂得多。现在正是鱼长的时候，每天喂，鳊鱼、鲢鱼、鲤鱼、青鱼，什么鱼都有。外面来钓鱼的不多，我们不许，地方也偏。

我坐在副驾驶位置上，与良才一起去企业收集垃圾，插空聊天。车比较旧，也比较脏。

昨天大队里通知开会，我说没工夫，让老婆去。现在会少了，一个月一次，规定20号前后开会。村里定期发计划生育用具，队长管的，所以有时还是老婆去得好。通知老人免费体检、重阳节发糕等，都是队长的事。

除了队长外，我还兼片队长，相当于原来五个生产队的范围。片队长每年补贴500元，队长1200元，一次开会不到扣50元，队长、片队长加起来，一年补贴1700元，只能说意思意思。

村里有志愿者服务，乡里下达指令，村里组织，给老人、五保户、失独家庭服务。这种服务是政府出钱的，志愿者大多是六十多岁的半老人，二十来岁的谁干？村里哪里还有年轻人？共青团？好像没有了。

保洁车开进一家企业，良才下车，把垃圾倒到车里，泔水倒进桶里，边干边说。

食堂里剩下的菜饭很多，说好我每天来倒，回去喂狗喂鸡喂鸭，一点不浪费，蛮好的，这么多泔水，都可以养活两头猪了。泔水不馊不臭不脏，没有毒的，放在以前，人还不是照吃？扔掉太可惜，馊掉了更脏。

今年垃圾多得不得了，差不多是去年的双倍。现在的人啊，你说他懒吧，不好这么讲。两个大队，近千户人家，田里的烂稻草，全部堆到垃圾箱，丝瓜藤、扁豆藤、茄子根，家家户户有，多大的量啊，全要我们收起来。

我给他们说，我不嫌垃圾多，也不嫌脏，不过你堆放起来多少有点规矩，稍微放拢一些。你们往垃圾箱上一横，上面再倒生活垃圾，叠高高，叫我们怎么装运？按理说，我们只负责清理生活垃圾，农业垃圾以前当草烧，现在怕烦，我们可以装，你就放放顺吧。

说实话，我当队长也是被激起来的。村干部来做工作，我说没文化，搞不来。他们说，写东西什么不用你管，遇到关键事情会帮你。虽然早已分田到户，村里还是蛮复杂的，表面上和和气气，各吃各饭，实际上各种矛盾都有，有点实际利益，暗里闹，明里吵，其实也没几个钱。

这家企业的垃圾倒完，良才上车，去下一家。

大集体时我当生产队长，做了3年，一个人耕田打水耙田，队里没有办法，弄不住了。1976年以后，政策逐步放宽了，手艺人可以出去了，乡镇企业也开始招工，有点门路的人都出去挣钱，青壮劳动力都快跑光，生产队实在搞不下去了。

我跟师傅在斜桥那里做篾匠，听说要我当队长，逃掉半个多月，谁愿意干队长？从小看到李永清当队长，吃那个苦头，不仅带头干，还要挨人骂。到了5月份，麦子已经黄了，农时不能再耽误了。大队书记宣布我当队长。一开始别人不服气，原来管我的，现在被我管，就想"吃吃我"。

这笔事体讲讲话头长了。我吹哨子喊上工，谁也不出来，你看我，我看你，大家拖。我也不响，随你什么时候来，看你们怎么办。过了3天，你们把颜色我看，我也有我的办法。

那天下午锄草，陶官宝记工分。我关照他，按出工顺序记工分,最先来的10个人,每人记16分,双份工分;中间到的10个人,每人记8分,正常工分;后面晚来的人不记工分,想要工分,明天上工早点,否则做也白做。当场吵起来,吵也没用,就是不记给你。这样到了第5天,大家弯弯顺,一吹哨子就上工,喜欢拖拉的人不敢了,毕竟靠工分吃饭。

一个星期后,开社员大会。我跟大家讲,有人同意我做队长,有人不同意,我也不喜欢做,要做就做好。你们大家要吃饭,不过叫我带个头,劳动还要靠大家(慷慨激昂)。赞成的话一起干,不赞成当场说一声,我马上跳到界岸河里,痛痛快快洗个冷浴,干干净净回家,明早出门做篾匠。

我对大家讲,我年轻力壮,做手艺、搞副业,哪一样不会?还怕没饭吃?我表明这种态度(停顿),大家一个也不响。在我之前,几个月换一个队长,几个月换一个队长,队里男工几乎轮了一遍。退鬼生产队,人心散了,乱套了。

来到第二家企业,垃圾场里堆了很多建筑垃圾。

我开保洁车,主要收集农民的生活垃圾,不包括企业。企业人多,生活垃圾就算了,还有工业垃圾建筑垃圾。你看这个厂,天天如此,堆这么多,你有啥办法?我们这个村是两个大队合并起来的,60多个垃圾点,加上企业,还有鱼池、生产地,两个人根本忙不过来。

我跟村里书记讲,工厂垃圾怎么办?要有个说法。如果你们不方便,我来跟厂里讲,为村里要点清洁费,至少不让社员交费。如果不肯交,死盯着他们,乱倒垃圾就罚款。后来企业与村里订合同,每个企业每年交18000元,4家企业7.2万,不算多,也好的。

再说当队长的事儿。我说话狠归狠,做事人性化。那年寒天,老妇女秧草田里拔草,我对她们说,你们都是长辈,我也不来管你们。你们把田里的草拔拔干净,秧草分回去省得拣,节省的是自己的时间。你们年纪大了,太阳滚上滚下的时候,就可以早点收工,不要像年轻人一样干到天黑,不扣你们的工分。讲得合情合理,她们很高兴。

当时还种双季稻,队里有台手扶拖拉机,大热天,耕田、耙田、打水全套活,都是我来干。为什么?我耕田耕得匀,耕得细,水一泡,不用拉墒,直接耙田,省一道工。请别人耕,高低不平,深浅不匀,还要拉墒,增加多少人工?秧莳不好,还要误农时。

你知道的,我爸爸是种田能手。原来牛耙田,他坐耙上,一只手抓牛尾巴,一只手牵牛绳。我当队长时,我在前面开拖拉机,他坐在后面耙上,抓住两根绳子,两人要配合好,如果速度太快,转弯太急,弄得不好摔下来,耙齿扎在脚上不得了。

上午耕好田,社员吃中饭休息,我们爷俩在田里干,吃点苦。三四点钟田耙好,气温也下降了,社员们上工插秧,算得好,不误工,人少吃苦。转弯的地方耙不到,我跟两个老人讲好,让他们也加个班,把每块田四个角上的泥土拉拉平,下午上工晚点没关系。

过去队里插秧,插秧的,挑秧的,打秧的,各顾各,插秧的等打秧的,打秧的等挑秧的。到我这儿变了,每个人带粪箕,自己挑秧,自己打秧,然后插秧,一条龙,提高效率,减少矛盾,他们都说这样安排好。

再给你讲个事。有一次社场上晒蚕豆,突然要下雨,我吹哨子喊抢场,几个人伸出头来看看,就是不出工。生产队搞到这种程度,所以说搞不下去。明清娘好的,六十多岁老太,别看她平时嘴碎,那天第一个跑出来,总共来了不到10个人。

我当场关照,来的人每人称5斤蚕豆,带回家。幸亏雨没下起来,否则淋在场上,烂掉了,一颗也吃不上。大队里年终要核产的,有人担心大队里追究,为我着想,不敢分这个蚕豆,说记点工分就算了。

我讲说到就要做到，否则谁来为集体的事出力？大队核产说我私分，充其量摊到大家头上就是。我看着他们称好豆，拿回家。钱尔堂是大队干部，在场看见，没有吭气。年底核产队里没人检举，大队里也没追究。

我公开跟社员讲，我良才这个人，好的时候好的，恶的时候恶的，你们可以跟儿子孙子讲，将来良才年纪大了，摔倒在路边，你们路过看见也不要拉他。年底队里分红，有人想起事，先来跟我说，这个红分不下去，肯定吵散场。我说，分不下去也没啥，无非让大队干部来分。

晚上分红时我说，现在是法制社会，不是黑制社会，我钱良才也不是今天出世的。我让副队长报名报账，一个个领钱签字，剩下的零钱留下，作为来年的机动开支。结果很顺利，没人吵没人闹，也没人提意见。只要自己做得正，就不怕歪的斜的。

开车去另外两家企业，然后到垃圾场焚烧。夏天炎热，馊味酸味臭味混杂，苍蝇满天飞，良才没戴口罩。

吃过晚饭，在良才家听他继续述说。

小时候念书报名，我一点也不想念书，因为去报名首先有个成分，开不出口，娘叫我去念。那时候有点懂了，老师问，"你家什么成分？"我回答，"地主"，自己觉着脸上一红。读书也不说自己笨，同学动不动就叫你小地主小地主，觉得很低微的，就有这种感觉。

我不想念书，只想等到15岁，长大了，好种田吃饭，干什么反正轮不到我们的，书念得再好也没用，就是这种感觉。到"文化大革命"，我念五年级，家里成分高，也不好参加写大字报什么的。大家一起排头，集体喊口号，"毛主席万岁"，"打倒刘少奇"。

我文化差，智力不那个，念书不大聪明，一不小心喊倒了。大家哄起来，我才知道错了，立即向老师承认，喊错了，不是故意的。人家说你家成分高,你这么喊,就是小反革命。一群同学把我扭送到家,批斗我父母。当时我完全昏头了,几天几夜睡不着。

母亲把我推倒在地,用脚踢我、踩我,咬我脖子、手臂,她急得没有办法。后来,大队里、小队里都开过批斗会,我站在那里,接受批斗。我一点也不怪别人,那时就是这样的形势,也只怪自己不好。

小学毕业后,想学手艺,没人情愿带,一是成分高,二来年纪小。1968年,15岁,到师傅家做了几天,说是不能一师多徒,中途被退回来,觉得脸上无光。春节之后再去,他家翻造新房,先做小工,和泥做土墼,结着薄水冰,赤着脚踩泥,有点冷,吃苦我是不怕的。

师傅带几个朋友,到我家吃投师酒。娘横哀求竖哀求,家里成分高,队里收入低,实在贴不起钱,答应出师后帮师傅做两个月。师傅好的,同意了,学三年,不贴钱。平时户头上做得多,空下来师傅家里做卖货,晚上宿在大阿姨家。

有次晚上回去,大阿姨问吃过饭没有,我说吃了,又问高粱米团子吃不吃。我吃了一碗,不好意思再添,嘴上不讲心里想,给我三碗也吃得下。每月带40斤米到师傅家,自己家里省出来的。父母亲是吃到苦头的,他们年纪大的时候,整个钱家埭,我对他们可以说是这个(竖起大拇指)。

"小时候父母亲有没有给你讲点过去的事?"

不讲的。父母亲一再叮嘱,在外面不要闯祸,不要打架,不要乱说。如果不听话,回来一顿打,家法很严,我至今烟酒不沾。

大概是1986年,奶奶帮我看小孩。那时邓小平早已上台了,我当过生产队长,政治上宽松了。奶奶跟我讲,良良啊,我给你讲,我没有想到,当初做了多少好事,到后来没有好报。日本人打败后,人家跑来姐姐长妹妹短,说大家都有小孩,你家条件好点,出来牵个头,我们出点人工,你出点饭钱,把小学高年级办起来。我对奶奶说,不要讲了,听听也烦。

她又讲,受了多少多少冤枉。说钱尔堂家破产时,他家的磨房抵我家的债。土改时,陆苏林当副村长,来商量,就说磨房是钱尔堂家的,今后大家用起来方便,否则就会分掉。到"文革"又翻旧账,说是我家的屋,拆掉了起生产队的猪窝棚。

"文化大革命"中,我家墙头要倒,买了5000块砖头,堆在场上。大队里起大队部,要"四类分子""捐"屋,拆了好多人家的房,娘担心场上砖头保不住。那时成华是造反派,我娘认他妈寄娘,算是干亲。实在没有办法,娘晚上偷偷去找他。

娘跟成华说,"小弟啊,咱们亲亲亲眷眷,能不能原谅点我们。我家墙头快要倒了,小孩又这么多,砖头能不能不要捐?"成华说,"你回去,马上把砖头砌掉,我们不来阻止。"这样就算保住了5000块砖头。娘到死不忘记,成华说过这句话,做了好事的。

"你记不记得'文革'中抄家的事?"

怎么不记得?好像是冬天,家里门上贴了封条,我们集中在小学里过夜。你妈看见,把我拉到你家,我们三个人挤在一张床上过夜的。第二天抄过家,回去看看,倒没拿掉什么东西,就是家具上的铜片撬走了。我娘的陪嫁,账台上的铜蝴蝶,箱子上的铜把手,全都撬走了。

最伤心的是一只笔盒。玉玉挑猪草卖的钱买的,三角几分钱。笔盒盖上有孙悟空二郎神,铁壳子的,放在账台上,没有了,玉玉哭了一场。有一把小刀,开染店的隔房爷爷送给我的,用来阉猪阉狗的。九队里姓孙的人拿走的,我后来还看见过。

家里翻得一塌糊涂,地上挖得东一个坑西一个坑,找有没有埋藏的金条、金戒指、首饰什么的。嘿嘿,有一只大缸,已经坏过,用竹篾箍好,装粮食的,被盘出来,底下挖了好深,看看有没有藏东西,好像是查"变天账"什么的。

最可惜的是,大舅舅在上海工作,送给我娘两对茶杯,有囍字的,玻璃厚得不得了。我娘生怕是"四旧",被人看见不得了,把它们放在石头上,硬是用钉耙敲碎的。一直到死,她还在可惜这两对杯子。

后来又抄第二遍,我家没挨抄。苏楚郎撕封条,不让抄家,结果戴高帽子游街,站在街上鱼摊边凳子上,批斗示众。隔壁公社搞得更凶,地主富农天天拉出来斗,挂黑板,跪石头,苦头吃足,家里人还要陪斗。

"四类分子"出门,要戴白袖套。有一次我娘上街去,心慌意乱,不小心把白袖套丢了,真正急煞人。沿路往回寻,街上承家娘娘捡到的,找了回来,松了一口气。一直到死,她们都像姐妹一样,好得不得了。后来白袖套不戴了,据说江青说的,白袖套与白袖套碰到一起,弄得不好要起义。

"你对上代里的事知道多少? 比如说土改。"

我们钱家与陆家老辈里是对头,打过官司,两家紧挨着,打条戗河隔断。土改时,陆苏林在工作组面前说,钱家拿得出"分关",就评中农,拿不出"分关",就是地主。"分关",大概就是分家的凭据,拿不出来。再回过头来讲,这里周边四转,没有第二家发财人,就算我家好些,如果我家不评地主,也就找不到地主了。

老辈里人讲,钱家埭钱家埭,钱家老祖宗弟兄五个,都是有名气的发财人。奶奶说过,祖父相当会做,不太管家,年纪轻轻就死了,不到40岁。怎么死的? 就是为了造那张桥,叫什么钱家桥,受了寒,得"鼓胀病",现在说就是肝腹水死的。

父亲说,那时造桥,跟现在差不多,也是有人牵头,找赞助,收钱的人到我家收了一次又一次。公公不高兴,说话直,跟他们讲,"你们到底要收多少钱?照这样收下去,这张桥我们一家都造得起来了"。

这本来是气话,他们一听正好,马上接过话来,"好啊,不收钱了,那你就一家来造",相当于将了我公公一军。说出去的话泼出去的水,收不回来,公公一赌气,就独家造一张桥,原来筹的钱都被那些人贪污了。

父亲说,为了筹钱造桥,港西翟家埭还死掉一个小孩。他们去收钱,人家说没有,就朝摇篮里使劲一坐,有个婴儿在睡觉,死了。当时公公年纪轻,为了造桥,运木头搬木头,吃了苦,受了伤,得了病。奶奶是个能干人,公公死后,她掌家,要面子,不情愿分家,结果评地主。

奶奶讲讲就叹气,说吃了这么多苦头,做了这么多好事,到时候没人说个好,还要拉去斗。"文革"时她70多岁,到公社里开会,好几公里路,走不动,有时迟到,被造反派训,想想真可怜。奶奶活到九十几岁去世,总算善终。

"你哪一年结婚的?"

1980年,27虚岁,农村里就算大龄青年了。那时邓小平已经上台,"四类分子"全部摘帽。订婚前丈母问别人,钱家成分高,将来对子孙有没有影响,都说不大要紧了。婚后第二年生儿子,生了儿子当队长,当了3年队长分田到户,第一次按劳动力分,2012年重新调整,按人头分。

我们队里名义上是108亩田,实际上不止这么多,有十几亩黑田,当年为了少交税,少报了一些田亩。大集体时期,我们队里只卖棉花,不交公粮,春天还买周转粮。我接手当队长时,5角钱左右一个工。我们夫妻俩加一个小孩,年终分红也就一百多元钱。

分田到户后,我杂七八搭的行当做过不少。先与舅子一起,到建筑工地做小工,做了一冬天。接着跟姐夫开船搞运输,没几个月船翻掉。一条10吨重的机帆船,运煤运建材。那天早晨天没有亮透,河面上白茫茫,雾大看不清,一不当心撞到石头上,船底一个洞,船慢慢沉掉了。

当时大家想进厂,眼热当工人,正好生化厂招人,那就去吧。在那里做了半年多,中午自己带饭吃,买5分钱菜汤,苦倒不嫌苦,就是几个月不发工资,还向家里要钱买汤喝。弄得没办法,一起去的金昌,你认识的,晚上偷偷打狗捕猫,剥了皮去卖,换几个零钱用。

厂里做不下去,只好回来,再做篾匠老本行。筛子、匾子、席子,家里做好,街上卖掉,现钱到手。筛子轻,运起来方便,我们专做筛子。一把筛子卖4块5角,好的时候5元。噢,去年我又做几把匾子,没多大用处,留个纪念,以后做不起来,农村里竹子没有了。

良才从里屋搬出匾子,做工确实不错。我用手机照相,留个念想。

买竹子的时候,我直接到人家竹园里去挑,摇一摇,硬朗的,老竹头,篾头厚。回来劈篾放料,10把筛子一放。老婆做垫子,两个人白天做晚上做,四天半完工,还有半天进城卖。一个星期下来,扣去成本能挣30多元,一个月就是100多元,比种田不知好多少。

两个人结婚不久,新做人家,也肯吃苦。做了一段时间,实在也是苦,一天到晚低着头,脖子酸疼,眼睛吃不消。老婆先不做,挨家挨户收鸡蛋,早上拿到街上卖,一进一出,一天挣几块钱。两人想想还是不满足,要找新的出路。

那时形势已经变了,队里人开始造楼房。儿子也大了,上小学读书。夫妻俩商量,买部拖拉机,搞个体运输。一台拖拉机1000多元,家里没有钱,向丈母借点,又请人担保,贷款几百元,后来年底还清。

那个时候,农民有了点钱,家家户户造楼房,黄沙、水泥、石子、楼板、砖头,来不及拉,忙得不得了。先用拖屉车,很快换翻屉车,装得多,跑得快,附近我换得最早。分田到户时,大队干部说过,拖拉机可以折价给我。我知道有人想要,让掉了,否则现在可能有人说小话,良才发家还不是靠了队里的拖拉机?

拖拉机运输搞了6年,到1992年,县里建设精神文明,不允许拖拉机上公路。那年我39岁,拖拉机卖掉,买农用车。开农用车要驾照,去驾校报名,人多得不得了,根本报不上。碰到一对小夫妻退学,矮子爬墙头——巴不到,正好转给我,还交了个朋友。学费1000元,学半个月。

报到名了,又想早点学出来。那天去看师傅,无意中谈起学车的事。正好师伯也在,他在邮电局管车,与车管局熟悉,真是再巧不过。当时还用大哥大,他在电话里说好,第二天就去培训。100个学员,3个师傅,轮着练,半个小时就换人,这要多长时间才学会?幸亏预先打了招呼。

听老师讲课,他说开车好的,弄得不好老虎吃人,讲行车安全,我一直记着这句话。理论考试不会写字,我嘴讲,师傅写。买两包好香烟,师傅拿1包,另1包交卷时给考官,也算打个招呼。倒桩一次通过,路考说是刹车太急,车头颠了一下,补考通过,半个月拿到驾照,算是快的。

买农用车花5万元,自己钱不够,向亲戚朋友借,按银行利息还。苦了十几年,为什么还没钱?做篾匠挣的钱,起两间平屋,花两千多元。开3年拖拉机,挣的钱造现在这个楼房,花几万元,借的钱刚还清,拖拉机不让开了。

买了农用车,请队里几个小弟兄吃顿饭。有人讲我脑子活络,看得远,掉头快,也有人讲,5万元钱吃一世都够了,还买什么车。从当时的眼光看,5万元钱确实不得了,可以一辈子吃穿不愁,哪知道到现在,50万元都不够!

过了几年,情况又发展了,农用车不让进市区,于是换汽车,重新考驾照。本地有规定,年龄超过50岁不让学。没有办法,几个人跑到河北邢台,坐火车去的,在那里拿到A照。前几年年检要到邢台,烦死了,去年开始,可以在本地年验,只花8元钱,方便了不少。

再后来,又换过两次车,车越换越大,最后开十吨车。这几年,农村里造房的少了,运输生意淡了,年纪一年年大起来了,于是停了下来。

"你儿子读到多少书? 现在干什么?"

儿子苏州电子大学毕业,3年制,大专。毕业后先在厂里当会计,后来跟老板做房地产,长年在安徽,应聘去的,代理老板,1万元1个月。儿媳帮父亲跑销售。5年前他们镇上买房子,连装修100多万,我们贴了十几万元。

去年,小夫妻与我们商量,要在县城买房子,主要考虑小孩上学。我说买就买,做大人的尽力补贴,意思意思,给了十五六万,打算再给4万,凑满20万。我也就这点量,家里要开支,有人情来往,总要留点防老的钱。

我们两人都过60岁了,买了养老保险,加起来每月2300多元。我跟儿子儿媳讲,你们自己做人家吃饭,两个小孩读书,要好好持家,不用多考虑我们。他们懂事,对我们也好,还算有出息。说实话,过去生产队的时候,做梦也没想到过上这种好日脚。

我父亲晚年比较满足的,他一直想着落难时队里人的好,88岁脑梗去世。之前发了几次,不舍得花钱,吃药不够量,一天的药分几天吃,能有什么效果?拖拖就严重了。我娘去世时84

岁,也算安享晚年。

　　钱良才是个农民,文化不高,社会底层,引车卖浆者流。这个极其平凡的人,经历了不太寻常的人生,努力创造自己的生活,透射出小人物的生命亮度。

　　钱家祖上是望族,土改时评地主。上学报名讲成分,良才"自己觉得脸上一红"。小学五年级喊错口号,"小反革命"挨批斗。长大后学手艺没人带,家里被抄,扣"义务工"。往昔的伤痛如此清晰,成为钱良才生命的一部分。

　　钱良才总是为不公正的往事找理由。土改时评地主,因为周边"就算我家好些,如果我家不评地主,就找不到地主了"。喊错口号挨挨斗,"也只怪自己不好"。生产队扣他家钱买磅秤,"当时队里确实也是穷,没有什么钱"。

　　他回忆奶奶,钱家办学修桥,"吃了这么多苦,没人说我好,还要拉去斗"。回忆母亲,造反派帮过她家忙、做过好事,"到死不忘记"。回忆父亲,"种田能手",晚年时"一直想着落难时队里人的好"。

　　钱良才对社会转折感受至深,两次提到"邓小平上台"。英雄不问出处,四海皆为天地。钱良才不是英雄,曾经是贱民,被时代划伤的人。改革开放给予他平等,才有了出头的日子,看到了生活的希望。

　　他没有政治资源,没有社会资源,没有文化资源,一切从头开始。就像一条不靠岸的船,顺水时开,逆水时行,激流中不停,风雨兼程,顽强前进,不仅是为了改善生活建设家庭,也为了获得别人的接受与社会的认可。

　　钱良才1980年当生产队长,地主家儿子当领导,有人不服气。他不按常规记工分,给抢场的社员分蚕豆,干活在前,敢管会管,令人刮目相看。只要自己做得正,就不怕歪的斜的,这是他的底气所在。

对待生活与未来,钱良才并不被动接受或消极等待,千方百计奋斗,走出前进的路。他15岁学篾匠,分田后做小工、行船、进厂,做筛子,买拖拉机,换农用车,直到大卡车,不停地适应,一直在努力,靠勤劳致富。

60岁后,钱良才在村里开保洁车,收集垃圾,种瓜果蔬菜,喂鸡鸭猫狗,养鱼养猪,当村民组长,一天到晚忙个不停。他处处为村里着想,对自己的劳动充满自豪,按照传统的标准,也许可以评上劳动模范。

钱良才的劳动精神,部分来自父亲的传承。他父亲小时候最怕读书,常被老师打板子,但喜欢下地,各种农活一学就会,无不精通,勤劳敦厚,老式农民。在钱良才身上,尚能看到中国传统农民的影子,并终将成为末代绝唱。

普通人是永远的大多数。他们难以左右自己的命运,没有大的作为,终日为生存而奔波。然而,正是这些普通的人、底层的人,改变现状的追求与努力,汇成种种变革的社会基础与动力之源。

界岸河正在整治,钱良才家门前的水栈上,依然架着土改时留下的大磨盘。这片磨盘该有上百年历史了,它是界岸半个多世纪前农家生活的象征,也是中国数千年农耕文明的遗物。如果不是外力破坏,这片磨盘还将遗存数百年。

钱良才儿子在外地做会计,孙子在县城读书。儿孙们对这片磨盘感兴趣吗?他们记得这片磨盘吗?知道这片磨盘的历史吗?

夜里一个妇女，走出去几十里，半夜三更经过河边，听到水响就怕，怕落水鬼，一个人走过乱坟场，眼睛不敢望两边，放快步子只顾跑……

——郑水凤

十九　郑水凤

想想过去真正苦有的
现在不生病样样称心

| 养老 | 要强 | 种地 | 夜行 |
| 儿子 | 孙子 | 生病 | 丈夫 |

口述：郑水凤
时间：2015年5月16日上午
地点：郑家

郑水凤，1929年生，钱贵贤之母，当过妇女队长，几个儿子外出经商做工，孙子孙女主要由她带大。

那天太阳好，热得穿不住毛衣。油菜花遍地金黄，田野里生机盎然。

按约来到郑家，老的住宅基地，新的两层小楼。太阳底下走进屋里，觉得有点湿冷。郑水凤靠在躺椅里，仰起身来打招呼。

前几天她在菜园里拾掇，腰扭了，行动不便。儿子带她到镇上针灸，一个疗程20天。针了几次，有点好转，那天医院刚回来。

她问我几时回家的，又说我长胖了。我们就从菜园说起……

住基上菜园这么大,长了草,哪看得过去?稍微弄弄,种点菜吃吃,一弯腰,扭了,动也不能动。我今年87岁,平时一样也不做了,上午休息休息,下午抓抓小麻将。张平郎开的牌馆,一张桌子40元,上午下午各20元,和的人出,出满20元就不出了。

我身体一向好的,没有内病,耳朵尖,眼不花,装了牙,还可以。吃亏得手脚跟头没人,有时也说不准。去年有一次头昏,吐了一地,刚好二军在家,半夜里拖到医院看,说是脑梗塞,住了半个月。

贵贤住得近,这就好多了。他一天到晚忙,不能天天来,有事打电话。昨天他给我交了手机费,120块钱,也可以了。我看病花他1000多块钱,心里有数的,弟兄几个回来要分摊的。

我现在靠政府,拿点养老金,还有他爸爸的钱,否则过不去啊。他爸爸死后,你哥哥多次给我讲,到供销社去办手续,有赡养费的。开始每月27元,后来200元一个月。现在每月300元,村里每月养老费310元,还有点田亩费。吃亏吃在没有买社保,要是买了钱就多了。

去年说好,每个儿子每年出500元,算是养我,四个儿子都给了。小儿子不止这些,一直花钱最多。他们给的这些钱,其实我花不了,大部分是过年的时候,给小辈出压岁钱出掉的,他们欢喜。我不能说可以大把花钱,也还过得去。

"你还有点以前的积蓄吗?"

哎呀,那点积蓄慢慢垫光的。三军家两个小孩,在我这里读书,二军家一个小孩,在我这里读书。贵贤一出去大半年,拿点米朝我这里一放,两个小孩在我身边长大。说起来我累是受足的,五个孙子孙女,一个一个带大,你说苦不苦?

那时我开个小店,小店就是被这些小孩吃倒的,又要吃又要拿。在我身边读小学初中高中,学费书费给一点,平时就花我的钱。我本来手里有些,这么多小孩吃住,一天天长大,慢慢往里贴,老本就这样慢慢贴光的。

女婿很早去新疆,开始做木匠,后来做裁缝,做得不错,就把两个舅子带过去。那时贵贤已经结婚,分家单过,夫妻俩在外做生意。二军、三军先去,在那做卖货,日里夜里做,批发生意,好得不得了,钱挣到不少。

女婿叫我也去,小军也一起过去,互相有个照应。我票都买好了,准备去的。二军关照我,"妈妈你去就去,去了以后不准多烦的。"我听了不高兴,一赌气不去了。找对象了,嫌我烦了,不去了。

后来小军去的,刚刚16岁,初中毕业。几个大孩子,没人照顾,日日夜夜做衣服,肚子饿了不吃饭,生了病不去看。小军得了腰子病,就是肾炎,只好回来,他在新疆做了不到3年。

弟兄仨与姐姐姐夫都在新疆,不在一个地方,隔得很远。姐姐到弟弟那儿一看,锅子上灰尘多得不得了,用水要到老远的地方去打,他们只顾挣钱,经常不做饭。小军天天开夜工,饿着肚子干活,身体就这样搞垮了。

小军整整生了5年病,浑身浮肿,体重接近200斤,医生见了直摇头。大女儿到医院看他,回来直发愁,对我说,"妈妈妈妈,我看小弟躺在那里,一动也不动,两个眼睛一眨一闪,怎么办啊?"

刚分田那几年,既要打工搞副业,又要种承包地,界岸人都说那时最苦。

生产队刚分田,我的累受够的,身体做伤的。挑担,做糠,卖棉花,挑港,样样做,下大雨还在田里做。你妈就说:"快点上来吧,别看身体好,要生病的。赶紧躲躲雨,上来歇会吧!"我硬着头皮做,没有办法啊!

卖棉花存了点钱,全部用来看病。小军看病花掉的钱,恨不得能起半幢楼。因为生病看病,一直到28岁也没对象。贵贤说,要不让小弟招出去吧。我想想心里难过,弟兄四个,就多他一个?

我跟着钱金堂,总算学会炸徹子的。真是罪过啊,白天下大雨,在田里干农活,晚上黑乎乎,到人家炸徹子。你妈看到就说,"你要歇歇啊!60多岁的人了,这样干要累死的!"我哪能不知道?不这样又有什么法子?

那几年晚上我不在家的,都到人家去炸徹子,钱挣得不少啊,打算起三间屋,让小军结婚。60多岁了,又不会骑车,全是走路。一个妇女夜里走出去几十里,无锡都去过。半夜三更经过河边,听到水响就怕,怕落水鬼。一个人走过乱坟场,眼睛不敢望两边,放快步子只顾跑。

有一次十字圩里出来,那只角上不得了阴森,经常有鬼的。半夜里走到那儿,果真跑不出来了,我知道那里有鬼迷的,不得了的清楚,转来转去,死也转不出来。不知跑了多长时间,天快亮不亮辰光,不知哪里一咳嗽,眼睛直亮得来,一路小跑到家,天还没有大亮,一身冷汗,衣服湿透了。

现在多少好!每个月有人来志愿者,帮你洗头,洗被子,打扫卫生,不得了客气。我过意不去,塞点家里的零碎东西,他们不要,客气得很,干一套活,又不吃饭。隔壁邻居说,伯伯,你要看穿点,只要有寿,日子好过的。

孙子是我从小带大的,经常来看我。一来就开碗橱、锅子、扣篮看,"奶奶,你吃什么菜啊?我看一样菜也没有啊"。赶紧跑到镇上,买一把荠菜,一刀肉,还有蔬菜,往这儿一放,真贴身,天生懂事。他在厂里上班,红烧肉、鸡蛋、豆腐汤端来,大家都说这孩子有出息。

记得送你和贵贤一起去当兵,我舍不得,哭得不得了。你劝我:"伯伯你不要哭,我们三年五年就回来的。"走掉一个长头儿子,女儿又出嫁了,我回到家来,想想又哭,那个哭啊,不知哭了多长时间,你们倒是高兴得不得了。

"小军后来多大年龄结婚的?"

廿九岁,快三十岁了,招出去的。我实在舍不得,他自己也不肯,到头来没有办法。现在来说,招还是娶没有关系,那时的思想两样的。病看好后,一直没工作,去学驾驶员。那时刚攀亲,学好出来,丈母在宾馆做饭,熟人多,介绍到一个单位上班,然后结婚。

学驾驶员花6000元钱,我出的,借了些,慢慢还掉。小军生病,贵贤看不过去,也贴钱的。先是肚子里好多水,水结成球球,到无锡去穿刺,水放掉再回来,慢慢好起来。再信信迷信,那个人现在死掉了,蛮有本领的。

也用过秘方,用苋菜捏成这么大一个团子,敷在肚子上,不打针,不吃药,回家一个星期,自己脱落,就从那时好起来的。病重时,浑身浮肿,脸肿得恨不得裂开来,看看都害怕。自行车带他到医院打针,人坐不住,车推不动,一个人扶,一个人推。这个病总算看断根,到现在没发过。

现在苦出头了,小夫妻好,孩子也大了,家里小军掌权。媳妇在厂里工作,钱挣得不少。儿子上初中,一家人开心得不得了。拆迁补到三四套房子,算上丈人丈母,一家5口4个人挣钱,买了小汽车,条件好得很!

"三军呢,他生活得怎样?"

二军三军原来一起做,小军生病回来后,两家分开。三军找了对象,定好亲,带出去一起做。那时裁衣最吃香,不管家里有还是没有,乡下人只要嫁裁衣。这个媳妇不怪她,不得了的节省。

那时生意忙,日日夜夜做,三军累了要睡觉,娘子不让他睡。两人吃面,娘子连汤带水全吃掉,三军只吃面条不喝汤。看到汤倒掉,给他头上一记,打打弄弄,慢慢就不好了。两个人回来过年,小孩才9个月。我只知道吵,哪晓得他们跑到法院,把婚离了,大概是1990年吧。

小孩留在家里,交给我带。三军又找一个姑娘,一起出去。那个女的年纪轻,比三军小8岁还是10岁,人忠厚,肯吃苦,懂道理,也好打发。家里起房子,两人一起回来帮忙的,第二年生个女孩。

小夫妻两个在新疆,不得了困难。贵贤做生意去过一趟,回来告诉我,弟弟天天讲请吃饭,那天跑去,弟媳妇与小侄女在家吃冷粥,弟弟背个包袱去摆摊,卖卖零碎,哪能赚到钱?一条小鲤鱼,一虎口长,脸盆里游来游去,看看也吃不下这个饭。

我一听急了,这种日子一天也混不下去啊!刚好收了个会,手头有几千元钱,第二天赶到县城,把钱汇给他。这样熬了三五年,日子慢慢好过了。谁知三军不争气,有了点钱,到外面拈花惹草,这有多少钱花啊?结果再离婚。

孙女5岁,送回来,第二年上学,直到18岁高中毕业。这个孙女倔,我管不住她,大学考到新疆,让她妈管吧!书费学费是给的,平时用呢?3个儿子家5个小孩,全部在我身边长大,一直到上大学或者参加工作。

5个小孩从小拖到大,我的苦头吃有的,连小军也跟着受罪。我出门炸馓子,他生病在家,晚上睡觉,这头一个,那头一个,早晨起来床上湿透,个个会尿床,夜夜要尿床,被子也不知烂掉多少床(笑)。

这几年三军没有回家,又结了婚,是不是生了孩子,我也不知道。过年通过电话,问是否回来,他说以后再看。又说已经买了房子,花了十几万,还是在那里生活好,也不知道将来怎样。

"二军怎样? 还在新疆吗?"

他的事情多得不得了。先在新疆做裁缝,后来做不成,全家回来,在县城买个房子,90平方。他们有个儿子,高中毕业后,不知怎么考到新疆去了。为了照顾儿子,二军再到新疆去,做水电工,生意好得很,来不及做,一年挣好几万。媳妇在县城上班。

两地分居久了,感情一点也不好,媳妇要离婚,二军哪情愿?媳妇说,你不情愿的话,房子归我,否则与你吵不歇。二军盼她有回头思想,就把房子给了她。谁知她房子到手,就到法院办离婚。二军还在新疆,她一个人把房子卖掉了,独自把婚离掉了,肯定不对头啊!

儿子回来一次吵一次,官司一直打到现在,打不赢。二军到北京上访三趟,县里去人好说歹说,说你赶紧回去,我们保证替你解决。二军说,卖房合同是假的,复印后告到北京,上面认为他有理由,签了字回来,这边法院知道的。

离婚证书也是假的,因为离婚时二军根本不在家,老婆偷了他身份证去办的。二军说,国家签字给我,卖房合同、离婚证书都是假的,不懂这官司为什么打不赢?他告法院,告房产局,要他们赔房子。

这个事情闹了六七年,法院要他们复婚,两个人都不愿意。二军打这么多年官司,没有好好上班,吃足了苦头。到最后,他样样事体弄得出来,衣服前后贴标语,举着告状的牌子,往法院门口一站,靠在墙上,拉也拉不走,打也打不跑,来往车辆都让他,衣服不知被撕掉多少件。

政府被他吵得没办法,照顾他一处经济适用房,13万元,装潢后孙子结婚,生了个孩子。二军现在一个人,小区看门。娘子恐怕结婚了,又拿不出证据,偷着来认儿子孙子。儿子不帮娘,因为从小没有抚养他。

二军让郑水凤放心不下,越说越心疼。

五个孙子孙女都长大了。大孙女上了大学,在苏州成家。一个孙子高职毕业,结婚生了孩子,镇里上班。一个孙子新疆读书回来,有文凭有技术,工作蛮好。一个孙子也念大学,到娘那边去了,已经成家。小孙女22岁,在新疆打工,路远,我照应不到,想她回来,找对象离家近些。

贵贤离我最近,从不对我发火,媳妇现在对我也好。平时我看病什么的,几个钱都是贵贤出的。年纪大的人说,80岁以后,过日子讲天数。我年轻时得过腰子病,山上割的药草,成袋成袋背回来,煮汤吃,擦身上,泡浴,不知怎么就好了,到现在没发过。

"我们回过来说,那时老伯生病是什么情况?"

贵贤他爸很早就到食品店当师傅,临时工工资低,还要交队记工。如果是正式工,工资高,不交队,年纪大了有退休金。好不容易有机会转正,比他晚去的、年轻的都转了,就是没他。他想不开,受不了,气气闷闷,脑子出了问题,劝也劝不过来。药吃了不少,最后得癌症。

你们去当兵时,他还是正常的。两年后犯病,医生要一种什么药,我们这里买不到,还是贵贤从部队搞到寄回来的。脑子不清楚后,一把一把吃药,一天吃几顿,一直发寒热,查不出什么原因。后来说胃癌,又说肺癌,没有搞清楚。

一直住公社医院,打打针,吃吃药,如果老早到县医院看,也不一定死。医院里一住五六年,费用供销社出的,一直到死,都没转成正式工。坏就坏在公社头头手里,那些造反派、红卫兵,他看不惯,讲几句,做出头橼子,得罪了人,结果被报复。

一开始,章楚郎告诉我,说他脑子转不过来,让我劝劝,不要急。他直愣愣坐在那里,半天不说话,一会儿"唉",叹口气,一会儿想想,"唉",再叹一口气。食品店里,他资格最老,技术最好,没想到与造反派结了怨,转正没他的份,真正叫气呆了。

大年初一我在医院陪床,看他这个样子,劝也劝不醒,当面还不能哭,心里不好过啊!他去世时52岁,我49岁。如果活到现在,正好90岁。老头子跑得早,否则我不会这么苦,几个儿子也比现在好。我年轻时养大6个儿女,老了带大5个孙子孙女,两代人,11个,真正苦有的。

我现在样样称心,就怕一样,有到什么病,那就没办法。这次腰扭伤,贵贤没工夫,生意忙,一早要到店里去。小军送我去医院,然后回去上班。贵贤生意忙完,等我针灸好,再接我回家,真是麻烦他们。

郑水凤86岁高龄,耳不聋,眼不花,背不驼,反应快,思维顺畅,口齿清楚,中气十足,无老态龙钟之状,身体出奇得好。

郑水凤年轻时,挑粪、推车、扛物样样行,敢跟男人比高低。丈夫钱金堂做食品技术好,是个见过世面的能干人,郑水凤肯吃苦能干活,里里外外一把手。夫妻合力,1965年造起四间瓦房,算生产队里日子过得好的。

钱金堂去世于1977年,正是新旧时代的交汇点。郑水凤49岁,两个女儿出嫁,四个儿子没有成家,大的24岁,小的9岁,一个一个长大结婚,母亲的责任之重、压力之大可想而知。

改革开放给儿子们带来了新的选择,贵贤结婚后经商搞个体,其他三个儿子到新疆做裁缝,各奔东西,寻找出路,由此产生一系列新的矛盾与变故。失去了丈夫的郑水凤,年过半百的郑水凤,经历了以前从来没有想过的后半生。

郑水凤讲得最多的是带孙子孙女。三个儿子打工经商,五个小孩放在奶奶身边,"一个一个带大,你说苦不苦?说起来我累是受足的"。她年轻时养大6个儿女,老年时带大5个孙子孙女,抚养了两代人,实在不容易。

两个儿子的婚姻令郑水凤焦心。三儿子离了两次婚,两个小孩扔给娘。二儿子婚姻破裂,多年上访户,生活不安宁。他们去新疆时不到20岁,匆匆离开父母,过早男女同居,生活阅历不足,这是发生感情变故的重要原因。

郑水凤几次讲到,"我累受足的","我的累受够的,身体做伤的","真正苦有的"。她谈起半夜里一个人出门,经过河边听到水响就怕,走过乱坟场"眼睛不敢望两边,放快步子只顾跑",早五更迷路"转来转去,死也转不出来",不难想象她当时的孤寂、恐惧与惊慌。

尽管过去了几十年,郑水凤谈起丈夫的去世,依然悲痛。"他直愣愣坐在那里,半天不说话,一会儿'唉',叹口气,一会儿想想,'唉',再叹一口气。"当年的场景如在眼前,难以忘却。

郑水凤对老年生活是满意的,"我现在样样称心","不能说可以大把花钱,也还过得去","贵贤住得近",有照应。

2018年1月,钱贵贤因煤气中毒不幸去世。

郑水凤年高九旬,白发人送黑发人,伤心万分。村里人说,郑水凤不简单,还能挺得住,真刚强。

她不刚强又能怎样?真正的痛是看不见的,不可言说的,埋在心底的。

老太太操劳一生,愿她静好安康!

书记打听我们买田,算招商引资,当时我也动过这个脑筋。丈人说,大家不要田,政府都在卖田,你买这田做啥?种啥能挣钱?没有这个眼光呀,现在后悔来不及……

——钱贵贤

二十　钱贵贤

我们真正吃到苦头的
下一代人根本不理解

父亲　当兵　讲课　入党　挑港
办厂　传销　贩服装　造车　买房

口述：钱贵贤
时间：2015年4月23日下午，9月13日上午
地点：钱贵贤家

钱贵贤，1954年生，郑水风大儿子，1972年底入伍，1977年退伍，个体工商户。2018年1月10日去世。

砖厂关掉后，钱贵贤在街上开个门市，卖水泥，散装进来，袋装出去，赚个差价。

那天去他家，屋里没人。走到后院，他爱人在收拾。十几只老母鸡，五六个大白鹅。还有二十几只小鸭，浑身黑乎乎的。

我与钱贵贤少年时养过鸭，有点经验。刚出窝的小鸭黄色的，养了个把星期白色的，半个月左右毛色变黑，18天左右出红毛。根据毛色判断，这群鸭子捉回家养了15—17天。

不一会儿,钱贵贤回来,掐指一算,恰好 16 天。他愣了一下,拉住我的手,又握又甩,"啊呀,老农民啊!"两人大笑不已,喘不过气来。

贵贤公公耳朵聋的,常从我家门前经过。那时农村路小,他在中间走,后面自行车骑来,不管怎么打铃,他都不让路,听不见。骑车人只好下来,推着车,跟在他后面,慢慢走。

有人说他装聋,故意的。邻居到他家借锄头,公公指指耳朵,意思听不见。邻居恶作剧,就说,"睡你家媳妇"。他不紧不慢回答:"到圈里(猪圈)!"这就是农民的幽默,讲的"荤"话。

钱贵贤从他公公说起……

公公是上海工人,解放前打铁的,我记事起他就退休在家,30元钱一个月。当时算是高收入,有酱肉吃的,比种地不知好多少。他大概提前退休的,耳朵聋得厉害,说是打铁时震坏的。

我父亲是做食品的,师傅住唐桥街上,家里有不少伙计,带不少徒弟。父亲说,这个师傅不得了严格,他 12 岁当学徒,做茶食点心,糖果、月饼、糕点、馓子等,什么都做,前前后后学了五六年,出师了还要帮工。

父亲从小就教育我们,你们要懂点事,我学手艺吃够苦头,当几年学徒盛几年碗。师傅家这么多孩子,眼睛望好了,一个个帮他们添饭,师傅一放碗,你就不能再吃了,只好饿肚子,累是受足的。我没有挨过打,几个师弟没有见眼生情,经常一顿"茄子"一顿"茄子",饭也吃不着的。

我父亲要是还活着,今年刚好 90 岁,比妈妈大 3 岁。他出师后,在南街开茶食店,街上蛮热闹的。土改时家里有没有分到田?不知道。只听说解放前租种苏家的田,那家人不好,太苛刻。

五六岁时,我刚刚有点记得,父亲当十四队、十五队两个队的队长。后来吃集体食堂,我家 6 口人,定量 3 斤 2 两,吃不饱,几个小孩抢着刮饭桶(笑),那只饭桶我保管了几十年,前年搬家才扔掉。

"你父亲是党员吗?"

不是,连我都差点入不了党。说他是三青团,他自己也不知道。我当兵时入党,部队要政审,到家里来调查。指导员告诉我,你爸是三青团员,有档案,在常熟查到的。那时我们与常熟已经不是一个县了,怎么还会查到常熟去呢?真是弄不懂。

我也问过父亲,他说瞎讲,根本没有这回事。过了好多年,我找到当年村里的三青团分队长,他说那是为了蒙上面,他们偷偷填个表,贴张照片,往上一交,领活动经费,相当于吃空饷,你父亲本人压根儿不知道。

父亲当了几年队长,六几年就到供销社茶食店做老本行,我们1972年当兵时,他是茶食店负责人,每月工资30元左右。他做了十几年,一直到死,都是临时工,没有转入正式编制,后来得了病,脑子坏了。

为什么没转正?他呢,我讲给你听,同事之间关系……关键是得罪了领导,得罪了领导。他个性太刚,技术有的,个性强,欠圆滑,有时骄傲,一般人不在他眼里,不晓得该低头的时候要低头。

那时供销社一定要请他去,因为食品店里没有人会做粒子糖。我父亲说,做粒子糖先要熬糖,熬糖的火候最难把握,熬得太老会焦,熬得太嫩会软,冷却后咬起来脆刮刮、不沾嘴正好,有这种功夫的人,整个县找不到几个。

我1976年回家探亲,父亲已经病得很重。没有转成正式工,他想不通,脑子转不过来,精神上有了病。晚上睡不着,不停地抽烟,劣质烟,一天抽几包,转为肺癌。脑子时而清楚时而糊涂,拖了两三年,简单看看,吃些帮助睡眠的药,反应越来越迟钝。

　　我退伍回来时，他已经转成肺癌，病得很深了。吃精神方面的药，痴不痴呆不呆，讲话丢三落四，一天到晚躺着。到后来浑身发肿，肿到脑袋，实际上肿瘤转移，肚子里腹水，涨得像面鼓，不断往外抽腹液，低烧不止，38度多。

　　那天下午3点多钟，我问他要不要吃点什么，他说不要。睡得时间太长，背上有褥疮，我说帮你翻个身，他还说好。翻过身来，脑袋一歪，在我手弯里断的气。

　　我与钱贵贤同年当兵，接下来聊部队的事儿。

　　说起来是老皇历了，我也是提干对象啊。第一年当新兵，年底连里派我去集训，回来带新兵，当班长。退伍时连长对我说，钱贵贤，你确实是个人才，委屈你了（大笑）！

　　1974年部队"批林批孔"，指导员带我出去学习，回来后给全连讲课，指导员讲一课，我讲一课，有时他懒得讲，全部我来。现在搞不懂，那时怎么会讲的呢？一个人站在前面，像模像样作报告，连长排长都在下面听。

　　说起来那时真有机会。什么机会？班长排长只念过两年书三年书，我是高中生，香得很，连里样样叫我，让我讲课，写报道，出黑板报。很快排长就看上我了，否则年底会让我去集训？那时思想不得了单纯，整天就想着怎么做好事，怎么写稿子。

　　"1977年退伍，赶上冬天挑大港"，部队的事没说完，钱贵贤突然转变话题，讲退伍后的事。

　　嘿呀，队里人都说的，挑了几十年港，没有遇到这么难挑的。从河底往上，坡度45度，几乎爬着往上走，河底望岸上，隐隐约约。赵顺荣听说挑港有肉吃，兴致勃勃跟着去，挑了3天逃回来,到底年纪大了,挑得吃不消,发低烧啊。

那个河底,硬得像石头一样,大钉耙垄下去,一垄一个印子,一垄一个印子。队里真正干得动的,就几个壮劳力,队长特别关照,要让我们几个肚子吃饱,吃饱了才挑得动。每人每天一斤半米,根本不够吃,饭锅巴总是留给我们吃,我一顿饭吃过二斤四两。

回来第二年,算是安排工作,到公社供销社孵房里上班,收棉花,收蘑菇,季节工,36元钱一个月,交队30元,自家留6元,中午吃两分钱冬瓜汤。一晃过了两年,想想这样下去能有什么发展?开始动脑子。

1980年钢厂招工,我在那里干了一年,实在苦不过。天天骑车上下班,路又不好,单程一个多小时,拿40多元工资,还是交钱记工。企业军事化管理,早上8点上班,提前1小时到,集体学习,下班后不立即回家,还要开会,家里自留田什么时候种?

虽然与厂里几个人混得不错,轻些的活派给我干,那也吃不消。全部手工操作,螺纹钢锯成米把长一段,钳子夹着淬火,一天下来,手臂全麻了。没有环保设备,早晨"白人"进去,晚上"黑人"出来,只剩两只眼睛干净。安全生产不好,经常死人,做了一年,实在顶不住了。

"实在苦不过","那也吃不消","实在顶不住",钱贵贤边说边咂嘴。

那时我已经结婚,娘子在校办厂上班,做眼镜。1981年,允许私人办厂了,丈人说,既然厂里这么苦,不如自己办厂做眼镜。大家一商量,我从钢厂出来,先到川沙一家眼镜厂上班,学技术,娘子每月80元,我每月60元。

做了没多久,回来自己办厂,问丈人借点钱,两间屋,一台柴油机,2000元钱起家,雇8个人。1982年,有家眼镜厂老板赌钱,搞不下去,得到消息,我们去接手。当时一副眼镜批发价一元多,30多个职工,头一年挣到七八千元。1985年,我们在队里第一批起楼房,没借一分钱,当时也算佼佼者。

那时眼镜好卖,做多少卖多少,做出来就卖掉,我也情愿吃苦。讲给你听也许不相信,浙江每一个县城我都去过,去杭州就像上街一样。当时我们这里遍地都是眼镜厂,做的人多了,原材料供应就紧张了,我们既销眼镜,也找原料。

出去找门路,交朋友,送东西,树脂正品8000多元一吨,我们买等外品,3000多元一吨。每个县城都有眼镜摊,我们带着样品去,问对方要什么货,什么颜色,什么型号,定下300副或者500副,甚至1000副,回来后出货,见货付款。

有一次住在淳安旅馆,遇到一个江西人。他说有办法弄到木材,要疏通关系搞指标,当时木材特别紧缺。上他的当,今天送这个,明天送那个,前后花了两万元,最后连根木刺也没见着。他说木材有了,放船过来吧,租了两条船去,人没找着,一来一去花了冤枉钱。幸亏没有预付款,这点我还是老练的。

"这几十年,我几乎没在家里待过,大部分时间在外面跑。"

过了一段时间,我不做眼镜了,做赛璐璐下脚料生意。装到天津下船,那里有个农场,专门生产档案夹,硬硬的封面,全部机械化,我供给他们下脚料。做了两三年,挣了不少钱,可能有十几万。娘子要我到镇上买套房子,我想家里楼房起好了,到镇上买房干啥?

1988年,遇到一个部队战友,我们一起从供销社跳出来的,关系相当铁。他说有个地方投资包赚钱,跟他跑到湖南长沙,那里人山人海,聚集几十万人,气氛相当热烈。我被假象迷住了,在那里年把时间,带了五六万元钱去,中间又添,结果穿着短裤回来。

你还记得我给你打电话？我大致讲讲情况，你就说传销，骗局，让我连夜停手，赶紧回家。那时哪懂啊？政府怎么不抓呢？打电话给你已经晚了，投进去不少钱，总算及早回头，没有陷进去，赔了七八万，血本无归。

从湖南回来，跑到新疆伊犁，与弟弟一起贩服装。我记得最清楚，苏联解体前夕，大概是1989年吧，中国与哈萨克斯坦边境刚开放，做服装生意，钱相当好挣。在霍尔果斯口岸，我们开个门市，直接拿着现金，到乌鲁木齐提货。

全是浙江人做批发，我们拿上货，坐火车，800多公里，回到伊犁，两天一个来回，每次几十包衣服。后来批不到货了，就拿短裤，一条短裤好的时候赚3角，差的时候赚5分，一包短裤4000条，一次十二包，你说一趟赚多少？钱赚得真烫心！

这个生意最终被浙江人搞砸了。因为好买，浙江人偷工减料，原来一包裤子4000条，到后来同样一个包，装8000条甚至9000条。怎么装得下呢？布料薄，裤子小。羽绒服里装点稻草，那些老外真被浙江人坑哭啦！

我们也是搞批发，乌鲁木齐衣服批来，霍尔果斯门市出去。老外过来谈生意，请当地人做翻译。他跟对方谈判，生意做成，5％中介费，看完样品后，整包整包衣服送到宾馆库房里。人山人海，热闹得很，每天几千几千的赚。

最后蚀本了。浙江人太坏，我们进货不可能每包衣服都打开检查，他们上面装合格品，底下装次品。老外上过当，也学聪明了，验货时随手带把刀，袋子从上至下一划，从底层拿出服装，马上露馅。结果衣服卖不出去，老本捡不回来，勉强维持了一阵，一看前景不好，再转行。

讲到精彩处，时间不早了，约好下次再叙。

从春天到秋天，四个多月后的一个上午，钱贵贤和我继续聊,先从当兵说起……

从西码头分手后,我们100多个新兵,乘一只小渔轮,4个多小时,来到一个小岛。船小浪大,个个晕船,吐得昏天黑地,恨不得苦胆吐出来。上岸已经晚上,头晕脑涨,分不清天东地西,几点钟不知道,大家都没手表。

一上岸就爬山,山上没什么路,漆黑一团,只晓得跟着前面的人走,连说话的力气都没有,"呼哧呼哧"一片喘气声,一直走到步兵连坑道。这个岛现在是旅游胜地,名气很大,当时是团的建制,管辖附近几个小岛。新兵连连长带兵时,花名册上看中我的,高中毕业,应届生啊!

记得清清楚楚,吃完晚饭上厕所,厕所在山上,搭个棚子,好在大便不满,到这儿深(做手势)。出门又爬山,陌生地方,黑咕隆咚看不见,高一脚低一脚,船上吐得两条腿早软了,脑袋昏冬冬的。不知怎么一脚踩个空,一下跌到茅坑里,头撞到石头上,真个叫头破血流,当场昏了过去。

几个新兵连夜用担架把我抬到团卫生队,山路又险又窄,不少路呢。到了那里,好久才醒来,头摔得厉害,缝了五六针,你看,疤还在。为了这个事,团里发通报,批评新兵管理不到位。我在卫生队住了一个多星期,回新兵连打过靶,连长带我下连队。

当兵对人确实锻炼很大的。我最大的优势是文化高,排长念过三年书,班长念过两年书,副班长勉强识几个字。开始排长与我不熟,后来熟了,对象的信都给我看,让我把回信改改顺,至少不写错别字。说来好笑,排长对象居然是个师范生,相当于大学生找个半文盲。

那时要进步,表现很好的,下半年就去集训,副班长没当,直接当班长。家里穷,就想好好干,当班长,入个党,一步一步来,最好提个干,有个出路。那批新兵中,6个干部苗子,我入党早,排在前面。指导员说，部队外调，父亲当过"三青团"，发展入党相当不容易。

当时参加"三支""两军"的部队干部从地方回来，编外干部一大堆。我们思想也单纯，不知道歪门邪道，没有给干部送东西的风气，连长排长对我那么好，也不懂得买点东西送送。再说，身边没几个钱，想送也不舍得。

当兵第二年，父亲就生病，津贴费寄回家，帮他在部队买药，往家里寄白糖，给他补充营养，那时什么都要票，地方买不着。我记得当兵第一年，每月津贴8元，一年96元，66元寄回家，自己用1分钱都记账。

我在重炮连，军事训练不算苦，身体不好主要是住坑道住出来的。下连队时，没有营房，住在坑道里。一到夏天，外面三十六七度，坑道里盖被头，水滴滴嗒嗒往下掉，被子蚊帐全发霉，一住就是大半年。岛上没有一块像样的平地，后来到师部集训，县城上街，就像到了上海大城市。

部队造房子，修工事，黄沙、水泥哪里来？大陆运来。没有正规码头，也没有吊机，渔轮运来，我们喝醉酒似的，毛竹杠子，一筐一筐往上抬。一筐黄沙200来斤，个子小，路又陡，肩膀痛红，先起泡，泡磨破，又肿又痛，浸了汗发炎，那可是来真的啊！

每个星期大陆送一次菜，岛上不生长的，菜来了就去运，都是背扛肩挑。夏天刮台风，船来不了，新鲜蔬菜吃光了，就吃冬瓜，顿顿冬瓜，天天冬瓜，或者煮黄豆，黄豆烧汤。没有叶绿素，个个下身痒，搔破了，烂得不成样子。

我带过几次新兵，也很苦的。新兵吃饭蹲在地上，一个班蹲一圈，左手既拿饭碗又拿菜碗，右手拿筷，一顿饭下来，腿麻木了，站不起来。一个连100多个人，全部蹲在操场上，十几个圈，大家吃面条，不准说话，要吃得快，呼啦呼啦，响声一片，哎呀，我和排长听得好笑（忍不住笑起来）。

当兵时回家探过一次亲，生产队里没什么变化，原来怎样还是怎样,一年不如一年,垫张嘴都难,还是吃不饱。我在部队里也算努力了,提干没希望,父亲又生病,那就回家,在部队总共4年4个月。

接下来,钱贵贤讲述到新疆办厂造电瓶车的经过。

你知道的,我姐夫很早就到伊犁做工,他说新疆交通不便,发展电瓶车有利可图。我们几个人听了他,凑了几十万元钱,专门请一个老师傅,到新疆办企业,生产电瓶车。动力装置从无锡进货,车架配件在新疆生产,材料到当地采购,在那里装配。

我们在无锡免费学习制造技术,条件是今后从他厂里购买电动机。在新疆租房子,四五个工人,老家带去的,开始起步,规模不是很大。应该说,车子是造成功的,都卖出去了,销路也好,最后还是没成功。

为什么不成功?两个原因,一是伊犁的钢材质量不行,含锡量高,钢管脆,容易断,钢材市场挑不到合格品。二是新疆坡度大,电瓶车不适应。我们售后保修一年,用户翻山越岭,还要拖东西,连续上坡电动机吃不消,动不动就烧坏,三天两头来修。

新疆人又不爱惜车子,坏了保修,反正你的,买了车死命活命开,坏了就来修,三番五次,修都来不及。勉强维持了一年多,实在搞不下去,最后几部电瓶车连卖带送,就此歇手,砸进去二十多万,基本输光,我大概蚀掉七八万。

"电瓶车失败后,回家开砖厂。"钱贵贤有股不服输的劲头。

大概在2003年,乡里新的书记上任,打听我们买田,算招商引资,与奖金、政绩挂钩的。我们租几亩田办厂,生产水泥与石子压出来的空心砖,投资三十几万。每亩田每年租钱3000元,如果买下来，42000元一亩。啊呀，现在想想懊恼得不得了，那时多便宜啊！

我动过这个脑筋。丈人说，大家不要田，政府都在卖田，你买这田做啥？种啥能挣钱？严平佬买3亩，书记对他说，小严啊，这种机会难得的，3亩太少，多买点。他说够了够了，摇头都来不及。我还不如他，一亩也没买，没有这个眼光呀！我租4亩田，如果当时买，也就十几万，家里搬得出，不敢啊！现在后悔来不及。

我们的砖厂不同于轮窑，不用人工脱坯，完全机械操作，水泥、石子、黄沙搅和，机压成型，24小时出砖，一个星期保养，然后出售。你不知道那个苦啊，真正苦啊！开始我与堂弟合伙做，当时每块砖卖2.2元，算算成本，每块砖能赚七八角。

乡下人会算账，一看有甜头，一哄而上，都来做砖头。等到我上马投产，价钱跌掉一半，堂弟一看不好，缩回去了。我一个人支撑，厂勉强没倒，草长得比砖头高，头3年就没赚到钱。到后面六七年，一些砖厂倒闭了，砖头的品种、用途也多了，才挣到一些钱。

你问我一年卖掉多少砖，有多少销售额，真是不知道，弄到哪里是哪里，挣到多少是多少。卖砖头捎带卖水泥，搞了十几年，算算大账，一百来万是有的。两个孩子上学，东用西花，也没剩下多少钱。现在开支大，说句不好听的话，一年十几万才下得来。

钱贵贤开始讲儿女的事儿。

女儿在苏州，先读大专，再读本科，后来到建设银行工作。刚工作买房子，一个小套，毛坯房，四十几万，我拿出来14万。去年又买一套，100多万，首付70万。女儿回来念叨，让我帮她借钱。我拿25万，说是借的。女儿那里光房子就花了40万。

儿子镇上买房子,毛坯房,60万,装修30万,加起来90万。他刚参加工作,哪来的钱?还不是我来。讲给你听,儿子订婚,礼金5.8万,三件首饰好几万,加上烟酒,订个婚花十几万。亲家比我有钱,几千万身价,买个房子300万,装修又是200万,有钱。

儿子结婚,亲家说,礼金随你们怎么弄,跟市场上差不多就行,主要是给我们一个面子,没有也没关系。当场僵住了,两边亲家面对面,两个奶奶都在场,大家不说话。我说,那就参照市场行情,12.8万元,再买点礼品。

婚宴办酒38桌,两家一起办的。亲家公客气,说由他来开支。这多别扭?我好意思要他的钱?全部我来,2800元一桌,加上烟酒,又是十几万。我钱是花掉不少,但没借钱,不欠钱,防老的钱还是留好的。

儿子念中专,混张文凭,在钢厂上了2年班。刚好砖厂生意好,忙得不得了,他就回来帮我干。砖厂红火的时候,每天30多吨水泥,水泥进来,砖头出去,水泥进来,砖头出去,苦得真正……晚上8点半,人家都在床上打呼了,我们回家烧饭吃饭。饭刚吃完,水泥又来了,连忙赶过去,直到3点钟,还没睡上觉。

儿子一家住镇上,有个孙子,儿媳自己带。他们日子过得好,苦就苦苦老头子(笑笑),有了鸡蛋回来拿拿,要吃什么打个电话。"爸爸,捉只鸡。"好,把鸡杀好,回来拎了就走。出门一声爸妈,进门一声爸妈,被他们骗得团团转。钞票不多,家庭和睦,也就这点好。

"除了能吃苦以外,当兵给你留下了什么?"

当兵锻炼人,确实锻炼人。为什么这样说?我与丈人开眼镜厂,开始起步十几个人,后来三十多人,也要管理的。我开会讲话,一二三四,成绩不足,改进措施,井井有条,头头是道。丈人说,看不出你还有这个水平?部队算是没有白待。当兵确实能锻炼人,增加社会阅历,有经验的。

我们真正吃到苦头的,下一代根本不理解。我开门市卖水泥,老夫妻两个忙。家里养鸡养鸭,厂里的泔水搜回来,晒干了作饲料。一听到养鸡喂鸭,女儿就说,你们怎么又养鸡啦?他们不知道我们怎么持家,不懂钞票怎么算计。儿子媳妇不开火,早饭买来吃,上街吃快餐,给他一袋米,几个月没动,霉了。

因为拆迁修路,砖厂开不成了。我到街上租个门面,请个工人,批来散装水泥,装袋后零卖,赚点差价。好的时候一吨水泥进货价250元,零售价420元,一天卖掉几十吨。现在呢,一吨能赚40元就不错了。

现在农村里的房子,也就是我们养老住。女儿苏州成家,不会回来住。儿子镇上有房,不会回来住。楼上有他们的房间,来得多,住得少,吃完晚饭,开开车就走。

"大半辈子过去了,一世人生,你有什么体会?"

什么体会?忙忙碌碌的一世人生,为家庭奋斗的一世人生。先是为生存,结婚后为家庭,为子女奋斗。同龄人就我生个二胎,为了生儿子,罚款号称一万,实际不到,还搞了个留党察看。乡里何同志来找,叫我不要生气,形势摆在这儿,没有办法的。我说开除也没关系。我一不偷二不抢,讲出去不难为情,如果偷偷摸摸,那叫脸上无光。他要我支部会上作检查,念念,意思意思。我说作什么检查?开除就开除。多一个儿子,多一份辛苦。有钱人不觉得,农村里人苦,就像狗子捉黄鼠狼,拼命啊!

当代中国的巨变,深刻地改变着每一个人,无论是高层还是平民,城市还是农村。不同年龄农民的谋生经历,不同家庭背景的传递过程,从那些不为人知的角落,多种维度多个侧面,见证了中国体制的转变与经济社会的转型。

如果说,周仁健先后在不同的所有制企业中工作,亲历并见证了所有制结构的蜕变与调整,那么,钱贵贤几十年来一直在商海闯荡,他的经历几乎就是这一时期市场经济发育完善的活历史。

钱贵贤种过地,当过兵,退伍后做临时工,进乡镇企业,计划经济时期能做的都做了,还是苦不出头。1982年开眼镜厂,抢得致富先机,3年后造楼房。推销眼镜跑市场,做生意,几年又挣十几万。20世纪80年代,改革全面展开,政策逐步放开,商品短缺,市场经济处于发展初始期。

20世纪80年代后期,市场日渐活跃,逐步从乱到治。钱贵贤到长沙搞传销,耽误年把时间,赔掉七八万元。适逢苏联解体前夕,抢得边贸先机,霍尔果斯口岸贩卖服装,挣了大钱,好景不长,又被伪劣产品祸害。

钱贵贤不气馁,再到新疆办厂,造电瓶车,市场销路好,质量不过关,亏本十几万。回家乡办砖瓦厂,干了十几年,挣了几百万。因拆迁砖瓦厂停办,开门市,卖散装水泥,过几年生意太淡,再次歇手。

钱贵贤不肯闲着。回到村里,头一年养两百多只蛋鸭,第二年养两百多只大公鸡,市场有需求。他小时候在家养鸭子,50年后又回来养鸭子,转了一圈回到原点,而这个时代、社会、村子、家庭,都已经发生翻天覆地的变化,钱贵贤也从懵懂少年步入花甲之年。

钱贵贤属于市场经济中能折腾敢折腾的人。他父亲在街上开过茶食店,给钱贵贤多少传下一点从商基因。丈人与妻子会做眼镜,办厂掘到第一桶金。贩服装、做电瓶车、办砖厂,亲缘关系起着很大作用。而部队生活的严酷锻炼,则给了他自信、坚韧与执着。

钱贵贤从办眼镜厂起步,以家庭养殖收官,他努力过,奋斗过,规模没有做大。农村里从个体户发展成规模企业的少之又少,多数自生自灭,大中企业主要由乡镇集体企业转制而来。时势造英雄,不是说时代巨变中每个人都能成为英雄,而是说你作出努力,有所收获,且不论这个收获是大是小。

天不佑人。

2018年1月10日,钱贵贤煤气中毒,不幸去世,享年64岁。我们是童年伙伴,当兵战友,情同手足,送他远行,禁不住泪流满面。

钱贵贤似流星飞逝,空中闪过一道光。他留下了,九旬老母,生动的脸庞,夸张的声音,还有就是,亲人好友无边的思念……

我今后的目标,最好自己开一个店,多挣点钱,不过事情还没做,不好挂在嘴上。 年轻人总要开放点,作为男人,总要自力更生……

——钱磊磊

二十一　钱磊磊

现在跟以前不一样
将来要花多少钱啊

小时候　　安装工　　最起码
开销大　　多挣钱

口述：钱磊磊
时间：2016年3月2日晚
地点：钱贵贤家

钱磊磊，1990年生，钱贵贤之子，职高毕业，电信局安装工，已婚，儿子3岁。

钱磊磊是我访谈的两个90后之一，几乎天天上班，少有休息日，约他晚上访谈。

3月2日晚上，8点多钟，我到他家时，磊磊喝喜酒刚刚回来。

"让我说什么啊？没什么好讲啊！"他好像有点为难，腼腆地笑了笑。笑的时候，上嘴唇稍微上翘，他爸爸、他爷爷都是如此模样，遗传的力量竟然如此强大。

"谈谈你自己，说说你的想法，有什么说什么，随你怎么讲。"

已是隔代人,我想了解90后的生活,听听年轻人的想法。

"先说小时候?"钱磊磊看着我……

小时候,父母亲在外面,我跟奶奶在家,好几年呢,上面还有两个哥哥。记得清清楚楚,还哭的呢(笑)。有一次牙齿痛,痛得睡不着,想爸爸妈妈,想想就哭,想想就哭,你说小孩哪有不想大人的?

暑假里学校放假了,我跟到新疆,跟到安徽,爸爸妈妈在那儿。在家的时候,看见大人劳动,跟着插过秧,玩玩,没有劳动过,没有挑过担。上小学时一个人走,带个饭盒,中饭学校吃。初中到镇上念,天天骑自行车,来来去去。初中念好读职高,念了两年。

16岁上班,发电厂,三班倒,每周休息一天,活不算重。先是3个月实习期,500元钱一个月,正式上班每月2000元,前后做了五六年。工资年年往上涨,一直涨到6000多元,"五险一金"交掉,年底有年终奖。还好,还好吧,就是要三班倒。

那时我父亲已经从新疆回来,开砖头厂,看他实在忙,从早做到夜,吃力得不得了,就回来做帮手。过了两三年吧,碰到拆迁,砖头厂关掉,再重找工作。自己到人才市场应聘,电信局上班,做安装工,装宽带、拉线什么的,城里乡下,哪里需要哪里去。

我们不拿死工资,计量的,多劳多得,谈不上节假日,你想多得点,就多做点,忙得很,来不及做。今天因为吃喜酒,3点钟提前走的,不吃喜酒要做到五六点,最起码。没有什么8小时工作制,早8点做到晚8点也没人管,只要你能做,自己给自己做,做得吃力些,钞票多拿些。

这样下来,一个月收入五六千,最起码。年终奖金不多,无法跟原来单位比,那边拿8000元,这里2000多元,没法比的。不过人自由点,想做就做,不想做,歇几天也无所谓,电信局帮着交"五险",没有住房公积金。

"最起码","最起码","人自由点",这是九零后钱磊磊的用语与认识。

儿子大了,3岁,快上幼儿园。县城有房子,丈人买的,他家也就一个女儿。镇上房子父亲买的。你说房子大人买好,我们没负担?哼,没负担!哪能没负担?压力哪能不重?娘子还没上班,她准备开个小店。

丈人是做玻璃生意的,天天起早,4点钟起来,很辛苦的。啊呀,怎么得了!前几天去寻学堂,一万块钱一学期!总得考虑儿子的事,他将来要花多少钱啊?如果在镇上念幼儿园,2000元钱就可以了,到县城哪吃得消?所以说压力大啊!

现在挣这点钱,少是少了点,要养活一家人啊。我们现在分开住,两边吃饭,开销小,总不能老啃大人啊,大人总要年纪大的,总要靠自己。再说,自己挣钱自己花,也自由啊。现在这个社会,五六千块一个月,不高。钱根本不经花,几千块钱一转眼没了。小孩一双小鞋子,400多块!

"看样子你丈人家条件比较好,消费观念有点不一样。"

差不多的。她从小县城念书,大专生,在商场卖手机,怀孕后才歇下来。(思考片刻)我还是想,小孩不到县城去,镇上可以了。幼儿园不就是一起玩玩嘛?到上小学,如果可能,到县城上还差不多。

娘子我自己找的,哪还需要介绍?年轻人有手机,朋友牵个头,现在的社会,真是进步大。在学校我没有入团什么的,电信局也许有团支部,不清楚。我们安装工就是干活,平时和他们接触不多。

我们堂兄妹5个,应该说都是奶奶带大的。小时候印象不深，初中才有点记得。奶奶把我从小带大，自己的亲人，年纪大了总要照应她的。听父母讲，有一阵时兴买城镇户口，家里花1000块钱，户口迁到镇上，承包田收走，后来户口又迁回来。

我现在的户口在村里，好像没有田。奶奶屋前的菜园认识的，不知道多大面积，没有田亩的概念。农活不会做，比如种菜就不会，浇水会的。不要说我，就连我丈人丈母都没种过田。他们今年四十多岁，一出校门就打工。只有老农民才会种田，现在年纪都很大很大了。

我住乡下比镇上多，习惯了，家里人多，热闹。镇上小区，一点点大的地方，不像乡下，可以到处转转。我挣的钱交给娘子，卡在她那里，要用钱大家用。将来小孩上了学，还会到乡下住，开车几分钟，方便得很。考虑买一辆电动车，让妈妈骑，接送小孩，婆媳关系好的。

我从小乡下长大，左邻右舍都认识，老的小的全熟悉，家家户户熟，将来老了，如果可能，倾向于住乡下。关键是路要修好，从县城到这里，汽车也就十几分钟。我参加工作比较早，基本上没有出去旅游过，到过苏州、常州，再远的地方没去过，要上班，没工夫。

"生活压力总是有的，主要是小孩一天天大起来，要开销。"磊磊又讲起他的生活压力。

我不想生二胎，现在不考虑，有了经济条件再说。奶奶那一辈都生好几个，现在不一样，开销大，至少目前没有生二胎的想法。等到小孩大了，条件好了，再生一个也不反对。最好生个女儿，再生儿子吃不消，至少要多准备一套房子（大笑）。

现在的社会，跟着上面的脚步跑，有点跟不上。现在开销多少大？钱根本不经花。以前500元钱一个月，很经用，现在5000元一个月，一点不经用，只能跟着跑，跟着形势跑。我们小家庭在同龄人中,经济条件还好,苦不算苦,好不算好,中等状态。

我觉得现在每月挣个五六千元是正常的,我的朋友大多这样。要是按新浪网评价,人均七八千元,我们就拖后腿啦。不能跟过去比,过去一角钱买好几粒糖,吃得蛮开心,现在一角钱掉在地上没人捡。

奶奶开小店我已经记得,小时候会偷吃,奶奶对我们很好的,顶多讲几声,没有挨过打。公公的事一点不知道,大人讲得也少,不了解当年那些事。父亲说过他当兵的事,其他讲得也少,我知道得不多。

"你以后有什么生活目标?"

最好自己开一个店,多挣点钱,不过事情还没做,不好挂在嘴上。年轻人总要开放点,跑一步算一步,也不可能样样算好再跑。别人怎样想的,我不晓得,也许他们和我不一样。在人家装宽带时,我会留心问,有什么好做的,总想找机会多挣钱,没有钱难过日子(笑笑)。

平时我微信、微博不大看,报纸不看也没得看,电视也不看,什么政策,什么政治,开什么会,换什么人,都不关心,我的同伴都这样。上网也不多,噢,有个什么周永康抓起来了,其他不大知道。

我们一天到晚忙,哪里有空?晚上八九点钟睡觉,早上五六点钟醒,看一会电影频道,6点多钟上班。到电影院看电影还是半年前的事,陪娘子一起去的,平时不大去,要花几十元钱,还不如在电脑上看。

每天晚上,在电脑上玩一到两个小时,看看电影电视,打打游戏,然后休息。自己家里没有电脑,父母亲这里有。有时与娘子小孩一起,出去散散步,逛逛游乐场,不能光玩电脑,要照顾小孩。

现在的小孩真是开销大。过年时带他坐火车，2分钟，转一圈，20元钱。他坐在车上不肯下来，还要坐还要坐，一会儿3趟，60元钱没了。哪像我们小时候，有得吃就好，到哪儿去玩？从来不会花钱去玩，最多掼掼纸牌，旧报纸折的，哪见过什么电动玩具？

我们小时候跳绳，现在哪有人跳绳？跳皮筋、跳房子，没有了，他们不懂也不会。我们跟你们已经不一样了，你们打铜板、车铁环，玩弹子，掏鸟窝，我们就不玩这些了，铜板没了，鸟窝没了。现在要电动玩具，玩游戏机，还要彩色的，动漫的。

现在的小孩，没有吃到苦头，小时候我也算吃到点苦的。现在的生活蛮好的，就是动脑子挣钱，其他也没什么。现在的社会，我觉得一年十来万要挣的。我每月挣五千多块，一年也就六七万，压力不小啊！

如果到县城买房子，中套100多万，加上装修，再来个20万，我一年挣6万，不吃不喝，需要20年。城里虽然有房子，但是最好自己买住得适意，住人家的房子总是不欢喜的。这倒不是丈人说什么，作为男人总要自力更生。

钱磊磊接受访谈时26岁，年纪轻，阅历浅。他从小在界岸生活，跟奶奶长大，16岁上班，23岁结婚生子，在人生的旅途上，一步一步向前走。他涉世不深，回忆是轻松的，述说是流畅的，语言是明了的，脸上充满了笑。

钱磊磊是幸运的。小时候有奶奶照顾，两个堂哥作伴，父母经常回来。职高毕业后立即就业，收入不低，不必像父辈那样跌跌撞撞找出路。县城有房子，镇上有房子，不必为买房还贷担忧，父辈为他们筑了个安乐窝。

郑水凤，钱贵贤，钱磊磊，祖孙三代人，都讲自己苦。不同的年龄，同一个苦字，有着不同的内涵。

郑水凤说，"过去真是苦有的"，"我的累是受够的"。她的苦，既有那代人生儿育女共同的贫苦，又有改革开放后带大5个孙子孙女特殊的愁苦，还有丈夫早逝、独自操劳内心的悲苦。

钱贵贤说，"我们真正吃到苦头的，下一代根本不理解"。他的苦，既有生产队时期经济窘迫的穷苦，海岛部队生涯的艰苦，赤手空拳走南闯北创业的辛苦，还有商海中经受磨难坎坷曲折的困苦。

钱磊磊说，"小时候我也算吃到点苦的"。他对现状满意不满足，既觉得"现在的生活蛮好的"，又担心小孩开销大，"将来要花多少钱啊？"他有几处房子，仍感受到高房价传递的压力，"总想找机会多挣钱"。

自由是人的天性。对于普通人来说，自由不是抽象的、虚无的，而是现实的、具体的。而不同年代、不同背景的人，对于自由又有不同的理解与要求。

周仁惠感慨，"后半世全靠邓小平，才算自由了"。他讲的自由，主要是摆脱政治枷锁，免除社会歧视，获得平等权利。

周仁田等村民讲，"不用交钱记工，这样自由了"。这种自由，是打破体制束缚，农民有了自主劳动的权利，掌握了跳出苦海、劳动致富的钥匙。

钱磊磊讲述，电信局上班，"人自由点，想做就做，不想做，歇几天也无所谓"，"自己挣钱自己花，自由啊"。不束缚于三班倒的工作制度，力图摆脱对父母的依赖，自立自主，自尊自信，体现了年轻人的本性。

钱贵贤不幸去世，钱家倒了半边天。

如果说，钱磊磊此前大树底下好乘凉，"少年不知愁滋味"，那么，现在他就要挑起家庭的重担，真正承受生活的压力，成为全家的顶梁柱。

他能够像父辈祖辈一样，跨过坎坷，顽强前行吗？

离婚后我吃足苦头，两个小孩，背上背一个，手里搀一个。那个时代，作孽啊，女儿只有三四岁，坐在豆腐店门口，我拿两三分钱，买点豆浆她吃吃……

——陆明生

二十二　陆明生

如果不离婚　生活要好得多
做个体户几十年没余多少钱

淘气　　破伤风　　离婚　　坐轿
再婚　　个体户　　社保　　喝酒

口述：陆明生
时间：2015 年 4 月 22 日上午
地点：陆明生家

陆明生，1940 年生，1970 年离婚，1980 年再婚，先在村办企业做工，后来当个体户。2019 年 1 月去世。

陆家亲族关系：
陆明生，陆明兴，兄弟；
陆达华，陆明生之子；
陆明清，陆明生堂弟；
赵秀玉，陆明清之妻；
陆达忠，陆明清、赵秀玉之子；
陆瑶瑶，陆达忠之女。

陆家是界岸的个体户世家。明生祖父开过小酒馆,父亲修弹花机,家景比一般人家好些。

陆明生承接了祖辈的基因,文化不高,脑子好使,不少技术无师自通。生产队时期,晚上在家做小加工。70年代初,到大队钻头厂做师傅。改革后政策一松动,就在家里做方钉(眼镜零件),是界岸村起步最早的个体户。

陆明生幼时不肯读书,顽皮透顶,爬树爬得高,专爱掏鸟窝,摔断了腿。长大后走路有些瘸,骑自行车看不出,挑担时明显些。因为腿的缘故,他参加队里劳动不多,有机会做自由职业。

1970年陆明生离婚,这是1950年新《婚姻法》公布后,界岸村依法离婚第一例。时隔10年再婚,妻子小他20岁,几经周折,终成眷属。

那天去访,陆明生一人在家,妻子大包户那里干活,他略显老态,背有点驼,眼睛老花。一见面,免不得嘘寒问暖,问长问短。

陆明生从他小时候谈起……

我小时候没念几天书,父亲不让念,他说念书没啥用。五六岁时,几个小孩一起玩。李家门前有棵老杨树,蛮高的,我用脚索绞着,爬上去掏麻雀窝。一个窝空的,爬高点,掏另一个,树枝断了,人掉下来。树枝上有个节疤,大腿掼在节疤上,骨头断了。

李有生背我回家,父亲嫌我顽皮,还说,"背他回来干啥?摔他乱坟场里去!"李有生说,替他看看,有没有哪里伤着。到县城去看,那时医学不发达,不拍片,大骨头断了,腿上红肿的,当皮肤病看,这哪看得好?

回来躺在床上,将近一年,娘天天端给我吃。那天,突然发现一根骨头,从大腿上顶了出来,大概是里面长好了,碎骨头挤出来。我轻轻地把骨头拉出来,管状的,斜切面。残骨拉出来,腿上一个坑,讲给医生听都不相信。

我娘说，"看你以后还淘不淘？这根骨头就放在这儿，做做榜样。"不到一个星期，大腿上的坑长平了。我从床上起来，腋窝下撑两根拐棍，慢慢走路。没几天拐棍甩掉了，走路正常的，一直到现在。

"你父亲好像去世蛮早的？"

父亲修弹花机，看到滚筒上棉絮缠着，一边用笤帚去扫，一边叫姑娘踩轴承，一不小心，手划在滚筒铁齿上，手背上的皮掀开了。他图简单，想少花钱，用水洗一洗，把皮贴上去，简单包包，回来后还到地里打药水。

谁知不来事，天气热，手发炎，越肿越大。到县医院看，看了好几次，看不好。我托人找关系，几个医生全出动，怎么也看不好。后来说得了破伤风，医生要把手锯掉，父亲哪里舍得？要靠这个手干活。这样七拖八拖，最后没救了，医院让出院。回家没多久，他就去世了。

"父亲去世十天，我就结婚，预先定的日子。"
陆明生主动讲起他的婚姻。

说到婚姻，难为情的。如果不离婚，生活要好得多，既然离了，也就算了。

那天在公社里，冯科长帮我办离婚，一直在劝和。那个时代呢，我舅子也不好，他在空军部队，驻在浙江萧山，回来探亲。正好碰上我们吵架，那么事情来了。那时我……我就是……性子躁，也不好，舅子对我不满意，要离婚。

石远兴来劝圆，这样说那样说，我不忘记他的。公社里办手续，老冯从傍晚劝到深黄昏。我妹妹对我说，"你要离婚啊，要签字啊，家去娘要骂的。"舅子一听就发火，"轮到你管啊？"那么就签字，回家。

第2天一早起来，两只船早就停在港边，来拆房子、装材料了，(离婚时)分给她一间房子。那么你也晚一点来，看看我苗头，再过一两天啊。不，两只船来了，连夜开来的，喊点人来，准备拆房子。

石远兴出来阻止，"覅拆！覅拆！说不定他们还有后来的事体呢。"就是说离婚没关系，要复婚的。石远兴不管怎么劝，都没用。舅子这样说他，"轮不到你管，你走！"石远兴帮我说话，没人听他，来的人搭了梯子就拆房。

劝和不劝散，这是农村古风。 那时夫妻吵架，闹离婚，吵到大队，跑到公社，十有八九劝回，真正离婚的少。

我糊里糊涂，看到他们拆房，心里慌了，一点也没办法。拆了房子，砖瓦木材装上船，大儿子躲在港边看，喊也喊不回来，船开了跟着追，一直追到追不着。街上赶集的人回来，我丈母等在那里，做宣传工作，一个个讲过来，讲女婿不好，女儿离婚了，唉，就是搞宣传啦。

过了几天，小舅子来了，说姐姐在家住不来，想回过来，如果你答应，全部材料运回来，按原样把房子起好。哎呀，我心里想想难过啊！我说，这样，你在家等十年，我不找对象；等得到十年，我就接受她。

我真的等十年啊。等了十年，碰得巧，找了一个。她十天也没有，嫁人了，嫁到江阴，要紧嫁了。为什么？家里也穷，耽不住。既然嫁人，也就算了。不说假话，我三十岁离婚，四十岁再婚，一点假话不说。

离婚后我吃足苦头，两个小孩，背上背一个，手里搀一个。大队里喊我去办厂，办钻头厂，那个时代，作孽啊，女儿只有三四岁，坐在豆腐店门口门槛上，我拿两三分钱，买点豆浆她吃吃。

"做宣传工作"，"搞宣传"，"那个时代"，特定时期的术语，浸润在底层农民的语言中。

我头次结婚是用轿子的。同一条路，同一天，两顶轿子同时经过。头一顶轿子经过，丈母喊上去，歇在场上，一谈不认识，才知道搞错了，赶紧去另一家。两对夫妻后来都离婚了，讲迷信就是不吉利。

前妻是别人介绍的，一点文化没有。我们先后生了四个小孩，两年一个。第二个儿子落水死的。夏天，刮大风，东风，我在家修弹花机，只顾忙，他妈在队里干活。小孩三岁多，没留神跑了出来。大概是过小桥时，风大落水了，后来浮起来，才被人发现。

当时队里离婚的不多，我算第一个。矛盾哪里来？她洗衣服时，一只衣袖洗，一只衣袖不洗，我不高兴。她说我弟弟不好，怪我帮弟弟说话，这里有点关系。双方吵吵嚷嚷，就说要离婚，别的其实也没什么。

她人是忠厚的，实事求是说。我在大队做钻头，有时回来吃不上饭，只好再去，喝口酒，上班。架不住三天两头小吵小闹，但是我外心是没有的，要不我能等到十年以后再结婚？

"当时她还小，也就十七八岁"，陆明生谈他的第二次婚姻。

我们整整相差 20 岁，一开始她父母不情愿。我和娘子东藏西躲，想想不是长事，就找肖林帮忙，到她父母那儿说情。这个事情怎么搭起来的呢？那个时候做方钉，队里我做得最早，经常到泗港去送货，娘子也在那里做方钉，一来二去便慢慢熟起来。

当时方钉厂想我的人好几个呢。有个妇女姓黄，又长又胖，男人还是个局长。她跑到我家来,说男人怎么怎么不好,想与我好。我说不对啊,路这么近,被人知道了讲出去,两人都难为情的,当场回断。

与娘子认识后,来来往往,我到她家去过两次,她父亲不情愿,大发火。几个人寻到我家,给烟他们不接,正在气头上。里里外外抄家,到处找人,找不着。怎么可能还在家里呢?早就躲出去啦,躲的地方多得很。人抄不着,他们就回家,我也没办法。

她父亲经常来找人,我们藏来躲去躲猫猫,有一次差点像捉奸一样被捉着。好长时间不见人,丈人就火了,他喊了几个人,跑到大队书记家,说只要见女儿一面,当面听她有个回答,以后再也不管了。

当时娘子躲在三圩埭我大妹妹家,就把她领到大队书记那儿,双方见见面。我们也有准备,妹妹与队里几个妇女,护着一起去。刚到那里,娘子被她姐姐一把抓住,要把人抢回去。我妹妹拼命剥开她的手,娘子拔腿就逃。

看热闹的人多,当地人总帮当地人,他们让我娘子走,把娘家人拦住。我骑一辆摩托车,远远地望着,半路上等着,娘子一到就上车,摩托车"呼"地一下开走了,又躲到新的地方去啦,他们哪能追得到?

过了几天,再让肖林去说和。他嘴会讲,告诉我丈人,古往今来老夫少妻多得很,日子大多过得好。既然他们已经生活在一起,你何必再从中阻拦?拦也拦不住,拦下来再嫁人,名声也不好。还是赶紧让他们安定下来,多挣点钱,好好过日子。

丈人先是不响,后来总算劝醒说通。肖林回来一说,我心里一欢喜:"阿弥陀佛!亏得你,谢谢你,不忘记你。"后来我们生孩子,娘家亲戚来望产妇,岳父有点抹不开面子,说有事不来。我让人上门去请,用摩托车拖来。此后到现在,三十多年过去了,大家关系越来越好,再也没人说我们有什么不好。

结婚后夫妻俩一起做方钉,挣钱。当时还没分田,经济困难,开个眼镜厂就算不错了,产品销到丹阳。活儿忙的时候,请几个帮工,规模不大,多的时候也就三个人,主要自己做,还是业务不够。

做了几十年个体户,基本上没多少余钱。这个行当不好,零件小,利润薄,欠款多,收不回来。做得最好的时候,一年也余不下多少钱。

"你们俩买社保没有?"

说到买社保,开始我不相信,担心上当,也没有这么多钱,不准备买。大姨子说不会上当的,让我借钱也要买。后来向外甥借两万,妹婿借两万,一共五万多,老婆的社保自己掏钱买的,两人一共花了近十万。

现在可好了,她每月1700多元,我1500多元,3000多元一个月,100元钱一天,吃吃用用足够,喝酒也有得喝。幸亏大姨子劝我买了社保,他们又借钱给我,否则现在就落空了。借的钱小儿子帮忙还的,我不会忘记。

小儿子工学院毕业,在港区外资企业上班,房子买在县城,他自己出钱。我说家里有房,你买了干啥?哪来钱?他说可以贷款,慢慢还。儿媳是徐州人,也在外资企业上班,看我在家闲得慌,拿点小加工给我做做。

儿子儿媳对我没说的,什么都往家里买,牛奶喝不完,每个星期都回来看我。春节回来不嫌脏,住在家里,钱不用他们给,酒烟给得不少。什么酒都有,高档酒不舍得吃,放在那里,看看也好,十几瓶呢,要喝就喝差一点的。

我今年76岁,最好的时候是30多岁,身体好,想到哪里就去哪里。60岁以后体质下降了,耳朵里经常知了叫。现在农村老人每年免费体检一次,村里组织的,血压不高,各项指标正常。就是喜欢喝酒,顿顿喝,每顿一两,最多二两,有酒瘾,一喝酒就舒服的(笑笑)。

　　婚姻是完整人生的精髓。陆明生的两次婚姻,带有某种传奇色彩,影响了他的一生。
　　旧式婚姻起源于封建家长制,父母包办,娃娃亲,一婚定终身。1950年5月1日,《中华人民共和国婚姻法》公布施行,土地改革后农村走集体化道路,从法律与经济两个方面,削弱并打破了家长制,传统婚姻关系从此瓦解。
　　农村婚姻关系的变革是缓慢的,自由恋爱从躲躲闪闪开始,夫妻离异仍然受到非议。陆明生是当地依法离婚第一人,一时轰动乡里,闹得沸沸扬扬。现在看来,当时双方离婚的条件并不那么成熟,但就破旧立新的社会意义看,陆明生迈出了勇敢的一步。
　　离婚后的陆明生是沮丧的,新建的瓦房拆掉一间,一对小儿女需要抚养,还要经受社会舆论的压力。有人传言他外面有了女人,喜新厌旧,婚姻问题往往容易遭受道德的猜疑。陆明生有口难辩,默默忍受,以十年独身澄清是非。
　　改革开放给了他新的机会,个体经营使他的专长得到发挥。缘分也好,爱情也好,陆明生俘获了年轻姑娘的心,而20岁的年龄差距,再一次把他推到舆论的风口浪尖。然而,时代进步了,观念改变了,尽管有曲折,有情人终成眷属。
　　陆明生再婚三十多年,夫妻同心,互相关爱,虽不说家有千金,却也是小康人家,生活宽裕,老有所靠。离婚再婚涉及整个家庭,尤其是年幼的子女。当年一对小儿女都已成家立业,父母离异对他们带来什么影响?他们又有些什么感受呢?

小时候父母离婚,影响或改变了我的道路。比如说,没好好读书,十四岁做漆匠,十六岁闯湖北。堂兄跟我同岁,都当爷爷了。我呢?小女儿才5岁……

——陆达华

二十三　陆达华

父母离婚都只怪当时的形势
否则我不一定现在这个样子

父母离婚　　湖北做工　　结婚成家
离婚再婚　　父子关系

口述：陆达华
时间：2015年9月13日下午
地点：陆达华家

陆达华，陆明生之子，1963年生，做过漆匠、驾驶员、个体户，离婚再婚，一子一女。

那天下午，按约访问陆明兴、陆达华叔侄。陆明兴有事临时外出，隔壁陆达华看到，赶紧出来招呼，把我迎到他家。

我离开家乡时，陆达华还小，听说他独自闯荡，很有出息。眼前的陆达华，长得挺拔，穿得利索，甚是精神。

看他外表，也就四十上下。一交谈，才知已过半百。

当年那一幕重现眼前：父母离婚，拆房子，装在船上运走，小达华跟着船，一路追……

陆达华泪如雨下，"叔叔，那时我小，我小，没有办法啊！"

稍微平静些,达华开始讲述……

我娘与父亲离婚,是 1971 年,发生林彪事件那年,我 9 岁,念小学二年级。记得很清楚,正是大夏天,田里棉花长得很高。父母的婚姻问题,娘那边大娘舅做主,父亲这边大姑妈做主。没有这两个角色,或者只要缺一个,这个婚就离不成。

本来家庭有矛盾,夫妻打打闹闹,农村里常有的,双方管管自家的人,劝劝,几天就没事了。碰到那两人不行,钉头碰铁头,谁也不买账,弄僵了。大娘舅是部队干部,后来年纪大了,在北京住院。我去看他陪他,他说,"最对不起的就是你,只怪自己年轻时太强势,不该拆散你父母的婚姻"。一直到死,他都在后悔这件事。

离婚没几天,父亲男子汉,要面子,不好意思,黄昏头、早五更,自行车拖着我到好婆家去。他还想复婚,让我敲门,做个挡箭牌。外婆多么强势？那时我已经懂了,听好在那儿,她不准开门。

父亲大部分时间在外面,不太管我,真正把我带大的是奶奶,她吃了不少苦。读小学的时候,家里养 50 只鸭子,下课铃一响,一个小跑回家喂鸭子,念一天歇一天,成绩相当好,班里前三名。到了读初中,新课多了,特别是英语化学,一缺课就跟不上。

小孩贪玩,不懂事,常常背着书包出门,在路上玩一天,傍晚回家,家里人不知道,学校里你去不去也不管。这一点父母离婚是有影响的,小时候没人管教,书没读好,否则我不一定现在这个样子。

"我读书聪明的,没有大人管,否则走的肯定不是现在这条路。"想了想,陆达华又说。

14 岁那年,初中还没毕业,我就歇下来去学手艺,做漆匠。

通过小娘舅，知道娘的地点，与妹妹一起，骑着自行车，路好远好远，总算寻到她。后来一直有联系，逢年过节都去看望，平时有机会也去。

我们第一次去，买的麦乳精，后来时兴中华鳖精、香烟，有时给点钱。娘嫁了个老实人，老实得不能再老实。他们又生两个妹妹，加上带过去的妹妹，三个女儿都成了家，现在条件还可以，过得还好。（停顿）就是年纪大了，背驼了，爬不动楼了。

他们当时离婚，不怪娘不怪爷，都只怪当时的形势，我分析给你听。当时叔叔与小芹……地主人家谈对象，我们家里包括奶奶、父亲一齐反对。娘跟小芹要好，干活总在一起，谈得来，我家人不满意，慢慢产生矛盾。

还有其他原因。父亲嫌娘"土"。一个农村妇女，没有文化，天天下地干活，条件又差，不土又能怎样？不像现在呀。还有，公公得破伤风，死之前逼父亲成家。这两个人又不是有感情的人，公公一死，他们就有意见、闹矛盾。其实呢，他们离婚时我才9岁，如果再坚持几年，等我长到15岁以上，就不一定会离婚。实事求是说，我们长大了，总会干涉的。

陆达华分析父母离婚的原因，与父亲的讲述略有出入。

我做了两年漆匠，虚年龄16岁，年纪不大，个子不小。跟几个木匠一起跑到湖北十堰，，既在单位做，也到人家做。后来二汽招工，就到二汽做，编外的，做喷漆。在十堰与父亲联系不多，那时没有电话，他文化不高，我写信回家，从来不回，家里情况主要通过化肥厂的姑父了解。

1981年，父亲再婚，有了后娘，我想在十堰成个家算了。谈了个对象，她父亲是物资局局长。我虽然是农村里人，眼界还挺高，做漆匠身上不沾一点漆，要面子，没人知道我是手艺人。几个朋友都是城里人，找对象找吃商品粮的。后来觉得社会上对手艺人有偏见,就去学开车,那时当驾驶员吃香。

学会开车后,懂得行路安全。那边出门就是山,开车提心吊胆,很危险。一想,这个职业、这个地方不能成家。1986年从湖北回来,没跟对象打招呼,否则她一定跟我来,来了怎么办?家里没有房子啊。老房子快倒了,他造了新房,我回来跟他争啊?又有个后娘,还是避开点。

"那个女孩,一直在找我,前几年还问我,朋友去碰到的。"陆达华补了一句。

在湖北将近10年,江苏点工每天1元2角钱,那边做5元、6元一天,有时10元一天。钱挣得多,开销也大,吃喝拉撒,剩不下多少,也就是个安置费。

在湖北的时候,大娘舅调到南京航空学院,我找到他,开始有联系。湖北回来,娘舅已经转业,在市文教局。他介绍我去开车,70多元一个月,加上奖金,100多元钱。当时来说收入不低,但家里没房子,又有后娘,死心塌地待在县城,找了一个县城里的人。

"又有后娘",这是陆达华第三次提到继母,这似乎成为他重归家庭的情感障碍。

女方家里条件还可以。她父亲当书记,母亲是教师,公公奶奶都是六二年退休的老工人。家里没男孩,三个女儿,她老大,结婚我过去,招也不算招,反正儿子跟我姓,我上班也近。当时是这样考虑的,不过,最后婚姻破裂。

我三点一线,上班去,下班回,买菜做饭,她倒像个男人,一点不动手。她原来在毛纺厂上班,企业转制后不做了。我也不好怪她,她从小到大不做家务,都是公公奶奶做的,懒得很,做饭烧水扫地,什么都不干。我从小吃苦,样样做的,奶奶年纪大了,倒马桶提不动,我经常帮着倒。岳父岳母不管家事,说起来都是知识分子,有文凭的。

1992年我买了房子,公公奶奶跟我搬过去住,一起生活,直到去世。那个女人是个玩家,跳舞、唱歌、喝茶、麻将,样样来,最好一天三顿饭店里吃,不归家。我在外面上班,你又不工作,多少做点家务,做做饭,洗洗衣,扫扫地,做完后想干啥就干啥。她不,我洗衣机开好去上班,晚上回来,衣服还在洗衣机里。

公公奶奶对我好的,一直维护这个家。八九十岁的奶奶说,老陆,你看我面上,耍,她会改的,岁数上去了要改的。我离婚的心思一直有,看在老人面上,凑合了好几年。我威胁过她,你再这样下去,我哪怕到80岁,也要与你解除婚姻。她没放在心上,也不改正。

"我离婚的心思一直有,看在老人面上,凑合了好几年。"冰冻三尺非一日之寒,婚姻的调适是门学问。

儿子对她讲,像你这个样子,我要是爸爸,也早就跟你离婚了。她一天到晚不归家,深更半夜回来。2007年奶奶去世,2009年我们离婚,儿子已经20岁。拖到最后,夫妻俩几个月不说一句话,岳父岳母也来劝我,你们真正过不下去,早点办办手续算了。

我那年47岁,要求尽她提,最后协议离婚。儿子内向,也不来劝,看得出来,他有点难过。离婚时家里没什么积蓄,我单位上班死工资,她十几年不上班,小孩上学,家庭开支,都是我付。房子留给儿子,她回娘家住,娘家的房子是我们装修的。现在她的日子比我好,搬去两年就拆迁,补到三套房子,大人住一套,她住一套,儿子住一套。

离婚时我有个小心思,儿子姓我的姓,如果跟了我,住的地方没有,跟了娘,将来娘的房子、外公外婆的房子都可以继承。儿子大专毕业,今年26岁,原来在车管所,现在一家公司上班。他话很少,一般是我打电话,他才打电话,不主动联系,性格内向不过。

儿子小时候我管得严,她娘唱反调,"不要听他,老棺材!"怎么能这样呢?教育孩子夫妻要配合的呀!我真是……表面上看看不错,她长得还可以,两人不是一个调,实在合不来。儿子正在谈对象,还没有结婚,平时跟他来往不多。

"离婚后你住哪儿?"

城里没房了,回来翻造啊。3月8日离婚,4月9日到乡下翻造房子,钞票几个朋友凑凑。造房子花掉二十几万,后来挣了钱,一步一步搞装潢,又花掉二十几万。

离婚后不开车了,与人家合伙,做点小生意。只要不违法,能赚钱,什么行当都做,收废纸做破烂王,卖劳保用品等。早几年收废纸行情好,最多一天收50吨,每吨赚300元,现在连50元都赚不到,收购站转给别人做了。

我离婚那年八月半,她来看我父亲,托队里人,还想复婚。过了一年多,有人给我做媒,找了现在这个对象。这个女人比我小12岁,也是离婚的,有个女儿,19岁。我们结婚后生了个女儿,今年读小班,5岁,我、老婆、女儿,三个人三只兔。

这个女人还好。按照我的情况,不能再生小孩,没有这个精力了。反过来说,有个女儿,夫妻之间有个纽带,如果没有小孩,就会各顾各,当然也多一个负担。岳父岳母办了退休,还在做工,岳父小区看门,每月3000块,岳母大包户那里种花。女人不上班,上管老,下管小,做家务。

"那个女人","这个女人",这是陆达华对妻子的称呼,界岸人一般称女性配偶为"娘子"或"老婆"。

我现在手头没有好的行当，等到小女儿成家立业，七十多岁，恐怕头发白透了，现在已经开始白了。结婚前两年，家里开销都是我来的，这几年岳父岳母补贴些。岳父有两个女儿，嫁出去的生两个儿子，留在家的生两个女儿，他们重男轻女相当严重。

我倒是喜欢女儿，至少将来出嫁负担轻些。大女儿不是我生的，我待如亲生，学校开家长会我去，买手机交手机费，买吃的穿的，都是我来，待她好就是待老婆好，成家后都是一家人。我这个女人，朋友圈里都称赞，人老实，相信我，过去我还抓牌，现在牌也抓得不多了。

"父母的婚姻对你有没有影响？"

怎能没影响？对生活有影响，对婚姻倒还好。找对象只有我选择别人，虽然家里不……我自身条件还可以，年轻时长得帅，做招女婿哪里找不着好人家？影响还是有影响的，他们的婚姻，影响并改变了我的道路。比如说，没好好读书，十四岁做漆匠，十六岁闯湖北。

有影响的。怎么没影响？他们结了婚，房子破了也不修。假如有房子住，我不会招出去，也不会考虑在外地结婚，总归在这里结婚。结婚会早点，堂兄的孙子都读书了，我跟他差不多岁数，小女儿才5岁。这里有点影响的，包括我妹妹，结婚也很晚。

父亲60岁时，我在县城买了鱼、肉、酒，给他祝寿。他70岁时，我回老家起房子，闹矛盾，翻了脸，现在不来往。我翻造房子，他把房子的房产证拿到公证处，花五六千块钱，转到小儿子名下，担心我抢家产。我落了难，好不容易造房子，开心的事情，你不贴钱，不帮忙，这也不说，还来吵。

他在城里给小儿子买一套房子，这里老住基的房产还要转到小儿子名下，我和妹妹呢？如果要拆迁，有房子补，我哪怕一根缝衣针都不要，妹妹要一套房子的。实事求是讲，我妹妹也离了婚,也许父亲还不知道。

他们小夫妻开个小厂,两人苦苦,一年十万二十万有的,日子过得去。后来妹婿赌钱,夜不归宿,钱都输光了。第一次要离婚,被我劝住,第二次劝不住了。按理说,父母离婚,从小苦了我们,害了我们,父亲你真要在子女身上弥补啊!

"可他拎不清,没文化,就是转不过这个弯来。"陆达华有些埋怨。

我们父子的关系相当特殊,不是一两句话,用什么亲情、尊老解释得清的。我不尊老?娘一点没照顾我,我年年去看,哪怕没有带大我。父亲实在太过分,我办这么多事,他没表示过什么,没有买双筷子买只碗。我想想真是……想想真比冤家还冤,只不过他是父亲,就是……这个关怎么也过不去。

我呢脾气犟,太犟,吵得凶时,拿啤酒瓶扔到他脚旁,吓吓他。他说,照这样下去,我到死不到你后面来,死了也不来喊你。我说,你死了轮不到你作主,你还能知道吗?我晓得,队里有人看笑话,也有人想劝,家务事难断啊!

我没有苦出头。如果有人拉一把,帮一把,或者推一把,我也可能是另一条路,没有办法,苦闷啊。我不走歪门邪道,不贪图享受,不乱来,吃得来苦,可以说,同龄人没有谁有我这种吃苦精神,起点低呀!

婚姻是人生的必修课。与父亲一样,陆达华述说的主要内容是婚姻,父母的婚姻,自己的婚姻,结婚、离婚、再婚。他的讲述是连贯的,表达是明快的,情绪是平静的,尽管有埋怨。

清官难断家务事。陆家父子对同一件事的描述,许多方面有差异,没有必要判别是非。但是,父母离异导致原生家庭解体,对于子女特别是年幼子女的伤害,是确凿无疑的,陆达华从多个角度讲述了切身感受。

感情伤害。父母离婚时,"那时我小,小,没有办法啊"。陆达华十四五岁时,通过舅舅知道母亲的地点,与刚过十岁的妹妹一起,骑自行车几十公里,寻到改嫁的母亲,母子突然重逢的场景可想而知。

生活困难。陆明生"文革"前造了四间新屋,他和弟弟各两间,家景原本上乘。因为离婚,妻子分得并拆走一间房,剩下一间房,两个年幼孩子,收入低,负担重,既要上工,又要顾看孩子,独自支撑,首尾难顾。

教育缺失。子女对母亲有天然的依恋,农村传统男主外女主内,子女成年前的教育主要靠母亲。陆达华谈到,"没人管教,书没读好,否则我不一定现在这个样子","他们的婚姻,影响并改变了我的道路"。

原生家庭与再婚家庭的矛盾。有观念问题,传统戏中后娘的蛇蝎形象流传甚广。有情感问题,子女与继母的关系犹如天敌。有经济问题,陆达华抱怨父亲实在太过分,"我办这么多事,他没表示过什么,没有买双筷子买只碗"。

陆明生父子同样离婚再婚,两代人的婚姻有多大程度的传递关系?陆达华离婚时,儿子"也不来劝,看得出来,他有点难过","一般是我打电话,他才打电话,不主动联系,性格内向不过","平时跟他来往不多"。这些细节的背后,有着什么样的故事?

张伯苓并不认为新式婚姻就更好。他说,新式婚姻在结婚时即存有可以离婚之后门可走,故双方不肯委曲求全;旧式婚姻结合后,认为只有共同生活一途,不作他想,故能力谋和谐。

然而,自主婚姻不可逆转,因为它更加符合人的本性。随着经济发展社会进步,人的个性更加张扬,两性关系更加开放,思想观念更加解放,传统的婚姻家庭将发生更加深刻的变革。

婚姻是门艺术,事关人的一生,延及子女家庭……

可家里人害怕,"四类分子"经常挨斗,还做义务工。要不是因为成分,大人不会反对。我也理解他们的苦心,大人总是望子孙日子过得好些……

——陆明兴

二十四　陆明兴

儿子与几个人一起创业
我们老两口就是自顾自

太公　　抢亲　　父亲　　做工
办厂　　儿女　　恋爱　　忧郁

口述：陆明兴
时间：2015 年 9 月 13 日晚
地点：陆明兴家

陆明兴，1947 年生，陆明生弟弟，当过大队会计，乡镇企业职工，个体户，打工者。

陆明兴是生产队时期的棒小伙，长得壮实，力气大，80 公斤的重物，一般人挑不动，他站起来就走，轻松。古时候力大为王，农耕时代仍靠力气。

原打算下午访谈陆明兴，他临时上街去了。说是在家闲着无事，买几十斤芋头，洗净加工，再到街上卖，赚点差价。看起来，他家经济并不宽裕，否则不会忙乎半天，挣这点小钱。

傍晚时分，陆明兴街上回来，赶紧洗菜做饭。晚上约了几人，一起小聚，边喝酒，边叙旧。

饭后,趁着酒兴,陆明兴缓缓道来……

我太公有两个女儿,没有儿子。一个女儿嫁给地主,一个女儿嫁给陆定石,有名的"沙棍",开垦沙滩的,家里请打手,有枪的。公公叫陆士明,领养的,不是陆家的种,不会做什么,游手好闲。

听老人讲,我太公手里有99亩田,满以为有点田亩家产,吃吃混混不要紧,没创下什么产业,吃白药、赌钱样样来。有一次他骑马出门,看到一块田荒在那里,就骂,"谁家这么懒,把田种成这样子?"

当地人不认识他,说这是界岸陆家的。他这才知道是自家的田,自家的田都不认识,忘记了。钱家开油车坊,土改评地主。其实,早先陆家比钱家有钱,钱家的油车,本来是我们陆家的,太公败家了,才转卖给钱家的。

我小时候记得,叔叔家的屋是祖屋,房梁像水桶那样粗,五八年挑望虞河,拆掉做推土车用的。那时候"大跃进",大家吃食堂,吃饭不要钱,共产主义到了,还要房子干啥?公公手里剩几十亩田,弟兄俩一分家,土改时我家有11亩田,家庭成分贫农。

我家11亩田哪来的?三四亩田陆家的,其余外公家的。他家没有儿子,田陪嫁给女儿,年纪大了靠女儿,在我家养老送终的。土改时,我家可以分到田,6分多,队里钱家的。父亲说,"我家哪要种钱家的田?不要!"你不要,别人正好。两家老辈里有矛盾,打过官司,不服气。

我奶奶叫陆徐氏,公公的后妻,原来是成华的婶娘,寡妇,旧社会抢亲抢来的。白天预先讲好,夜晚河上搭块跳板,一帮人过去,把人"抢"过来。第二天,装模作样到茶馆"说理",赔多少钱,折几担米,就算既成事实。

后来他们还问我公公,这个老婆几担米值不值?公公连声说,值,值。奶奶来了之后生小叔,这个叔叔得了麻风病,1954

年去世。死了以后,用一个缸装殓,上面加个盖,水泥封实后埋葬的,57岁。

再说我父亲。他念到小学毕业,后来修弹花机,开小酒馆,做小生意,队里人不跟他啰唆,说穿了就是有点妒忌,1964年破伤风去世。我记得,他每天早上到街上喝酒,回来衣襟一围就干活,八字胡子,剃个光头,好像很老了,那时生活苦,实际上也就五十来岁。

父亲喝酒不用菜,柜台前打了酒,站在那里一口干,顶多一根萝卜干,酒喝完,转身就走。酒店最恨,这叫喝"寡酒",不买小菜,赚不到钱。生产队冬天搓"腰捂",他打的"葡萄结",与别人两样的,搓绳搓得快。几个人开玩笑,把他搓的绳藏起来,说他搓得少,要扣工分,他一下就把自己搓的绳找到了。

父亲的力气相当大,我家的粪箕特别大,一担抵人家三担,别人挑不过他。单干时家家户户粪箕大,挑一担是一担,省工。后来到生产队,挑担论担数,粪箕大小都是一担,一样记工分,结果粪箕越来越小。

喝"寡酒",搓"腰捂","葡萄结","粪箕",这些农耕时期的用词已经淡出,听得懂的人越来越少。

我念到小学毕业,父亲去世,哥哥结婚分家,两个妹妹还小,家里没有劳动力,就到队里挣工分。上小学时在地里锄草,听到学校打上课铃,连快快跑去上课。1972年生产队当会计,后来到大队当工业会计。

起初,我在家里办厂,做眼镜上的方钉,忘记为了什么事,大队书记让我捐款,要500元。我刚办厂,没什么钱,对他们说,"你们就知道捐款,这样的大队干部多好当!"他们呛我,"你说好当,你来试试!"将我一军。我说我来就我来,第二天就去上班。当时农村刚刚放开,不管小队还是大队,干部社员各逃生路,找个像样的人当干部很难。

在大队里做了一年多,没有什么意思。丈人在公社医院当书记,于是就到医院上班。先是负责后勤,54元钱一个月,工资蛮高的,干了两年多。后来医院里办生化厂,把我调过去,管设备,封个设备科长,管基建。

李永清在医院当保洁员,常给我叹苦经,说人家都在起屋造房,我家底子差,娘子有病,两个儿子做裁缝,一年到头不回家,也不知道有没有挣到钱,急得不得了。晚上他来我家商量,想弄点钢筋,起屋时浇灌过墙板用。

我晚上在工地,偷偷割了七八根钢筋,手指头粗,螺纹钢,每根两三米长,破布包包。李永清拿着,早晨带回家,特地从小路走,防止被人看见。那天真是不巧,刚好生化厂负责人迎面撞过,当时没揭穿。他来查问并批评我,我说,李永清家实在困难,没有办法,算了吧。他没有吭气,这件事也就过去了。

生化厂做了两年多,离厂回家……

"大队会计一年多,医院里两年多,生化厂两年多,你在一个地方为什么总是干不长?"我插话。

队里好多人家造楼房了,生化厂拿点死工资,没有钱怎么造楼房?回来办眼镜厂,夫妻两个做,也请几个人,苦了3年,起了现在这个楼房,1988年起的。那时陆炳生当大队会计,娘子天天跟他吵,嫌挣不到钱,他不干了,接下来我做。后来我娘子生病,要服侍,大队里回来。娘子生病,前前后后用掉25000元,病情时好时坏,钱差不多用完了,病没有看好,1993年去世,48岁。

她去世后,我一年多时间闲在家里,缓不过神来,灰心丧气。后来出去做冷作工,烧电焊,做白铁皮,跟姐夫一起,边学边做。我们胆子小,门路少,不敢搞承包,光做日头工,做一天算一天,每天五六十元,不像现在一天几百块。这么多年下来,一直没挣到大钱,也没聚到多少钱。

女儿小学毕业,派出所做后勤,打扫卫生,送送开水。女婿瓦匠,40多岁了。儿子职业中学毕业,数学好的,就怕英语,经常逃课,没考大学。先在农机厂做车工,上班经常迟到,自由散漫。挨老板批评,一恨气,从厂里出来,刚好摸到一个奖,8.8万,就与几个人一起创业,修船。

开头几年忙,这几年生意不好,工人回掉了。他主要做密封件,浙江、深圳那边有需求,就去换配件,有资质的,领执照花了20万,经得起验收。儿子住丈母家,媳妇是独生女。孙子从小外婆带大,与我们在一起的时间少,跟我们好像没什么感情,今年16岁,下半年念高中。

他们在镇上买了房子,事先没说,搬家前告诉我们。两家4个老人一起去,吃个新灶饭,我带个红包,1万块钱。本来应该贴点他的,手里实在没钱,他也知道,没跟我要。我们年纪一年大一年,现在也就是自顾自。

"文革"之初,陆明兴与小芹恋爱。小芹家是地主,陆家不同意,拖了很长时间,最终棒打鸳鸯散。

我请陆明兴谈谈当时的情况,他沉默了一会。

她蛮聪明的,懂道理,做的鞋子好,手脚快,一天能做一双鞋。家里成分高,平时不太响。她妈贤惠知趣,说话轻声轻气,不伤害人,其实很厉害的,成分高,没有办法。我看中小芹人玲珑,手灵巧,她家大人也同意,喜欢我。如果不讲成分,不是"文革",这门亲事肯定成功。

我们家里拼命反对,说她家成分高,娶了她子孙受牵连,没前途,说话没权利,就是这样。我不讲成分,只要人好,有出息,有什么不可以?可家里人害怕,"四类分子"经常挨斗,还要做义务工。要不是成分,大人不会反对。我也理解他们的苦心,大人总望子孙日子过得好些。

　　这件事前前后后两年多,我心里转不弯来,后来她家大人灰心了,不那么支持了。小芹也说,看这个样子,嫁过来也不会有好日子过,只好算了。后来她嫁了人,苦啊! 男人长年在外,她一人在家,两个孩子,里里外外一个人。

　　她多少苦啊! 种那么多田,一身的伤,骨头变形,手指关节变粗,差一点送命。现在人瘦得不像样子,老得都快不认识了,听说两个儿子还好。如果她跟了我,肯定不至于这个样子,我不会让她受这个罪,两个人总有个帮手啊。

　　现在我们街上经常碰到,互相打个招呼,很客气。这有什么用? 多少年了,一直想着,还在想着。怎能不想? 不忘记的,到死也不忘记的。她肯定也想的,是不是? 只不过不好在嘴上讲。她肯定也想的,不想不可能的。

　　也许酒后,陆明兴才能如此坦露。
　　接下来,陆明兴述说前妻患病去世的事儿。

　　我老婆的病,实际上是遗传的,她舅舅有这方面的疾病。医生说是更年期综合症,我看不像。她经常疑神疑鬼,本来在走路,突然停下来,不敢走了,说是看到前面路上一摊血,害怕。我们不相信迷信的,后来没有办法,听说信教就好了。带她去教堂,回来病反而变重,一天重一天,听到鸟叫都怕。医院里去看过,县精神病院住几个月,一直在治疗。

　　开始发现症状,就是疑神疑鬼,大白天,怕得不得了,走路都不敢,医生说是忧郁症。死的隔天还是蛮好的,他们说喝农药了,当时家里没有农药啊。我早晨街上回来,她睡在侧厢屋里,脸上颜色没变,好像还笑眯眯的,喊她不响,已经不行了。马上叫人,准备抬到公社医院抢救,刚出门,丈人医院回来,一看一查,说人没用了。

老婆发病时,曾经吃过一次药水,她自己搞的,老鼠药拌饭,药老鼠。那次病情发作,准备信迷信,丈母从三大队喊十几个人,说好第二天来念佛。我女婿做瓦匠的,有"扑扑"车。黄昏头家人一起商议,我明早上街买菜,女婿开车把念佛的人接过来。

　　正说着,老婆突然跑到灶门前,抢过拌老鼠药的碗就吃。我们一直注意盯好的,马上夺碗,夺也夺不下来,吃了不少。立即送医院,总算无大碍,也许是时间长,老鼠药失效了,也许是抢救得早。去世那天,没见她喝农药,没有闻到药水味。从发病到去世,前前后后两年多时间。

　　陆明兴的初恋刻骨铭心。

　　他的恋爱观是那么纯净。在阶级斗争为纲的极左年代,"我不讲成分,只要人好,有出息,有什么不可以?"可家里人害怕,一边是爱情,一边是亲情,左右为难,何等纠结?"如果不讲成分,这门亲事肯定成功",一声叹息,终生遗憾。

　　初恋成为陆明兴无法抹去的记忆。"她多少苦啊","如果她跟了我,肯定不至于这个样子","多少年了,一直想着,还在想着,怎能不想?不忘记的,到死也不忘记的",真男子情义无价。

　　陆明兴妻子中年亡故。从陆明兴描述的症状看,可能是脑科疾病,抑郁症。农村对这类疾病了解不多,得了病不声张,怕丢人,发现得晚,治疗得晚,医治水平低,往往酿成悲剧。

　　妻子去世打断了陆明兴的人生旅程。他一年多时间闲在家里,缓不过神来,灰心丧气。后来重新成家,做冷作工,烧电焊,做白铁皮,打零工,"一直没挣到大钱,也没聚到多少钱"。

　　经济上不宽松,又带来情感方面的某些缺失。"孙子从小外婆带大,跟我们好像没什么感情","他们在镇上买了房子,事先没说,搬家前告诉我们","本来应该贴点他的,手里实在没钱",

一种内疚与失落。

　　生产队时期，陆明兴英俊潇洒，身强力壮能干活，家里条件好，政治上不参与，过过小日子。30多年过去，陆明兴家境似乎不如人意，村里人为之惋惜，认为他有机会有能力发展得好些。

　　改革开放之初的八十年代，陆明兴是走在前列的。先当大队干部，后来医院工作，当生化厂科长，办个体眼镜厂，在其中任何一个岗位干下去，就可能成为农村干部，事业单位职工或者私企业主。

　　陆明兴为何不断变更岗位？家庭原因？眼界问题？个人性格？文化缘由？也许是，也许不是。我们都是平凡的人，一样的人，每个人都在追求不同的生活方式，不同的生活方式带来其独特的生命体验，否则，怎么叫命运呢？

我分到田的，多少田不知道，菜园田认识的，没干过农活，地里去玩过的。现在蛮好的。将来？没想过，早着呢！
　　什么叫穷？穷么，就是没有钱……

——陆瑶瑶

二十五　赵秀玉、陆达忠、陆瑶瑶

母亲一门心思望拆迁
儿子没有很好挣到钱

挑担　麦糊粥　造屋　病痛　社保
懒胚　个体户　请客　积蓄　专升本

口述：赵秀玉
时间：2015年7月27日上午
口述：陆达忠，陆瑶瑶
时间：2015年9月14日下午
地点：陆家

赵秀玉，1950年生，陆明清之妻，农民。
陆达忠，1972年生，陆明清之子，个体户。
陆瑶瑶，1995年生，陆达忠之女，待业。

　　赵秀玉是我家邻居，从小一起长大。那天上午，下着小雨，我到她家访问。
　　秀玉家也是两层小楼，20多年前建造，看起来比较陈旧，近几年没有装修过。堂屋里依旧是农家摆设，八仙桌，长条凳，小矮凳，竹篮，竹椅，还有一些农具。

秀玉夫妻与儿子媳妇一起住,分开过日子。陆明清在镇上看门,儿子儿媳上班。赵秀玉一边摘菜,傍晚时分去村头卖,一边与我聊家常……

我们那时候的苦,是真正的苦。父亲死时我11岁,他正月十七死的,大概是1961年吧,胃癌。在江北准备开刀,我到小阿姨家借了钱回来,老伯准备送钱过去。他听说要开刀,不舍得花钱,连夜逃回来。

当天夜里,父亲痛了一宿。我坐在他后面,捧住他的腰,给他揉一夜的肚子,早五更断气的。还想抬到医院去抢救,抬了一段又抬回来,没救了,断气了。他的胃癌硬是饿出来的,哪有吃的呀,吃不饱啊,硬是饿出来的呀!

父亲一死,家里我最大,11岁,三个妹妹,一个9岁,一个7岁,一个遗腹子,8月里生的。妈妈生了妹妹,没啥吃的,一样也没吃的。我挑40斤小麦,到镇上去换面,一个来回十几公里,那个肩上的泡,恨不得鸡蛋那么大,碰都不能碰,一个多星期才好,想起来真是眼泪一滴呀。

有了面要炸馓子,家里没柴草。我一个人跑到舅舅家,两只竹篓,装满木柴。一大早,舅舅送我一段,再回去开早工,不舍得歇工啊,我一个人挑回家。到底小啊,11岁,力气小,挑几步歇一歇,一步一步慢慢移,从早晨走到下午,早饭没吃,中饭没吃。天快黑了,还没到家。

好不容易挑到南面套圩埭,一个人骑自行车经过,他说,"要死了!我已经县城一个来回了,你怎么还没到家?"我说挑不动,实在挑不动啊!他看我可怜,帮着挑一段。到钱家桥那边,他让我先回家,喊父母来接。我担心他跑了,也不敢说家里情况,只说一定要跟着他走。想到父亲去世后挑那两次担,真正罪过啊!有时睡在床上,想想就出眼泪的。

"想想过去眼泪一滴,想到现在这么好的日子,我的身体又不好,不是这样病就是那样病。现在日子不得了好过,就是身体不好啊。"赵秀玉擦了擦眼泪,停一会继续说。

父亲死后,家里没吃的没用的,我一天到晚背只花笼,到河边割马兰头,回去煮煮当饭吃。挑猪草,两篮子猪草,早晨到街上卖,卖几角钱补贴家用,没有办法,实在没有办法。

年底继父来了,力气活有人干了,接连添两个妹妹,一个弟弟,全家九个人,七个小孩,苦得不得了。弟弟出生后,天天吃麦糁粥,就一把米,麦糁浮在上面,米粒沉在锅底。我小心翼翼捞些米粒喂弟弟,他只要我喂,别人喂就哭,两只脚乱甩。

弟弟一直对我有感情,大姐大姐不离嘴,过年时看我困难,给500元钱,年年给的。我出嫁后,他读书我尽力支持,每个星期不是20元,就是15元,支持他读书。那时明清开拖拉机,给别人耕田,搞运输,有几个活钱。父母哪来钱?没有啊。

那时候真是苦了又苦。一年到头没收入,好不容易挨到过年分红,家里吃饭的人多,透支,分不到钱。别人家养鸡下蛋,卖鸡蛋挣零花钱,我家连鸡也养不起,人都吃不饱,哪来粮食喂鸡?每天晚上纺石棉,姐妹两个,一天纺两斤,挣点加工费,一天一天熬着过。

"我是真正受着罪的,好不容易等到好过日子,又是这个病那个病。"赵秀玉再次提到她的身体。

我与明清结婚,是队长做的介绍。那时年纪小,不懂事,一个队里的,队长说了就答应了。结婚时娘家穷,陆家劳动力多,出嫁时一套马桶、脚盆是陆家买的,我的陪嫁就是两床被子,一只木箱。男方贴40元钱,算彩礼,也就40元钱啊。

记得结婚那年,到了夏天,明清连短裤都没得穿。我生小孩后,人家送来鸡蛋,7分钱一个,卖了鸡蛋,扯布做短裤。哪来钱啊?苦得要死,一样都没有,苦不出头,罪过啊!一想到那时,眼泪就熬不住。想到现在日子这么好过,身体又不好。

结婚时分到一间屋,朝东屋,过了几年,哥嫂出院造新屋,腾出地方来了。我跟明清商量要起屋,准备起三间朝南屋。大家都说,不能起朝南屋,因为门前有一条路紧对着,对冲的。我说我来想办法,寻来一块大磨盘,压在河边,现在还在。新房子造个壳落,瓦脊没做,准备挣到钱再来。

没过几年,标准高了,大家造楼房。夫妻俩挣几个钱,有点钱买点砖,有点钱添点瓦,有点钱置点楼板。孙女瑶瑶今年20岁,儿子结婚前一年造的楼房,也就是现在住的房子,可能是1993年造的吧。

"我们那个时候的苦,真正是苦有的。"赵秀玉一直在叹苦经。

明清当生产队长,当了一年,我不许他当。这个烂屎队长,有什么好当的!那几年还是苦,我们在家养群鸭,100多只,半夜里起来拾蚯蚓,露水大,裤子湿透湿透,一直捂到天亮,十天半个月都这样。我的类风湿关节炎哪来的?硬是这样捂出来的啊!

我们的事情真正……哎呀,不得了的多。你说有啥办法?没有办法的,没人帮我们。后来他弄个拖拉机,跑个体运输,进环卫所,退休后当门卫。我在家种地,养鸡,养母猪,种木耳,一天忙到晚,搞副业,弄几个钱。

现在家里养20只鸡,10只鸭,都在下蛋,积少成多,全部拿去卖。一个鸡蛋1.5元,一个鸭蛋1.2元,都是人家上门来买,鸡子鸭子来不及下。平均一天20几个蛋,30多元钱,几天100元,也蛮烫心的。昨天明清带出去30个鸡蛋,50个鸭蛋,卖到

105元钱。你看,又聚到300元钱了。

"你感觉到什么时候家里条件稍微好些?"我插话。

结婚头一年,两人做两人吃,年底分红分到100多元钱,全部还债,生孩子望产妇借的钱。生产队分田时,队里的拖拉机折价,我家买下来,农忙时帮人家耕田,闲时买个拖屉搞运输,这样活路钱有了,日子慢慢好起来,当然还是不舍得吃不舍得花。

要说什么时候条件好一些,也就是眼前几年,两人买社保借的钱还清,开始有积余。几年前买社保,我要6万5千元,明清要3万,加起来将近10万元,家中只有1万多元,其余的都要借。我不想买,借这么多钱,什么时候还得清?睡不着觉的。

明清跟儿子商量,先把我的社保买了,钱大家凑凑,儿子说要买,担心上当。第二天他上班一打听,立即打电话回来,赶紧带钱去,要买。向儿子借三万,孩子姑姑借一万,女儿凑五千。最后一批啊,幸亏当时买了,后来再也没有这个机会了。

到前年为止,借的钱全部还清,包括向儿子借的,还本之外加五千元利息,就算定心。儿子他们有没有钱呢?有是有点,不多,两个打工的,孙女上学,总归要开销。我们两家住在一起,经济上各顾各,上次水费我们交的,电费一年一来轮流交。

"我每天早晨5时多起床,喂鸡喂鸭,地里活干不动了,太阳也不能晒,头发昏发晕。"赵秀玉又一次谈到她的身体。

你看我人这么胖,一身的病,这里痛那里痛,说不出的不舒服,头昏头晕。脑梗,类风湿关节炎,心脏病,高血压,脂肪肝,每天吃四种药。前几天突然脚痛,不能走路,撑着拐杖也不能走。刚好弟弟回来,抓了药吃,好些了。现在吃五种药,一半自费,一半公费,每个月花100多元。

明清身体还好,就是有糖尿病,吃药控制住了。这么喜欢喝酒的人,再也不能喝了,一喝酒血糖就上来,酒尝也不能尝,沾不得。香烟抽的,两天一包,原来抽五块一包的,现在十块一包。酒席上拿到好香烟,像中华什么的,自己不舍得抽,全部给儿子。前一阵听说香烟涨价,他说不抽了,我听了蛮高兴,后来到底没戒掉。

我现在每月社保1200元,明清1300元,加起来2500多,平时基本不用,去年存了2万元。明清在看门,每月工资1200元,日常开支就用这个钱。我们还是要积聚点,假如生大病呢,你说对不对?今年打算再存2万元。

现在村里与生产队不一样了,各吃各的饭,除了打麻将,基本不来往,串门也不多。我一门心思望拆迁,拆迁后几套房子,与儿子媳妇分开过,大家自由点。我们两家电费轮流算,一年三四千元,我们能用多少电?

父母每月有500元养老金,零花够了,弟弟买点荤菜回家,生病费用他承担。蔬菜大米我们拿去,春节时外孙们给点钱孝敬孝敬,他们一分钱不舍得花。现在吃饭吃不下多少,一口口够了,20斤米,一家人一个月也吃不完,不像原来每顿几大碗,总也吃不饱(大笑)。

想想过去,那个日子一天也过不下去。哪像现在,要吃什么就吃什么,想种什么就种什么。父母的地,我家的地,儿子的地,都是菜园田,加起来亩把田,荒了不舍得,种点蔬菜、玉米,自己吃吃,吃不完就卖。玉米卖到120多元,两块半钱一斤,儿子带我去卖的。昨天打电话弟弟妹妹,让他们来拿玉米,几家人分分,大家吃吃。

"你儿子女儿过得怎样?"

我们一儿一女,都只读到初一,读不下去。我给他们讲,你们要读下去啊,做娘的没有文化,没有钱借钱也要供你们读,你们要念书啊!他们不情愿念,一点也念不进去,没有什么办法。我念到一年级,明清念到二年级,那时家里穷,念不起啊。

儿子今年44岁,修车床。先在农机厂工作,后来换过好几个厂。他有个习惯,中饭后一定要打瞌睡,不午睡就干不动活。在周老师厂里做一阵,被赖掉一万元工钱,他儿子赌钱,败家败掉了。前年到钢厂,修机床,忙得眼睛鼻子分不清。说好每月5800元,做到去年,左手不能动,使不上劲,今年2月离厂。

儿子是聪明的,吃了文化低的亏。厂里出来,做做歇歇,做两天歇一天,谁家车床坏了,打电话给他,连夜去修,白天企业开工。活儿蛮忙的,昨天上午出去维修,下午回来,今天一早就出去了,到哪儿去我不知道,管不了那么多。

媳妇上午上早班,中午回来吃饭,下午4点半上班,十点多才回来,商场上班,每月不到2000元。孙女21岁,中专毕业,在家闲了两年,没有工作,父母也不帮着找。明清东找西找,打听消息,介绍到云母厂上班,电脑上,有"双休",每月不满2000元,干了不久又说不去了。

孙女刚上班,发了几个钱,全部花光,给公公买一箱纯牛奶,给我买一箱甜牛奶,也算一片孝心。到正式发工资,给父母买凉鞋,给自己买裙子,都是网购的,有钱就花,随她去,开心就好。

"女儿离婚后再婚,又找一个懒胚。"勤快是好农民的基本标准,秀玉对女婿好像不是十分满意。

女儿与前夫生个儿子,十五岁,跟父亲。后夫有个孩子,已经上高中。女儿本来超市上班,花一万多元钱,学驾驶,拿A照。刚好镇上环卫所要人,拿到证第二天就上班,开垃圾车,3000多元一个月。苦得不得了,既要开车又要装卸,车上车下,忙个不停。一个亲戚介绍,到城里上班,工作轻松些,只开车,不装卸。现在开扫地车,近5万元一年。

女儿39岁,还能做10年。每月休息4天,忙着在家里收拾,没时间回娘家。她丈夫合资企业上班,3800元一月,小夫妻两个蛮好的。最近他们买一个汽车,贷款的,12万,挂上牌照13万,贷款今年8月可以还清。伤心啊,我没钱支持她。

儿子女儿待我们不错,过年时给我们买衣服,新衣服压箱底,不舍得穿。去年春节买一盒饼干,说是什么蘑菇饼干,100多元钱一盒,我心疼得要命,不让他们花钱。前几年困难,春节我没喊娘家亲戚吃饭。到去年,借的钱还清了,跟儿子媳妇商量,准备春节请客。

儿媳说,恐怕要500元钱一桌,我说随便多少。算算三四桌人,给她2000元,买菜用。儿媳吃了一惊,说哪要这么多钱?我说多退少补。后来还我1000元,算是花了1000元。我请客这是最后一次,以后他们来,我贴点钱,自己烧菜搞不动了,要他们作东了。

春节请客主要是娘家亲戚,明清家亲戚没喊。因为已有惯例,每年清明,他家姐妹回来上坟,我家与他哥哥家轮流请客,饭菜规格与春节是一样的。兄弟之间住得近,春节期间互相走走。

过去我们穷,被人瞧不起。记得明清退休前买医保,要借3000多元钱。她当着我的面说,"多大年纪了,还借这么多钱!"意思说我还不起。我当时没吭气,听在耳朵里,难过在心里。苦了几年,借的钱不也还掉了?

时间已过十一点,雨下个不停。在赵秀玉家吃中饭,茄子豇豆,丝瓜蛋汤,边吃边聊。

过了一个多月,按照预先约定,赵秀玉儿子孙女在家,下午再去访谈。

先听陆达忠讲述。他比较内向,话不多,语速慢,几乎是想一句说一句。

我没有在队里劳动过。分田到户后,父亲与堂兄到河南做过一阵木匠,母亲在家种地,我帮忙搭把手。母亲轧稻,我在边上捧稻,她开夜工开通宵,我在家做饭。我记得七八岁时,与舅舅抬只花笼,到镇上卖捡来的旧鞋破烂等。他卖到8块多钱,我卖到两三块钱,高兴得不得了。

小时候我念书,一点也念不进,不感兴趣,经常逃课,天生不爱读书,也弄不懂,天生不要念。好不容易到初一,还是停下来。16岁进厂,1988年农机厂招工,做乳胶手套生产线,学钳工,也做钻床。头一年学徒工,每月二十几元,中饭自己带,做了六七年,后来千把块钱一个月。

在厂里额外收入多,常跟师傅到社会上修机床。他不方便时,让我一个人接生意,打"野鸡",也就是说收入归自己。后来被厂里发现,最终离厂,算是开除。23岁结婚,娘子在乳品厂工作,1995年生女儿。离厂后到上海建筑工地,堂兄介绍的,做了两年,每年6000多元。

后来建筑公司换老板,形势不好,就回来了。再到师傅哥哥那里做,记不起什么产品了。做了两年,换一个厂,记不清什么厂了,做了三年。头年工资5万多,第二年6万多,第三年降到5万,不去了。在李勇那里做了三五年,当机修工,后来关厂了。还和老婆一起,在一个熟人那里做过两三年,两人一年收入3万5千元,太低,走人。

去年人家介绍我去钢厂。那地方怎么能去?就像吃官司一样,上班下班要打卡,一点也不自由。不守信誉,大年三十还不发工资,压了两个多月,拖拖拉拉。说好5800元钱一个月,又要扣养老保险,扣我4800元。

"那地方怎么能去? 就像吃官司一样,上班下班要打卡,一点也不自由",非常抱怨的语气。

去年钢厂出来,自己干,修机床。修普通机床,也修数控机床,修各种机械设备。都是私人老板的,机器旧,拼命用,平时不保养,没有机修工,出了毛病请人修。原来有些客户,慢慢越做越多。这几年形势不是太好,上半年毛钱挣了4万多元。

娘子在百姓超市上班,扣除"五险一金",一个月拿1000多元钱。她不经做,挣不到钱,超市也是蛮苦的。女儿上班才几个月,不高兴去了,想重新读书,考本科,说是压力大。我也弄不懂她,估计是一天到晚盘电脑,做单子,跟不上。

这么多年下来,我走的地方不少,换的单位不少,没有很好挣到钱,家里积蓄也就十几万吧。我的腰做伤的,只能干个体,再在厂里正规上班吃不消了。要找新的行当,也不那么容易,没有人来帮衬,只能自己做。养老保险挂在企业,每年自己交的,挂了十几年,55岁可以退休。

四点多钟,达忠送妈妈去村口卖菜,我与瑶瑶交谈,她是口述对象中年纪最轻的村民。

瑶瑶是个"楼上小姐"。在她家访谈,没见她下过楼,一直在楼上。达忠叫她下来见我,随便谈谈。

姑娘长得漂亮,满脸阳光,开口便笑,非常活泼,单纯稚嫩。

我1995年出生的,初中毕业读中专,中专出来工作难找。再念两年大专,会计专业,每周上一次课,其余时间在家自学,然后参加考试,今年7月拿到毕业证书。

爷爷介绍到一个企业工作,坐办公室,开开单子。做了5个月,不去了。为啥不去?工资太低了(嘻嘻笑),一个月才1400多元钱。你问我妈妈多少钱一个月?差不多也就这样(嘻嘻笑)。

"从厂里回来与父母说过吗?"

说过,说过的(嘻嘻笑)。他们不同意,他们就是不同意(咯咯笑)。厂里压力大,工资低,想出来念书,念出来争取有个好工作。这几天准备报名,专升本,念本科。要入学考试,我也发愁,担心考不上(嘻嘻笑)。可以多考几次,能考上的。还没报名,正在选学校与专业。

"你与父母商量吗?"

他们知道的。他们嘛,嗯,他们也不知道让我念什么。我要考的是网络教育,远程教育,电脑上课,平时在家学习,最后要去学校。

可能要再念两三年,学费万把块。哪来钱?喏,他(用嘴示意,指父亲,大笑不止)!

"你对农村有什么印象呢?"

嗯(思考一会儿),我分到田的,多少田不知道,菜园田认识的,没干过农活,到地里玩过的。

"你觉得现在过得怎么样? 将来呢?"

现在蛮好的。将来?没想过,早着呢!
什么叫穷?穷嘛,嗯(想想),就是没有钱(咯咯笑)。

赵秀玉夫妇与儿子儿媳住在一起,虽然经济上分开,总体上仍是大家庭格局。祖孙三代的不同讲述,反映出代际之间不同的人生体验。

赵秀玉一直在叹苦经,苦,几乎是她人生的全部。

少时悲苦。11岁父亲去世,四个女孩她最大,开始挑起生活的重担、家庭的重担。"想到父亲去世后挑那两次担,真正罪过啊!有时睡在床上,想想就出眼泪的。"

婚后穷苦。出嫁时娘家必备的马桶脚盆是婆家购置的,婚后生孩子卖鸡蛋给丈夫扯布做短裤,买社保借三千元钱有人怕她还不起,"一样都没有,苦不出头,罪过啊!"

老年病苦。"好不容易等到好过日子,又是这个病那个病","脑梗,类风湿关节炎,心脏病,高血压,脂肪肝","一身的病,这里痛那里痛,说不出的不舒服"。

2014年,赵秀玉夫妇买社保借的钱全部还清,存了两万元钱。这一年,赵秀玉64岁,存款来源主要是两人的社保养老金。

陆达忠一直讲进厂退厂,他的人生仿佛就是这样的过程。

在他的简短口述中,能够回忆起来的从业经历,15岁进厂当学徒,从农机厂到钢厂,不到30年时间,先后进出七家企业,没有一家超过五年,最后当个体户。有人说,不会游泳的人,总怪游泳池,老换游泳池,学不会游泳。

退厂缘由各异。离开农机厂是因为接私活,违纪开除。有家企业因为工资先升后降,赌气不去了。钢厂工资不算低,离厂原因之一,"就像吃官司一样,上班下班要打卡,一点也不自由"。

陆家人不爱读书,达忠"一点念不进,不感兴趣","弄不懂,天生不要念"。他爷爷如此,让念书就往河里跳。他父亲如此,"小时候连念几个三年级"。陆达忠同辈近十人,读书最好的也就大专。

陆家人都很聪明。爷爷辈两兄弟,一个无师自通会修弹花机,一个巧手木匠打造风车。叔伯兄弟四人,会搞家庭副业,开过眼镜厂。达忠堂兄弟几人,在企业上班的少,做手工业、个体户的多。代际传承在多大程度上影响了后人的择业观乃至人生？

陆达忠述说，"这么多年下来，我走的地方不少，换的单位不少，没有很好挣到钱，家里积蓄也就十几万吧"。"这几年形势不是太好，上半年毛钱挣了4万多元"，客户总是"越做越多"。

陆瑶瑶一直嘻嘻笑，她的人生是从"掌中宝"开始的。

无忧无虑的瑶瑶，与农田农业已经没有关系。爷爷好不容易帮她找个工作，办公室开单子，每月1400多元，跟妈妈挣得差不多。可她嫌钱少，说不去就不去。

瑶瑶还想念书，网络教育，大专升本科，念出来有个好工作。几年前中专毕业，工作不好找，在家读大专。她也发愁，担心考不上，又说多考几次，能考上的。学费么，她不愁，靠父亲。

陆达忠家在界岸条件不算好，丰衣足食，小康人家，瑶瑶没有吃过苦，贫穷于她很陌生。"什么叫穷？就是没有钱！"啊，祖祖辈辈遭受的穷，没有钱三个字怎么能够涵括？

农民不怕苦，苦惯了。时代不同了，如今的年轻人，再也不必含辛茹苦。老农民艰苦奋斗那股劲儿，父母辈吃苦耐劳那股精神，还需要、还能够传承下去吗？

陆瑶瑶终究没有读书。2016年夏订婚，冬天成婚生子。这一年，她21岁。

老班长曾经讲过，这么远的路，我们恐怕都回不去了。你们真要走的话，方向要记准，一直朝着太阳跑，总归大差不差。我们记好这句话，朝着太阳的方向跑……

——赵顺荣

二十六　赵顺荣、刘小妹

九死一生锦州逃回家
借钱无门到死不忘记

| 壮丁 | 锦州 | 逃脱 | 跳海 |
| 浮肿 | 借钱 | 老人费 | 子女 |

口述：赵顺荣，刘小妹
时间：2015 年 4 月 21 日下午
地点：赵家门口

赵顺荣，1927 年生，1948 年拉壮丁至东北战场，1961 年入赘赵家，农民。2019 年 2 月去世。

刘小妹，1932 年生，赵秀玉之母，前夫去世，招婿上门，农民。

1961 年冬，隔壁来了个新女婿，娶他的是刘婶娘，寡妇。上门女婿叫赵顺荣，35 岁，人到中年，结婚了，有家了，不当光身汉了，乐得合不上嘴。

1965 年，生产队忆苦思甜，赵顺荣讲起旧社会被抓壮丁的事。还没讲上几句，就有小青年打趣：当过中央军？上过战场没有？向谁开的枪？啊呀，说不下去了，说不清楚了。

此后，队里人不时跟他开玩笑，"老中央，老中央，打胜了有奖，打败了有抢。"赵顺荣有些尴尬，也不争辩，跟着大家一起憨憨地笑。

五十年过去了。阳春三月的一天下午，春光明媚，风和日丽，在赵家院子里，年近九旬的赵顺荣老人，再次讲述当年被抓壮丁的事儿。

老人有气喘病，讲述时异常激动，频率快而急，嗓门特别大，一旁的老伴刘小妹，不时叫他说话慢点、声音轻些……

我是纯阳人，今年89岁，哪一年出生不记得了（1927年）。家里弟兄四人，我最小，就我一个人了，他们都不在了。我一出道就做小生意，这样做做那样做做（咳嗽），平时又节省，搞到蛮多钱。

那几年糊得蛮好的，有了钱就买田，那时兴买田。买两亩田，我经手的，名字也是我的。买了田就进社，你说可怜不！买了田，进社了，大家拢到一起，转眼田就没了，罪过啊，那时候。

你问拉壮丁，噢，我被拉过壮丁的。哪一年记不清了，在床上……在床上抓走的。抓壮丁，村里的男人都出去躲，我不躲。为啥？我长得细小，还没成人，就是个小孩，别人躲，我没躲，用不着躲。那天躺在床上，天还没亮，突然进来几个人，保长什么的，一下子就被他们拉走了。

走的时候，说有十石米，哪来？一粒米没见到。一拉拉到乡公所，腊月里，都快过年了，一起拉走了。大家都哭，不想走，有什么办法？只能跟着走。吃的苦这辈子忘不了，死也不能当这个兵，受了多少罪噢！

当那个兵，吃也吃不饱，先是吃籼米粥，后来吃高粱米，黑里泛红，不好吃，大家都说伤脑筋。一天到晚走路，走了几个月，不知走了多少路，也不知道走到哪里去，一直往北走。到天津上船，下船后再走，最后到了，说是锦州，辽宁省锦州县，最北面。

"啊！辽宁锦州？什么部队什么番号？"我大吃一惊。

198师,392团。步兵,连里轻重机枪都有,块头大的拿机枪,我个子小,拿步枪。也打靶训练,好像我打得还蛮准。在部队里,你不犟不挨打,犟就挨打。有个老乡姓陆,六指头,犟里犟气,被长官"咣喹咣喹"打耳刮子。

我个子小,排队倒数第二个。班长也是老乡,年纪大哉,恨不得有四十多岁,他不捉弄我,也没照顾我。排长连长不记得了。实事求是讲,到东北上过战场,听到远处枪炮响,没有正经打过仗。

我和同乡两人一起被抓去,开始就用心,排队在一起,分连在一起,逃跑也一起,互相有个照顾。我们的驻地是丘陵地区,高高低低起伏不平。听老兵说,冬天不能逃跑,太冷,要冻死的;晚上不能逃跑,路不熟,走到山里转不出来就麻烦了。

那几天,枪炮声越来越近,大家偷偷说,马上要打仗了,赶紧转念头逃跑。我们的防区在一片低洼地,早上,我俩啥也没带,偷偷跑了出来,弯着腰,低着头,沿着战壕只顾跑,一直跑了差不多有十几里,才停下来。

"往哪儿跑？有目标吗？"

不知道往哪儿跑,也不是找解放军,就是怕打仗,保一条小命。记得老班长曾经讲过,这么远的路,我们恐怕都回不去了。你们真要走的话,方向要记准,一直朝着太阳跑,总归大差不差。

我们记好这句话,朝着太阳的方向跑,跑着跑着,总算没跑错,遇到解放军,这下定心了。他们叫我俩举起手来,简单搜了搜,问我们从哪里来,有没有带武器,准备到哪儿去。剥下我们的臂章,说你们要回家吗？回家很好,如果不回家,留在我们部队更好。我们怕打仗，都说要回家。

我们离开的时候，解放军打了一张路条，好像是通行证，没给路费。回家的路上，碰到一群一群的逃兵、老兵，很多。一群逃兵二十来人，我们只有两人，弄不过他们，把我们的衣服剥去，只剩一件衬衣、罩裤。

沿路吃饭东要要西讨讨，有一户人家最好，白米粟子烧的饭，我吃了两碗，不好意思再吃了，那时的肚子，4碗也吃得下。一路上肚子饿透了，几个月里，就记得吃了这么一顿饱饭。哎呀！难得碰到这样好的人家，有饭吃，有菜吃。什么地方？什么人家？到现在也不晓得。

我念过几年书，勉强能看报，写信也可以。拿着解放军开的条子，上面写着从哪里到哪里，怎么走怎么走，一路走一路问，简直是瞎天闯。那边人的话又听不懂，问也问不着，一点不知道哪里是哪里。

"朝着太阳跑！"隐喻还是实指？

我们两人走到天津，想乘船到上海。他个子大，先挤上船，我力气小，挤不上去。他走了，剩我一个人，怎么办？急得不得了，走投无路，想想投海吧，我投海的呀！

我跳到海里，又不会游泳，糊里糊涂一划一划，不知怎么划到边上，没有沉下去，没喝多少水，否则早就淹死了。听到岸上的人讲，"快点！快点！"有人递下来一根竹竿，让我抓住，拉我上岸，算是捡了一条命。

船坐不上，再去找火车，上车时又被一把拉住，问我要票。我说，"我要回家，没有车票，没有钞票。你看我这个样子，有没有钱？没有行李，没有东西，两手空空，一无所有啊。我要回家！"等了好几天，总算让我上车，坐到无锡。无锡要乘船，还是没钱，肚子饿煞。他们盛一碗饭给我吃，乘上船，总算到家。

从东北到家,走了三四个月。春天三月里开始跑,慌慌张张,一直跑到六月里,大夏天才到家。到了家,人又瘦又脏,身上白虱满把抓,衣服破破烂烂,家里人都不认得我了。

从东北回家后,与父母一起种田过活。土改时家里是贫农,后来土地入社归集体。先是"大跃进",再是饿肚子,年纪一天天大起来,一直没成家。35岁那年,有人介绍,说这边一个寡妇四个小孩,还欠债,要招女婿。这些我都知道,有家总比没家强,再怎么也得成个家。

到这里以后,又生三个小孩,加上前面四个,九个人吃饭,两个人劳动,生产队分不到红,年年透支,你说困难不困难?"文化大革命"中,我父亲82岁,腿脚不好。我把他用独轮车推到大哥家,住了几天,再接到我家,也住了几天。

路上经过好几条河,都是坏的木板桥,一块板有一块板没有的,车走在上面"咯吱咯吱"响。父亲又不能下车,真是吓死我了。我心里想,如果有命活,车子不要倒,如果没命活,要倒霉,我也没法子。父亲在两个儿子家住过,回家后不吃不喝,不久就去世了。

我老家的村子全部拆迁了,镇也并掉了。三个哥哥都已去世,侄子们过得不错,去年还来过,没有当老板的。三哥家的儿子又高又大,二哥家的儿子被车撞后,坐在残疾车上。姐姐家两个儿子也过世了,小的52岁,癌症,走了好几年了。

我们老两口自己烧点吃吃,自得其乐。天热了身体好些,冬天喘得厉害,这一阵身体还不错。想吃肉有肉,想吃鱼有鱼,儿子女儿送的。前两天儿媳买回一大包排骨,还在冰箱里放着,什么苹果啊香蕉啊,他们经常买回来,不愁没吃的。

赵顺荣讲了四十多分钟,有点亢奋,好久才平息。
接着,他老伴刘小妹讲过去的事儿、家里的事儿。

我娘家原来是江北人，外公家条件好得很。后来江北坍塌，家塌掉了，没有办法，只好搬到这边来。我家姐弟七人，三个哥哥，一个姐姐，两个妹妹。前夫经常到他姐姐家玩，他姐姐家就住在我家隔壁，一来二去就认识了。那时我小，十七八岁，等于被他骗来的。

他长得又高又大，就是家里穷。我父母不同意，说他家经常没有夜饭米的，为了钱自己卖壮丁，出去后再逃回来。我过来时，他家连碗筷都没有，分到一间半屋。1958年，他到望虞河工地挑河，挑伤的，后来吃食堂，饿伤的，全身浮肿，不久走了，30多岁。

那时借不到钱的，谁肯借给你啊？没有人家好借。（停顿）周老师你总认得的？好像是要轧米，我向他借钱。你猜他说什么？到现在我都没忘记，"你倒要借钱，到啥辰光有得还？从哪里来钱还？"我一直记着这句话，到死不忘记，不会忘记的。没地方借钱，借不到哇！

"家里这么多人，再节省也要开销，没有钱怎么过日子？"

怎么过日子？我说给你听啊。家里孩子多，布票，油票，什么票，自己不用，全部跟人的（卖掉）。想穿一件好衣服？没有的。菜园里种点胡萝卜，哪舍得吃？全部拿去卖。几天不烧一顿菜，菜里没有一滴油，顿顿麦糁粥，一粒米没有。糊一天是一天，糊到哪里是哪里，就这样硬熬过来的。

那年我娘去世，正是莳秧时候，喊我回去吃米饭。怎么办呢？我前头那个人，没有一件衣服不破的，出不了门。向谁借的呢？向周支书借了件半旧夹袄，穿着去吃米饭。我穿件士林布衣裳，肩头打着补丁，这件衣裳还是出嫁时做的，穿了十几年，都发白了。

女儿出嫁，哪像现在，彩礼十万八万给，那时也就80元钱，陪嫁一床被子，什么都没有，困难得很啊！照像过去，我们老早死掉了。我一直讲的，现在一天三顿白米饭，又是肉又是鱼，你倒是吃呀，吃不下去了！以前没得吃，连老鼠肉都好吃。

说给后生家听，他们不相信，说那叫过的什么日子？现在的人要听，嘿，他们不相信呀！李国平说，小时候婆婆顿顿烧麦秕粥，不好吃。我说，你不要这样说，那时不少人家麦秕粥喝不上。春二三月，天天望麦子黄，等不到黄就碾麦粒，吃"汁仓"，一顿接不到一顿。

"你们什么时候开始好起来的？"

分了田，分田后慢慢好起来。什么事情都能依照自己算，自留田里种点菜，种点木耳街上卖。也舍得烧顿饭吃吃，过年蒸糕蒸馒头，油也不卖了，还买油吃，慢慢里，慢慢里，就这样变好了。过去我们受足罪的，真正啊！

家里生活好转是分田以后，真正享福是儿子工作以后。我们两人快90岁了，我们的生活靠政府、靠国家，去年每月500元老人费，今年没拿过，好像又涨了。有这么几个钱，儿子再带点菜回来。

养老保险我们没买，要买就要儿子搬钱出来，哪来这么多钱啊？儿子社会交往多，孙女要读书。我们吃饭花不了多少钱，前几年还种点油菜，现在种不动了，油买来吃，几乎样样买来吃，连鸡都不养了。

我有颈椎病，脖子酸痛，菜园田不能种，像割秧菜这样的弯腰活干不了。去年头昏，浑身麻木，站不牢，想开刀的。样样搞好，打好麻醉，进了手术室，说是血压高，降不下来，南京来的医生不敢动手，结果没开成。

去年过年的时候，儿子给1000元钱，苏州女婿年年给钱的。亲戚们来拜年，开支都是儿子来。我没有本领买，买了拿不动，烧菜也不行了,全是他们张罗、开销、招待。我们年纪大了,开张不了,只能稍微出点压岁钱。

"你七个子女的情况怎样?"

大女儿大女婿都买了社保,借的钱去年还清。苦还是苦的,现在每月养老金加起来将近 3000 元。

二女儿不要紧了。她身体不太好,在家里种点菜卖卖。女婿还在厂里上班。两个外孙有出息,大的当干部。

三女儿儿子找个富二代,结婚在家里,住在丈人家,在丈人厂里上班。她算苦出头了,还上班呢,买了社保,有养老金。

四女儿一家住苏州,她带小孩,女婿外孙都在苏州工作。经济上蛮好的,就是一年到头吃药,身体亏,总算逃出来了。

五女儿困难些。外孙结婚,装修房子,借了些钱,大多还清,又在镇上买了房子。欠了几个钱,就愁还不掉,一家人日里夜里忙。

六女儿忙着娶儿媳。

儿子今年 45 岁,镇上医院当副院长。一个孙女,正在南京上大三,说毕业后要在那里扎下根来。

从赵家告别出来,已是傍晚。西天一片彩霞,农家几缕炊烟,村里格外宁静。

赵顺荣与我家紧邻,过去只听说他被拉过壮丁,不知有如此惊心动魄的经历。天没亮从被窝拉走,不知生死一直往北走,战场上冒险出逃,天津跳海几乎丧命,那种惊恐,那种无助,那种绝望,非当事人无法想象。

赵顺荣年事已高,部队番号脱口而出,60 多年前的伤痛刻骨铭心。查有关资料,198 师隶属 54 军,1948 年驰援锦州,守备锦西,赵顺荣大概就是此时上的战场。士兵多是抓来的壮丁,未战先溃,这样的军队岂有不败之理?

刘小妹的讲述就是贫穷的注释,穷人才知穷滋味。贫穷,意味着没有一件好衣服,经常没有夜饭米,遭人白眼借钱无门,深入骨髓的卑微与麻木,以及深不见底的窘迫与无望。

刘小妹家的贫困带有普遍性,人民公社时期大家都不富。也有特殊性,七个孩子,两人劳动,收入低,负担重,绝大多数家庭难以承受。从这个意义上说,现今人们的小康生活,基础是少子女,若要负担五六个孩子,你试试!

2018年春节,赵家小院川流不息,子子孙孙前来拜年。赵顺荣夫妇,赵秀玉夫妇,陆达忠夫妇,陆瑶瑶夫妇,瑶瑶孩子,五代同堂,其乐融融。

实行计划生育政策三十年,刘小妹赵顺荣能够见到玄孙,当上高祖母高祖父,实在罕见,堪称奇迹!

农村父母真辛苦,传统美德在他们身上体现得特别明显,我永远不忘记。老人说,穷人的孩子早当家,我从小就想到,要靠自己的本领吃饭,不能依赖父母……

——赵春华

二十七　赵春华

从小知道要靠自己的本领吃饭
我的追求是想把医院搞得更好

上学　　卫校　　医院　　手术
收入　　父母　　历练　　平静

口述：赵春华
时间：2016年2月28日上午，3月3日晚上
地点：我哥哥家

赵春华，赵顺荣之子，1971年生，卫校毕业，镇医院副院长、党支部书记。

赵春华是刘小妹第7个孩子，与大姐相差21岁。农村重男轻女严重，早生儿子早得福，没有男孩要绝后。刘小妹连生6个女孩，第7个是男孩，村人戏称其为"得福"。

当年小"得福"已经长大，十几年前就当乡镇医院副院长。村里人交口称赞，夸他孝顺父母，懂道理，人品好。周仁田说他亲眼所见，老年病人行走不便，赵春华把他抱进病房，副院长能这样做，不简单。

家庭经济困难，父母文化不高，没有社会背景，各方面条件

不好。赵春华是如何"冲"出来的？外在机遇是什么？内在动因是什么？他经历了什么？这些都是我所关心的。

与春华约了几次，星期天上午，他来到我哥哥家，像知心朋友一样，向我述说他的童年，他的成长，他的人生，他的困惑……

我现在的性格，与家里的背景很有关系。从小时候开始，我就知道家里很穷，感到生活的艰难、艰辛。1977年我念小学，当时还是生产队。三个姐姐都在念书，成绩也不算差，虽然说不上特别好。

记得很清楚，那一年四姐考取初中，五姐上五年级，六姐升三年级，我报名一年级。暑假里，我跟四姐到中学玩过几次，要上中学了，她高兴得不得了。新学期开学，四姐报名费5块钱，我和六姐加起来5块钱。家里没钱，父亲想办法借到5块钱，只借到这些。

开始四姐还很高兴，借到钱了，可以报名了。后来，5块钱给我和六姐报名，四姐就没钱了。严老师是隔壁队里人，到家里来反复做工作，说四姐成绩不错，只管去上课，报名费过几天交也不迟。四姐大概上了两个月课，报名费一直欠着，实在不好意思，最后还是不去了。

"这件事给我印象特别深，当时只有8岁。"童年的记忆，影响着赵春华的一生。

五姐小学毕业后没上初中，直接回家挣工分。我记得特别清楚，她15虚岁，上工第一天，跟大人一起，扛着锄头下地，挣工分了，很开心的样子。她知道家里交不起书费学费，根本没有读初中的概念。再上面三个姐姐，都没读过几天书，从小就在队里干活。

这些事对我触动很大，虽然当时只有七八岁，没有什么能力,也没有更多的想法,但心里很难过,在大脑里留下很深的印象。在此之后,在这样的环境中,养成了我比较内向的性格,性格偏内向,如果外向点,可能更加好,这也是家庭环境所导致。

另外一个情况,我非常体谅父母,从有点懂事开始,就不想让父母在我身上多花精力、多操心。念书是不用他们担心的,做作业很自觉。他们一年到头忙,也顾不上关心我的学习。

记忆中只有一次,还是念小学的时候,我在家里做作业,父亲走过来看了一眼,很高兴地说,"啊哟!字写得蛮快的么。"我读书期间,他对我的关心,就是这么一句话,仅此而已。我作业做得是对是错,成绩是好是坏,他们没有太多概念。

后来念初中,自己拎着饭盒,天天走着去,半个多小时。冬天早晨上学,天刚蒙蒙亮,雾很大,五步以外看不见人。经常碰到惠惠娘,她一早起来去卖菜,说我起得早,她儿子还没睡醒呢。一个书包9斤重,天天背来背去,不像现在可以放在教室里。

那时只想把书念好,没有什么具体目标。农村里人么,哪来多少想法?什么理想啊,什么科学家、作家、老师,都是模糊的概念。

后来考上县里的卫校,带有很大的偶然性。当时成绩还好,我数理化比较好,文科一般。这与老师有很大关系,老师教得好,学生感兴趣,成绩就好。我女儿也碰到过这种情况,中学时英语老师好,英语成绩就好,后来换了老师,兴趣上不来,找不到感觉,成绩就下降了。

我念初三时,休过一年学,相当于自动留一级。当时学校允许的,老师出的主意,念两个初三,中考更加有把握。1987年中考,开始我一心想考高中,没有什么悬念,十拿九稳的。中考前填志愿,先填中专再填高中,因为中专难考,录取率低。我父母不懂,不参与,我也没人好商量。

那天在学校里填志愿,看到同桌填的是卫校。我想你平时成绩不如我,你敢填卫校,我为什么不敢?县里卫校原来只有护士班,那年第一次招医士班。我第一志愿填卫校,后面志愿填高中,结果被卫校录取。

入学后才知道,我中考成绩离录取分数线差半分,算破格录取,因为我当过苏州市"三好学生"。读初中时,我成绩一直好的,初二加入共青团,那时以成绩为主、品行为主。我们农村里长大的,相对来说比较单纯、淳正、本分,成绩好,老师总是喜欢成绩好的学生。

上卫校全部公费,每月发 20 多元生活费,还有助学金,经济基本自给,家里稍微贴些。卫校读四年,1991年实习,每个月拿60 多块钱,生活费够了。那时家里还是没钱,父母年纪大了,种田没收入,两人拖个板车,出去拾垃圾,来去十几公里。回家时大姐告诉我,我恨不得落眼泪,要他们立即停下来,不舍得让他们再吃这个苦。

我在学校比较节约,书费学费全免,有助学金奖学金,要是现在就麻烦了。考取卫校,就算跳出农门。乡下人考中专大专大学都一样,都算考上大学,因为户口转出去了。上卫校时我当过生活委员、班长、学校团委副书记,除了成绩好,大概人比较规矩,品行方面大家认可吧。

四年中专出来,就要找工作,想分配在我们镇上的医院,父亲找过院长,他口头答应的。真到分配的时候,按理说怎么也得再去看看院长,打打招呼,可能好些,一直没去。刚好那年要求去镇医院的有好几个人,形成竞争。结果我被分到县里最偏僻的乡镇,人称"西伯利亚",一般人不愿去。

在那儿工作了一年半,自己去找现在这所医院的院长,想调过来,因为这里离家近。这家医院在乡镇医院中算是搞得好的,当时需要人,院长当场答应。我的专业是医士,相当于大学里的临床,看病的医生。学校里什么都学点,主要是基础知识,跟正规大学的课程差不多,工作以后再分配,干内科或者外科。

那时乡镇医院没有几个正经科班生,我们医院只有一个大专生,两三个中专生,几个中医,还有就是赤脚医生转上来的,总共四五十人。1994年,到苏州进修一年,制度性安排,年轻人都有这种机会。经过进修,业务方面有长进,回来后独立执医,当外科医生。

"你是不是党员? 什么时候加入的?"

在卫校读书时,学校没有发展过学生党员。正式工作后,领导有针对性地培养,1998年入党,那时好像比现在松一些。一般来说,年轻人不主动打申请,如果你不是培养对象,打了申请也没用,你不好意思去问,反而觉得没趣,甚至有点丢人。

1998年,我28岁,医院选后备干部,比我资历深的人好几个,客观上形成竞争关系。我比较勤奋,做事踏实,有学历,医院里有小团伙,关系很复杂,我不参与他们的长短,群众基础好。过后知道,当时报了两个候选人,我与另外一个女同志,她比我年龄大一些,结果我上去了。

我不懂找关系,不会找关系,性格内向,找人难为情,也没人好找,完全顺其自然。那一批院长助理,全县有10个,我年纪最轻,据说过渡一下当副院长。过了好几年,一个也没动,到第四年,开始动了。经过考察,四个人直接提升为副院长,六个人从头再来,我算四个人中的一个。

"乡镇医院动不动手术? 你做过的大手术是什么?"

我做过的外科手术,最大的是肝破裂后的肝修复,比较凶险的手术。有一个职工,骑摩托车上夜班,摔了一跤,结果肝破裂,连夜送到我们医院抢救,胸腔打开都是血。当时我魄力比较大,患者没有预交费,手术需要备血,镇医院没有,必须市血防站送。预先打好电话,各方面联系好,手术期间随时取血,一晚上救护车送血送了十几次。手术一直做到凌晨5点多,总共7个多小时,相当成功。

这种手术,比一般的肿瘤手术复杂。肿瘤中胰腺、肝比较难做,直肠癌创伤面大,基层医院不太做。我们一般做胃肿瘤,还有一些良性的。大多数患者手术会到县医院去做,经济条件好的直接去上海。

"卫校毕业出来,一开始工资多少?"

我记得很清楚,8月份上班,每月127元,年终奖400元,平均下来200元钱一个月,蛮好了。当院长助理,待遇稍微好些,卫生局来考核,年底发奖金,最多一年2000元,其他方面差不多。当副院长,工资待遇与医生差距不大,也是年终考核发奖金,三四千元一年。

这几年不一样了。十多年前乡镇医院体制改革,镇政府与医院订立目标责任制,达到什么目标拿什么工资,参照国有企业办法,实行年薪制。副院长开始每年8万元,逐渐上升,去年16万元,各项扣除后到手12万,可以了。

参加工作后,开始谈对象。爱人在药房工作,临时工,我们自由恋爱,1995年结婚。结婚是在乡下老房子里,那个房子1984年造的。过了一阵,住医院集体宿舍,一家三口,一间房,筒子楼,前面走廊里放个灶头,烧烧弄弄,后面水池里洗洗唰唰,住了好几年。

1998年前后,镇里给老师造宿舍,教卫一家,医院争取到一些房子,500元一平米。我拿到一个大套,花78000元,贷款的,付定金25000元,还向别人借了钱。那个房子没有正儿八经装修,马马虎虎住着,一直像毛坯房。又过了几年,老房子卖掉,买新房子,一套换一套,积蓄的钱搞搞装修,没有借钱,一晃又是十几年过去了。

小家庭经济相对宽松,不再发愁,买汽车是个标志。2006年买的,贷点款,买得不算早,也不算晚。父母亲这里有开销,不算账,买点吃的,看看小病,几千块钱一年。春节六个姐姐回来拜年,我们招待,全家30多人,三桌人,烧烧弄弄的不上桌。如果到饭店,全部到齐,将近50人,满满当当坐四桌。

"你父母现在谁在照顾?"

父母年纪大了,每个星期天我们都要回来看望。前几年母亲腿摔伤了,与几个姐姐商量,我来出钱,请大姐二姐轮流照顾。姐夫觉得女儿照顾父母应该的,哪能要我的钱?我给他们讲,现在形势不一样了,请保姆同样出钱,怎么比得上家里人照顾来得放心?子女们有钱出钱、有力出力,用不着客气。

我也抽时间回来,房里放张小床,陪个夜,不能因为出钱就不出力,陪父母是应该的。母亲腿好了,我给两个姐姐钱,他们硬是不要,后来给他们买了衣服,毕竟她们照顾得多。父母年纪一年大一年,将来怎么办?最好姐姐来陪,哪怕一起住到我家,吃用我来,大家放心的,关键是能走得开。

前几年我劝过父母,一起进养老院,那里离我家近,他们不同意,觉得没到那个时候,可以自理。去年春节前,父亲气喘得厉害,挂了两次水,娘的身体还算好。家有老人是个宝,父母就是我们的大树。最好现在就请人照顾,但乡下实在也请不到合适的人。

父母现在有两块菜园地,大姐二姐种着,搞点菜吃吃。大姐夫不上班了,我跟他说,菜园田种菜自己吃,不要上街卖,太辛苦,身体又不好。那年买养老保险,钱不够,我借他两万,做了好几次工作,才买上的。大姐没买医疗保险,她没有钱,不好意思开口,我要知道了,怎么也得想办法帮她买。两个人快七十岁了,年轻时吃足苦头,大姐身体还不如娘,好几种病。

"你一直在农村,离农民近,接触多,回过头来看'三农',有点什么印象或感受?"

小时候我下过地,分田后插秧、挑担、割稻都干过,不是主要劳动力,但是都干过。我总觉得,种田就是越种越穷,老农民一世种田,永远不得翻身。比如种棉花,虽然是经济作物,一是非常劳累,二是经济回报少。没有工业,光种地,很悲惨的,光靠种田,农民永远富不起来,只能穷到底。

这几十年的发展,应该说老百姓得到了很大的收益。我们这里的发展,主要靠乡镇企业,企业办得多办得好,经济上去了,生活也就上去了。我们这里比其他地方好一些,农民既能上班,还能种田,相当于两笔收入,有固定的经济来源,这是很大的进步,很大的提升。

我们基层医院,就是一个农村缩影,一个社会缩影。改革开放几十年来,老百姓观念的提高是很快的。比如说,政府搞"创建",一开始老百姓反对,甚至反感,说政府瞎花钱、劳民伤财。依我看,政府办事不能全凭老百姓的想法来。中国的改革,如果90%的老百姓认可,没有太大的阻力,这样的改革没有多大意思,甚至不叫改革。

中国农村的范围太大了,许多方面很落后,没有跳跃式的思维是不行的。在创建过程中,确实有些钱没有花在刀口上,但总体上看,各项创建客观上促进了农民观念的提升,如卫生、文明、秩序等。转变老百姓的旧思维,不是三年五年可以完成的,有一个很长的过程。

要让农民的传统思维自然而然转过来,困难是相当大的。要想不遇到什么阻力,也许什么事情都做不成。尽管说经济基础决定精神文明,但经济发展了,只是有了物质基础,精神文明不会自然提升,还是需要引导和推进。

现在农村里一些年轻人,都到镇上买房子,时代造成的。也许再过二十年、三十年,又会有人回农村。依照我目前的想法,退休后要回到乡下住,不会参与大城市。我估计 N 年后,像我这种想法的人会变多,三十年河东三十年河西,观念的变化么。

大概五六年前,我把老家的房子翻造一下,倒也不是为了自己回去住,主要给父母一个好环境。原来的房子阴暗,潮湿,像危房。动工前父母不是很同意,我分析可能有几种原因,一种是对老房子的留恋,一种是担心楼房修好了,不让他们住。乡下有过这种情况,儿子修楼房,边上搭个棚,老人住。后来我家房子翻好,花了 30 多万,父母住进新房子,感觉不一样,有面子,很开心。

不知不觉,已到中午,春华谈兴正浓,意犹未尽,约好再叙。 三天后晚上七点多,还是在哥哥家,春华继续口述,还是从小时候的感受说起……

小时候的印象中,我的父亲母亲最苦,母亲更加艰辛。主要是子女多,6 个姐姐,加我,7 个孩子,从小到大,苦就苦在这上面。不仅有经济上的,也有精神上的,主要是婚姻上的。大姐二姐结婚我不记得,从三姐开始,几个姐姐一个接一个结婚,每一次婚姻,七七八八的事情,多得不得了,父母亲要花很多很多的心血。

当然经济是一个方面,更多的是观念问题。他们在观念上有很大的差距,母亲可能更多地考虑经济,姐姐们可能更多地考虑人品,封建包办婚姻还有遗留,实际上是传统婚姻与新式婚姻的冲突,也算代沟吧,一直吵个不停。

第六个姐姐出嫁,河边有一棵楝树,姐姐想砍下来打嫁妆,父母不愿意,要留给我,吵了起来。那时我刚从学校毕业,说姐姐要用只管用,无所谓,不要顾我,我不会来争抢,解决了这个矛盾。大姐出嫁，没有什么嫁妆，多少年嘴说不响，恨不得被人家看不起来。

我常常想到父母的艰辛。我上卫校的时候，队里的田承包到户，姐姐都出嫁，父亲搞不清自家的田，打药水打到人家田里。有一次我从学校回来，场上一层灰，父母哭哭啼啼，原来他们脱粒时电动机烧了起来，草垛点着，稻子烧掉一些，看得我直落眼泪。

再联想到他们两人拖个板车，出去拾垃圾，走那么远的路。农村里父母真辛苦，也许所有的父母都这样，传统美德在他们身上体现特别明显，我永远不忘记，不会记那几幕故事，确实是印象太深了。

家里的这种情况，养成了我独立、吃苦、上进、谦虚的精神。我父母善良、老实、本分，传统农民，给我很大影响。老人说，穷人的孩子早当家，我从小就想到，要靠自己的本领吃饭，不能依赖父母。

"我工作之后，提拔当院长助理到副院长，当时非常自信，觉得社会对我是公正的。从那时到现在，就有点不一样了，可以说，有点……有点……有点血泪的感觉。你看我这头发，染的呀，如果不染，白的。"

赵春华谈起他走上社会，当副院长的历程。

我当副院长不久，正好赶上医院转制，说好院长和我两人接手。后来两个医院转制中出了问题，群众上访到县里，反映到上面，停了下来。2003年，强调每个乡镇必须保留一所公立医院，医院改制紧急刹车，我们没转成。如果一开始定下我们这所医院不转制，我可以到其他医院去报名，竞岗院长，丢失了一些机会。

基层医院医疗纠纷很多，常常有人来闹，很头疼的。我处理这些事情有些经验,直接跟他们谈,处理起来有技巧,要现场辩论,说得在理,不能让他们抓住把柄,不能态度粗暴,不能激化矛盾,不能让医院吃亏,难度相当大。

有一次,"医闹"请了个黑社会模样的人来,理个大光头,手臂上刺青,说是患者老表。我有理说理,几句话说得他哑口无言。这家伙当场发横,桌子一拍,"低于20万,免谈!"一帮人掉头就走。我以为他想干什么,谁知从此以后再没见着。这段时间的经历锻炼了我。

我当副院长超过15年,前后配合过5任院长,一般情况下早就上去了,前前后后,风风雨雨,经历了不少事情,想得到想不到的都有。去年安排我当党支部书记,与院长待遇一样,享受正股级待遇。我首先是个医生,首先是做人,这是一辈子的,最重要的。

我在这所医院几十年,情况比较熟悉,对农村农民的情况比较熟悉,城市农村毕竟不一样的。我不是非要争个院长当当,无非是如果当了院长,可以按照我的思路来搞,更顺一些,我的追求只是想把医院搞得更好。现在我相当于二把手,压力小些,工作轻些,也没什么不好。

前几年有个干部在镇上挂职,分管卫生,我们经常交谈,谈得来。他说十几年前就了解我,县里组织搞调研,十几个人中,也就我的调查报告比较上路,对我印象很深。我不是说笔头子有多硬,是对基层医院情况熟悉,平时比较动脑子。

我对他说,平庸点有什么不好?当初配合院长工作,出的力最多,受的伤害最大,一年下来头发白了一大半。正要提拔,人民来信到县里,说我贪污50万。当时县纪委来人,本来打算把我带走的。镇里领导清楚,认为我不会有什么事,他们把我保下来的,这件事我后来才知道。

镇里反复调查、核实,找不到什么问题。后来他们告诉我,你的材料已经做好,没什么事了。我还傻乎乎地问,什么材料什么事啊？直到那时才知道，我经手的所有账目已经全部查过，堆起来一尺多高，澄清了事实，还我一个清白。我开玩笑说，找我查我，你们也给说一声啊，免得我一直蒙在鼓里。

我对分管镇长说，想当初，没日没夜干，累得跟老婆半年多没房事。出了这么多力，用了这么多心，受这么多委屈，这又何必？在他办公室，讲着讲着，眼泪直淌。回过头来看，那一阶段我吃苦最多，成长最快，收获最多，就这样，一步一步，慢慢成熟起来，内心越来越平静。

从1993年到这个医院，20多年过去了，我经历过不少事情，也得罪过一些人。一时里有些人会有意见，时间长了，相互了解了，反而更加尊重我。说到底，都是为了工作，站在公正立场，不是个人恩怨，对事不对人，大家都不容易。我的心态比较好的，讲这些事情，不是不满足，也不是有意见，主要讲一个农家子弟走上社会的心路历程。

寒门出贵子，是说出身贫寒的年轻人获得成功，实现了社会学意义上的阶层上升。赵春华就是这样的例子，父母是底层农民，自己当上副院长，收入中上水平，有一定社会声望。

赵春华的发展由多种因素综合而成。

书包翻身。赵春华上小学那年，正好恢复高考，农村教育走上正轨，社会环境好于七十年代。他学习成绩较好，读了两年初三，苏州"三好学生"，破格录取卫校，走好了人生第一步。

专业对口。赵春华卫校毕业于1991年，苏南农村全面摆脱贫困，向着小康进发，医疗需求增长。此时，大学生就业尚未完全市场化，面向基层医院的就业竞争不充分，赵春华直接进入医院，学有所用。

发展机遇。县里选拔专业化年轻化后备干部，赵春华27岁当院长助理，30岁当医院副院长，意气风发，赶上头班车。这个平台使他经风雨,见世面,开眼界,长才干,日益成熟稳重。

自立自强。赵春华回忆,"从小时候开始,我就知道家里很穷,感到生活的艰难、艰辛","我从小就想到,要靠自己的本领吃饭,不能依赖父母"。这是寒门出贵子的最好注释与内心独白。

寒门出贵子,是所有贫寒家庭的愿望与追求,而现实中往往更多的是奢望,成功者甚少。赵春华的个案,就自立自强、书包翻身来说,有普遍意义,读书是进步的阶梯,几乎是永恒不变、难以撼动的定律。

但是,就城乡背景不一、家庭条件悬殊来说,农家子弟依靠自我奋斗,向较高社会阶层流动,依然难上加难。从求学、升学到就业、升职、发展,一路上有着无数道关卡,其中任何一个都可能使他们梦碎。

如何打破阶层固化,让寒门出贵子从奢望变成希望,增加底层平民上升流动的机会,让农家子弟出现更多的赵春华,仍然是一个有待破解的难题……

当时就是那样的形势，结婚不结婚，又有什么趣道？ 最重要的是离开原来的环境。 不这样又有什么办法？ 不是那样的形势，就不是这样的情况……

——赵长兴

二十八　赵长兴

要说那时真有点不讲理
上共大找对象一言难尽

| 富农 | 积肥 | 上共大 | 血吸虫 |
| 招赘 | 岳父 | 当队长 | 丰产方 |

口述：赵长兴
时间：2015年5月15日上午
地点：赵长兴家

赵长兴，1943年生，富农家庭，去江西读共大，入赘赵家，1980年后担任生产队长、农业社长，退休。

1968年春节，我到隔壁老伯家串门，碰到陆明清与一个陌生青年。明清悄悄告诉我，陪这个人来相亲的。

那天很冷，我们靠在东边墙上晒太阳，没话找话说。赵家姐姐脸红红的，有点害羞，一个人坐在布机上织布。

小伙子高高大大，谈吐自如，成熟老练。据说文化程度较高，因为家里富农，成分不好，愿意招到赵家来。

过后我们议论，这个人精明能干，见过世面，很不错。赵家是贫农，他招过来能派用场，也许能当队长或会计。

过了不久,他们结婚了。新女婿叫长兴,原来姓周,婚后随妻姓,就叫赵长兴。

40多年后的一个上午,夏雨蒙蒙,我来到赵家,听赵长兴讲他平凡而复杂的人生遭遇……

土改前我家10个人,太公太婆,爷爷奶奶,父亲母亲,兄妹4个,30多亩地,大大小小16间房子,有牛车油车,农忙时雇短工,土改时评富农。奶奶是继母,担心年纪大了子女对她不好,土改后还买了3亩多田,准备养老用,没多久就入社了。

办高级社时,我家住3间房,其余房子当大队部。人民公社时期,在我家办食堂,全家人分到3个人家住,所有房子被占用。我家家底厚,劳动力多,种田经验足,会搞家庭副业,日子比一般人家过得好。

要说那时真有点不讲理。土改后成立初级社,我家不入社,照常单干。父亲自己罱河泥,到长江边割滩草,租一条船运回来,煮几大锅黄豆,一层滩草,一层河泥,一层黄豆,拌草塘泥。又到奶牛场买牛粪,几只粪坑沤起来。种田肥当家,30多亩田,没有肥料哪能种得熟?

一家人连日连夜做,我娘农忙时不上床睡觉,实在困了,稻床底下打个盹儿。那时我完全记得了,家里实在忙,我带着几个妹妹一起上学去。因为肥料上得足,我家庄稼总比人家长得好。他们眼红了,把我家的塘泥、沤肥一起挑到自家田里去,明目张胆,一点不剩。

我读初一,似懂非懂,就说,"这倒有点像强盗样。"这下闯祸了,太公被村里人绑起来,拴在我家竹园里。夜里一帮人赶到我家,要打我家里人。父亲吓得躲掉了,爷爷在家,被捉住打了一顿。弟弟才五六岁,不敢待在家里,也躲出去了。

"要说那时真有点不讲理","这倒有点像强盗样",这是赵长兴的少年回忆。

初中毕业后,家里成分高,上不了高中。听说江西共大招人,不要考试不要交钱,与几个同学说好,就想一起去上学。清楚地记得,那天早晨,祖父送我到汽车站,原来说好一起走的同学不见了,我独自一个人走。到了南京,同学们都在,原来他们先走先到,没买到船票,大家住了一晚,第二天一起,乘船到九江。

轮船上岸时,他们让我先走,想甩掉我,也许是嫌我人小拖累,或者嫌我家庭成分不好。我一个人背着网袋上岸,没人查问,走到出口回头一看,几个同学被枪抵着,全部拦在岗亭里。原来,当时江苏、浙江、安徽已经不许劳动力外流了,看我个子小,无意中放上去了,那几个同学比我年龄大,被截住遣返回家,没去成。

我自顾自上岸。去云山分校,要坐火车到德安,没有证明,买不到火车票,拿初中毕业证书给他们看,不顶用。这可怎么办?那时我比较幼稚,在火车站打转转,碰到两个人,说到庐山去。我没听清,以为是云山,跟着他们坐汽车就走。

"那天正好八月半,晚上月亮好得很。下车后跟着他们走,农家养的猪,路上窜来窜去。"赵长兴边想边说,当年的细节记得清楚。

无意间看到庐山的路牌,因为我的日记本上有庐山风景,一问一谈,才知错了,那几个人是庐山养鸡场的。他们让我到养鸡场住一宿,我不肯。公共汽车早没了,好在路不算太远,一个人走回火车站。睡在候车室凳上,想想有点泄气,实在不行的话,明天坐车回家吧。

早晨醒来,听见有人说话,家乡口音,一交谈,才知是一个县的,也去共大。他们说,上共大为什么非得去云山?这附近就有,你跟我们走就是了。我是矮子爬墙头——巴不到。到了学校先报名,也考试,题目很容易,学校有几个系,什么水产系、畜牧系。

水产系主任是江苏人,把我分到101班,刚刚招到6个人。他问我会不会干活,我说会割草,家里养牛的,又问带多少钱多少粮票,担心我逃走。我交了2斤粮票6角钱,先吃两天食堂再说。饭后回到宿舍,碰到一个上海人,姓刘,还有一个广西人,他俩已经正式录取。

我们说这是什么破学校?连一间像模像样的教室都没有。既然到了庐山,咱们还不上山玩一趟?第二天早饭后,三个人爬庐山。上海人比较滑头,他教我,回去就跟学校讲,没有钱没有粮票了,学校不要的话,明天就回家。我到学校这么一讲,他们立即发给我一张卡,就算正式录取。

上学第一年,主要是劳动。先到萍乡电瓶厂,做瓷瓶的。山上运来矿石,在石臼里舂成粉,自己挑去检验,不能有一点疙瘩块。分给我的那只石臼不好,舂出的矿粉总不合格,任务完不成,经常扣饭票。劳动太苦,经常有人逃跑,火车站有人看守,捉回来跪石头,也要打。我既然来了,逃是不逃的。

这个活不会干,派我修路去,6元钱一天,收入归共大。做做不称心,又回电瓶厂,换一只石臼,工具好了,天天超产。又到萍乡煤矿挑煤,我年纪小,哪挑得动?脚都跑肿了。那时搞"大跃进",装一车炸药,山头上一炸,底下就是无烟煤,皮尺量量,多少方多少方,就算超额完成任务。

共大学制四年,半工半读。按照规定,第一年劳动6个月,第二年劳动5个月,第三年第四年劳动4个月,其余时间上课。我读水产系,上课的都是讲师、教授,还有专家。带我们劳动的是部队转业干部。学生第一年每月发3元钱零花,第二年4元,第三年5元,吃饭不要钱。

江西共大当时不简单,规模很大,分校就有70多所,其中18所是省里直接领导的。我在的那所算省直管,号称1800多人,实际上恐怕800人都不到,来的人多,走的人也多。学校领导是个老干部,开会时讲,"随你走不走,少不了我九十九",他每月工资99元,当时是很高的。学生走了不注销,学校吃空饷,听起来几十万学生,实际上可能一半都不到,即使这样也是了不得。

"我在江西共大两年半时间,1960年夏天去,1963年春节回家,过完年不去了。"停顿一会,赵长兴继续讲。

为什么不去呢?得了血吸虫病。江西的血吸虫病,政府很重视,每个月都检查,查大便,一两个＋是不治的,到了三个＋,一定要送你进血吸虫病防治院,七天疗法,打针,挂水,派人看着,躺在床上不能动。

据说垦殖场有个转业干部,脾气暴躁,住院时起来走动,跌死在花园里,可能是药有副作用,反应强烈。我血吸虫病看好后,正好放寒假,回家过年后就不去了。怎么得的血吸虫病?三年自然灾害,大家饿肚子,江西也是这样。

共大学生每月粮食定量29斤,吃不饱的,劳动时每天补贴二两饭票,星期天不劳动没补贴。那地方荒田有的是,老百姓有得吃,学校里吃不饱。我们偷偷在山坡上种南瓜,半生不熟,摘来野外煨着吃。星期天肚子饿,到湖里去挖藕,回来煮着吃,就这样染上了血吸虫病。

刚开始,共大没什么秩序,后来逐步正规,造了教学大楼,但人也走得差不多了。开学的时候,生活特别简单,上山砍树,几根树枝一搭,茅草一披,就是房子。有一次半夜房子倒塌,房梁正好压在一个丹阳同学的脖子上,当场死了。

在江西共大,政治歧视不明显,我学习成绩好,当过物理课代表。但能够坚持读到两年半或者毕业的人不多,我家成分高,回家反正不会有什么好果子吃,在那里算是时间长的。从江西回来,起初还想念书,听说玉门石油学院招人,后来到底没去成。

1983年,我已经在大队里工作,落实政策,到江西打学籍证明。老地方学校不在了,找到老同学,一直寻到南昌。原来那所分校并到省水产学校,学校办事的人一听,说你怎么到现在才来,花名册上只剩两个人,其他人全都签走了。找当年学校的刘书记,把学校证明给他,他当场签字,毛笔签的,没写日期。

外面在下雨,两人简单交谈了一会。拿到学籍证明,回来能安排工作,县里让我到浇灌站上班。大队里老何说,你40多岁了,还不如让女儿去接班。小女儿刚好初中毕业在家,17虚岁。为女儿前途考虑,就让她顶替,到县棉纺厂上班,这个厂早已解散了。

"'文革'中你家有没有受到冲击?"

我从江西共大回来,21虚岁,在生产队劳动,家里成分不好,不让参加社会活动。年底生产队分红,队里扣义务工,扣掉我家全年工分的5%,60多元钱,不算少。大队书记跟我原来是同学,我不服气,同他吵,没有用。

后来,姑夫介绍我学瓦匠,刚做一天,就被叫了回去,说富农儿子还想学手艺?老老实实干活!我公公没文化,父亲小学毕业。解放前,地下党在我家设联络站,堂叔参加地下工作,是离休老干部。家里两头受气,有人当地下党,经常被敲竹杠。

"文革"前,我家共有10个人,父亲母亲,姐妹弟兄6个,公公奶奶,家里劳动力多,每年分红三四百元,与别的人家比,生活还过得去。"文化大革命"开始那年,我家一窝小猪养得好,可以卖个好价钱,造反派勒定不能上市,让社员捉走,便宜作价。

我家住宅基地很大,后来起了小学。"文革"中父母主要是陪斗,臂上戴个白袖套,出门必须戴着,没吃到太多苦头。因为造反派有派性,我23岁,懂了。造反派办公室设在我家,我常去听听看看,互相点根烟,算是熟人。

"你招到这边来是什么情况?"

我小时候攀过娃娃亲,成分不好后来吹了。江西回来后,做介绍的人多,一谈就成功,一来运动就吹。有个姑娘,甚至拍过结婚照,准备结婚了,最后还是散伙。我多少有点文化,家里条件还好,前前后后介绍的对象真不少,连江北的姑娘也介绍过,开始谈得都不错,一来运动就断了。

我招到这里来,是亲戚介绍的。1968年春节,到这里来看一眼,她在织布,中午一起到亲戚家吃了顿饭。我26虚岁,她21虚岁,瞒掉2岁,只说24岁。她年初七到我家去了一次,我又来过一次,两人从头到尾没说过几句话。三月二十二结婚,从介绍到结婚,不到三个月。

没有办法,手艺学不成,没什么出路。当时就是那样的形势,结婚不结婚,又有什么趣道?最重要的是离开原来的环境。按现在的情况看,就像我弟弟说的那样,当年那些厉害角色都不行,充其量流氓无产者。父母亲也是没办法,现在还经常说,一个长子,条件不差,找不到对象,只好招出去,说说就哭,哭得不得了。

"不这样又有什么办法? 不是那样的形势,就不是这样的情况",赵长兴这样说。

几个妹妹找对象没有问题,嫁的人都不错。到弟弟找对象,"文革"结束了。他在外地做手艺找了一个,准备结婚。不知怎么队里又搭了一个,怀孕了。父亲说,一个队里的,都怀孕了,不要不好,那边的只好回断。

丈人对我不算太差,就是要我改姓。我来了不多时候,生产队养牛,派我出去买熟草,别人喊我"周同志",不知怎么被丈人知道了。他就吵,"你在我三尺地面上姓赵,出去办事就姓周",

两人吵了一场。开始来也不习惯,生活条件比家里差远了,没什么说头,不能对父母讲。

后来丈人年纪大了,跑到乡里告我,说虐待他。你不知他花钱多厉害,那时家里有几个钱?我们每月给他钱,他说没拿到。怎么办啊?我把钱给你娘,让他找你娘要。小女儿顶替我上班后,每月给他零花钱,开始8元,后来10元,想多也没有,总共挣几个?他自己开伙,想怎么吃就怎么做,口粮我们给,吃光了就吃我们的。

"你什么时候当队长的?"

大队里让我接徐小英当队长,当时还没分田,1979年下半年接的。我当队长后,队里粮食产量、工分值等,从全大队最后一名翻到第一名,但社员的意见越来越大。百姓百姓百条心,想占便宜的人太多,我算计狠,算得他们占不到便宜,于是意见一大堆。

我当队长,脾气比较犟。有一次,上面要拉线定点莳秧,统一下午开工。生产队刚好从按钮厂接到加工业务,必须下午完成。我找公社干部商量,拖半天时间,第二天上午莳秧,他们不同意,当场吵了起来。我一想,这个队长不能当了,一样不管,上级要讲你,样样要管,社员有意见,人快得罪光了,赶紧撂挑子。

我不做生产队长后,大队书记看我苗子蛮好,想叫我去大队翻砂厂,我也愿意的。谁知队里有人捐轧,说他才当了一年队长,怎么能进厂呢!一气之下,就与弟弟去行船,干了几个月。那时有本领的人各逃生路,大队里实在缺人,让我回来当赤脚兽医。过了一段时间,又让我当农业社副社长、农业社长,一直到退休。

农村分田到户后,与生产队的时候不一样,大队干部不再直接指挥生产,主要搞服务。1983年上级组织搞"丰产方",我们吃得好苦头。县里规划建设十大丰产方,我们是穷大队,没有钱,靠补贴。搞丰产方,每块田都修永久性沟渠,这些沟渠现在都废了。

那时刚分田,根据规划一家一家协调,不能让农民出钱,还要算好村里有钱赚。公社里人下乡到村里吃饭,大队书记吩咐我,由水利站招待,一个人陪客,每人伙食费不超过 20 元。这怎么吃得出来?大队里确实没钱,我也知道的,只好自己想办法。

我与几个人商量,由建筑工程队招待,验收时多加一块水泥板,工程预算上去了,饭钱就有了。既要大队不贴钱,还要老百姓有钱赚,造好大册子,这里花掉多少人工,那边用掉多少人工,10 个工喊 15 个。冬天公社里挑港,我们大队不仅不出工,与建丰产方人工相抵,还能进账。前后搞了一年多,花了 80 多万。公社里组织检查,大队干部浩浩荡荡骑车而过,我们连欢迎的彩旗都来不及插好。

"你什么时候退下来的?"

我一共做了 15 年大队干部,1998 年 55 岁退下来,算退养,每月大队发 129 元,不多。当大队赤脚兽医时,算脱产干部,全年收入 120 元,当时全大队人均收入 60 多元。退养后叫我去水利站,工地上转转,管理人员,每月 750 元。

后来到油库看门,看了 3 年,开始每月 850 元,年终奖两三千元不等。后来加到 1000 多元一个月,2008 年回家,加发 3 个月工资。油库看门 3 年,一天隔一天,上 24 小时班,收入高,活不累,还发衣服。在那里值班,一人一张床,空调、录像机装好,最舒服了。

我娘死了 20 多年,父亲今年 93 岁,身体蛮好,一个人生活。几个妹妹家里都很好。弟弟两部汽车,他脑子尖锐,做生意发家,有时一天赚万把块。他儿子到西藏当兵,退伍回来做电工。

弟弟说,你还不如跟我做,工钱我付给你。父子俩一起做废旧收购生意,主要是儿子在管。

我现在就是住的房子不够好,不值得装修。听说9月份开挖川港,不知是否要拆迁。大女婿说,如果拆迁分到房子,就卖掉,在他们附近买一套,住在一起,靠近点,将来年纪大了好照应。

赵长兴出生于富农家庭,一个比较富裕的农民家庭,30多亩地,16间房子,牛车油车,雇短工,四世同堂。在社会变革、转型、重建中,赵长兴经历了曲折人生。

人的记忆是有选择性的。赵长兴的述说与其他人略有不同,没谈经济如何困难,不说劳作多么辛苦,更多的讲社会歧视、心理创伤、时代留下的烙印。

少年时代正逢土改后的合作化,他家依旧单干,农民把他家的肥料强行挑走。赵长兴童言无忌,"这倒有点像强盗样"。这下闯祸了,"太公被村里人绑起来","爷爷在家被捉起来打了一顿"。

初中毕业后,家里成分高,上不了高中,小小年纪,独闯江西上共大。江西共大是"大跃进"时期全国教育改革的典型,赵长兴从一个学生的角度,留下了共大初创时期的具体细节。

家里成分高,介绍对象的人多,一谈就成功,一来运动就吹,没有办法,入赘赵家。按农村旧俗,招女婿备受社会歧视。赵长兴充满无奈,"结婚不结婚,又有什么趣道?最重要的是离开原来的环境"。

人生充满意外。改革开放以后,赵长兴按共大学历可以安排工作,他当上生产队长、农业社长,政治上平等,经济上好转,抬起头来过日子。

时光静静流逝,过去的已经过去,只留下普通人的痛,一个时代的痛……

祖父大喝一声,追了出去,一直追到芦苇丛里。隐隐约约看见一人,个子不高,头上顶着一盏火,晃来晃去。知道碰到"喊丧鬼"了,赶紧掉头,回家不到三天就去世……

——陶官宝

二十九　陶官宝

自己五十年代参军当上公安兵
老婆八十年代当大仙为人治病

蜘蛛精　　喊丧鬼　　掌作　　大学
童养婿　　公安兵　　大仙　　抚恤金

口述：陶官宝
时间：2015 年 5 月 14 日上午
地点：陶家

陶官宝，1934 年生，1951 年入伍，1955 年还乡，农民。

生产队时期，农民普遍贫苦。

界岸苦中最苦的是两户，一户是赵顺荣家，七个小孩两个劳动力；一户是陶官宝家，五个小孩，夫妻俩生病，做不到工分。1961 年陶家生一对双胞胎，骨瘦如柴，两岁多了不会走路。

陶官宝抗美援朝时期当兵，复员后一直在队里劳动，生活实在困难，经常发牢骚。也许是当过兵的缘故，陶官宝口才好，"文革"中乱哄哄，大家地里干活，他说些俏皮话，有一例比较精彩，多少年后还记得。

陶官宝说，现在的社会不对头，完全弄反了。老革命不如新革命,彭德怀被打倒,比他资历浅的人当大官;新革命不如不革命,干部挨批斗,造反派掌权;不革命不如反革命,伪乡长刑满留用拿工资,贫下中农做工分;反革命不如老反革命,战犯特赦当政协委员,全国各地视察游玩。

由此推出的结论是:老革命不如老反革命。理是歪理,听起来有理,反映了底层农民的不解与抵触,也算是特殊年代的黑色幽默。讲的人若有其事,听的人一笑了之。

那天来到陶官宝家,两层小楼,院子没打围墙,门前就是菜地,竹篱笆围着,收拾得整齐,让人想起几十年前自留田的模样。

陶官宝年过八旬,神闲气定,耳聪目明,十分健谈。小时候记得,他岳母得精神病去世,就从他岳母聊起……

我丈母得精神病死的,没有到医院去看,其实看也没用。我告诉你听,后来我老婆信迷信,台上摆着香炉,那时老爷在家里。一会儿,香炉里爬出一个蜘蛛,老婆用手去拍,拍不着,一会儿爬出一个,又用手去拍,还是拍不着。

老婆有怀疑,就问:"大圣老爷,这两只蜘蛛爬出来,我明明看见的,为什么总是拍不着?"老爷说:"这两只蜘蛛是给你看看的,是蜘蛛精,你娘当年就是被蜘蛛精缠死的。"这才回忆起来,她娘死之前,常讲眼睛面前有蜘蛛网什么的,原来是这么一回事。

陶官宝讲得神乎其神,既说"迷信",又说"蜘蛛精"。妖神鬼怪一类故事,作为农村特定时期的文化现象,在老年村民中有一定影响,姑妄听之。

我今年82岁,生下几天就过年。家里弟兄七个,我倒数第四。上面三个哥哥,一个上海打工死掉的,一个做石匠死掉的,还有一个哥哥做裁缝。下面三个弟弟,都没养大,只有两三岁,那时医院不发达,发高烧死了。

我公公死得早,他怎么死的呢?夏天晚上看瓜,别人去打牌,他一个人睡在瓜棚里。忽然听到有人喊他的名字,"陶四郎,陶四郎",公公不理睬。一会儿觉得有谁来推瓜棚,感到瓜棚快要倒过来,公公猛地从瓜棚里钻出来,大喝一声,追了出去。

一直追到芦苇丛里,隐隐约约看见前面一人,个子不高,头上顶着一盏火,晃来晃去。公公这才知道碰到"喊丧鬼"了,赶紧掉头,回家不到三天就去世。公公年轻时又高又大,别人打架打不过他,讲理讲不过他,只能请"喊丧鬼"来,33岁就死了。

喊丧鬼,即鬼叫魂。 据说鬼喊你的名字,如果不小心答应了,就会得病甚至死去。

公公去世那年,我父亲才16岁,就到外地做工。他做了一辈子长工,不是下地干活,而是到老板家里当掌作师傅。18岁那年,父亲到无锡应聘。那家男人死了,老板娘当家。老板娘问,"客人,你能干什么?"父亲回答,"田里活样样内行,一把抓,不过长工不当,我要做掌作。"

她看我父亲年纪轻,有点不相信,就问他会不会做豆腐乳。父亲说,从一粒黄豆开始,到豆浆、豆腐、豆腐脑、豆腐干、豆腐乳,什么都会做。又问要多少工钱,父亲说要六石米,少一粒也不行。老板娘一愣,说,"客人,我还没有碰到你这样的,一张口就要六石米,我最多三石,到顶了,你想要双倍?"

她又问会不会喝酒,父亲说闻到酒味就头昏,问吸不吸烟,说吸烟不能少,白天还好,晚上吸得厉害。老板娘说吸烟小事,全部我来供应。又问做豆腐乳的技术细节,父亲讲,要看你家房子什么结构,多大面积,不同面积的房子,温度要求不一样。老板娘一听,是个内行。

他16岁就到苏州打工,专门做豆腐乳,做了两年,懂行,老手了。老板娘又问会不会打牌,父亲说站在牌桌前都不行,看到牌头晕,跌跟斗。最后问怕不怕鬼,回答没见过,如果你碰到,喊我来认认。老板娘大笑,讲好先试一年。

刚去一个多月,伙计们晚上赌钱,父亲帮他们烧夜餐。他一看温度表,叫大家立即住手,赶紧把十几个房间打开来透气,否则温度太高,豆腐坯会烂的。伙计们不听,想把一副牌打完,父亲一脚把桌子踢翻,当场恨不得与他们打起来。老板娘闻讯赶来,问明情况,帮父亲说了话。

以往,老板家每年总要烂掉几桌豆腐乳,父亲去后一桌没烂,到了年底,老板娘不仅给了六石米,还加了工钱。她家12个房间12把锁,12把钥匙全部交给我父亲保管,到了年底,父亲要老板娘全部换上新锁,防止有人落眼失窃。

石,读"dàn",旧时米、麦等容量单位,每石10斗,180市斤。一年六石米,折合1080斤大米,当时这等工钱是相当高的。

在那里做了一年多,老板娘不再叫我父亲客人,改口称弟弟。有一次轮到父亲做饭,老板娘有私心,灶门前灰堆里埋了好多银圆,一卷一卷包好的,上面盖的是垃圾,洒了点水。我父亲勤快,打扫灰堆,收拾干净,一下子发现那么多钱,满满一畚箕,都放到老板娘那里。老板娘数数一点没少,硬要塞给我父亲,他哪能要?

到第三年,老板娘问我父亲,"弟弟啊,我问你,你识不识字?"父亲说识字的,念到"大学"。我到现在也不懂,那时念到"大学"算什么。于是让他当总管,财务往来管起来,进进出出的钱一把抓,就这样一直做下去。

土改后,父亲从无锡回家,年纪大了,快60岁了。老板娘九十多岁时,一路问询,寻到我家,说来看望弟弟。听说父亲去世多年,当场哭得伤心,说当年家里全靠这个弟弟掌管,怪我们没有及时给她送讯。

在人们的印象中,雇佣即是剥削,就是对立。陶官宝提供了不一样的个案,一种合作、诚信、互助、友好的伙伴式关系。

土改前,我家8个人,4亩多田,母亲去世早,奶奶还在,农忙时父亲回来抢收抢种。我14虚岁就到这里来,算是小招女婿。当时老婆8岁,比我小6岁,都是小孩子,什么也不懂。这边丈人早就死了,家里4亩2分地,一个寡妇,两个女儿,没有男人,所以我很小就过来了。

我婶娘与丈母是嫡亲姐妹,她介绍我到这家来,说如果不好跟她讲,她打包票的。丈母到姐姐家走亲戚,我一直喊她婶婶,原来认识的。她也看中了我,再加上亲姐姐介绍,于是我便过来,大家一起过日子。

旧时农村,贫苦人家女孩无法养活,从小送与人家做童养媳,叫"养新妇",长大后成婚,这种情况较多。像陶官宝这样,小男孩从小到他人家里生活,长大后入赘成亲的,比较少见。

我16岁学木匠,做了两年,18岁去当兵。1951年秋天,抗美援朝,当兵要打仗的。村里好几个适龄青年,你看我,我看你,互相检举,说是要去都去,要不去都不去。村干部到我家动员,我想做手艺那么苦,还不如出去走走。

家里人当然不情愿,那也不行,形势所逼。我与陆林、刘云三个人一起去的,新兵连里陆林就吵,说别人都领到慰问袋,我们为什么没有?他装这个病装那个病,实在不想去当兵,结果没下连队就回家了。

我当的兵不是野战军,是公安军。听老兵说,本来我们这批新兵直接上朝鲜的,因为陆林吵,耽误了行程,正好公安缺人,我们就编入地方武装。刚入伍时也考试,大家都没文化,几乎全是文盲,你猜怎么考?

先听干部上课,听完课再问你,课上讲了什么内容?能不能记得?能不能听懂?你只要大致讲出来,就算合格。有的人年龄大,反应慢,太老实,考试不过关,就分到其他部队去了。

我没有正经读过书,念过夜书,还记得课文的内容,"你是中国人,我是中国人,大家都是中国人,中国人不打中国人"。土改后上民校,认的字也不多,不能读报,不会写信。1953年朝鲜战场停战,全军学文化,向文化进军。我们的连长排长也不认识几个字,大家一起学识字。

"你有没有当过班长副班长?"

没有,班长都是老兵。我们的班长很传奇,据说他是湖南人,14岁时日本人来,靠张梯躲到阁楼上。妹妹只有3岁,在下面哭喊,日本人爬梯上阁楼搜。他躲在箱子底下,被日本人搜出,两人都吓了一跳。日本人叫他不要怕,驮在马上带走。途中又抓来一个少年,也是14岁,一起带到驻地,让他们给日本人侦察情况。

干了两年,有一次与国民党的侦察兵相逢,给他们做工作,说大家都是中国人,何必给日本人干事。于是就给国民党干事,又干了两年。18岁那年,碰到新四军,宣传共产党为穷人办事,于是参加新四军。过了几年,解放军渡江作战,部队留在当地工作,于是成了我的班长。

我们当兵时,部队只发棉袄,没有罩衣,冬天冷得受不了,冻得直发抖,伤风感冒的多。后来部队整编,一个中队三个连,一个连看监狱,一个连捉犯人,一个连押送犯人。我们连负责武装押送犯人,这些犯人大多是吃政治饭的,犯罪轻的送苏北农场,有的送到天津,犯人很多,一批少说也有上百人。

开始我们用二四式步枪,后来改用三八式。到上海郊区执行任务,非常危险,晚上出门汗毛倒立,经常有当兵的被人杀死。晚上实行戒严,用灯火必须报告。我们刚到驻地,先四处跑一天,熟悉周边地形。晚上经常听到枪声,战士不能贸然出门,担心吃冷枪。

我们驻守军火仓库,晚上站岗时背贴墙壁,走到墙角拐弯处,先用刺刀伸几伸,试探一下,然后一个急转弯。连队有个姓朱的战友,胆子大,力气也大。老朱晚上站岗,突然发现前面有个黑影,连忙叫他蹲下,两手举起来,搜查后没发现什么,把人放走了。领导认为这件事处理得当,要谨慎行事,提防暗中还有同伙,不能吃眼前亏。

我们在那里驻守八个月零三天,把黑暗势力逐步扫光,立了集体三等功。

陶官宝儿子从外面回来,看我们聊得热闹,数落他父亲,"一讲起过去的老话就来劲,三天三夜说不完,有什么用?"

我们打个招呼,陶官宝继续述说。

我们连队的指导员,33 岁,每月 40 多元薪水。他要求离开部队,说是年纪大了,没有成家。监狱看守相当于内勤,与地方同志接触多,给他介绍一个对象,但需要领导批准,因为女方父亲有政治历史问题。姑娘 23 岁,谈过几个对象,因为家庭政治历史问题都没成功。

指导员说,我反正要离开部队了,顾不了这些,总不能一世都当单身汉,大不了直接领她回家。那姑娘我也见过,长得相当标致,高矮胖瘦合适,听说还在国外留过学,后来上级批准了。指导员福气真好,老婆工资比他还高,大学教师么。

我当兵时,战士入党很难,要经过军区批准,大部分人没入党。我们是志愿兵,入伍时每月津贴费 3 元,3 年后加到 10 元。复员时没有复员费,有生产资助金,40 元。在部队里,我老婆来探过几次亲,最后一次探亲,领导批准结婚,拍个照,吃顿饭,一起离开部队回家转。

我1955年春节后回乡,村里办初级社、高级社,我家没有入社,仍旧单干。回来后木匠做不成,师傅去世了。后来他们告诉我,我的运气不好,复员回家第二年,留下的战友正式定级,全部享受干部待遇,一般定排级干部。所以我一直不开心,本来我不会复员的,丈母在家犯了病,乡里向首长反映,硬把我从部队追回来。

"他们没回来,干部退休,现在拿多少钱? 我才拿多少?"陶官宝异常激动,甚为遗憾。

"你老婆什么时候开始当'大仙'看病的?"

我老婆1940年出生,45岁那年开始看仙。

说起老婆搞迷信的事,开始我也不相信。有一次,她给大圣老爷化纸,就在龙潭边,河水很浅。她蹲在河坎上烧纸,熏得眼睛吃不消,心里想,是不是大圣老爷对我有意见。于是侧过头来,脸对着岸上,烟又吹过来。四个方向都调过,烟不断朝她脸上吹,眼睛张不开,喊了几声大老爷也没用,回来后身体就不对了。

我带她去看"大仙"。先上香,香刚点着,"大仙"就挠头,我感到问题来了。"大仙"画一道符,不给我老婆,一定要给我。我往裤袋里一放,按照她的说法,走到半路上化掉,回家后没看病没吃药,老婆的身体就好了。

没几天,"大仙"的邻居放出话来,说"大仙"说的,大圣老爷要到那天来看病的人家去。那天我老婆在家,光天化日,看得清清楚楚,一个人,戴着帽子,脚蹬靴子,身披红袍,红脸膛,走过来。我说这个人见过,小时候我到你家玩,附近庙里有个大老爷,就是这个模样,穿高靴,红面孔,经常出会的。

那个看仙的讲,灶王爷已经同意,大老爷重新入世,落户在你家,如果不相信,回家把铁锅端出来,锅底有字为证。我们把锅子合过来一看,真的写着字,清清楚楚,写的什么字?一个也不认识。"大仙"又说,我老婆只能活到45岁,现在大老爷来,要"附体"了。

村人得病难医,有人找巫婆。巫婆假装"大仙"附体,为人消灾酿福。按照陶官宝的讲述,他老婆就这样成了"大仙",有了灵验,为人看病。

说实话,我原来不相信迷信的。记得有一次,家里买的粒子糖,明明放在房里床边的。黄昏头,听得糖纸"悉悉嗦嗦"响,家里人全听见的,不知道怎么搞的,糖就从房里床边上,跑到了堂屋桌底下,你不信也不行,不得不相信。

我表妹夫姓丁,他得了病,到处看,看不好。听说我老婆会看仙,就来打听。老婆对他说,你家里配的杜冷丁,千万不能吃,吃一颗,肚子就会痛得不得了。妹夫不信,第二天吃了一颗,痛得地上直打滚。没办法可想,又到我家来问,应该怎么办?

老爷说,杜冷丁千万不能吃,还是先吃几粒仙丹。他当场吃了几颗,走到家,翻肠倒肚,坐也坐不住,呕了一大摊脓状液体,才觉得舒服起来。第二天再吃几颗仙丹,肚子里不好过,又呕了一大摊,老爷说这回算是好彻底。

"你说的仙丹是什么?"

香灰,烧的香灰。过了几天,表妹夫带来一个病人,医院都让家里准备后事了,不知能不能帮她看看,老婆说那就试试。烧香后一问,说在西南很远的地方,800里路程,一条老狗窜出来,把人吓坏了,"大仙"要作法,坐飞机去捉。让他们回家等,7天以后,如果病人手脚能动弹,就有希望。

到了第8天,病人夫妻俩一起来我家。老爷问,早晨是不是吃了一碗粥,说对的。老爷说,你就这点寿,活不成了,除非借寿。开始只答应借五年,夫妻俩痛哭流涕,哀求苦恼,最后借到40年,能活80岁,两个人破涕为笑,回家后身体就好了。

有个大队干部,家里起房子后,身体一直不好,儿媳劝他信信迷信,他不相信。儿媳带他到我家来,老爷问她,床底下是不是有许多红红绿绿的圆圈圈,说有的,告诉她这是吊死鬼在作怪。又说她阿公身上一定有很多条带子,回去一看果真如此,一共数出17条带子,他这才有点相信。第二天一早,儿媳带他到我家,后来身体果然好了。

就这样,来一个,试一个,好一个。我小侄儿在外地做漆匠,老远的人都知道,界岸有个大仙十分灵,得了病,去信信迷信就好的。就这样一传十,十传百,一直传到江北。

有个妇女得了病,先找道士,说要5万元钱才能解决。那个妇女家里穷,拿不出许多钱,就到我家来。一烧香,一问情况,准确的,这个病可以看好,收2元钱,只要这么多,回家后病很快好了。我老婆帮人看病,收钱不多,一般也就三五块,有个妇女收她最多,也就20元。

那个妇女病好后,哥哥也来了。所说她哥哥在部队当司令,正在南京作报告,报告没作完,头痛病发作,当场瘫倒了,说好第二天开刀。她妹妹连夜赶到我家,问老爷,老爷说千万不能开刀,一开刀人就没用了。

哥哥还想开刀,几个姐妹拦着不让开,后来终究没开,"大仙"帮他把鬼赶走。他头不昏脑不痛,什么病也没了,能够起床遛弯了。老爷说,他碰到的是"枪毙鬼",枪打在头上,所以头痛得要命,后来司令亲自到我家来答谢。

我老婆前前后后做了20年,后来被人妒忌,暗中使坏,一个跟斗跌死的,65岁。我们现在去"关亡",老婆现身,说她不在家里,到处游历,南面有紫竹林,经常在那里念经。我说,你一个字不识,哪会念经?她说,阿弥陀佛总会念的。"大仙"告诉我,她这里那里忙得很,原来在观音娘娘身边倒茶,现在看守仙桃园,到处去的。

"你家里生活情况怎样?"

我抗美援朝时候当过兵,国家发抚恤金,开始不多,后来慢慢多起来,现在每个月1000多元。我肠胃不太好,一个月光配药就花200元。

儿子1969年出生,得了糖尿病,不能上班,现在吃低保,一个月几百块基本生活费,歇了几年,想去上班。

孙女今年20岁,3岁时父母离婚,现在工学院上学,明年毕业,业余时间打打工,自己挣学费。

我家里稍微困难点,两个侄儿、两个女婿,三个外甥都贴钱的。去年我生病住院,三个外甥赶来,每人给1000元。

陶官宝是个苦人儿。他幼年丧母,少小离家,当招女婿。抗美援朝去当兵,复员后没有得到工作安排,那时复员军人大多如此,哪里来的回哪里去。他晚年丧妻,身体不好。儿子离婚,吃低保。孙女打工,挣学费。

陶官宝没有过多叹苦,没有多少抱怨。他讲述的是父亲当掌作的故事,自己当兵的故事,老婆当大仙的故事。这些故事真假莫测,有很大的不确定性。这是否象征着在陶官宝的潜意识中,人生就是一段传奇的、不确定的旅程?

陶官宝原来怪话较多,觉得抚恤金发得少。不久因社保卡丢失,他去镇上补办核实得知,抚恤金每月加到1600多元,加上农民养老金250元,加起来1900多元。他喜出望外,连声说谢谢、谢谢……

公公死之前,知道自己不行了,已经开不了口,拉着我的手,一直指着门槛下。我到门口一踩,一块砖头松的,挖开一看,里面有三十多块银圆,这么多年,也不知道他是怎么藏下来的……

——苏大福

三十　苏大福、徐雪英

当年我们没有说话的权利
现在能弄到这样心满意足

富农	父亲	木匠	装修
母亲	买房	家庭	婆媳

口述：苏大福，徐雪英
时间：2015年9月16日晚
地点：哥哥家
苏大福，1957年生，木工，县城居住。
徐雪英，1960年生，农民，苏大福妻子。

苏大福一直做木匠，很早在县城买了房，全家人住在那里，老家来得少了。

那次访谈陆达华，与苏大福通上电话，约他方便时聚聚聊聊。几十年没见，大福没想到是我，十分高兴，当即应诺。

白天他要做工，晚上骑电动车，夫妇俩一起到我哥哥家，东拉西扯，一晃谈了两个多小时。

先从当年的生产队谈起……

说实话,当年大家在一个队里,苦得要死,你挤我轧,现在各走各路,反而亲近了许多。那天我还对钱贵贤说,我们小时候一起玩耍、打架、劳动,现在我们的儿子还互相认识,到了第三代就谁都不认识了。

听别人讲,土改时公公有三十多亩田,一头牛,耕田打水,碾米磨面,评上富农。我1957年生的,土改时父母还没结婚。大伯是个瘫子,公公养在家里直到死。二伯读初中时参军,抗美援朝,当炮兵,复员后天津工作,与家里断绝来往,几十年音讯不通。两个姑姑嫁在本地,来往不多,政治上避嫌,怕子女受连累。

公公1976年去世,两个姑姑站在河对面望望,没有上来送葬尽孝。二伯也没回来,这点我对他没有好感。再后来,他天津回来,住在姑姑家。我让弟弟请他来我家作客,杀一只鸡,买些羊肉,准备待客。那时父亲已死,母亲改嫁,我结婚生子,80年代了,成分不讲究了。就那么几步路,他都不愿来,说是没功夫。

父亲生病,小姑父给二伯写信,告诉他小弟得了绝症,没有任何反应,完全不讲兄弟之情。父亲去世是1986年,刚分田不久,日子稍微好过些,得了贲门癌,看不好,活了51岁。大伯死得更可怜,生病在床上,不能动弹,身上烂了,大热天出了蛆,拖了将近一年,真正罪过。

大福父亲中等个头,力气大,壮劳力,挑起担来轻悠悠,中年病故。 那几年农村得癌症的人多,一经发现就是晚期,大多挨不了多久。

我家成分高,小时候,父母关照我们在外面不要乱说,写我家的大字报贴在小学墙上,不敢看,不敢响。二伯后来得了病,不知怎么想起,要到老住基上看看,做做法事,超度超度。我没同意。你当初不要老子不要弟弟,侄儿请客不到,这几年蛮太平,大家蛮好,要你超度什么?没几年他去世了。

我公公没有文化,种田苦得要死,"文革"被斗得要死,后来年纪大了,又没有好的……那个,儿子女儿脱离关系,没人养老,还要照顾五十几岁的瘫子伯伯。

公公死之前,知道自己不行了,已经开不了口,拉着我的手,一直指着门槛下。我到门口一踩,一块砖头松的,挖开一看,里面有三十多块银圆,这么多年,也不知道他是怎么藏下来的。

"小时候……小时候,嘿,你又不是不知道,哪里吃得饱? 像我啊,连书也没念到,"大福开始述说他的经历。

我15岁到生产队劳动,17岁学木匠,说好贴80元钱,学三年,结果学了两年半,中途逃师。20岁跑到湖北,当时还要打三级证明,交钱记工。几个人一起去的,做包工,在那儿做了一年。我们这里每天工钱1元2角,湖北5元一天,一年下来挣到一千多元。

那年回来过春节,有人做介绍,找对象,订婚。后来到昆明做,也是老乡的关系搭伙去的。昆明气候好,挣钱多,可以拿到15元一天。弟弟初中毕业后,跟我一起出去做,两人挣的钱全部交给父母。在昆明做了5年多,26岁结婚,1985年造楼房,当时只花一万多元钱,房子造好,就分家单过。

造房子那年,父亲生病,第二年去世,正是麦子半青半黄的时候。不到一年母亲改嫁,那时弟弟还没成家,后来找个对象,没有订婚,没有办酒,生小孩后,办个产妇酒就算。

"你娘什么时候离开的?"我问。

"他爸夏天去世,春节一过娘就走了。"苏大福妻子徐雪英接着说。

那年他们兄弟俩在大理做,春节没回家,一来多挣点钱,二来省点路费。按照乡下规矩,阿公去世后,头一年大年初一,亲戚都要上门拜新牌子。年三十中午,娘把阿公的骨灰盒交给我,交待一些家务事,说自己要到舅舅家过年,明天亲戚来,让我好好招待。

我一个人在家,儿子又小,来的亲戚多,你早不讲,到了这个时候,上哪里去买菜?她说,亲戚知道我家的情况,青菜炒炒,蒸点鸡蛋就行。我说,平时这样可以,新年里还不被人笑话?我母亲也是那年去世的,兄弟姐妹早就讲好,初一回家拜新牌子。我只答应帮她喂鸡喂鸭,不愿意接受骨灰盒,两人张了几句。

我对她说,你们合了几十年夫妻,阿公刚刚去世,你舍得扔下他,一个人去过年。我嫁过来才几年?你这种做法不对,你舍得我也舍得。她不管,照常出门。彩彩问她,你倒走了,明天亲戚来拜新牌子怎么办?她说交待给儿媳了,彩彩劝她不要走,她一路哭哭啼啼,还是走了。第二天上午,我带着小孩回娘家。邻居看见有亲戚上门,家中没有人,新牌子没拜成。

"你父亲生病,从发现到去世,多长时间?"我问苏大福。

父亲生病后,到县人民医院检查,已是肿瘤晚期,让他到南通去看。南通医院一查,不行了。父亲母亲都想治,家里没钱,向几个姑姑借,在上海中山医院动的手术,我在那里陪一个月。罪过啊,阳春面最便宜,我就吃一个月阳春面,一天三顿吃,现在见到面恨不得吐。

年初七出院,不久肿瘤扩散到肝上,痛得不得了,肿瘤自己都摸得到,做秧田的时候去世,不到半年。父亲临终前,知道自己不行了,只是关照我们把小孩带好,没有留下什么其他话。父亲去世后,娘分给我债务5000元,说是向姑姑借的。我大理回来,先还2500元,后来再还2500元,姑姑说不用还了。我说借了钱怎能不还？她说反正你娘改嫁了。估计是娘与他们做的局，担心我们不管她，弄点钱留后手。

作为娘，第三代可以不管，第二代要管。父亲死的时候，弟弟还没成家，她不管不顾，自己走了。老婆带着小孩在家，要种地，管小孩，吃足苦头。我与弟弟一起在外面做木匠，他挣的钱归他，回来一家吃饭，谈朋友，找对象，都是我们招待，结婚生孩子后才分开另过。

娘改嫁后，我从大理回来，到上海工地做装修，平时发点生活费，过年才发工资，一年的积余，也就2000多元，买了一台孔雀牌20吋彩电（笑笑）。家里的日常费用，就靠种田卖棉花。娘子到县城去打工，是1992年，天天骑自行车上下班，每个月二三百元。儿子10岁，读小学，一个人在家，自己搞中饭吃，钥匙不知道掉了多少把。

我在上海做了一年，碰到一个上海人，姓卞，他说淮海路有套老房子，要我私底下去装修。我借个自行车，晚上到现场一看，范围太大，一个人做不起来。回来就与王洪商量，他平时不声不响，手艺蛮好的。我请不到假，由他出面牵头，叫几个人一起做。

过了几天，王洪找我说，你总得来做几天，否则没法给你钱。我推说农忙回家割麦，向领导请假，偷偷去淮河路干活。工程款2万多元，我做了十几天，工时最少，最后分到两千多元，额外加500元，算是介绍费。当时的2500元，相当于上海工地一年的收入。

做了十九天，"相当于上海工地一年的收入"，经济利益是解放思想、调动积极性的原动力。

尝到甜头之后，开始转念头，做到年底，工资拿到手，便与公司脱离关系，晚上住在公司，白天出去干活。工地负责人找我，要我回工地上班,不会亏待我,否则不让住,赶我跑。睡了一晚,第二天卷铺盖走人。自己揽来的活钱好挣,两人一档,做半个月,工钱相当于工地上做半年。

做了一阵,实在没地方住,只好回家。当时不知怎么没想到,其实可以租房住。回来进建筑公司,在公社农机厂造厂房,做了几个月,家庭装修做了一阵,一年挣了两万。想来想去,还是单独做挣钱多,于是找了几个人,合伙搞装修,一年做二十几户人家,能挣六七万,十几年前这个收入还是不少的。

手里聚到七万元钱,刚好儿子到市里上职业高中,就在县城买套房子,市政府后面,七十多个平方。村里我们在县城买房最早,住了4年多,楼上人家房子出租,开理发店,吵得不得了,晚上休息不好。城里房子卖掉,乡下房子重新装修一下,再住回去。

乡下住了一段,不便当,不习惯,很快在县城重买一套房子,156平方,花了24万,那是2004年。两年后,儿子结婚,孙子今年9岁,三代同堂。老婆带孙子,有空时打打零工,补贴家用。儿子儿媳前几年又买一套房子,100平方,花100多万,我们贴20万。小夫妻每月工资8000多元,还还贷款,家里日常开支我们来。

这几年我挂在装潢公司,做点工,200多元一天,基本上每天做,去年做了340天。工钱是逐步涨起来的,120、150、180、200,去年(2014)开始220元一天。弟弟比我钱多,那年做包工挣了一笔,在镇上买套房子自己住,买间底楼作商业用房,三十多平方,租金1.5万一年。

我们房子买得早,当时便宜,与队里人比,混得不算好,也不算差。当年我公公被弄得要死,我们穷到家的,在社会上没有说话的权利,现在弄到这样心满意足了。虽然儿子买房手里紧些,但这点负担还能承受。我老婆买了养老保险、医疗保险,现在每月能拿1600多元。

我两年后退休,也是养老医保一起买的。现在一方面在公司做,另一方面老客户也做,工钱比公司双倍还多,光靠公司打工不行。弟弟不做已经几年了,今年到房产公司当保安,3800元一个月,比小区保安硬气。

我们住在城里,老家有时回来看看。楼房还在,毕竟城里住了十几年,再回去住有点不习惯,城里认识的人多,老家反而陌生了。但乡下房子还要留着,要拆迁就拆迁,能出租就租掉。

前几天弟弟说,要回去翻翻门面屋面,我说翻新了干啥,又不回去住,白花钱,不合算。我们的承包田流转了,菜园田扔给别人种。老婆在城里打零工,每天60多元,买蔬菜能买好多,不在乎乡下那点田。

"你娘现在怎样?常去看她吗?"

娘今年79岁,身体还好,我们经常去看的。她嫁给县城一个老头,那家两个女儿,大女儿比我小3岁,小女儿比我弟弟还小。娘再婚已经二十几年,老头生病时问我,他去世后房子怎么办?我表态,你的家产,我肯定不要。有个条件,房子先由娘住,她什么时候不住了,要回老家或者走了,房子你们再收回去。双方子女都同意,大家客客气气。

我劝弟弟好几次了,总归是从娘肚皮里出来的,对她要多关心,也给后代做个榜样。老头走了以后,政府每月给她抚恤金500多元,农村发老人费280元,过年时我们兄弟俩给3000元,土地流转费1000多元。那边女儿给个几百元,街道居委会还给些,孤寡老人节日慰问,应该说经济上问题不大。

"再婚后她跟老头关系好吗?"

不好,就是不好。改嫁后,她依然脾气火爆,性格不好,对老头不太好,那个老头是好的。他女儿经常打电话给我,说你娘真正差的。我们做子女的怎么讲?只好说她年纪大了,有点老年痴呆,不要生她的气。那个老头也是命苦,儿子二十几岁血液癌去世,前妻又是什么癌死的,家境不是很好,去世前没留下多少钱。

我们与老头两个女儿关系正常的,有什么事一起商量。我跟娘这样讲,"若要好,老敬小",她听不进去。上次他家女儿给我打电话,说过七月半,好心好意回家看望,她板着个脸,恨不得刀也砍不进。娘与任何人合不来,不会做人,老觉得自己能干,这种脾气改不掉了。一个人生活,自己搞点吃吃,上午买买菜,下午搓麻将,晚上散散步。

在队里种田的时候,她是苦的,那时大家都苦,嫁到县城后,应该说没受什么罪。我们家庭的事,实在不好怪哪一个,有时想想,也就是娘不好。有时讲讲她,她不服气,真是难。不去看她,想想她这么大年纪了,孤孤零零,可怜。去看她吧,几句话一说就不开心,要讲理又讲不出什么理。她给我说,楼上人家两个儿子,请保姆服侍老人,意思要我和弟弟也给她请个保姆,你说有什么办法?

徐雪英接过话题,继续述说家庭琐事。

现在我们家庭很和睦,儿子结婚十年了,三代人一起吃饭,一起生活,没有拌过嘴。我吃过婆婆的苦头,她讲的有些话真正咬肉,能咬到你骨头。现在我当婆婆了,要体谅小的,对儿媳好,像自己女儿一样。

我结婚怀孕时,还没有分家,与公婆一起生活。大福在昆明干活,工钱全部寄给父母,到不了我的手。那年年底,队里来催"三上缴",婆婆让我到姐姐家借钱来交。明明有钱,硬要我借,哪有这个道理?我心里不开心,借又没借到,只好写信向大福要。大福寄来300元钱,汇款我去取的,没有告诉公公婆婆。

后来大福写信问我,钱收到没有?我在大队上班,他们在家把信拆开看。我出嫁时大福买一台录放机,放在我房里,一个人在家,有时放放音乐,听听新闻。那天回家,怎么也找不到,婆婆拿走了。她说这是我儿子买的,不是你的陪嫁,责问我大福寄钱回来,为什么不告诉她。两人吵了一场相骂,录像机锁在她柜子里,就是不拿出来。

别人家过年,夫妻双双走亲戚,为了挣钱,大福春节没有回来。我重孕在身,大人不体谅,还给气受,心里想想好难过(噙着眼泪)。照她原来那个样子,现在我们跟她不会有什么来往,看在她是大人面上,年纪大了,还是要好好待她。她有时说硬话,"我死了不用你们收尸,我有钱!"他弟弟问,你到底有多少钱?她满脸不高兴,"我哪来什么钱?"又担心我们贪她的钱,其实我们哪要她的钱。

苏大福祖父是富农,父亲是富农的儿子,他是富农的孙子,生产队时期受牵累,抬不起头来。

"文革"中,他祖父挨过两次批斗。一次是红卫兵抄家,他撕贴在门上的封条,发现后戴高帽子示众。一次是偷队里棉花秸被人发现,喊到社屋里讯问,罚他下跪,挨训斥。

苏大福母亲与公公关系很僵,常吵架,不往来,如仇人。大福自小与祖父亲热,经常过去玩,帮他干杂活。队里人夸大福懂事,孝顺孩子。

苏大福的口述是直接的、坦率的、自信的。他回忆公公年轻时做得要死,后来被斗得要死,谈起二伯几十年音讯不通,完全不顾伦理亲情,述说母亲匆忙改嫁带来的情感冲击,不讳言对她不当行为的批评与无奈。

在界岸村几十户人家中,苏大福家经济中上水平。他没有读到几天书,没有父母相帮,没有任何社会资源,全凭一己之力,职场打拼,白手起家。第一批起楼房,最早在县城买房,三代同堂,家庭和睦,心满意足。

知书达理,苏大福读书不多而通情达理,难能可贵。他对母亲不护短,"娘与任何人合不来,不会做人",又包容母亲的缺点,原谅母亲的不完美,多次规劝弟弟,对娘要多关心,两人常去看望,不忘养育之恩。

周仁惠、钱良才、苏大福三人,出身于地主富农家庭,青少年时期受到社会歧视。对于曾经的历史,周仁惠始终不能忘却,独自在深不见底的黑影中挣扎,钱良才、苏大福充满自信,与转型中的社会相融相通。为什么会出现这样的差异?对各自的子孙后代又将产生什么影响呢?

组织同志问我，原来参加过何种党派团体，我说1945年参加过共产党。他大吃一惊，哎呀，老同志啊，既然是党员了，怎么反而还要加入青年团……

——夏任林

三十一　夏任林

做道士参加地下党
当教师差点成右派

戒鸦片　　"跃进"团子　　老鼠中毒　　东洋人
失联　　　"中右"分子　　入党

口述：夏任林
时间：2014年11月28日，2015年3月29日
地点：夏家场院

夏任林，1928年生，高小文化，做过道士，小学教师。2019年1月去世。

夏家亲族关系：
刘琴，夏任林长媳；
夏建，夏仲，兄弟，夏任林之子。

夏任林夫妇二十年前离开界岸，迁到镇上居住。故土难舍，乡情难却，与村里人一直保持联系，你来我往，像走亲戚一样。

夏任林身体好的，耳朵背的，过去的事记得清楚，眼前的事想不起来，口述断断续续进行。

他有保存资料的习惯，1949年的信件，1951年的土地证，1980年代的自述等，都还留着。

倾听夏任林口述，点检这些个人史料，打开尘封多年的记忆……

我父亲1970年去世的，活到88岁。人家叫他夏五郎，按说排行第五，该有几个哥哥，一点也不知道。父亲毛笔字写得好，算盘打得好，听他说过，名字自己起的，念到"以介眉寿"这句诗，觉得好，取中间两字得名，祈求长寿的意思，果然活到88岁。

我是父亲46岁时生的。他说，睡在床上，梦中有人推他，喊他名字，"夏五郎，夏五郎，你要儿子的呢，你要儿子的呢"，醒来与母亲同房。那年母亲44岁，这个年龄一般不会怀孕了，后来乳房肿胀，家里人还以为"铁树开花"，吓得要命，中医搭脉说有喜，大家觉得奇怪。

据说我刚出生后，哭个不停，哈欠连连，怎么哄也没用。有人说，这个小孩难道犯了鸦片瘾？父亲试试，吸口大烟，往我脸上一喷，一会儿平静下来。他告诉我，出生那天有人恭喜，说，"哎唷，今天是天医生日，这小孩将来学个医生好的"，我到现在也不知道什么叫天医生日。

这些掌故听起来像天方夜谭。

小时候家里相当穷。有一年闹饥荒，父亲到表兄家借两个豆饼，路上被人拦下。父亲说，我这是借来的，回去当粮食吃的呀，我也没有啊。为啥拦他？都没吃的，大家都没粮食，你家有，就想拦下来。

那时真是苦的。我在郑家小学教书，做"跃进团子"吃。什么叫"跃进团子"？苜蓿切细了，做成菜馅，面板上洒点米粉，苜蓿在上面滚几下，沾一层米粉，就算团子。只能放在笼里蒸，如果水里煮，会散掉，捞不起来，这也叫吃团子？

夏任林记忆错位。他教书是土改以后，"跃进团子"讲的是六零年的事，"大跃进"带来的大饥荒。

我父亲不容易的，可以说是伟大人物。他先是吃白药，后来吸鸦片，全部戒掉。他让家里人把他绑起来，鸦片枪劈掉，浸在脸盆里，泡出来的水黑的，瘾来了实在受不了，舀点水喝喝，就这样硬是把鸦片戒掉。后来年纪大了，干脆旱烟也不吸。

父亲年轻时开过金货店，后来开鸦片馆，连吃带开。那时三个铜板一个烧饼，生意好的话，给我6个铜板，生意不好3个铜板，买烧饼吃。我记得好笑，鸦片馆关了，大白天老鼠跌下来。原来是老鼠闻惯鸦片味，中毒了，瘾来了，受不了，从屋梁上掉下来。

夏任林生于1928年，照此推算，他父亲的鸦片馆一直开到20世纪30年代，距虎门销烟将近百年，四五代人之久。
"日本人来的时候你刚好10岁，有什么印象？"

东洋人最坏了，骑着大洋马，牵着狼狗，狗吐着舌头，人见人怕。老百姓进城，见到站岗的日本人，要像电影里放的那样，向他们脱帽鞠躬。他不开心，就收拾你，拳打脚踢。春节街上演戏，散场时日本人守住出口，对每个出来的人耍流氓，下流得很。

有个东洋人叫大岛，坏中最坏。他到茶食店要东西，老板娘稍微迟疑一下，立即让狼狗跳到柜台上，拿食品喂狗。老板娘脸色刷白，小便都在身上。他牵着狼狗在路上走，又没人惹他，突然跑到百姓家里，跳上灶台，脱下裤子就拉屎，简直畜生不如。

有个日本人好些，也许是个医生。老百姓得了疟疾，喊他"洋先生"，做发病的样子给他看，他给你几颗药，吃过就好了。坏的大岛，好的医生，这两个东洋人在这里的时间都不长，很快就调走了。

那时,一个县也就十来个日本人,平时驻在城里,中国人这么多,为什么怕他们呢?你杀一个日本人,他们就把周边的鬼子集中起来,到你这个地方报复,全村甚至几个村遭殃,"三光"政策。老百姓没有组织,手无寸铁,哪敢惹他们?

日本投降时,有些人专门跑到县城,找站岗的鬼子,用粪便往他们身上浇,把粪桶扣在鬼子头上,然后打他,觉得不解恨。鬼子没有办法,不敢抵抗,有些就是大孩子,让人又可恨又可怜。

"你小时候读过几年书?"

我8岁上学,先读私塾,后来上小学。上小学时,学校催学费,我交不出。徐先生帮着打招呼,说我家困难,一直免费的。我在边上听着,那个感激啊,徐先生我一直不忘记的。全家4口人,几亩老沙田,养不活自己,小学没读完,就跟村里人做小道士。

我做道士不久,结识了好友余观宝,又叫石飞,他经常给我讲革命道理。当时共产党发展地下党员,优先考虑自由职业者,像道士、铜匠、风水先生等。因为这些人平时走乡串户,开展工作有掩护,不容易暴露。如果是农民,你不好好在家种地,老是东跑西走,容易引起怀疑。

1945年3月,在长江边一个比较偏僻的地方,一间茅草棚里,我见到了李桐明。他跟我谈了很长时间话,说穷人要翻身,就要跟党走,还讲共产党迟早打过来,解放全中国。举行入党仪式,介绍人石飞,监誓人李桐明。墙上挂毛主席像,铅笔描的,戴八角帽的那张,举着手跟着宣誓,誓词有严守纪律,不当叛徒等。

县志载:石飞,地下党员,党内化名蒋保华,四九年后先后任辽宁省委宣传部副部长、鞍山市委常委等职;李桐明,中共地下党海沙区区长,四九年后曾任苏州市委组织部副部长等职。

以后,每隔两三天,石飞就来我家一次,送来《江潮日报》、《革命人生观》小册子等。我的党内化名叫朱永道,交过两次党费。与石飞晚上几次到翟家埭、三圩埭做发展工作,发展对象是李宝云、黄官宝。

当年8月,石飞把我叫到他家,说要过江学习,多则两年,少则半年就回来。我想一起去,他说苏北经济困难,多一个人多一份负担,组织上决定把你留下,继续做发展工作。他叮嘱我,上级会来人联系,不管来者是谁,叫到你的化名,就是你的领导。还说斗争越来越残酷,千万不能暴露身份。

石飞走后,我日夜盼望来人联系,也注意物色发展对象,郭某胡某基本成熟,由于没有领导,没和他们说明。不知什么原因,一直没人前来接头,不敢擅自活动,没有暴露身份,无依无靠,心里苦闷得很。

1949年农历五月,接到石飞东北来信,才知道他去江北后,不久就调到东北安东,当时叫辽东省,省委宣传部工作。他要我把分手后的情况告诉他,说"这里党员已经公开,你尽可告诉我,没啥事的",还向我在哪儿,干得怎样。

见到石飞来信原件,信是写给夏任林孙某宝两人的。孙某宝也是道士,夏任林师叔,石飞发展入党,化名姜安,之前夏任两人互不知情。

我回信说一直没人联系,石飞记得委托五圩埭姓肖的同志来接头的,又说北撤时移交工作可能马虎。当时我们这里各项工作已经轰轰烈烈开展起来,我忙于投入秋征、冬季民校、土地改革等,认为反正都是干革命,在那里都一样。

办民校的时候,我申请加入青年团。组织同志问我,原来参加过何种党派团体,我说1945年参加过共产党。他大吃一惊,哎呀,老同志啊,既然是党员了,怎么反而还要加入青年团?后来组织上作了调查,确认我入过党,因组织疏忽而脱党,由于脱党时间太长,需要重新入党。

1957年"大鸣大放",我提了几条意见。有人悄悄告诉我,你说话小心点,已经属于"边右",右派的边缘,在边上,推上去就是右派。右派左派,那时的事情……啊……后来定"中右分子",1958年3月下放劳动。

我到常熟去挑望虞河,没日没夜劳动,中途接到通知,要我回来参加肃反学习。工地上出来,监管的人训我,"干什么?不准开小差!"我说回去开会,他说"什么开会不开会?"我把通知给他,他看了半天,我回过头来就走。

1980年以后,各方面都在落实政策。我向上级申请恢复党籍,组织上承认入党经历,无法恢复党籍。于是再打入党申请,到公社里听党课,接受组织考验。又过了几年,年纪大了,退休了,还是没有入党。

后来石飞回来探亲,他一直在东北工作,当过省报副总编、省委宣传部副部长。那是我们40年前分手后第一次重逢,也是最后一次见面。1985年他就去世了,不到60岁,好人啊。他当报社副总编,文章写得好,人家不相信他小学没毕业。

那次在他弟弟家小聚,大家高兴得不得了。谈起1945年分别的事,他说当时没想到,过江后一直往北到安东,没有几年就解放,一别家乡几十年。他说当初很想带我一起走,考虑到我是独子,出生入死恐有不测,还是把我留下来。

他弟弟的亲家正好也在,看看面熟,一问一聊,啊,钱家埭的李某兴。李某兴的弟弟当年是土匪头子,四九年后被镇压。我们搞地下工作时,刻意提防着他。曾经你死我活的敌对分子,如今后人成亲家,说古论今,感叹万分。

夏任林的口述是片段式的,不是系统的回顾,时间把许多往事过滤,剩下的只有细节,那些对他的一生产生重要影响、难以忘怀的细节。

他讲述父亲的故事,以鸦片为主线,开烟馆,吸鸦片,戒鸦片,自己一出生就有鸦片瘾,老鼠鸦片瘾来了从房梁上掉下来。吃豆饼,铜板,铁树开花,天医生日等,听起来恍如隔世。

夏任林对东洋人的记忆,不是杀戮,而是屈辱,脱帽鞠躬,耍流氓,狼狗,灶台上拉屎,也讲好的医生,日本投降后老百姓的报复等等。中国民众对侵略者的记恨,不是写在纸上的,而是印在心底的。

夏任林讲述中的两个时间点值得关注:他父亲的鸦片馆一直开到20世纪30年代,说明鸦片残害之久危害之深;他上学先上私塾,距废科举已经30年。吸鸦片导致国民贫穷羸弱,教育落后影响国民素质,个人经历,民族记忆。

他参加地下党的细节也很生动。入党宣誓挂毛主席像,铅笔描的,戴八角帽的那张。与孙某宝同道同伴,同一个入党介绍人,同一个支部,却互不知情。失联后明知周德先、徐先生是地下党,恪守单线联系纪律,只能在家苦等。

夏任林的人生跌宕起伏。读不起书当小道士,出于无奈;加入地下党,有了主心骨;与上级失联彷徨无主,搞土改当教师充满希望;"大鸣大放"成为"中右"分子,下放劳动又回到教师岗位算是幸运。

改革开放后,夏任林恢复党籍未果,重新入党没能如愿,很是遗憾。他出身贫困,接受革命教育早,经历过去的黑暗,热爱新社会,拥护共产党,几经挫折,初心不改,朴素情感一辈子没变。

夏任林年过九旬,耳朵日渐失聪,时而懵懂失智,往事魂牵梦萦。鸡年腊月,半夜三更,他穿戴整齐,拎个小包,带着石飞的信件,非出门不可,要找组织,找石飞……

结婚第二年,夫妻俩在家搞副业,侧厢屋里养木耳,一季木耳卖到 200 多块钱,两人别提多高兴了。当时就说,啊呀,什么时候能聚到 1000 块钱就好了⋯⋯

——刘琴

三十二 刘琴

一步一步积累经验
踏踏实实把事做好

| 挣工分 | 做裁缝 | 保管员 | 副厂长 |
| 转制 | 劳务输出 | 以心换心 |

口述：刘琴
时间：2015年2月29日晚
地点：刘琴家

刘琴，1952年生，夏任林长媳，经营小企业，兼营劳务输出。

经过几十年市场洗涤，当初的草根企业大多淘汰，刘琴的小厂还在经营，镇上人喊她"刘厂"。

刘琴夫妇在镇上工作，买商品房，1990年迁居，乡下宅基地还在，常回去看看。村里人夸她贤惠，孝顺公婆，待人真诚。那年村里修路，她赞助一万元钱。

刘琴读书不多，羡慕读书人。当年姑母介绍对象，家境好，义化低，处了一阵毁约。有人介绍夏家长子，高中生，家里穷，她同意，看中他有文化。

刘琴对教育有着天然的重视。她一儿一女考上大学,儿媳女婿全是大学生。弟弟的女儿、妹妹的儿子在她家寄读,全部考上大学,她家成为"大学生之家"。

白天总在忙碌。吃过晚饭,洗涮完毕,坐下来,静静地,听刘琴讲述……

昨天到姑妈家去吊唁,家里冷冷清清,没几个人,队里人呢?那么多人哪里去了?真奇怪,以前不是这样的啊!一家有事,全队人都来帮忙。现在怎么这个样子啊?村里看不到几个人了,年轻的上班去了,有的拆迁搬走了。

我家兄弟姐妹6个,一个哥哥,两个弟弟,两个妹妹。哥哥大我5岁,六三年上高中,要住宿。父亲大队里行船,长年不在家,弟弟妹妹小,没人照顾。我念五年级,娘让我停下来,在家带弟弟妹妹,到生产队挣工分。

我刚11岁,扛着钉耙锄头,跟老头子、老太婆一起,到队里做工分,搭河泥,个子小,力气小,就像跟钉耙摔跤一样。那时农村里也不讲什么童工不童工,拿对折工分,劳动一天也就两角钱样子。

与人家相比,我家条件还算好的,父亲在大队里行船,有点补贴收入。开大队里的船,到上海、无锡,有时带点东西我们吃。除了跟大人在队里劳动,还做家务,做饭,洗衣,扫地,喂猪,做布鞋,这些都是农村妇女的基本功,样样都要学着做。

有一件事印象最深。12岁那年,听说农场那边可以拾野棉花,队里有人去,我跟着,也不知哪来这么大的劲儿。先到陆余镇,堂姐看我年纪小,走不动,出两角钱,一起坐段汽车。走到那儿一看,哪来棉花拾?只好回家。

早上三点多钟,开始从家里走,回到家里,晚上八九点了。一个来回,50公里不止,脚都肿了,睡了一个多星期才起床。现在想都不敢想,想想都害怕,那么远的路,那么小年纪,整整走一天,也不知道怎么走下来的。

稍微大一些,15岁吧,队里让我记工分,这段经历很重要。社员干活时,我到田头记工分,写写社员名字,算算工分账,学校学的东西没有全忘记。慢慢长大了,有点懂事了,想想小时候没有读到书,难道将来种一世的田?就想学个手艺,找个出路。

跳出农门,不再种田,几乎是所有农家子弟的愿望,亦农亦匠做手艺,则是生产队时期农民的主要选择。

那时我已经找了对象,说好跟别人学裁缝。刚开始公婆是支持的,还答应买台缝纫机。刚做了一天,忽然不行了,好像担心我学手艺跟别人跑掉(笑笑),不同意,没学成。心里不开心,一赌气跑到上海亲戚家玩了十几天。

上海回来,到底不甘心,买了服装书,自己在家看。书上什么样的服装都有,新式的、老式的、西式的、时髦的,我拿着报纸,比划着裁,旧衣服拆拆,土布裁裁。我叔叔是裁缝,经常到他家去踏缝纫机,不懂的地方就问他,有时也跟着他到人家做。

1974年结婚,那时社队企业开始多起来。先是大队里组织做手套,要自带缝纫机。那时不像现在,买缝纫机要票,农村买不到,也买不起。向叔叔借个缝纫机,就到大队里上班。没多久,公社里开绣花店,弟弟得到这个消息,介绍我到那里去。

干了没几天,绣花店改裁缝店。入门要考试,学徒6元钱一个月,师傅22元一个月。我踏缝纫机蛮熟的,考下来,没做过裁缝的考上了,成了师傅,有些学过的反而没考上,成了学徒。我成为正式的裁缝师傅,二十几块钱一个月,真是太好了。

刘琴实现了第一个梦想:做裁缝。

裁缝店干了一阵,领导相信我,要我当仓库保管员。我没有文化，没有做过，一门心思想学技术。工业公司会计壮我胆，他说你尽管当，不懂我教你，硬硬头皮应承下来。裁缝店规模不算大，收收发发，账目简单。我比较勤快，一有空就做裁缝，星期天还跟老师傅到人家去干活。

裁缝店开了不到两年，慢慢开不下去了，最后解散，职工放回家。我是管仓库的，街上有门市部，在那里卖服装，算是留下来。服装卖完后，分到针织厂。裁缝店五十多人全都放走了，就留下两个人，现在想想真侥幸。

因为管仓库，裁缝店解散后没有回家，后来分到针织厂。刘琴没有想到，当保管员成为她改变人生的第一块基石。

分到针织厂，是1977年。先上横机，手工摇套头衫，腈纶的。听说我当过仓库保管员，又让我管仓库。针织厂的仓库比裁缝店复杂得多，100多个职工，规模大了，复杂多了，三个仓库两个保管员，以我为主。我工作细致，责任心强，厂长一开会就表扬我。

1984年，针织厂与上海联营办厂，搞电位器。基建时就把我抽出来，管建材仓库。新厂投产后，几百种零件，三个保管员，我主管。所有的账我做，晚上在家学着打算盘，加减乘除，样样学会。还兼食堂会计，100多个人的伙食账，兼了好几年，那个忙啊，硬挺过来的。

基础哪来的？裁缝店打下的，名义上做保管员，实际上是会计，做往来账的，有物品管理，也有财务管理。我看书不多，主要是用心，零件分类摆放，每一笔账轧平。我很积极的，自告奋勇到上海出差，乘公共汽车，大的零件汽车托运，小的零件自己背，当天去当天来，几十斤重东西，肩上背出老茧来，现在想想也怕的（笑）。

仓库保管员做了几年，抽我出来搞生产计划。原来的计划科长蛮差的,不讲理,觉得自己了不起,瞧不起我这个管仓库的。其实经过几年仓库管理,各类材料出库入库,我对厂里的生产经营情况,心里多少有点数。计划科缺人,让我干我就上,胆子蛮大的。

当计划调度,出差多,跑业务,要欠账,吃足苦头。有一次到河南出差,一个人去的,冬天下大雪,事情办好到车站赶火车。下午四点多钟,换乘汽车去火车站,雪下得太大,汽车停开。这可怎么办?天渐渐暗下来,周围没有人家,见不到一个人,又冷又怕。

正在着急,一个"扑扑"车经过,招了手停下来,总算把我送到车站。现在想到还怕,停在半路上,前不着村后不着店,叫喊不应,如果碰不到那部"扑扑"车,那可怎么办?开始出差我也怕,一个人到成都、湖南、四川、保定,跑业务,要货款,开订货会。后来不怕了,深圳、广州、武汉、江西,全国各地到处跑。

后来厂长去世,乡里派来一个厂长,我当副厂长。新厂长带来一个小企业,搞冷作。他私心重,社会上接活,自己在家做,工资厂里发。厂里事情他不管不问,只知道花钱,吃闲饭的人多,干活的人少。厂里越来越困难,发不出工资,年年亏损,贷款越来越多,债务越背越重。

1997年,我在江西开订货会。乡里来电话,要我赶紧回来,有重要事情。一到家,找我谈话,说是企业转制,要我接手。企业资不抵债,欠账很多,没有净资产,没有好产品,还有60多个职工,不好搞。镇上知道厂里情况我熟悉,出差期间先把厂长调走,要我把企业接下来。

事先我一点也不知道,企业太烂,没有其他人竞争,没有什么办法,硬硬头皮接下来。第一年最困难,到年底工资发不出,我把妹妹新疆寄回来的几万块钱垫进去。再后来,一点点,一点点,把欠账慢慢还清。

转制时厂房是租的,每年8万元钱,后来动脑筋,干脆把房子买下来。职工从60多人减到40多人,减人真难,工人说在这里习惯了,不嫌工资低,不想回家。产品走下坡路,企业吃不饱,这么多人怎能养得起?好说歹说做工作,总算放掉二十多人。

"转制后企业的股份结构是怎样的?"

转制时全员入股,职工每人200元,管理人员多一些,相当于筹资性质。后来形势好一些,先把职工的钱还掉,二次转制时,再把管理人员的股份还掉。现在的股份结构是这样的,我最多,占56%,其余44%由5个人分,他们没有出资,相当于干股,阶梯式比重。

第一次转制时,企业没有净资产,资不抵债,亏损的。我投几万元钱作资本金,日常运转靠贷款。第二次转制时,财务有好转,镇里做工作,要我一个人转下来。我担心别人眼红,弄得不客气,还是股份制吧。如果个人转制,按当时的经济状况,也能够接下来。

农村里像我这样的小企业,几乎全部独资的。一开始搞股份制,职工与管理人员都有股份,搞了没多久,全部吵散场,硬拢在一起,肯定搞不好。像我们这样的企业,规模很小,管理简单,没有吃闲饭的,没有贷款欠款,除了发工资分红,还有稍许积余,放在账上备用。

去年企业工资加分红,我拿10万元,养一个车,工作不算苦,收入不多也不少,我很满足的,总比打工好。我退休工资已经拿了10多年,企业转制时转成农保,50岁退休,每月200多元,后来年年加,现在每月800多元。

"转制时下放的老职工后来怎样?"

转制时下放的职工,当时没有补偿,说走就走。后来农村买养老保险,职工找来,我也做好事,算他们一直在厂里做的。有了工龄,年纪大了可以领退休工资,比买社保交钱少,退休工资还高,一个月多500多元。这些老职工现在看到我,客气得不得了,都说谢谢我。

  转制十几年来,企业一直维持,工人从40多个减到20多个,大多是到点退休,也有人回家带小孩,没有招收新工人。只有五六个人没到退休年龄,其余十几人退休后返聘,不嫌工资低,愿意留下来,那就一起做。他们相当于拿双份工资,企业也省得交养老保险。

  现在这方面负担很重,每个职工企业交社保费用6000多元,他们自己交2400多元。同样的产品,过去职工工资每月100多元,现在再少也要1500元,加上社保,2400多元。过去企业年年亏损,现在还能活下去,有时候真的连自己都搞不懂。

  这个企业改制前是上海联营企业,改制后商标仍用上海的,每年象征性交1万元钱,自己跑市场,固定产品,固定客户。以前职工多,什么产品都做,要养人、发工资。现在工人少了,集中做几只产品,主导产品5只,都是手工做的。年销售收入200多万元,交税五六万元,养人为主。

  "你什么时候开始做劳务,怎么做起来的?"

  2003年,日本有个客户,原来是上海人,在日本年数多了,做劳务输出。他要一批电子工,寻到我这个厂。那时农村年轻人多,听说招工出国,抢着报名。开始我不懂,边做边学,慢慢熟起来。名义上是研修生,实际上是熟练工,去日本3年,中途不休假,期满回国,回来后不再去。在日本做3年,能挣30万,多的40万50万,现在日元汇率跌了,也有30来万。

  10多年前的农村,这个收入相当可观,女孩能挣一份体面的嫁妆,男孩结婚大体也够了。对方开单子来,需要什么工种,多少人,我们负责招工、培训、考试,办好手续送出去。对技能要求不算太高,简单劳动,电子工、农民工、零杂工,什么都有,年龄35岁以下。这项业务挂靠在县外贸公司,输出1个人,中介费公司拿走2万元,我只拿1万元。对方给一些管理费,按人头给,不固定,积少成多。

这几年越来越难做了,招工困难,汇率低,成本高。去的人如果违约,中途不做了,或者逃离了,中介就要罚款。去年输出20多人,3个妇女当花工,做了3个月全都回来,嫌苦,以前从来没有碰到过这种情况。最近又有人联系,组织学生到日本留学,没有精力做了,不像以前了,可以没日没夜干。

"你感到什么时候最困难?"

刚结婚时最困难。新做人家,队里挣工分,收入低,没有挣钱门路,看不到前景。结婚第二年,夫妻俩在家搞副业,侧厢屋里养木耳,一季木耳卖到200多块钱,两人别提多高兴了。当时就说,啊呀,什么时候能聚到1000块钱就好了。

与同龄人相比,我们还算好的。1974年结婚,年底生女儿。1979年起房子,没有借钱,自己聚1000元,公公婆婆给1000元。1979年夏天生儿子,那时已经进厂,上班时肚子疼起来,一个人跑到医院,谁也没告诉,生了以后才通知家里人。那个时候胆大,不知道什么叫害怕。

生产队里苦,分田后也苦,既要上班,又要种地,更忙更累。早上背着儿子上班,晚上背着儿子回来,匆匆忙忙扒口饭,赶紧摸黑种承包地。上班工资低,每月20多元,40多元,50多元。开始每月工资26元,交队20元,自己留6元,但比种田好。当时说,什么时候加到100块钱就好了,哪想到现在?说说也好笑,翻天覆地的变化。

1987年,厂里工作忙,镇上给我半间房子做宿舍。当时乡镇企业大发展,时兴发工作服,干部开始穿西装。我晚上下班不回家,顾不上吃饭,先踏缝纫机,做西服,做厂服,做沙发套。天天开夜车,名气越做越大,不少人请我做,根本来不及。

听说短裤好卖,街上买了布,开通宵做,赶早到集市上卖。一个人不敢,女儿作伴,那时她十三四岁,会骑自行车了。还到厂里批袜子,早晨到集市上卖,一双赚一角钱。有次卖袜子,一个早上赚到廿几块,给老公买了件呢制服,心里那个高兴啊!虽然苦一点,总的来说还好,还好啊。

分田到户没几年,队里人家开始造楼房,于是买砖头买水泥买木材,也准备翻屋。在镇上消息灵通,听说造农民街,卖商品房,回家一商量,已经买的建材卖掉,直接到镇上买房,1990年住进去。当时的考虑,主要是大人上班方便,小孩上学教育质量好。那时房价多便宜,楼上100多平米,楼下一个门面房,不到3万元!

我读书不多,主要看别人怎么做,一步步积累经验,踏踏实实把事做好。有些事情,恐怕与学历没有太大关系,认真做,动脑子,边干边学。比如说企业管理,首先是关心职工,办事要公道,把人的情绪理顺了,不少事情就好办了。

我们企业工资不高,但是工人不愿走,都说厂里好。前年秋天,组织大家免费到北京旅游,飞机去,高铁回。到天安门,看毛主席纪念堂、人民大会堂,登万里长城,参观"水立方"、"鸟巢"、故宫等。大家高兴啊!不少人这辈子第一次,也是最后一次。农民哪舍得自己掏钱去游玩?

我经常总结,做人要正直,不做亏心事,不留下遗憾。就拿做劳务来说,一开始做的人很多,现在大多淘汰了,就我还在做。我对劳务工以心换心,像家里人一样关心他们。培训时请他们吃个火锅,让他们休息一下,都还是小孩子啊!他们阿姨阿姨不停口地喊,过年从国外发信息给我拜年。

那几年竞争激烈的时候,有些人想早点出去做劳务,钞票送上门,我不收。出去打工,吃苦挣钱,怎么好意思多收人家的钱?我做不出这种事情来,该收的收,不该收的一分不收。有的中介多收人家5000元,他们出去后一交流,恨得要死,国外骂到国内。几个钱事小,做人失败事大。

刘琴小学五年级失学。五零后农村女孩大多如此,上不了几天学,回家带弟弟妹妹,帮妈妈做家务,到队里挣工分,20来岁出嫁。如果没有大的变化,她们的女儿将继续类似的人生。

改革开放之初,乡镇企业风生水起,给农民带来改变命运的机会。五零后女性大多困在村里,她们结婚了,孩子小,丈夫出去做工,妻子在家种地,老了买社保,终生是农民。

刘琴是个例外。她从做裁缝、当仓库保管员起步,一步一个脚印,一步一步向前,实现了手艺人、乡企职工到企业管理者的跳跃,从一个乡下人嬗变为具有现代意识的新市民,初步完成了社会阶层的上升流动。

读书改变人生,刘琴没有读到多少书。起点多高走得多远,刘琴的起点是保管员。影响并决定刘琴走向的是什么?学习,学习的意识,边干边学的本领,自我学习的能力。

刘琴学裁缝,"买来服装书,自己在家看","拿着报纸,比划着裁",没有正式学过,成为裁缝店正式师傅。到后来,给企业做厂服,给人家做西服,做沙发套,来不及做。

她当保管员,裁缝店时不托胆,"硬硬头皮应承下来"。针织厂联营厂规模变大,晚上学着打算盘,还兼食堂会计,"硬挺过来的","看书不多,主要是用心"。

刘琴是个有心人,"各类材料出库入库,我对厂里的生产经营情况,心里多少有点数","首先是关心职工,办事要公道,把人的情绪理顺了,不少事情就好办了"。

她做劳务输出,"开始我不懂,边做边学,慢慢熟起来",对劳务工"以心换心,像家里人一样关心他们",不肯乱收钱,"几个钱事小,做人失败事大"。

刘琴总结,"我读书不多,主要看别人怎么做,一步步积累经验,踏踏实实把事做好。有些事情,恐怕与学历没有太大关系,认真做,动脑子,边干边学"。

刘琴的经历令人深思。教育不限于学历教育、知识传授,重要的是学习能力的培养。学习不限于书本知识,重要的是实践,生活是最好的教材,一部念不完的教科书。

时间一天天过去，大学离我越来越远，几乎遥不可及。但潜意识中上大学的念头始终没有断过，少则半个月，多则几个月，经常重复同一个梦境……

——夏建

三十三　夏建

"文革"打破了我的大学梦
恢复高考重新燃起希望之火

父亲　　母亲　　外公　　读书　　篾匠
当兵　　战友　　自学　　高考　　圆梦

口述：夏建
时间：2015年11月10日，12月12日
地点：夏家

夏建，1953年生，夏任林次子，做篾匠，当兵，恢复高考后考上大学，公务员，退休。

"讲什么？怎么讲？"夏建看着我，征询的眼光。他在外地工作，退任后回家乡看看。人生初老，言语简捷，开门见山。

"说说你的经历，工作，家庭，感受，随便讲。"他阅历丰富，应该有许多内容可讲。

"那就从我的家庭说起……"

我祖父的名字叫介眉，从这个名字看，应该有点文化。父亲说，祖父年轻时开过金货店，吸过鸦片，是不是因为吸鸦片而家

道中落的,说不清楚。祖父年纪大的时候,浑身长满分币大小的斑痕,不痛不痒,吸鸦片留下的,乡下人叫鸦片斑。

父亲生性耿直,是祖父的老来子,46岁生的。家里穷,小学没读完,就跟村里人做小道士,参加过地下党,后来失联脱党。四九年后参加地方工作,土改后当小学教师,五七年对党提意见,下放劳动一年,又回到教师岗位,直到退休,子孙满堂,颐养天年。

外公家更穷。外公每到农忙便去无锡插秧打短工,外婆给人家当奶妈,一个阿姨出生三个月就送走,舅舅12岁当学徒,做木匠。母亲很小出门帮佣,12岁到我家做童养媳,奶奶封建思想,欺她虐她,母亲吃尽苦头。

母亲没有上过学,五八年参加扫盲班,认字脱盲,能读书看报,看懂电影,听懂广播,村里同龄妇女中就她一个能做到,了不起。父亲在外教书,母亲在家种地,勤俭持家,孝顺贤惠,我们的成长,主要受母亲的影响。母亲体弱多病,2008年去世。

父亲母亲的直系亲属,都是老实巴交的贫苦农民,土改中一律贫农,生产队时期都是社员,农村积极分子,对党和政府有着无条件的、近乎盲目的信任和支持。小时候,父母亲常给我们忆苦思甜,讲新社会好,拥护共产党,感谢毛主席。

"就是这样一个普通家庭,'文革'中依然遭受劫难",夏建接着述说。

我外公是旧式农民,不识字,家教严,把做人看得比什么都重。"文革"中有人贴大字报,说他家一扇门是抢来的。我对那扇破门印象很深,一条条薄木板钉起来的,门上好几个洞。此前,抄家,戴高帽子,批斗,搞得人心惶惶。外公六十多岁,哪经得起如此胡说与侮辱?

1967年初夏,外公来到我家。晚上看见小学里灯光人影,吓得直躲,日夜不安,说那些人是来抓他的。我们在生产队开早工回来,外公不见了,到处找寻不得。下午队里人发现,外公死在附近河里。河水不过半人深,外公水性极好,不知他是如何下狠心呛死自己的。

不多久,接到新疆表兄来信,说姑父上吊自杀。姑父土改后入党,1959年全家去新疆"支边"。多年后知道,六零年闹饥荒,有人偷宰集体的马,姑父向团里报告,结下了仇。"文革"中把姑夫吊起来打,边打边问,"看你检举不检举?你还检举不检举?"打死后吊在树上,人是跪着的,当时觉得蹊跷,无处诉说。

紧接着,父亲险些出事。事后他告诉我们,小学造反派搞逼供信,一对老教师交待,说小学教师中有特务组织,有发报机,有暗号,有经费,一个咬一个,不承认就用老虎钳夹手指头,很快扩大到三十多人。父亲也被咬出,说是特务组织的会计,已被关起来,即将审问。

造反派将战果向县里汇报,军宣队怀疑:一个公社这么多特务,难道以前一点线索都没有?派工作组复查,真相大白,父亲躲过一劫。他告诉我们,在里面已经想好,如果打得受不了,就像电影里那样,自己把舌头咬断,决不乱咬人,不能把更多的老师牵进来。

我家对面是小学,从小在琅琅书声中长大。弟兄三个爱读书,学习成绩好,奖状贴满一面墙。教师们聊天,父亲夸口说,"我家三个儿子,将来出六个大学生。"为什么?儿子大学生,对象自然也是大学生,二三得六么。

1965年,哥哥考上高中,我考上初中。那时农村教育落后,一家两个中学生令人羡慕,报名费凑不齐,借来的。好心人说,经济这么紧张,大儿子不要读了,学个手艺吧。父亲摇摇头,他说,只要儿子能考上,拆房卖瓦也要读下去。全家人都把希望寄托在书包翻身上。

我念了一年初中,"文革"来了,不上课了。1968年初中毕业,那时读高中要推荐。大队革委会说我不能上高中,因为爷爷、父亲、哥哥都是识字的,要让祖孙三代不识字的人去读。白天在地里劳动,看着同学上学放学,有种说不出的滋味。

一次在学校玩,翻到一本连环画,《我要读书》,根据高玉宝自传体小说改编的。高玉宝小时候家里穷,自己要读书,母亲不让去。他在前面跑,母亲后面追,急匆匆摔一跤,母子俩抱头痛哭。看到这里,不禁触发同感,顿时泪流满面。

15岁参加集体劳动,队里新买台磅秤,一过秤体重54斤,一直到18岁,才超过100斤。个子小,体质弱,跟妇女一块干活,漫长的劳动时间,繁重的体力劳动,远远超出一个少年的承受极限。劳动使我突然长大懂事,从此知道父母的艰辛、种田人的苦。

"听说你做过篾匠的?"

做过篾匠。记得办投师酒那天,师傅带几个同行,一起到我家吃饭。父亲把我叫到一边,要我在投师纸上签字。读不成书,要学手艺,一时悲从中来,我哽咽着问,"爸爸,难道我就这样拉倒了?"父亲也哭,"儿子,你晓得的,我做大人的也是没有办法啊!"

做篾匠是我一生中最黑暗的日子。一方面是做得苦,在人家织篾条,一天到晚蹲着,下肢完全麻木,收工时站不起来。两个膝盖软的,扭来扭去不好走路,用手扶着走,好一阵才恢复。更重要的是心里苦,看不到任何前景,无望比贫穷更可怕。

有一次在同学家干活,看到一套《红楼梦》。那时《红楼梦》是禁书,买不到,借不着,我好久没有接触书报,央求他借我,第二天就还。当晚回家,暑天大热,蚊子又多,光着膀子,张着蚊帐,煤油灯放床上,一直看到早上5点,窗外蒙蒙亮。

从做篾匠到后来当兵,大学离我越来越远,上大学的念头从来没有断过,经常重复同一个梦境:坐在教室里,上课前点名;我站起来答"到",满堂哄笑;老师解释,某人因故学习中断,现在复学;四下一瞧,课堂里都是比我小好多岁的弟弟妹妹……

做了两年篾匠,自觉前途无望,却又不肯死心,总想到外面闯闯,七二年底去当兵。12月20日离家到县里集中,当晚换上新军装,写"诗"一首:激动的心咚咚跳,犹如擂战鼓,快马加鞭催征急,顿生双翅飞向前。班长发了五元钱津贴,一张整票,第二天父母到码头送行,我撩起棉衣,从衬衣口袋里掏出钱来,告诉他们,发工资了!

刚到部队,什么都新鲜。班长说,新兵连艰苦,下连后有生产地,伙食会好些。我们说,一天三顿大米饭,还要什么菜不菜?在家一年到头吃粥,现在吃饱肚子,好足了。一顿十几个包子,满满一脸盆,堆得高高的,瞬间一扫光,那叫一个痛快!

我们班里两个安徽新兵,一个贵池的,一个宣城的,两人一个字不识,连名字都不会写,也不认识钟。还有两个安徽兵,一个休宁的,一个屯溪的。慢慢聊起来,才知道这四个安徽兵全是孤儿,父母亲六零年饿死了。当时就想,江苏苦,安徽更苦,这样下去怎么得了?

我们部队常驻海岛,我在守备连,当一年新兵,三年文书,两年班长。训练内容有"五大技术",射击、投弹、刺杀、爆破、土工作业;"三打三防",打坦克、打空降、打登陆、防原子、防毒气、防舰炮;战术训练,海岛战斗中的防御与进攻。

1973年10月,国庆刚过,连队派我去师部教导队集训,培养战士骨干,嘴上不说,心里高兴。教导队里的班长姓孙,六九年老兵,山东人,高个子,瘦瘦的,大哥哥一样,刚刚认识就熟了。

教导队开训第一天,正值海岛初冬第一轮寒潮来袭,北风呼呼响,一个劲地刮。首训科目是单兵队列,立正,稍息,停止间转法。训练场上,教员边讲动作要领边示范,学员列队纹丝不动。刚开始还觉得脸孔耳朵冻得疼,不一会儿便全身麻木,整个人晕晕乎乎的。

一切行动听指挥，没有一个人吭气。班长与我隔开两个人，眼睛余光瞥见，他站立不稳，身体在晃，摇了几下，支撑不住，软绵绵倒下。两个战士连扶带背，送回宿舍。稍许慌乱后，继续训练，一会儿倒一个，一会儿又倒一个，不到十分钟，连续倒下四五个，硬是被冻的。

区队长一看不好，改训练科目，练钢枪刺，通常连续突刺30下，就会大汗淋漓。练刺杀又出问题，皮肤冻脆了，送枪时机柄刮手上，一刮一层皮，并不觉得疼，血慢慢往外渗，一会儿枪托上红红的，好几个兵这样。刺杀搞不成，大家绕着训练场跑步。

训练收兵回营，班长靠在床上，脸色蜡黄。中午伙房有病号饭，一碗面条，两个鸡蛋，我给打来，他只吃掉一半。班长第二天就去住院，据说原本身体有病。我与孙班长不在一个营，教导队训练紧张，请不出假看他，慌乱间匆匆一别，从此后再无消息。

1977年夏，当兵第五年，我当三班长。八一建军节，热得不得了。营里组织竞赛，5000米越野，各连三班参加。全副武装，携带枪支、弹药、子弹袋、铁锹、水壶、挎包、手榴弹、背包、雨衣、武装带十样东西，20来斤。东西不算重，就是带子多，勒得人透不过气来。

我们班里有10个兵，事先训练过，每天早上跑一次，下午跑一次，连续跑了半个月。根据每个人的体能情况，制定并演练了协同方案。按照预案，我跑在前面，把握好速度与节奏，行进中，体力好的给体力弱的背枪，副班长殿后，不让队伍拉得太长。

按规则，比赛成绩以最后一名战士过线为准，途中可以互助，但出发后、终点前300米，各人的枪各人扛。赛前测试，跑完全程，大概24分钟左右。最担心的是个七六年武义兵，浙江人，细高个，瘦弱，腿长，协调性差，平时走路就是一跷一跷的。

上午9点整，我们班第一个开跑。太阳当空照，火辣辣的，还没出发就大汗淋漓，汗出得眼睛睁不开。300米后，武义兵的枪被副班长接过去。不到五分钟,胃里翻江倒海,边跑边吐,早晨炊事班加餐,每人两个鸡蛋,全部吐得精光,人反倒舒服多了。

十分钟后,不觉得热了,好像也不出汗了。脑子木了,眼睛花了,经过什么地方,遇到什么人,全都不知道,只是一个劲地跑,机械地跑,不停地跑,跑啊跑。快到终点300米线,我听得后面武义兵喊,"枪……枪……枪",好样的,他还记着自己背枪呢!

回头一看,这兄弟有点吓人,脸色发紫,满嘴白沫,眼睛半张半闭,人东倒西歪,两个战士拉着,跌跌撞撞地跑。离终点50多米,他终于支撑不住,瘫倒在地。两个战士不由分说,一人拉只手,拖起来就跑,快速冲刺,直到终点。

全班人瘫倒在地,喘息不止,动弹不得,好半天才回过神来。比赛成绩远远超过预期,不到21分钟,比平时训练快了3分钟。其他连队的三班一看我们跑成这个样子,多少有点胆寒,而且临近正午,天气更热,结果我班跑了第一名。

武义兵走不了路,担架抬回营房,检查时发现,大腿外侧皮肤全都破了,公路上沙子擦的,泥沙鲜血凝成一片。他一个劲喊肚子疼,翻过来侧过去,床上躺不住,凉席铺地上,痛得直打滚。连续四五天不吃不喝,我们看着干着急,卫生员束手无策。

他一边呻吟,一边呕吐,吐出来一些黑色粘液,那几天连队又没有吃过黑色类食品。裤脚上也有黑渍,泡在盆里,一盆红水,大家莫名其妙。现在才知道,这是典型的胃出血。1979年春,他主动报名上前线,参加自卫反击战,后来失去了联系,也不知现在怎样了。

我1975年入党,比较早的。那年连队在山上打坑道,安全隐患多,劳动强度大。为了抢时间、抢进度,全连官兵三班倒。我在连部当文书,主动上夜班,前半夜出墙报烧开水,后半夜抬石头推小车,一个月下来,发烧不止,吃病号饭,粥里放两匙白糖,不久就入党。

我去过多次教导队、集训队,军械管理、战术、队列、学理论等,每年一到两次,短则一周,长则三个月。有一次培训参谋业务,学员大多是连排干部。有人说集训完毕不回连队了,可能到作训科当参谋,集训结束还是回连队,后来一直没消息。

1977年冬天,部队野营拉练,住在坑道里。我从报纸上看到恢复高考的消息,非常激动,连夜写信回家,要哥哥弟弟务必参加高考,邓小平给了我们高考的资格,考得上考不上都要去。两人报考了,都没考上。第二年弟弟再考,上了重点大学。

"当时你想过考大学吗?"

没有。那时强调安心服役,连队战士不让考。副指导员给我说,你提干的事报过几次,开始没岗位,现在年龄超过,肯定不行了。你回去考大学怎样?可以试试。我也想过,总共读了一年初中,离开学校十几年了,哪能考得上大学?读大学谁不想?做做梦,考不上啊!

国庆节放假,我到连部看报纸,《浙江日报》登载一条消息,报道1978年浙江高考文科、理科录取情况。我只知道考大学,哪懂什么文科、理科,拿着报纸去问副指导员。他是六六届高中毕业生,告诉我文科考五门:政治、语文、数学、地理、历史,恢复高考时英语不考。

我听了大吃一惊!当年浙江文科录取线300分,平均每门60分,及格就能上大学,简直不可思议!我虽然没有好好读过中学,但自我衡量,在部队几年,语文、政治比一般学生强,历史、地理无非把整本书背出来,差不到哪里去,只有数学弱些,四门拉一门,总归可以的。

报纸上的这条消息,极其偶然地看到,重新燃起我心中的希望之火。我当兵已经6年,还有几个月就要退伍,动了退伍后考大学的念头,目标不高,考上常熟师范,跳出农门就行。刚好副连长有一套数学函授教材,先补习数学,历史地理打算高考前两个月突击。

离开学校多年,数学除了正数负数有点印象外,一开始几乎所有的题看不懂,不会做。先学平面几何,接着学代数,春节把解析几何学完,三角函数看一半就退伍了。学习的方法就是看懂例题,再做练习,不算难,内容多,解题不熟练,前看后忘记。

当时部队不鼓励读书报考,担心动摇人心,冬季野营拉练,平时军事训练,还有战备施工,时间排得满满的。为了不影响正常工作,我白天照常带班训练,休息时山坡上看书,站岗书本放在口袋里,路灯底下看几眼,节假日躲到连部做作业。

那年冬天,我到师部军人服务社买东西,喇叭里正在播放召开中央全会的消息,邓小平、陈云重新当选为中央副主席,我隐隐约约感到,世道要变了。1979年2月底,我结束了6年3个月的部队生活,回到家乡,准备高考,实现多年来的大学梦。

报纸上的一条消息,极其偶然地看到,重新燃起上大学的希望之火,成为夏建改变人生的转折点。

回到家乡,顾不得探亲访友,立即开始紧张的自学,早晨四点半起床读书,晚上做题做到十点半。一个月下来,感到封闭式的自学有问题,接触不到各地各类试卷,无法积累考场实战经验,如果考下来分数差得多,没啥好说,假如只差三五分,岂不遗憾终身?

年龄不允许我参加第二次高考,这是改变命运的唯一机会,只许成功,不许失败。思前想后,下决心到学校插班补习,孤注一掷,以最大努力争取最低目标。4月7日到校,与小我十几岁的学弟学妹一起坐在教室里,过去反复出现的梦境奇迹般地成为现实,那种心情与感慨一言难尽。

我重新规划了高考目标:语文、政治、地理、历史,每门要拿80分,数学40分,参照1978年340分上重点大学的标准,总分

360分可以确保录取。应付考试也有方案,历史地理政治重点抓大题目,语文必须把作文做好。薄弱环节是数学,能否考上关键在数学,争取基础知识拿25分,做对一个大题目,确保40分。

一切从头开始。地理从地球在宇宙中的位置背起,历史从蓝田猿人元谋猿人背起,政治从基本常识概念学起,语文从改错、名词解释、做作文开始,数学就是不断测验不断订正,时间异常紧张。

每天早晨四点起床,摸黑在操场上跑三圈。天蒙蒙亮开始背书,进校半个月,历史、地理两本复习教材从头至尾背出。白天上课听讲,参加各种测验,晚上主攻数学,看懂题目,分析题型,熟记运算方式。

手头有一本南昌铁路局编印的试题集,160多个题目,先看懂解题方法,再默记其解题步骤。反反复复看了五六遍,用理解加背诵的办法攻数学。晚上九点半,宿舍熄灯,买不到煤油,打着手电筒解题。

有过两次这样的经历:深夜解题,解不出来,睡觉;梦中继续解题,仿佛解出来了,起来还是解不出;躺下再睡,恍恍惚惚,仍在解题;醒过来,真的解对了。人虽然睡着了,大脑还在思考,所以出现梦中解题的现象。

用脑过度,影响肠胃,吃不下东西,辣酱拌米饭,强迫进食。补习辛苦,精神亢奋,效果明显,进校一个月全县统考,我总分第一。最担心的数学,第一次测验得16分,此后节节攀升,最后一次测验58分,比预期好。

7月7日高考,各科均在意料之中,考试结束核对答案,估测总分可在380分以上。骑车回家的路上,突然发现田野里稻秧青青,随风摇曳,感叹三个月不闻窗外事,浑不觉春去夏来,顿觉天高日丽,浑身轻松,说不出的畅快。

没进家门,父亲顾不得问考得如何,一把将我拉到屋前小菜园里,让我看并蒂相连、红透了的两个西红柿。他喜滋滋地说,我天天在园子里转,从来没有发现它们,这是一个好兆头,看来家里要出第二个大学生!

7月下旬,我在亲戚家作客,表兄兴冲冲跑来报喜,说已经在县招办看到我的成绩,总分全县第一,后来知道是苏州市文科第一。分数正式下来,语文政治历史地理均在80分左右,加起来322分,数学考到85分,远远超出预定目标。国庆过后,我到北京报名上学,圆了多少年的大学梦,从此开始全新的生活。

夏建的口述,讲了一个书包翻身、自我奋斗的动人故事,一个做梦、寻梦、圆梦的上大学故事。

古今中外,战争年代靠军功,和平时期靠读书,教育一直是上升流动的重要途径。"书中自有黄金屋,书中自有颜如玉",农民叫"书包翻身"。

一个延续了千百年的基本事实是,绝大多数处于社会底层的人们,尤其是贫困农民,往往只能获得很少的教育机会,甚至完全没有读书,很难实现上升流动的愿望。

四九年后这种情况有所改变。尽管农家子弟上大学的依然很少,但毕竟看到了希望,增加了机会。陡然而来的"文革",从根本上打破了农家子弟、莘莘学子的梦。

夏建是幸运的。他既是"文革"中的"老三届",又是恢复高考后的"新三届"。"老三届"中六八届初中生读书最少,考上大学的寥寥无几。"新三届"中赶上最后一班车,大学毕业年过三十。

夏建的幸运,有一连串的偶然性。如果不去当兵,在家做篾匠,封闭在农村,谈不上高考。如果不是去连部,恰好看到那条消息,有心做梦无力回天,不会激起高考的念头。如果不下决心去学校补习,不一定考得上,至少没有那么高的分。

任何成功与失败,都不是横空出世的奇迹,诸事万物均有迹可循。夏建上大学,有家庭的影响,祖父有文化,父亲小学教师,全家人寄希望于书包翻身,为夏建从小植入上大学的文化因子。

夏建的际遇表明,教育机会的获得,往往不取决于个人努力,制度安排起着决定性影响,就像"文革"中他没能推荐上高中一样。在改革开放条件下,个人奋斗发生作用,夏建少年时期深埋的大学种子,终于生根发芽、开花结果。

夏建的父亲曾经夸口,说三个儿子六个大学生。恢复高考后,两个儿子先后考上大学,如今孙子孙女全部上大学,子孙辈有 12 个大学生,还有博导、海归。

夏家真正实现了书包翻身,读书改变命运……

娘看了心疼,对我说,"儿子啊,你能考上最好,考不上也不要紧,我相信你总归有饭吃!"这几句话,我一辈子不忘记……

——夏仲

三十四　夏仲

从小电工到首席科学家
也算是实现了自我价值

上学　　电工　　校办厂　　高考
考研　　留学　　读博　　　海归

口述：夏仲
时间：2016年4月2日晚
地点：镇上旅馆

夏仲，1956年生，夏任林三子，恢复高考后上大学，读研究生，美国留学归来，国家重大科技项目首席科学家，博士生导师。

夏仲在中国科学院工作，是界岸有史以来第一个留学生，第一个"海归"，第一个博导，第一个首席科学家。

约夏仲访谈，正好他清明回乡扫墓。晚上，夜深人静，镇上小旅馆里，夏仲侃侃而谈，讲他的少年时光，讲他的高考经历，讲他的留学生涯，讲他的人生旅程。

与许多教授一样，夏仲头发稀少，略嫌瘦弱，眼睛亮，中气足，不慌不忙地说起来……

我五岁半上小学的,开始学校不收,说太小了。爸爸对老师说,如果他到时候考不到第一名,你就退给我。那时小,不懂,读书就读书呗,算起来,应该是1961年下半年。严老师当班主任,一直教到三年级。1966年"文革",念五年级,小学生也不上课。

刚开始,小学生好奇,跟着大人写大字报,后来斗老师,特别是成绩差的学生,专门打老师。街上一个姓章的同学,特别顽皮,用青竹头打老师,打得很厉害,印象非常深。1966年5月开始,两年多时间,老师不上课,学生不读书,就在家里。

1968年秋季学校复课,大队里办中学,搞"教育革命"。三届小学毕业生一起上初一,初中两年制。我实在想不起来,那时读了些什么书,一点印象也没有,好像是县里编的乡土教材。1969年到队里劳动,光顾挣工分,经常不上课,那时也不管缺课不缺课,想去就去,不去就不去,老师管不了。

生产队里种"三熟"制,记得很清楚,大夏天,很热,田里上来,赤着脚,光着膊,就这样跑到教室。老师委婉地说,"课堂里应该整洁,不好赤着膊来上学的。"我还顶嘴,"天这么热,穿什么上衣?"嘴上这么讲,还是接受了老师的意见,后来再也没有光着胳膊去上学。

1970年下半年,到镇上读高中,读了两年半,稍微正规点了。老师教书很认真,就是教材不行。英语学"千万不要忘记阶级斗争"、"心中的红太阳"。物理化学一本书,叫工农业基础知识,物理学"三机一泵",柴油机、拖拉机、发电机,水泵,化学讲"六六六"粉、"波尔多液"等。

当时农村不通电,机关、医院、街上居民和商店用电,都是中学柴油机供电的。我有一个简单的想法,就是一定要学技术,与开机器的顾师傅说好,跟他学开机、做电工、搞机修。学校办校办厂,做眼镜的,我协助管动力,上皮带,不谈报酬,就是学技术。

1972年12月,高中毕业。回家没多长时间,学校带信来,让我到校办厂上班。开始每月14元钱,第3年加到24元,学徒工,不交队。那时校办厂发展势头好,20多个人,两个车间,一个镜片车间,一个是机电车间,职工大多是高中同学。

我分在机电车间,先是修电动机,后来是电动机改发电机,绕线圈,规定多少圈多少圈,绕好后刷清漆,全部手工操作,凭经验。我上手快,技术好,当时也就十七八岁,当机电车间主任,那张任命书还在,留个纪念。

居民白天不供电,只供晚上一段时间。医院是专线,动手术前预先通知,确保供电。师傅年纪大了,主要事情我做,保险带一系,爬电线杆、架线、检修。那时猪肉紧张,凭票供应,过年时我直接找站长要肉票,还要过牙膏票,总能要到,算是管电的,不能得罪。

学生有学工课程,任课老师讲理论,实践课我上,柴油机、发电机、拖拉机有哪些常见故障,如何检修维修等等,开着手扶拖拉机在操场上转圈。我也没有学过,自己先看书,先搞明白,等于是现学现卖。

该读书的时候读不了书,夏仲利用一切机会学技术、长本领。

校办厂办得很有名气,说句笑话,县火葬场的备用电机也用我们的。夏天我们去安装、调试,那时设备条件差,通风排风不过关,火葬场里味道难闻,炉子边上臭得要命。我们戴着防毒面具干活,回来几天身上还有气味,怎么洗也洗不掉。

我们把电动机改装成发电机,电动机哪儿来?浙江诸暨有家拆船厂,专门拆解旧船,拆下来不少旧电动机,我们去挑选,有用的买来,改装成发电机,好处是价格便宜。那时市场紧缺,有多少卖多少,订货取货的人排长队。有一年春节前,一个宜兴人来取货,来不及生产,把他急坏了,成天守在那里,"师傅师傅"不住口,一个劲地递烟套近乎。

那段时间,我们不仅学到了技术,也积累了社会经验,开始学着抽烟,完全是交际需要。有一次去无锡,旅馆不能直接住,要先到登记处登记,由他们安排。登记处安排的地方离我们要去的地方远,想换个旅馆,他们不同意。我们年纪轻,三言两语吵了起来。

记得我们随身带个照相机,学校物理实验室借的,海鸥牌的,还没有照相。吵起来后,他们把协警找来,不由分说,就把相机里的胶卷抽出来曝光,真是沮丧。这个事情后来怎么解决的,已经记不太清了,可能还是住到原先安排的老远的旅馆去的。

"1977年恢复高考,当时牛棚里的老师还没解放出来",夏仲继续讲述,述说那场改变他人生与命运的高考。

我们中学毕业的时候,邓小平已经上台。吴老师给我们说,看起来情况有变化,可能会有大学上,结果还是推荐,上大学的少得很。1977年恢复高考,从得到消息到参加考试,只有一个多月时间。我语文、政治一点不怕,就是数学差,没好好学过。

狄老师"文革"前是数学教研组组长,还在食堂里洗菜,车间里打扫卫生,做杂活。数学题不会做,晚上去找狄老师,他总是耐心教我,能考上大学,要感谢狄老师。有件事现在还记得,端午节吃粽子,蒸饭时看到他饭盒里,除了米和水,还有一段一段青棕叶,他大概用这种方式来过端午吧(停顿)。

1977年的高考试卷……各省出的。高考中断了十多年,报考的人实在多,县里组织初选,先淘汰一批,然后正式考试。江苏考四门,语文、政治、数学、物理化学一张卷子。录取分数线是240分,但理科数学成绩不低于50分。我记得清清楚楚,我总分266分,数学48分,结果没录取。校办厂里考上3个,我没考上,憋着一股劲。

不到半年,就是1978年高考。我知道自己的短处,拼命攻数学。白天上班,晚上复习,把1977年全国各省市的高考试卷全部找来,一张一张做过去。娘看了心疼,对我说,"儿子啊,你能考上最好,考不上也不要紧,我相信你总归有饭吃!"这几句话,我一辈子不忘记。

第二次高考到县里,下着毛毛雨,大哥自行车送我去的。那年数学考了70多分,有个大题目复习时做过,也算碰得巧。语文提前十几分钟交卷,监考老师好意,让再检查检查,我觉得没啥好检查的。物理化学考得一般,还是不够好。1978年重点大学录取分数线340分,我考到360多分,比较高的。

填报志愿时,我做过电工,对机电专业感兴趣,前面几个志愿都填机电,第五志愿填气象学院,服从调剂。气象学院优先招生,结果被录取,学校里第一个拿到通知。大嫂在裁缝店上班,马上跑去告诉她,当然很高兴。

"吴老师说可能有大学上","狄老师耐心教我","娘的抚慰与教育","大哥骑自行车送考","监考老师的好意","向大嫂报喜",在回忆高考经历时,夏仲不时提起老师与家人,生命中最亲近、最具影响力的人。

一直到现在,在指导家长或学生高考时,我都告诉他们,无论考理科还是文科,千万不能偏科,一门成绩太差,总分就会拉下来。如果考文科的数学好,考理科的语文好,一般总分低不了。当时考大学,动机很简单,就是吃商品粮,跳出农门。

大学四年,总体还可以。毕业后分到偏远省份,在农学院当老师,教基础气象。去了以后不扎根,想回来,正常调动是不可能的,唯一出路是考研究生。我给学校打报告,申请报考研究生,系主任甘老师同意的,学校人事处不同意。

甘老师为什么同意?他们夫妻俩都是北京人,分到那里后一直回不去，将心比心，觉得迟早留不住我，不如早点放走。我与甘老师一起研究农田蒸发模型，论文在杂志上发表。他对我比较欣赏，也算爱惜人才，觉得我应该有更高的平台，深造后会有更好的发展。

边远地区人才短缺，进去了出不来，学校对青年教师考研究生控制很严。甘老师帮我求情，并承诺三年内系里不再向学校要人。在农学院整整一年，八十年代交通拥挤，从贵阳到南京，火车一天只有一班。甘老师托人帮我买票，把我送到站台，沿途50多小时，站了20多小时。

我报考的是农科院高先生的硕士生。事先查过，母校招生少，考生多，难度大。高先生从美国当访问学者回来不久，学术背景好，名气大，读研究生当然要找名师。那年他只招一个研究生，我总分够了，数学成绩不够好。复试前，几个老师向他推荐，高先生有点怀疑，担心我走后门，口试以后放心，复试加考数学，考了90多分，这就是缘分。

高先生做学问的最大特点，一是系统性，他做农业计算机模型，从美国做起，一盯几十年，一直往前走，没有好的题目，宁愿不做，决不东一榔头西一棒子。二是前瞻性，这与他在美国访问过，英语比较好分不开，了解国际同行正在做什么。这两点非常重要，对我的学术道路有很大影响。

高先生指导学生的方式很独特，只交待你做什么，目标很明确，至于怎么做，如何执行，你自己琢磨。一个季度找你一次，一般不超过半小时，你汇报进展如何，遇到什么问题，然后他点拨几句。说实话，那时我对专业说不上有多大兴趣，只有一条，最原始的动力，就是既然在做了，一定要做好，尽最大努力做好。

事实证明，研究生几年特别重要。高先生比较欣赏我，除了按照他的要求去做，我会进一步延伸拓展，然后向他报告，他很高兴。还有一点，我愿意提问题，不会因为你是权威就不提问题。去美国留学之前，先生请学生吃饭，他说在座的所有学生中,只有夏仲能给我提问题,提出反对意见,跟我讨论,跟我争论,你们都是我说什么就是什么。

研究生毕业后,留在农科院,继续专业研究。还是这样,对专业说不上有多热爱,有多执着,就是一项工作,既然在做,就要做好,认真去做。

1994年,我38岁,到美国留学。能够去美国,靠本人努力,也靠老师帮助,两者都很重要。美国莱斯大学的萨思教授到农科院作学术报告,没有一个人提问,就我提出问题,当场讨论,奠定了他要我的决心,这是萨思先生后来告诉我的。

我是作为访问学者去的,预定一年,作生态与进化方面的研究,属于生态学范畴。头两个月,我天天钻实验室,找来所有的论文,彻底看一遍,弄明白,然后看数据。第三个月,开始对数据系统分析。萨思先生是生化学家,生物化学特别强,我分析数据、做模型比较强。

萨思先生的学术风格与高先生不一样。高先生做学术研究,要求精益求精,近乎没有瑕疵,论文才能公开发表。萨思先生相反,只要你有新的结果,实验方法、数据分析没有问题,就要赶紧发表,因为你能想到的,也许别人很快也会想到。

学术上我比较活跃,过一段时间,有了初步结果,就主动向先生汇报研究进展。到美国第一年,发表一篇论文,第二年又发表一篇,都是国际期刊。与高先生注重学术研究的严谨性一样,萨思先生的学术精神同样对我的研究带来了重要影响。

到美国不到半年,萨思先生明确讲,希望我留在那里,两种选择:一是公派结束后,继续留下来工作,有较高的报酬;二是读博士,学校给助研金,钱少些。我年近四十,出国时父母就不太赞成,说这么大年纪了,还读什么书,真要读到老啊。

我选择读博士。按美国规定,读博必须考GRE,可能通不过,而且实验室工作紧张,没有时间复习备考。先生说,如果你定下读博,这个事情好办,我给你想办法。他是系主任,专门向学校报告,说我的英语能力可以接受,搞专业研究不成问题,免试。

1994年夏天,正式进入博士课程,真正对专业研究有兴趣,是从这个时候开始的。在美国做研究,与国内完全两样,没有任何框框,没有任何束缚,完全彻底自由发挥,做什么实验,需要什么条件,都能满足,你只要一门心思钻进去做就是了。美国读博最短学制三年,我三年学完。

这三年,我看问题的眼界与思路,做学问的方法与视野,思维方式与专业研究能力,都有了快速提高和质的飞跃。我对萨思先生感恩在心,回国20年了,一直保持联系,做人要有良心。美国三年,念书很辛苦,回忆起来最愉快,没有任何干扰,一心一意做学问。

回国后我在大学任教,第二年评为教学标兵,全校七个标兵之一,原因就是内容的新颖与独创。在美国留学时,我听过萨思先生一堂课,五年后再听同样的课,内容更新了三分之二。他60多岁了,一直很敬业。更新、更新、不断更新,这就是美国的教育。

"你在美国读博时,太太孩子一起去的,有没有考虑过毕业后不回来?"

嗯,这么说吧,从回国之初到现在,不断有人问,为什么没有留在美国?非常简单,不唱高调,在美国不是找不到工作才回来,也不是有多少高薪在等着我,都不是,毕业前后我根本就没有找工作。

在美国几年,我并不认为美国人样样都比中国人强,在研究方面,我们不缺想法,缺的是先进的仪器设备。如果留在美国,若干年后,我也会当上教授,但是(加重语气),在国际舞台上,在国际学术界,一讲起来,你终究是住在美国的外国人,有点"小三"性质。在中国当教授,国际上平起平坐,大家对等的,也算是有点虚荣心吧。

1997年我从美国回来,包括高先生在内,没有一个人相信,一直到机票定好,他们才觉得我真的要回来了。毕业之前找萨思先生,告诉他准备回国。他说你要想好,我说主意已定。先生说,"夏,这几年,我所见到的,在美国拿博士学位、不找工作、直接回国的,你是第一人。我很赞赏你,中国需要你这样的人回去。"

回国前,我复印了好几箱英文资料,先生说,你寄回去,运费我来出。我想要一台笔记本电脑,那时要两千多美金,一般人买不起。他说几个月后去中国,亲自带过来。先生相信我的选择是对的,支持我,尊重我。

临别前,先生再次告诉我,"夏!你回去,如果觉得不称心,不管什么时候,想回来就回来,我一定接纳你,即使我退休了,没有这个能力,我同样可以通过其他途径接纳你。"先生把话讲到这个程度,实在令人感动。

我美国回来,到大学任教,新开一门课程,新置一个计算机室。有个小插曲,学校答应我一回来就当教授,后来没兑现,言而无信,有点生气,一年后聘任。那时从美国回来的留学生不多,国内同事都在看,你这个所谓留美博士,到底有多少本领。我也不吭气,带着学生做试验,两年以后,一篇一篇论文接连发表,他们才算服气。

1999年12月,中科院拓展"百人计划",在海内外选聘出国留学的杰出青年学者。考虑到这个平台更高,我报名参加,经层层考核,最终入选,做一个项目,课题费200万。2000年,中科院启动一批重大科技创新项目,有个题目专门研究全球气候变暖问题,总经费3500万元。

资源环境局把国内这方面的专家集中到北京,总共三十多人,陈老师主持,请大家介绍各自的研究背景,对气候变暖问题的看法与思考。我因为已经在中科院,虽然去的时间不长,也去参加座谈。

回过头来说,为什么在美国几年非常重要?美国信息量大,在回国之前几个月,我注意到并考虑过气候变暖问题。会议之前,我做了充分准备,包括研究方向、研究重点、研究路径、子课题,甚至连经费预算都考虑了,相当于做了系统的项目标书。其他人光讲自己过去做了什么,出了哪些成果,气候变暖本身反倒讲得不多。

两天会议下来,陈老师胸中有数,基本定下由我负责这个项目。后来陈老师告诉我,一开始考虑过几个人,我回国时间短,对我不太了解,根本不在他们的视野范围内。宣布我当这个项目的首席科学家后,中科院系统的人都很奇怪,因为原来没有听说过这个人。

这个项目前前后后做了五年,2006年通过国家验收。分配课题经费,首席科学家有很大发言权。陈老师给我讲过不少于三次,说在课题预算总盘子里,首席科学家可以多一些。我负责课题总设计,承担一个子课题,每个子课题经费250万元。我只要250万,一分钱不多要。

课题验收结束,陈老师还说,"夏仲,也只有你,我给你讲过多次,经费可以多些,也只有你,不贪,我算没有看错你。"回过头来看,到中科院以后的发展,陈老师起了决定性的作用,因为有了这个平台,做了这个项目,算是做出了名。

平台面前,机会均等。我功课做得好,思路与国内同行不一样,有幸得到了这个机会,抓住了机遇。我非常感谢陈老师,滴水之恩,涌泉相报。他子女都在国外,七十岁时给他祝寿,请老两口吃饭。他很感动,眼泪都出来了,别人一般想不到。

回国后总体上我是满意的,职业发展一直向上,也算是实现了自我价值。如果在美国,我做得再好,不过是学校的成果。回国工作,特别是应聘到中科院,做的是国家级项目,出的是国家级成果,意义不一样的。

夏仲，从中学小电工到首席科学家，一个农家子弟走出界岸的人生历程，极为难得的个案，鲜为人知的心声。

夏仲的中小学教育是缺失的，五年级后两年没上课，初中两年不记得读的什么书，高中也就是"三机一泵""红太阳"。他又是幸运的，高中毕业后到校办厂工作，学习氛围总比生产队浓，题目不会解可以向老师请教，同事之间互相激励有利于成长。

夏仲是务实的。上大学，为的是跳出农村，吃商品粮。考研究生，为的是离开边远地区，深造后天地更宽。毕业后留院工作，就是一项工作，对专业说不上多热爱，多执着。一个农家子弟，走向社会的初始动机，就是这样直接而简单，生存、生活是第一位的。

夏仲是积极的。上中学时主动学开机，做电工，搞机修；校办厂工作技术好，当机电车间主任，给学生上学工课；读研究生时尽管对专业没有多大兴趣，还是尽最大努力学习钻研。认真工作，踏实生活，不断进步，自觉不自觉地积蓄能量，一旦时机成熟，这种能量就会像火山一样爆发。

夏仲38岁到美国留学读博，学业完成后决然归来，主持国家重大科技创新项目。如果说，人的一生就像体育竞赛中的跳远项目，那么，经过上大学、读研究生、出国留学等必要的、漫长的、逐步加速的助跑，夏仲终于实现了人生道路上的三级跳。

教师是灵魂的工程师。夏仲讲述中，从小学、中学、大学，到读研究生，出国读博，到中科院当首席科学家，严老师，狄老师，甘老师，高先生，萨思先生，陈老师，一路走来，一路良师，师恩如山，涌泉相报。

夏仲事业上获得成功，人生境界在升华。他毕业后没在美国找工作，一心一意回来，在服务国家的同时实现了自我价值，体现了一代知识分子的家国情怀。一个农家子弟，穿越茫茫原野，经过一场心路的跋涉，真正走出了"界岸"。

夏仲有过两次推荐院士的经历,未果。如今仍在中科院效力,北京香山碧云寺附近办公,带学生,做项目,忙得不亦乐乎。他在工作科研之余,徜徉于草丛荒野,沐浴于碧云蓝天,风景胜地不看景,在乎山水之间也。

后　记

　　2014年秋天,我回到离开40多年的家乡,曾经的生产队,陆续走访40多位村民,一起谈家庭历史、个人经历、子女情况,口述录音70多小时。将村民访谈整理成文字,形成第一本村民口述史:《界岸人家——一个中国村庄的集体记忆》(2017年8月江苏人民出版社出版)。

　　《界岸人家》出版后,收到些许反响。三十多岁的陈女士读得仔细,书中有不少折痕。她把同一个口述者分散在不同部分的内容串起来看,便于了解口述者的全景及其家庭成员的情况。四十多岁的朱记者专程到界岸,实地"接收信息、寻找感觉"。在他看来,村民们就是各种"历史大片"中的"路人甲",都是同一个人。年近八旬的智者、我尊重的老领导打来电话。他说农民对苦难的忍受力,是其他阶层难以想象的,底层农民一个个生命故事,折射出历史变迁中普通人的命运沉浮。

　　我再一次重听访谈录音,仔细辨读一个个熟悉的声音,回忆一张张不同的面容,一字一句回味体析,用他们的声音思考,从村民的视角领悟,相当于进行第二次访谈。第一次访谈重在倾听、记录,第二次访谈则是无声的交谈、心灵的沟通,与十几个经历了时代沧桑的家庭交流,与三十几位不同年龄的乡亲对话,一起品尝酸甜苦辣,共同体会苦乐人生。于是,就有了第二本村民口述史:《界岸人家2——一个中国村庄的个体生命史》。

　　《界岸人家2》全书共三十四篇,汇集了19个家庭38位村民的生命故事。第一篇是各家各户的基本情况。第二篇至二十五篇,依次是李家、周家、钱家、陆家四个家族。第二十六至三十四篇,分别是赵家、陶家、苏家、夏家。同一家族不同家庭不同个人的口述,按照长房二房、长幼年齿排序。同一家族编在一起,便于对照比较。尊重个人隐私,恪守学术规范,本书口述者均以化名出现,地名也被隐瞒。

每一篇的开头,记录访问时间、地点,对口述者、访问背景作简要描述。内容框架保持访谈时的原始结构,记录口述者的某些非语言表达,如动作、神情、语气等,还原访谈过程中作者的即时感受,对某些事件作必要注释。每一篇的结束,对受访者进行个体化解读,简要分析口述内容,追索和比较不同家庭的历史、个人的历史。作者的所思所想,不一定精当妥帖,纯属有感而发,对父老乡亲表达一种发自心底的欣赏与尊重。

清明时节,我再次回到老家,村里行人稀少,听不到鸡犬之声。脚踏故乡的土地,仿佛走进历史的回廊。面对残存的界岸,遥想几百年前先民围垦造田的沸腾图景。一切都过去了,只有碎石和小草还在。经过整治的川港河,岸堤巩固美化,河道疏浚冲刷。这条千年古河,还能恢复生机,欢快地奔腾与歌唱吗?

赵顺荣年过九旬,坐在门口晒太阳。老人口述中有一段话,给我的印象很深。他被拉壮丁一路到锦州,开小差逃走。往哪跑?赵顺荣说,"老班长曾经讲过,这么远的路,我们恐怕都回不去了。你们真要走的话,方向要记准,一直朝着太阳跑,总归大差不差。我们记好这句话,朝着太阳的方向跑……"

朝着太阳跑。在人生旅途上,在历史长河中,"太阳"能否成为精神的象征,呼唤更多的人们改变命运、走向未来呢?

感谢江苏人民出版社社长徐海先生、东南大学发展研究院副院长袁健红先生的鼓励与支持。感谢责任编辑王溪女士的竭诚服务。

2018 年 7 月于南京